- 在包含旧书全文基础上新增10万字
- 请先看后记

# 啊
## 2.0

大冰作品

北京联合出版公司
Beijing United Publishing Co.,Ltd.

于无常处知有情
于有情处知众生

新增 越不爱人间
越觉人间好 – 018

之

**济南往事**

滚滚红尘翻呀翻两翻，我的朋友散布地北天南，
有的侠气局气有的疯狂疯癫，有的洞明练达有的清癯寡淡，
有的心怀社稷志存高远，有的心心念念的只是把子肉和好米干饭。
于我而言，却并无高下次第，给予我的，都是无二的陪伴。
因有他们的存在，那么多的异乡成故乡，那么遥远的故乡，万水千山，
一条语音即可重见。
…………
舌尖唇畔，眼底心头，济南哦济南。

## 送你一只喵 - 050

他说……其实，对于我们这种孩子来说，
自暴自弃不过是一念之间的事情，
而挽救我们这种孩子的办法其实很简单——
一点点温情就足够了，不是吗?

## 铃铛 – 070

小师姐沿着石板路走远了，那一日是
罕见的晴天，
她脚下的青石板路泛着光，胸前的银
铃铛叮咚轻响……
拐了一个弯，也就听不见了。

## 凭什么 – 130

有人说，每一个拥有梦想的人都值得被尊重。
可我总觉得，除了被尊重，人还需自我尊重。
真正的尊重，只属于那些不怕碰壁、不怕跌
倒、勇于靠近理想的人。
梦想不等于理想。
光幻想光做梦不行动，叫梦想。
敢于奔跑起来的梦想，才是理想。
············
就像老谢那样。

**新增**

## 小奇迹 – 160

老谢唱的故事结局并不美好，不美好的往往动人，
动了那些感同身受的人。
我曾在一座偏远三线城市的小餐馆里边吃臊子面边用手
机播放这首歌，循环完几遍后一扭头，
穿着围裙的小服务员端着炒黄瓜站在门框边，
呆呆的，泪涟涟的，静静抽泣。

## 我的王八蛋 – 174

喜欢就好好喜欢，
别把执着当认真、放弃当放下、随意当随缘。
还有一句：
娑婆大梦，日日黄粱，若真的喜欢，就别抗拒遗憾。

## 新增 乘务员 – 192

高兴之余，我对他们这么迅猛的登机速度表示了震惊。
新晋民航家属谣牙子的回答是——
滑梯预位已解除，交叉检查已完毕，
既然延误那就抓紧，他不想给他的乘务员，留任何遗憾。

## 一百万个祝福 –

希有到底是谁？
打死我也不会说的。
自有水落石出、云开见山的那一天。
希有说了，就是未来婚礼那一天。
届时，惊讶慨叹随意，恍然大悟随便。
但在此之前，与其去八卦侦查当柯南，莫
若起一个善念，
环视一下身边。
常识构建底线，希有就在你身边。

**新增** ## 再等等 –

希有的故事，重点不仅是希有斯人，
还有他所折射的那个人群，
若你因故事而触动，因触动而去平视他们，
乃至于能将这份平视推演，
去服务于其他常识，那善莫大焉。

## 一个歌手的情书 -

再普通的人，也会在一生中某几个节点上隆重登场，
理所应当地成为主角——
比如新生儿的落草，比如驾鹤西行者的入殓，比如新嫁娘的婚礼。

## 新增 普通男人 -

谁又是容易的呢？谁活着都不容易，每个人。
是啊，世间大多数传奇，
不过是普普通通的人们把心意化作了行动而已……

# 厦门爱情故事 2007－276

写完《乖，摸摸头》那本书以后，无数人跑来问我，
2007 年的厦门到底发生了什么？
关于毛毛和木头 2007 年的故事，
我想我可以给我的读者们一个交代了。

## 玩儿鲨鱼的女人 – 310

她说：你知道吗？走遍了大半个地球，
才明白这两个字多么弥足珍贵。
我问是哪两个字。
她轻轻地说：担心。

## 我有故事，你有酒吗？ – 328

某种意义上讲，没有任何一种生活方式是天然带有原罪的。
但不情不愿地僵化于一种长期单一模式的生活，属实是在对自己犯罪。
明知有多项选择的权利却怯于去主张，更是错上加错。
谁说你我没权利过上那样的生活：既可以朝九晚五，又能够浪迹天涯。

新增 ## 重返皇后镇 – 354

没有任何一个道理代表着绝对的真理，
也没有任何一个理念适用于任何时代任何人或任何情况下，
不论它听起来有多正确，以及是由谁说的。

你化

好吗 好柄

北业

小孩

2.0
坐，摔摔实

2.0
啊

## 小善缘 – 396

若干天前，大黑天莅临小屋，这段小善缘，已然发芽生叶。
小屋在五一街文治巷 80 号，木门，泥巴墙。
小屋若是个道场，大黑天就是护法，
若你来到小屋，请遵守大黑天的安保条例，和它结个善缘。

新增 ## 活着吧 – 434

我偶尔会想一想大黑天，活着吗，活着吧，也不知这家伙正在哪个国
度哪座城池上空盘旋。
真是令人艳羡哦，振羽处皆天涯，栖羽处即为家。
愿君自在，随心所欲，好好活着，无有挂碍。

## 一个孩子的心愿 – 440

光阴如潮，大浪淘沙，未来未知的年月里，这本破书定会湮灭。
但我祈愿这些歌能被传唱。
若那时候末法来临，人性扭变，风急雨骤天昏地暗。
愿这颗普普通通的种子，能被按图索骥的人们发现。
愿那时的人们知晓，
这个世界，曾经来过一个简简单单的好孩子。

……兹面向一切机构和个人，开放以下权利：
1.《一个孩子的心愿》一文的影视改编权。
2.《一个孩子的心愿》一文的有声版权。
3.《一个孩子的心愿》一文的文本转载权。

后记 2015

---

新增 后记 2020

越不爱人间
越觉人间好

之

济南往事

滚滚红尘翻呀翻两翻，我的朋友散布地北天南，
有的侠气局气有的疯狂癫癫，有的洞明练达有的清癯寡淡，
有的心怀社稷志存高远，有的心心念念的只是把子肉和好米干饭。
于我而言，却并无高下次第，给予我的，都是无二的陪伴。
因有他们的存在，那么多的异乡成故乡，那么遥远的故乡，万水千山，
一条语音即可重见。
…………
舌尖唇畔，眼底心头，济南哦济南。

空悲眼界高，敢怨人间小。

越不爱人间，越觉人间好。

——顾随

# （一）

17岁时出胶东，一路西行，再南行，追风赶月不曾回头，倏尔半生。

兜兜转转驿马四方，越不爱人间越觉人间好，路过了，爱上的，我会停留，寄下一点儿惦念，再将一点儿印记带走：一曰口味，二曰口音，三曰共情。

说到口味，起初眼界小，馒头是王道，出了胶东才知道主食还可以是煎饼，出了山东才知道还可以是年糕，过了中原才知道粽子馅里能包肉月饼馅里有蛋黄有种面条叫作米线有种炒面叫作糌粑有种元宵叫汤圆蘸饺子的醋里可以不搁蒜泥儿搁辣椒油……去了中亚才知道酒可以用奶酿，到了东非才发现很多人家顿顿吃蒸香蕉。

对不同口味的品尝过程，是对不同风土的体验认知、信息对称，乃至某种意义上的文化比较，比较出个什么我说不好，反正今时今日40岁整，依旧还会啧啧，啧啧世间林林总总的人们林林总总的滋味，林林总总的故乡藏在其中……与我不同，与我相同。

眼耳口鼻舌身意，口是心门户，舌乃心苗，品人品城品世情，尝得了五味咽得下异同，方敢提一提心窍。于我而言，所谓共情，也是这八个字——与我不同，与我相同。

因共情故，他们吃得我也吃得，他们说的，我愿听着。

听进去的就写下来，行文时自觉不自觉地用着他们的口音，说着他们的话。

住过哪里爱过哪里，或多或少总会记住一些那里的话，爱的地方多了，口音属实是杂，一说到"什么"就用新疆话里的"撒"，一有语气助词就是云南话里的"嘎"，但凡说"好的"，统统会发音成拉萨话里的"奥呀"……

多少年了，朋友们大都习惯了我的什锦方言无缝切换，难得字正腔圆地和他们说说标准普通话，大都会很紧张，以为这个三更穷五更富的人终于是要开口借钱了。

爱得最久是济南，说得最多的是铿锵顿挫的济南话。

济南话里，把小姑娘喊妮子，妮发四声，重音。23 年前我初去济南生活时，一度很感慨泉城人民干吗要把好好的小姑娘喊成刷墙的涂料呢？

例如：老师儿，你干个 qì 啊？

答曰：俺带着俺家那腻子吃好好儿 qì ……

qì 就是去。好好儿，在济南话里泛指一切好吃的东西。

老师儿，则是一个神奇的称谓，理论上讲，可在日常生活中用来尊称师长亲朋外的一切成年人……只要精确掌握儿化音。也就是说，正确发音是：老婶儿。

印象最深的一次被这么喊是遥远的 2003 年，"非典"疑似患者的病房外，那个比我娘岁数还要大的医生边跑过来边吆喝：老师儿！省台的老师儿，等等再进 qì ……

她跑过来扒拉她的同事，一边扭头冲我们叫：快别掺和了让她，还是我带老师儿们进去采访吧，还没结婚捏俺科里这个妮子……你看行吧老师儿？

自然是行的，可她不算完，她看看我们几个，挑出我来指着说：

这个老师儿也别进 qì 了吧……这不就是个孩子么，这么年轻……

那时还不流行 N95 也没有 3M，隔着 16 层纱布的老式口罩和 17 年的时光，那声声老师儿清晰依旧，宛在耳畔。熟稔的音调，熟稔的倒装句……心里就被悄悄戳了一指头，就让人心里头慌得不行，软得不行。

……离开济南很多年了我，没被人面对面喊过老师儿很久。

想煞了，想俺济南，想晨练过的千佛山醉卧过的黑虎泉，想那里的人，越上岁数越想，有时午夜梦回历下文东，大润发刚开，金字塔还在，山师东路尚未拆，川鲁、好特、米香居，六乃喜的酱肉包子将将端上来，腾腾白雾蒙住眼，我掐着筷子夹啊夹啊，怎么也夹不起来，什么也夹不起来……

两行蒜味思乡泪，吧嗒吧嗒湿了豆枕面儿[1]。

多奇怪的乡愁，明明那里非故籍，明明不过是断断续续的十几年。

可就是想，想那些耳立[2]和定眼[3]，想那些唛一[4]和木乱[5]，想急眼了的时候，就想找人说说济南话，偶尔拉拉就行，微信语音三两句就行，有一搭没一搭都行，过过瘾算完。

话说过瘾却是难，离开那方水土太久，脑子能记住的，舌头已记不清，常被手机那头的老师儿们笑话咱的济南话已不正宗，好好好，本来就不正宗，现在更不宗。我有么[6]办法我？木得办法嘞，客居南方日久，西南官话早已沾满了舌头，总要费力倒口，才能将"兄弟伙，喝起"转化为"伙计们，走一个"，将"你给劳资爬"恢复成"歪门儿[7]！拔腚[8]！"，说得那叫一个磕磕绊绊。

最爱笑话我口音的，是个正宗济南妮子，长得挺聪明，瓢子里极简单，傻呵呵的，朋友圈里几乎所有的照片都是关于吃的，这个好吃，那个想吃，啊啊啊这个真好吃……

10年前我曾问过她人生最大的理想是什么，答曰：躺着，一直吃！

我问：吃么个好好儿？

她就咽口水，说：把子肉，干饭浇肉汤，浇透。

没有更高追求吗？答曰有，铺上三个炸鸡蛋，旁边一大把烤得嗞嗞的串儿。

10年过去，她初心未改，上次见面一起吃的好好儿就是串，两人一桌子扦，在北京。

"北京"二字用济南普通话念的话，发音是：杯京。

当时聊了些个么我已记不清，只记得她从坐下就开始叨了个叨：点了心管儿喽吗？有木有板筋？……还是咱小区的好吃hāng[9]，杯京这个烤得不大行。

倒是也没见她少吃，虽然配的不是黑圪，是燕京。

她很早就离开了济南去闯杯京，这两年常驻的地方除了杯京，还有横店儿，职业是péi片子，稀奇古怪各种戏。都忙，大家几年也见不上一面，偶尔几条语音，没有实质内容只是扯扯淡，永远说的是济南话，知道她也是在乡音里止止渴，如我一般。

我有时候熊她：妮子，横店就横店，别胡乱加儿话音，搞得像郭店儿段店儿似的……

她回我一句：哎……哟，老师儿你这个口音不大办[10]哦。

我说：你个小撕孩子[11]，把嘴里的食儿咽下去再和俺说话……怎么每次拉个呱[12]你都在吃东西啊你？在吃么好好捏？

有时候是外卖炒饭有时候是外卖米线，包子饺子粽子都是外卖都是肉馅，吃得兴高采烈，也不怕胖……说是péi戏累，干吃不胖，再说，除了péi戏和吃好好，也木有旁的什么乐趣了。

说是péi戏挣的钱大头都给妈妈存起来了，零头自己留着花，足够吃了啥外卖都点得起天天吃肉，小时候的理想阶段性实现了。

我就叹气，就想起来她小时候的模样来，那时候妮子还在"北舞"上学，杀气腾腾的马尾辫，走路还是外八字，有年夏天被拽来省台录我主持的节目，吃盒饭的时候嘴噘得老高，眼眶子里小泪花直打转儿。

我就乐，就问她：妮子，怎么治了 [13] 这是？

她说：俺这盒里面都是绿的，俺想吃另外那个带把子肉的……他们说太腻了没给俺发，现在这会儿好像都发完咧木有咧。

她委屈极了，说在学校时就不让多吃，胖了会挨熊，好不容易跑出来一次还是吃不上……早知道就不来了。我深表同情，告诉她来都来了，要坚强，同时为以示宽慰，坐到了她旁边，打开了我的盒饭，认真吃完了我那份把子肉，过程中详尽地和她演示了虽然很香很糯但确实很油很腻这一不争的事实，而且肉汤浇得太多了。


……其实不兴用饭盒，应该坐在街边马扎子上，折叠小桌黑黢黢，塑料袋子套小盘。

越冷的天里越该去吃，杆石桥、山大南、和平路口、朝山街，去就走路去，咯吱咯吱踩着雪，边走边冻得打 dēidēi [14]，远远地瞅见摊儿了，就咽酸唾沫，就赶紧跑起来。


肉香米香，人也亲切。


老师儿老师儿借个火儿。

好嘞好嘞哎哟哟……你这可是大鸡烟？这烟现在可不多见！

哎老师儿你也来一根，这是俺同事结婚发喜烟儿，平时俺也是抽白将，劲大呀，关关滴 [15]，嘬上一口愣力量，那才是咱济南的烟。

弟弟啊我觉得你说得对，来来来，坐过来，整一瓶还是怎么治？

整一瓶就整一瓶，谁让咱俩聊得来，来箱黑驹踩箱子喝，喊声老板你再加几个菜，豆腐辣椒炸鸡蛋，盆儿里剩下那几块把子肉，俺全包圆儿。当了个当，当了个当，当了个当了个当了个当。


……不能接着写了，再写眼眶子会浅，又难过，又馋。

把子肉，一块把子肉，足以代表济南，白的是大明湖，红的是千佛山，那条肉皮就是东外环……细细的棉线三缠两缠，勒出来的，浓油赤酱都是惦念。

我和妮子聊天，妮子啊，很多年过去了，"好米干饭把子肉"这几个字，离我已渐行渐远，偶尔路过济南，连锁店里的总不是那个味儿，找是难找了，说是创城，过去的那些老摊儿早已消失不见。

妮子说：那咱以后就不拉这些个行行子[16]了吧，怪伤感，咱拉拉别的吃的，咱济南又不是光那一种好好儿啊，全中国又不是光咱济南有好好儿哦。

她说：我在啃萝北[17]呢，我啃你听着哈……想笑就笑，憋着干么？快别娘娘们们儿地老伤感。

貌似每次闲扯都是关于吃好好儿的。和这个半调[18]说话，最大的特点就是，不论什么话题最后跟吃的都离不开干系。至于她的情感状态、事业前景、价值体系、爱憎好恶，有哪些成长有哪些长进，我几乎无甚了解，都没盛进这一只碗。大家只是聊吃，很默契的。

好嘛，这种聊天属实没营养，但每次扯完几句，心情总会好那么一点儿，就是说嘛，都这个岁数了，朋友圈里还能有这样光知道吃的朋友，挺定眼。

况且还能和咱拉拉济南话，蹦个木哏儿[19]……一起念叨念叨济南。

滚滚红尘翻呀翻两翻，我的朋友散布地北天南，有的侠气局气有的疯狂疯癫，有的洞明练达有的清癯寡淡，有的心怀社稷志存高远，有的心心念念的只是把子肉和好米干饭。

于我而言，却并无高下次第，给予我的，都是无二的陪伴。

因有他们的存在，那么多的异乡成故乡，那么遥远的故乡，万水千山，一条语音即可重见。

…………

舌尖唇畔，眼底心头，济南哦济南。

## （二）

我和妮子聊天，一句把子肉，翻过复去总能聊上半天。

只有一次聊的不是，就在前些天。

那天聊完正事后，我说：妮子啊，夸奖的话我就不多说了，反正这次捐物资这事儿吧，你干的那是杠赛来[20]。来来来，正事儿忙完了咱交交心，咱这么多年来第一次正儿八经地拉拉呱。

妮子，你看，这些年咱俩老聊把子肉，可你是济南孩子我不是……

其实我第一次吃把子肉是 1999 年。

那时借住在省府前街一个几平方米的亭子间，房子老，面积小，开门急了就撞床，下床猛了就撞墙，插上电褥子就跳闸，电压带不动电风扇。总之那是个很有性格的屋子，夏天暖和，冬天凉快。

楼下有对中年夫妇，卖把子肉的小贩，我在他们推车前吃了整整一年的晚饭，炒藕片或炒土豆片，浇过肉汤的米饭。

基本没什么交流，只是问过我两回：老师儿，光浇汤啊？把子肉不来一块？

我说没事没事……太肥了，嫌腻得慌。

那时候刚去山东台打杂，实习生都不算，当美工当剧务，劳务费每月固定 400 块，不录节目不管饭。那时候的把子肉不算贵，也不是说真就吃不起，只是担心吃顺嘴了一块两块不过瘾每顿都想吃怎么办，惯那毛病干吗，干脆不吃不就完了。

到底还是吃了。

千禧年跨年夜，节目结束得晚，收工后我穿过崭新的喧嚣的拥挤的泉城广场，哈着白气，走回我的亭子间，心里琢磨着这么隆重的日子可不得庆贺庆贺？今天应该多补充补充热量，再吃一顿晚饭。

藕片早卖完了，只剩土豆片，我扒了两口米饭……碗底露出好大一块肉，两只卤蛋。

说是跨年掉眼泪不吉利，他们背朝着我，我背朝着他们，谁也看不见。

我应该记住那块把子肉的滋味。

我并没有记住那块把子肉的滋味，甚至没办法说一声谢谢。

20 年前 20 岁的我唯一能做的只有狼吞虎咽赶紧吃完赶紧逃开。逃回楼上，把门关严，直到外面的世界完完全全安静下来，凌晨的济南。

知道是在体恤我，不知道的是该如何去回应这份体恤，和所有那个年纪的年轻人一样，我趴在床上埋在枕头里不停地想象出一组又一组画面，每一组都和感谢方式有关——每一个想象里我都变得特别有钱，然后，涌泉相报的那种。

想来想去，心里好像是暖和了一些，然后忽然开始打 dēidēi，一连串冰凉的雪球从半空中砸下来……那我以后该怎么再去吃饭？去还是不去了？不去的话该去哪儿吃？去的话该有什么样的表情，什么样的姿态？是装作什么也没发生，还是先补上一句谢谢？到底该怎么说出口这句谢谢……

屋子里没暖气，电热毯开久了会跳闸断电，我觉得我躺的是雪地了，冰凉凉的问题一个接一个重复地落下来，没有一个能焐化。

……妮子，咱都一样，出社会早，太多东西不懂、不会、不明白，也没人教咱，需要用太多的年头去一点点自学。

自学也是要交学费的，这一点我懂，只不过起初我以为这学费叫作拼命和努力，后来才明白不够，还需要别的。是在千禧夜过后没多久的一天忽然明白了的，那时我逆着人流站着，弯腰去捡一块肉，好久也没捡起来，手被踩了几下，觉不到什么疼……但是忽然就明白了，一瞬间的事情。

当年明白了以后也别无他途去获得，唯有越发拼命这一条路，谁让你一穷二白尚处在食物链底端，且大概率的没什么通道让你去上行，只有拼命去撞，看看能不能成为个例，拥有个窟窿。

那个时期是真的拼命，啥东西都学，啥活儿都干，干活儿这回事只要你想，总不会有人让你闲着。干了太多活儿，也学了好多东西，比如摄像技术。那时的摄录技术还没有数字化，设备均沉且大，外拍时需有专门的人扛辎重才行，不然摄像师会累煞。于是左肩三脚架右手摄像机，满背包的带子和电池，反正你主动都驮了，摄影师就能轻松一点儿，休息的间隙就乐意冲你招招手：来，我再和你说说怎么调白平衡……拿着机器去旁边试试移动镜头去吧，可别给摔了，咱俩都赔不起。

给灯光师爬"葡萄架"时看会了些用光技巧，也常被音响师喊去举毛球，后期剪辑则是看会的，那时候还不流行非线编，对编机操作费神耗眼占用时间，不想加班想偷懒的小编导机房里不缺，周六日你跑过去眼巴巴地一待就是一整天，厚着脸皮混成熟脸庞，人家当然乐得让你顶班。

千禧年时，一个后期普通编导月薪 2000 块，现在看不算多，当时则足够买一平方米的房子，在我眼里，那都是财主。前期主力导演是 3000 块，一个组里只有几个人能拿这样的高薪，都有小汽车，都很受人尊重。导演们的节目策划会根本轮不到杂工去旁听，那就等在门外面好了，看看有没有机会领到临时任务，跑跑腿，混个眼缘。

有一个凌晨，被人轻轻拍醒：又没走呢？回去睡吧，散会了。

她问：住哪儿呀，哦，正好和王珂导演顺路，我让他送送你。

下一个午夜，有人推开门，烟雾缭绕的办公室正中，她冲我招招手，来，进来一起听听。

屋里的目光未必每一道都是友善的，大部分也谈不上友不友善，只是看不见你而已。她让我坐到她旁边，不要坐在角落里，然后不再和我说话，会议继续。

我不清楚成为一个电视导演需要完成哪些课程，我只知道一个又一个午夜和午后，我坐在她的侧身后免费无偿白听白学到的那些东西，后来的十几年间我一直在用，并得以依此在那个行当里安身立命、温饱体面。

那个栏目组叫《开心假日》，隶属于综艺频道。她是制片人，20 年来人前人后我不曾有一次敢直呼其名，永远称呼她吴莺姐，这一生都会敬重。

说是就不要各个栏目乱打工了，就留在她那儿吧，于是每个月领到的钱忽然多了好几百块，每次都是她直接从自己的钱包里数出来的。也不让我打劳务费收条，反倒让我理解一下确实没办法帮我缴三险一金。我那时完全不知道什么是三险一金，我只知道一个编制外的打杂工的还没领到大学文凭的外地孩子，原先每月 400 块钱，现在顿顿饭吃吃把子肉都吃得起，还去吃过一户侯的白斩鸡。

知道我得过肾结石，当年最常叮嘱我的，是让我多喝水，别的反倒什么都不叮嘱，我忐忑地接过那些任务后眼巴巴地看着她，等来轻轻淡淡的一句：你没问题。

任务都是忽然宣布的，很随意布置下来的，外联敢让我做，外景敢让我拍，甚至给了一个现场导演的岗位。虽然现场导演不算导演，只负责领领掌带带气氛，但开场前会有 10 分钟的专属时间站到舞台上面向观众席说说注意事项，800 个人看着你，沉甸甸的话筒握在手里，10 分钟的时间，你可能够把他们的情绪调动得激昂起来？

和我说过的，当是锻炼吧，这个练好了，将来可以做主持人。

我不敢接话茬，怕被看出来藏着掖着的那份野心。

她就笑笑，指一下舞台，还是那一句：你没问题。

……妮子，很多年之后，我才学会和人说同样的话，学着她当年的模样，说上一句：你没问题。

很奇妙的事是，但凡我和人说过这话，最终全说对了。自然不是乱说的，都能在那些人身上找到我自己的影子，我想，当年的吴莺姐应该也是一样的吧，或许当年的她在当年的我身上看到过一些什么，或许，很像年轻时候，刚来济南的她。

又或许，当年她听说过一些事情吧，或许那一次她就站在导播间的楼梯上，目睹过程。

我没问过她，那事儿当年没问过，事后的这么多年里也不曾完整和人提过，现在和你说说，以后就再也不说了。

…………

那时千禧夜过去没多久，我还只是一个刚打了一年杂的编外剧务，发发盒饭做做道具搬搬东西。年末忙，棚里人手缺，有一天被临时抓差，塞了一把票子，让抓紧买几十份盒饭去，要快，可以打车去。

很多事情本可以避免，比如，当时的我应该问一句的，说一声自己没经验没干过，需要一个更加详细点儿的指令。可是并没有问，不敢问，害怕问了露怯，被收回这个机会。

是哦，多好的机会，刚一听到全身的血就被加热了，眼前瞬间蹦出了目的地……我太知道该去哪儿买了！我熟悉。

攥着一把票子跑出去，再拎着两座小山跑回来，十个手指头有八个已被勒得没感觉，但一点儿汤水都没有洒，年轻有力气……空有力气，但没经验更没有常识，那个年纪能了解的世界窄得可怜，自己却并不自知，比如，甚至不清楚这世上还有那么多的饮食忌讳。

印象里是最后几个来领盒饭的人之一，对方是笑着的，我也是笑着的，应该甚至还带点儿得意，老师儿你看，多香，多好的荤素搭配，很用心的……
他再次瞧了瞧打开的饭盒，笑眯眯的：哦，大肉……
我操着尚且夹生的济南话说：是啊，肯定比别处的大，赶快吃吧老师儿，爱吃的话我这还有专门多买的两盒呢。

没什么多余的话，盒饭直接扣到了我脸上，一整盒。
肉掉在地上，一翻一滚马上就脏了，那么好的把子肉，就这么糟践了，就这么白白糟践了。
我低着头看着那么好的肉，米粒糊着眼眶，汤汁蜿蜒着从下巴上滴答。我琢磨，打还是不打，把他鼻梁先打断吧。打应该是打得过，打了的话，肯定是没办法在这里待下去了，我是临时工，人家是有编制的……所以，打不打？
要不，先听他怎么说吧，说清楚了再打回去，总得有个缘故。

却是什么话都没再有，人已经走开了，第一时间没能还击的拳头，顷刻间也就够不着了。
我琢磨，还来得及，撵上去吧，撵上去勒倒他！一直勒着，一直不松手地使劲儿勒着他脖子……
却是没能来得及，忽然间观众开始入场，欢欣雀跃的人流瞬间涌进门来，背后远远地有人冲我喊：那个谁，愣在那干么？！把你那些破袋子收拾收拾，赶紧把通道闪开！

我逆着人流站了一会儿，弯腰去捡那块肉，好久也没捡起来，手被踩了几下，觉不到什么疼。

午夜回到省府前街，远远地，那对夫妻冲我打招呼：回来啦？

他们给我递烟，新拆封的"白将军"，他们说：谢谢哈老师儿，这么照顾俺们生意……台里的老师儿们吃了觉得好吗？明天还要不要了，俺们好提前准备准备。

我说，都觉得特别好，肉的咸淡也好，分量也足，都说比别的地方的好吃。

我说明天不用准备，我们台不是天天录像，等到下次录像……我还来订你们家的把子肉，一定。

他们问，那下次是什么时候呢？

我想说下个月来着，或者再下个月，话在咽喉处哽了一下，出口时却是下个周。

## （三）

我没再见过他们。

几天后的一个凌晨，街上没人的时候，我搬离了省府前街，搬去了几公里外文化东路省杂技团宿舍的一栋老筒子楼。行李不多，一个被单就能全卷成包袱，穿过泉城广场走向朝山街北口时，包袱松了个口，喝水的搪瓷缸子叮叮当当滚出去很远，声音大得可怕，一直不停，后脑勺就嗡嗡的。

我后来没有买过任何搪瓷制品，说不清的一种不喜欢。

我记得当时左手边是永和豆浆，玻璃窗上有层薄薄的水雾，里面有模糊的人影在冲我叫，指着我的背后，我得快点儿走过去，我必须面无表情地假装听不见，我不想停下来，不能弯腰回头。

几个月后，有扇门打开，烟雾缭绕的房间里坐满了导演。

一个姐姐冲我招手：来，你也进来一起听听。

又过了几周，她指着面前的舞台，笑着说：你没问题……

两年后，我向她辞行，她请我吃饭，带点儿难过又有点儿开心。好好发展哦，她对我说，卫视那边的环境可能更复杂一点儿，会很难……但你没问题。

我说：嗯，我有心理准备，那个，我会一直用这个名字的，您说过的，这两个字简单，也硬气。

我说：谢谢您当初给我定的这个名字，我不会把它只当作一个艺名。

于是一直用着这个名字，直到今天，以及未来。


我记得当年那顿送行午饭有道菜是把子肉，也不知道是专门买来的，还是那家饭店本来就有。

菜点多了，临走都打了包，我把袋子挂在自行车把上，埋着头慢慢地蹬，有两个路口走了神儿，不知不觉居然骑到了天地坛街入口，再往前的路我曾经很熟悉，闭着眼也能走……

那时候泉城路正在改建，沿线拆迁，曾经的省府前街亭子间变瓦砾变白地，又变为高端商铺，那对曾经在千禧夜里往我碗中藏过把子肉的小贩夫妇，不知其踪。


……妮子，你知道的，我直到今天没改掉爱吃路边摊的习惯，不同的城市不同的国度，不同的街头。妮子，我想这也是咱们能一直当朋友的原因之一吧，每次吃饭，你都没嫌弃过坐马路牙子，只要把子肉管够就行……赛吧[21]，咱济南府的妮子，场场面面的，不矫情。


……妮子，那咱就说点儿矫情的吧。

刚才的那些话，让我重说一遍行不行？唉，反正很多话就说这么一次，我看行。

当年搬离省府前街两年多以后，我离开了山东综艺频道，被特招进入山东卫视，当了周六晚黄金档的主持人，开始参与主持一档叫作《阳光快车道》的节目，那时 22 岁。

3 年的时间，从一个幕后编外打杂的当上了台前镁光灯下的，吴莺姐曾说过的那句没问题，算是提前应验了，且一应验就是许多年，我却从不觉得自己算是苦尽甘来，也丝毫没有终于出了头的欣喜感觉。

吴莺姐给我送行的那个晌午头，和她吃完饭后，我回了省府前街，盛夏的济南干热干热的，柏油路都是软的，白晃晃的脚手架和砖石水泥，蝉声震耳欲聋。

车把上挂着沉甸甸的打包盒，拽得左手老歪，里面是我最爱吃的把子肉。我知道从今往后什么好好儿我都吃得起了，什么好房子我也租得起了，不会再心疼钱。但面前这白晃晃的遍地瓦砾为何却如此让人难过，那对儿曾经在千禧夜里往我碗中藏过肉的小贩夫妇不知其踪，欠他们的，我还没来得及还。

又过了 8 年，在卫视 1200 演播大厅录节目吃盒饭的时候，认识的你。妮子，很高兴你也热爱吃把子肉，人家不发给你，你还抽搭鼻儿 [22]……

我后来带你去师东路口补上了那顿把子肉你还记得吧，唉，太吓人了，是真能吃啊。

你家里是不是条件特别差，从小什么都不给你吃对吧？

不对，你家里应该条件特别好，不然就你这么个吃法，一般家庭可真是不敢养活啊。

那时你奇怪我一个卫视的首席主持人为什么吭哧吭哧地蹬着个自行车，买不起车吗？

我开玩笑说：因为要抵御宝马香车高广大床的诱惑，要时刻提醒自己的阶级出身。

这当然只是句玩笑话，纯属扯淡，从小没冻着没饿着，普通家庭出身的普通孩子而已，并没有过什么苦大仇深。真正底层苦孩子出身的人，我后来结识了很多，都曾和我不止一次地坐在街头巷尾的地摊儿前喝过啤酒，吃过地沟油。他们哪一个都比我更拼命更努力，可这世上的事情哪里只是拼命努力那么简单，那些通道路径一天比一天封闭，那些壳儿一天比一天固化，比额头坚硬。

拼出一个头破血流能撞开几条裂缝的，不过只是大基数下的小概率……

所以我一直明白，比起他们来，我的那点儿遭遇不值一提，我起点再低也是高的，我只是走运，简直不要太幸运。

所以我从没以曾当过某一个段位的主持人而自负，也绝不可能自得于当下这个所谓的什么作者身份，较他们而言，我不过是很走运地有了温饱体面，且能被人倾听。

不过一个稍微走运的说书人罢了，很幸运地没有被圈，只野生。

我试着把他们其中一些人的故事写进过书里，各式各样的人生——

垃圾堆旁辍学的瓶罐、放羊娃出身的铁成、门巴族少年背夫白玛列珠、留守儿童客家姑娘采、打过童工的阿明、逃婚的小服务员樱桃、逃出过奴隶工厂又逃出过传销窝点的老谢……

我写他们的出身际遇、磨难和碰壁、失落和失望、救赎与自我救赎、最终获得奇迹或人海中浮沉继续。很多故事被人单纯解读为励志，乃至被当成梅花香自苦寒来式的鸡汤，不会去解释，懒得解释，都是走运的人，哪儿听得进什么解释，多令人羡慕的夏虫语冰。

自会有人读出其中的悲愤和悲悯吧，阅罢无言亦无解，只有一声叹息。

我亦无解，亦知无力撼动任何规则和规律，我能做的只是选择站在鸡蛋一方，和他们站在一起，记录和讲述，因循共情。

有些自勉自励，我尊重和认同，却并不敢轻易去鼓励或激励，以己度人，若论初心，我又算是个什么东西？说什么天道酬勤，说什么励志谈什么上进？不过是一巴掌打过来，没了回头路而已。

只有我自己明白自己，在那个行当里最初的动力其实只是八个字：不被欺负，能被当人。

那些屈辱和打击，我并不觉得它成就了我什么，我能做的是受着，可以淡忘、可以消化、可以算了，但永不会去感恩或感激。

稍微往大了说一点：某种意义上讲，我不觉得任何人有任何必要去向曾经的屈辱和打击表示感恩。


曾经的那些都不会，更何况后来的呢？

这么长的路不是白走的，那么多的饭也不是白吃的，忍耐和承受，熟稔后也就习惯了，总会有些长进。

你看，此后的这些年起起落落，风光与落魄交叠，枯荣交替，一波又一波的峰峦和底谷，绵延不断持续至今——因为是打杂剧务出身的主持人而被轻蔑，因为是过气主持人出身的写书人而被讥讽，因为是个野生作家却登上榜首而被群嘲，因为你和别人的各种不同而被排异绞杀，因为你留给别人的那些刻板印象而被奚落围攻……

2000、2005、2009、2012、2019，都受着，都没问题，都没有 20 年前扣在我脸上的那个盒饭来得重。

未必当年能受着的，如今就不行。


你要知道，20 年来一直有人把好好的饭扣到我脸上，也一直有人悄悄为我在饭底下藏着肉。

若说感恩，只感恩那些杯水车薪。

# （四）

我爱济南，那里曾有过那么多对我好过的人，我不知道该怎么做的时候，就学学他们的模样。

我受过那么多的恩惠，在那么多的地方，就像在济南时一样。

我像爱济南一样地爱过那些地方，并努力试着去活成那些对我好过的人的模样。

我把他们写下来，太多人的故事太多的地方，诸般的苦和无常，诸般的知苦灭苦苦中作乐、抱团取暖以御寒凉。在不同里找相同，在无常中找共情，越活越能明白那句话——越不爱人间，越觉人间好。

是民国时的诗了，顾随的《生查子》，最初看到这句话是在离开济南的动车上。动车开往杯京，全部的辎重是一个40升的背包，几件衣裳一台电脑，里面有我无人问津的书稿。还是有长进的么，最起码这次不是用被单子当包袱皮儿了，想到这一点，就挺想笑。

车窗外已是白茫茫的华北平原，车窗上倒影中的那个人眯起眼睛抱起肩膀，试着笑一笑，努力笑一笑，努力让自己看起来不那么落魄潦倒。

这个人杂工出身，19岁入行，22岁起运一度风光，至32岁时惨败，告别了电视荧屏和麦克风，开始卖文为生。那年一并作别的还有济南，13年的时光。

不是没有坚持过，坚持不了了，从十年的周六黄金档节目现场主持人调任外景主持人，又调任第二现场主持人。每期节目出镜5分钟，一度500块钱月薪。2011年的500块钱月薪，12月的济南，我交不出家中的暖气费。

倒也是好事一桩，从那个冬天起我开始穿秋裤，秋裤是个好东西，夜里睡觉时脑袋再冷，腿就还好。

不可能去借钱的，从没借过，没有什么积蓄，那时拉萨的小酒吧早已倒闭，云南的小酒吧房租尚成问题，也已经很多年都懒得去主持商演挣外快唱堂会，体制内的主持人靠工资吃饭的人……我知道他们想逼我自己走人。

你不走谁走呢，换届洗牌殃及池鱼，容不得你这种不懂跟风站队的人，反正你也没什么靠山没什么根基，脾气性格比名字还冷硬，不讨喜，不见喜。

以为坚持努力可以解冻变相的雪藏，结果没有。于是我找了个纸箱子盛走了我的东西，像电影里经常演的那样。已经有很多老同事先一步离去谋生了，剩下的几个尚在岗的送我，都不说话，有掉眼泪的。他们陪我最后去了一次1200演播大厅，去再看看那个存留过我们青春的地方。

没能再进去，没有出入证了。

我抱着纸箱子走了，一路不肯回头，尽量走得矫健而挺拔。走到经十路和历山路交叉口时，有老观众认出我来，拿出手机找我合影，我合了，还是笑着的。从那以后我能不合影就不合影，找出各种理由不去和人合影……那天合完影后，终于忍不住回头看了一会儿，雾霾天，广电大厦影影绰绰的。

我寻思着，吃点儿东西去吧，先把空了的地方填满。

边走边打电话，斟酌着措辞，琢磨着追点儿薪，吃点儿好的去。我说：喂，老师您好……对对对我已经走了，讨个活路去。那个，实在不好意思，我算了算，给您的栏目组代班主持了快一年的《调查》，您看能不能结算一下劳务费用……一直没给我结过呢。

电话那头的声音很语重心长，他说：可不能这样做人哦，多不好，你可是台里给发工资的人……哦台里只发你500块，但那和我们有什么关系？本来让你来代班，就是想着多给你创造个出镜的机会，怎么还能跑来要钱呢？

唔，明白了，也就是说白干了。

之前不是这么说的吧，之前不是说过最后一起算吗？

不过您说得对，好的那就不要了，就这样吧，谢谢给我的机会。

挂了电话，发现满目的雾霾遮天蔽日，马路对面的老齐鲁宾馆倒是很清晰。

曾经里面也有个演播厅呢，很多年前我从那里起步，打杂工做道具发盒饭迎着涌进来的观众人群蹲下身在地上捡东西。

那么好的一块肉，多让人心疼，却怎么也捡不起来，手被踩来踩去。

大梦一场 13 年。

到底还是什么也没捡起来，依旧蹲在原地。


# （五）


济南街边的垃圾桶洞口小，一纸箱的获奖证书和奖杯奖章好半天才塞完。

正折巴纸箱子也打算往里塞那会儿，一辆低配版马自达嘎吱停下，摇下的车窗里，殷伦探出脑袋：找你半天了，忙活么呢这是？

他说：好了快别狗乱咧，快点上车，咱吃好好qì。

我就夸他：小伦子，真不错，你现在赶过来，等于扼杀了很多不安定因素，几乎等于是为社会治安做出了巨大贡献了。


职场里为数不多的朋友，殷伦算是一个，他家的马桶就是我送的，很贵，好几千块钱。按山东规矩，朋友搬新家需要送家用电器或炊具，这叫作新房温锅。每次干架一急眼了，他就说要回家去把马桶掰下来还给我，说了很多年也没付诸行动，这就说明我们关系真不是一般地好。

架是真没少干，认识多少年就吵了多少年，基本全是围绕着工作。每当拍摄理念不同时，不惜搏击也要争出一个结果。他是摄像师我是主持人，在被雪藏之前的那十年，几乎我所有的节目都是他拍摄的。外景拍摄也是他，曾经一度外拍多，两人上东北下海南过中原去四川，跑遍了大半个中国，在若干城市和村庄留下过互殴的身影，这就说明我们本质上有多么认真对待工作。

我们很早就认识了，早在齐鲁宾馆时代，那时候我刚从省府前街搬去文化东路，虽是筒子楼，屋里却有个独立的小厕所，没门，布帘子，蹲坑。他那时在行当里的资历和我差不太多，摄像助理而已，生活条件却优越我太多，挣得再少也活得下去，不用花钱租房子不用花钱买饭吃，他是济南本地孩子，北园的，家里有浴缸。

当年我刚搬到文化东路那会儿，殷伦送过我一台洗衣机，从自己家里杂物间偷偷搬来的，吭哧吭哧抬上楼，搬进我的小厕所。位置刚刚好，蹲坑的时候脑门儿正好顶在上面，方便使劲儿。

我表示很感动也很震惊，原因有二：一则这礼物也太贵重了吧，为什么？二来，这台小鸭单筒洗衣机的声音很像拖拉机啊，抖动的频率也像，而且岁数也太可疑了吧，很像咱80后啊。

对于第一个疑问，他的答复很诚恳：咱都刚起步，衣服每天干干净净的，给人留的印象会好一点儿。

对于第二个问题，他表示很愤怒：歪门儿不要拉倒！白给的还不要，净些事事儿！

这就说明他的诚恳是带有水分的，不然他为什么愤怒。

那台洗衣机我一直用到2003年，它很个性，塞满了还好说，不满的话会在屋里爱的魔力转圈圈。

当时"非典"，一度流行在屋里熏艾条，但事实证明艾条这个东西不应该5根一起点，烟太大了我被果断呛离，打开房门跑下楼，过了一会儿，洗衣机也下来了。

我好生奇怪，你个半调……你是怎么下的二楼？

你不是正在给我洗裤头吗？我裤头飞哪里去了？

我后来把那台小鸭卖了废品，35块钱，请殷伦吃了一顿把子肉。

他很伤感，但吃得并不见得少，边吃边告诉我，我先斩后奏不是个玩意儿，因为那台洗衣机从小就陪伴了他的成长，洗过他所有的校服和红领巾。

殷伦是个爱感慨的人，貌似很重感情的那种，很多年来录节目时每逢感人的片段，总能看到他在台下擤鼻子擦眼镜片。他棚拍时主掌摇臂摄像机，那行行子死沉，走神的话容易砸死主持人，我提心吊胆却总又化险为夷，他技术好，擦眼泪的动作可以快速单手进行。

因技术出色，殷伦一度私活儿不断，给周杰伦的全球演唱会当了好几年御用摄影师。后来周杰伦的演唱会开到了济南，念及旧情，送了他一个全场通行证，他带着单反去拍了很多照片，听说回来后坐在工位上红着眼眶一张张地修图，边修，边叹息和哽咽，放的背景音乐是长亭外古道边芳草碧连天……那是2015年的事了，我记得他当时朋友圈发了好几组照片，配文是：再见了，我的杰伦。

好坑吧，他给周杰伦打过两年工，末了都能这么动感情，还他的杰伦。
他和我当了十几年兄弟，我2012年临走时他却没和我说过一声：再见了，我的冰。
这就说明这个人不纯粹，不真诚。

当年我抱着纸箱子心碎在经十路上，他赶来后大义凛然地说要带我吃好好儿去，事实上吃的是好特。
好特是一家截止到2020年花30块钱都能吃撑着了的炒菜店，位于山师东路北段，艺术学院后门。当年殷伦请我吃了干煸芸豆，还有两吃里脊、西红柿鸡蛋汤，还有米饭。我建议他去路口帮我买块把子肉去，这样比较方便快点儿填满我内心的空洞，他表示了果断的拒绝，理由是菜会吃不完的。

好吧，吃什么不重要，在我这么需要的时候，你能出现陪陪我，你人还算不错。我等着他开口宽慰或鼓励，一同摇着头感慨或互相拍着大腿叹息……结果没有，屁都没有。

也就是说，除了请我吃了一荤两素，除了咔咔地往嘴里扒米饭，其他什么屁都没放。

这种感觉倒不陌生，就好像我们不过是又回到了一起外拍的旧时光，2003年2004年2005年，一天的工作刚结束，拖着疲惫的步伐走进好特，点上万年不变的几个菜，边吃边随意扯几句淡。

你钱攒得咋样了，打算么时候买徕卡呢？其实我觉得吧，按照你的技术，更适合宝丽来……

你呢你这次录像结束是不是又要跑回西藏了？那边酒吧的生意咋样了，么时候倒闭呢，真期待……

有一搭没一搭的，边吃边叨叨，于是绷紧的神经慢慢松下来，最后一口饭吃完，人也就困了，走了走了回家睡觉觉去明天见哈，嗯，好，明天见，明天有例会，你别又睡死过去起不来，又找借口说你小自行车爆了胎……

我记得他的最后一顿单身饭也是在好特吃的，也是和我吃的，2009年，他结婚的前夜。

那顿饭很难忘，每吃上一会儿我就停下筷子指着他哈哈哈笑半天，真疵毛啊，结婚前一天跑来找我借西服，你演道 [23] 么演道？又不是没钱。

他说他不是演道，是得为滴 [24]，因为他媳妇的裙子也是借的。

他很不屑地用筷子指着我，很骄傲地说：你不懂，高雅老师那可是个有文化的人，我既然和她在一起，就要学会像她那样漠视物质追求……还有那个虚荣。

他媳妇确实人如其名，爱写作爱思考学历也高眼镜子片也特别厚，一看就知道充满了常人无法理解的精神追求。确实很难理解，我用了很久也没能消化得了为什么这两口子穿着故意借来的衣服办婚礼还那么光荣。话说也没什么婚礼，舞台也没有，他们找的是个饭店包间，总共也就坐得下十来个好友亲朋。作为现成的婚礼主持人我英雄无用武之地，这两人用了统共不到5分钟就结束了全部婚礼流程。

只是互相发言，只有互相发言，当时新郎的发言让我印象深刻，他说：大家请一定理解我们的一切从简，因为我们家高雅老师说了，与其把钱花在婚纱和婚宴上，不如都拿来给她买书……

他俩还确实说到做到了，他们的婚房一进门就是书，每个房间每面墙，包括洗手间都有。

拉臭臭的时候都不忘读书，这是一种什么境界！我随手抽了几本翻了翻，发现都读不懂，于是深受感动，果断送了一个超贵的进口马桶给他们当温锅礼物，就是后来每次一干架，殷伦老师儿就吆喝要掰下来还给我的那一个。

2012年离开济南前的那顿饭，我边吃边想起了那个马桶，好久没一起拍片子了，好久没机会拌嘴干架，也就好久没有吆喝着还我马桶。

我就叹气，唉，怎么治啊弟弟，白交了哇，咱兄弟一场，末了末了，也不说安慰安慰我。

他就扶扶眼镜，说高雅老师提醒过了，在这样的时候……应该此时无声胜有声。

行，那就别落落了[25]，吃你的干煸芸豆去吧，紧巴利儿[26]的。

结账出门后，我说：再见吧小轮轮，我明天走了哈。

他说：嗯，明天见。

我说：见不着了，我走了，明天夜里。

他说：好嘞，明天见。

我问：你彪了吗你？我明天去杯京了以后都不回来了，见个屁啊还见！

他立马愤怒起来，怒斥道：你才彪了呢！明天不见的话，谁送你去车站？！

谁说你以后不回来了？！他恨恨地吆喝着，用力地一巴掌推过来，

你不回来的话，我就 nēng[27] 死你个小撕孩子！

# （六）

临走的时候给了我一袋葱花饼，台食堂里买的，让我路上当饭。

临走的时候还给了我一本书，说是偷偷从高雅老师书架上拿的，好让我路上打发时间。

我们把车停在济南西站外，摇下车窗抽烟，我伸出一根手指头戳戳他：小轮轮，按照常规的剧情桥段，你这个时候还应该再拿出一个信封什么的，里面有老鼻子厚的一沓子钱，然后咱俩推推搡搡半天……然后很多年后我东山再起衣锦还乡……送了你一个纯金马桶，外加满满一麻袋钱。

我问：哈哈哈，歪门儿，怎么不笑呢？

他说他在思考，他思考了一会儿后叹气：奶奶的……你歪门儿是不会收的。

我说：这就对了，确实不会收，所以为了维护咱们残存的友谊，你右边兜里那个鼓鼓囊囊的行行子，就不要惦记着拿出来了。

他说嗯，手扶在方向盘上轻轻地拍着，忽然说起了遥远的 2000 年。

他说，2000 年的某一天，他去综艺台帮忙摄像，吴莺姐随口问他，觉得那个孩子怎么样哦，就是那个打杂的山艺小孩。他说他不知道该怎么回答，因为他那时也还是个小孩。

应该挺能忍的吧，他扭头看着我，慢慢地说，对你的第一印象就是挺能忍的……当着那么多人的面蹲下去捡肉，手被踩了那么多脚也不吭声……

我说：行了，闭嘴了，咱不说这些了。

他不停，接着说：那时候远远地看着你蹲在地上，锅着腰，用手把地上的米饭一把一把地全都呼啦了起来……那时候就想，这个人哦，将来不论混成什么样，我都不会意外。

他扭钥匙，发动汽车往进站口开，边开边说：不回来就不回来吧，反正你接下来混成什么样，我都不意外。

他说：对了，我在饼里夹了块把子肉，一会儿从后备厢给你拿瓶水带上吧，不然就得慌。

火车开过泰山站时，我已吃完了那个饼。

暮色沉沉，车窗外已是白茫茫的华北平原，车窗倒影中的那个人眯起眼睛抱起肩膀，试着笑一笑，努力笑一笑，好让自己看起来不那么落魄潦倒。

潦倒吗？又算得了什么？总会过去的吧，过去了以后也总会再来，受着吧，受着就好。

于是翻开了那本书，随手翻了几页后看到一首《生查子》，曰：

…………

空悲眼界高，敢怨人间小。

越不爱人间，越觉人间好。

后来我和妮子聊天时，描述过当时的感觉：

就被击中了一下，就觉得写得真好，就寻思，嗯，我应该哭一会儿，反正又没有人看见，我应该抓紧哭上一会儿的啊，要不然以后没机会也没兴致了多不好。

就盯着车窗上的影子看着等着，就那么一直等着看着，使劲儿地酝酿……

树影山影城镇村庄，火车飞驰，驶入越来越深的夜。

飞驰过 2000、2005、2009、2012、2019……前也茫茫后也茫茫，未曾停歇。

此刻人到中年的我坐在 2020 年初春的晨光下打完这些文字，所有那些关于济南的旧时光迎面涌来，呼啸而过。

终究还是没能哭得出来。

《济南往事》武汉小屋·谣牙子 ◁

## 济南方言对照表

[1] 豆枕面儿：枕头皮。

[2] 耳立：很好、很棒、很精彩、很不错的意思。

造句：这个球进得太耳立了！

[3] 定眼：碎嘴子，耍贫嘴，不合时宜的搞笑。

定眼孩子，指爱调皮捣蛋的孩子，也叫"唆一孩子"。

造句：这个小孩说话还挺定眼呢。

[4] 唆一：调皮捣蛋，不让人省心。

造句：你弟弟太唆一，下次别让他来了。

[5] 木乱：

1. 指心绪很乱，理不出头绪来而烦躁不安。

2. 对方在肢体或语言上让人讨厌。

3. 身体不舒服，不疼也不痒，但挺难受的。

造句：最近事太多了，天天木乱得心慌。

[6] 么：什么。

[7] 歪门儿：该词始于民国时期，把对方称为晚辈，占到口头上的便宜，原意为我儿们，久了便谐音为"歪门儿"。贬义词，相当于北京话里的"丫"。

造句：歪门儿拔腔。

[8] 拔腔：济南话里的一个高频词语。此词来源于"起锚拔锭"，有开船走人的意思。

造句：这里不欢迎你，赶快拔腔！

[9]hāng：山东方言里的高频语气助词，常用在句末。

[10] 不大办：不行，不好，没达到要求。

造句：这顿饭做得不大办啊，还收俺那么多钱。

[11] 小撕孩子：对他人的贬称，常用于表达愤怒和对立情绪时。

[12] 拉个呱：聊个天，说个话。

造句：你没事来找我就行，咱俩得好好拉个呱。

[13] 怎么治了："治"，相当于"办"，怎么了、想干什么的意思。

造句：我拜托你的那件事，最后怎么治了？

[14] 打 dēidēi：打哆嗦。

造句：这西北风刮的，冻得我打 dēidēi。

[15] 关关滴：地道、漂亮、专业、优秀。

造句：你看看人家那技术，关关滴。

[16] 行行子：东西。

[17] 萝北："萝卜"的济南方言发音，"北"发轻声。

造句：我吃了个大萝北。

[18] 半调：不靠谱、不着调的人。

[19] 蹦个木哏儿：闲的没事聊个天，带有吹牛的意思（相当于四川话里的"摆龙门阵"）。

造句：你几个别蹦个木哏儿了，一会儿不是还要上课吗？

[20] 杠赛来："赛"是好和有趣的意思，即蒙古语中的sain，属元朝时期的蒙古语词语在汉语方言中的遗存。

"赛"字应用面也极广，济南人常和"杠"配合使用，"杠赛来"即非常好、非常有意思之意。

造句：明天咱去听相声吧，那俩人拉得杠赛来。


[21] 赛吧：

1. 反问，纳闷对方的举动。

2. 正问，有意思吧。

3. 好玩、滑稽。

讽刺一个人说话不着调也可以说"你这个人赛吧"。

造句：你说说你赛吧，老惹那只狗干吗？

[22] 抽搭鼻儿：抽泣，吸鼻涕。

[23] 演道：

1. 为达到某种目的，从语言或肢体上作假。

2. 虚张声势。

3. 两人配合做戏。

造句：行了，你们别在这里演道了，该干吗干吗去吧。

[24] 得为滴：故意，特意，蓄谋。

造句：别给我道歉，我看这就是你得为滴。

[25] 别落落了：不搭理，不发生关系和联系。

[26] 紧巴利儿：抓紧时间，赶快、立刻。

造句：火车只停一分钟，大家都紧巴利儿地上车。

[27]nēng："弄"字的济南方言发音。


（《阳光快车道》老同事杨洋协助整理）

送你一只喵

◇　他说……其实，对于我们这种孩子来说，
自暴自弃不过是一念之间的事情，
而挽救我们这种孩子的办法其实很简单——
一点点温情就足够了，不是吗？

难过时，无助时，落寞时，被命运的巨浪扔进人海时，你最想要什么？

一碗面，一根稻草，一个背后的拥抱，一个温暖的眼神……

或者一只喵。


谁会是你的喵？

你又是谁的喵？


## （一）


有个小孩儿很可怜。

太丢人了，所有人都在看着他，看着他被妈妈拎着耳朵，踉踉跄跄往学校大门外拖。


小孩儿尽量低着头，能多低就多低，尽量小小声地喊：妈妈……

妈妈……疼。

妈妈一脚侧踹，牛皮鞋卷在肉屁股上，砰的一声闷响。

闭嘴！


下午 2 点半的天津市河北区增产道小学，正值课间休息，满世界跑来跑去嬉笑打闹的小学生。

跑过他们身边的，通通自动一个急刹车，一边惊喜地看着这一幕，一边脚下不自觉地跟着走。

受列祖列宗的基因影响，围观看热闹几乎已是种天性。和父辈们一样，这些半大孩子或抱着肩膀或手抄着裤兜，老到地跟着当事人的移动轨迹踱步，却又老练地保持着最合理、安全的距离。

有些东西没人教，他们却早早就学会了，比如看热闹时的表情。

和父辈们一样，他们眯起两世旁人的眼，半张着嘴龇出几颗牙，挂起一抹笑。

妈妈的目光弹在那些浅笑上，又弹回到自己脸上，噼里啪啦弹出一脸潮红。

该死……校门怎么离得那么远？短短 100 米的距离，却走得人筋疲力尽，远得好像去了一趟塘沽。

终于站到学校大门外了。

妈妈放慢脚步，无声地喘了口粗气，掐着耳朵的手好像微微松了点儿劲儿……

小孩儿把头抬起一点儿，瞅瞅妈妈的脸色，再瞅瞅妈妈的鞋尖。

自行车铃在身旁丁零零地响，15 路公共汽车拉着黑烟稀里呼隆开过眼前，白花花的天津夏日午后，纷乱嘈杂的成人世界。

小孩儿忽然央求：……妈妈妈妈，给我买只小喵吧。

妈妈：你嘛时候不打同学了，嘛时候再来和我提条件。（嘛，四声，天津方言"什么"的意思。）

她沉默了一下，忽然暴怒起来，低吼道：你个倒霉孩子！你还有脸跟我要东西？！

小孩儿说：我不是故意的……他们都不跟我玩儿。

妈妈重新揪紧他的耳朵，把他提溜起来一点儿，一根手指杵在他脑门儿上，一下又一下地戳着。

人家为嘛不跟你玩儿？！不跟你玩儿你就揍人家吗？！土匪吗你！怎么这么横啊你！你还真是家族遗传啊你！

脑门儿上戳出白印儿，白印儿又变成红印儿。

小孩儿两只手护住脑门儿，隔着手指缝儿，轻轻嘟囔着：给我只小喵吧。

他抿着嘴，拧着眉，汪着两泡眼泪……火辣辣的耳朵，酸溜溜的鼻子。

买只小喵陪我玩儿吧，毛茸茸的，软软的，小小的。
小小的小喵，一只就够了。

…………

掉了漆的绿板凳，小孩儿已经木木呆呆地坐了大半个钟头了。
他怯怯地喊：爸爸，给我买只小喵吧……
爸爸头也不抬地回骂一句：买你妈了个 ×！

爸爸在忙。
满地的玻璃碴儿，镜子上的，暖水瓶上的，电视屏幕上的。
爸爸撅着屁股蹲在一地亮晶晶里，忙着撕照片。一张又一张，一本又一本。
一本相册撕完了，又是一本相册。
结婚证早就撕开了，还有粮本和户口本。

妈妈呢？妈妈不知去哪儿了，妈妈摔门的动静好像点炸了一个炮仗，小孩儿被炸起了一身的寒毛，良久才渗出一脊梁冰凉的汗。汗干在背上，把的确良的校服衬衫粘得紧紧的，小孩儿被包裹其中，紧绷绷的，一动不动。

天已经黑了，家里的灯却没有开。
他不敢开灯，摸着黑找到自己小房间的门把手。邻居家的饭香隔着纱窗飘过来，是烧带鱼和蒸米饭吧……他咽咽口水，背后只有"刺啦刺啦"撕照片的声音在响。
他试探着喊：爸……
砰的一声巨响，爸爸摔的是手风琴吧？噢……那以后我可以不用再练琴了吧？

心怦怦跳得厉害，门被轻轻打开，慢慢关严，他使劲儿地抵在门背后，大口大口地喘气，喘了好几口才终于喘上来。

孩子不是成人，头顶的世界没那么大，无外乎老师同学、爸爸妈妈，无外乎学校和家。

成人在成人世界中打拼挣扎时，时常会因挫败而沮丧无助，进而厌离心生或心灰意冷。

但我想，若无助感像疼痛感一样可以分成十二级的话，成年人再无助也难逾越一个孩子的无助感。

孩子不是成人，眼里的世界就那么点儿大。

一疼，就是整个世界。

关于 9 岁的记忆，大多数人都淡忘了吧？

对于那个孩子而言，9 岁却是永生难忘的。

9 岁生日的早晨，当他饿着肚子醒来时，他得到了一份特殊的生日礼物。

不是一只软软的小喵，是一个坚硬的消息。

爸爸妈妈要离婚了。

## （二）

新家，新卧室，新床。

新床单的图案是一些小动物在海上航行，狗、马、大象……没有猫。

每天放学，小孩儿把自己搁在床上，不肯出门。卧室门外是个难以理解的次元，他怎么也想不明白，为什么别人家都有爸爸妈妈，而自己只剩妈妈了呢？

他开始失眠，开始控制不住自己的脑袋，他摸着床单，不停地胡思乱想，陷入一环套一环的洞穴中不能自拔。

同时控制不住的还有自己的拳头，学校干架的次数越发多，天津王串场增产道本是出大耍儿的地方，但就算是这么个卧龙宝地，所有人也都说他是个罕见的战斗儿童，易怒、暴力，随时随地乱发脾气。

没人喜欢和他说话，除了妈妈。

妈妈和他说话也总没有好气儿，看他的眼神也总是忽冷忽热。

他不知道自己做错了什么，她也不知道自己做错了什么。

每天只有一个时间她是和蔼的，每天凌晨之后、清晨之前，她将醒未醒时最温柔。小孩儿熬夜等着凌晨来临，抱着枕头跑到妈妈的房间，贴着妈妈的脊梁躺下。

妈妈妈妈……他抱着妈妈的后背小声说：给我买只小喵吧。

声音太小，妈妈迷迷糊糊的未醒，听不清。

她翻一个身，搂紧他，沉沉睡去。

这些话白天是不敢说的，妈妈是个爱干净的人，不喜欢带毛发的东西。

他用力把自己挤进妈妈的怀抱里，从 1 默数到 1000，然后依依不舍地离去。

失眠加熬夜，小孩儿的暴力倾向越来越强，从每天打架演变成每个课间打架，几乎成了一种病态。

老师和妈妈把他送到了天津市儿童医院，他们怀疑他有病。

大夫开始问问题，一些稀奇古怪的问题。

他问：世界上最小的鸟是什么鸟啊？

小孩儿愣愣地看着大夫，说：小鸟……

小孩儿最终被确诊为多动症儿童患者。

很多药，处方药，拿病历才能买到。

小孩儿开始吃那些治疗神经病的药，药吃了很久，脑子越变越慢，架倒是打得少了，但一打起来反而比之前更暴力，不见血不算完。满脸鼻血的孩子在前面哭着跑，他扬着拳头在后面追，旁人只道他是狰狞的，没人知道他是恍惚的。

有一天，追打途中他晕倒了，眼前一片白，身体没有了任何知觉。醒来后躺在妈妈怀里，妈妈在哭，撕心裂肺的那种，从此停止了给他喂药。

打架就打吧，随他去吧。

妈妈不再管他。


妈妈带着他过单身生活，过了很久。

有一天，妈妈出奇地和蔼。

妈妈平静地说，她要出差几天，让小孩儿先搬到奶奶家住。

小孩儿自己收拾好行李，出门前却被妈妈喊住，她看了他很久，说：走之前，妈妈带你出去玩儿一天吧。

妈妈拽下他的行李扔到一边，带他去吃麦当劳，带他去北宁公园玩儿。


小孩儿那时在生病，腮腺炎，脸像包子。

妈妈对包子说：北宁公园里还有哪些设施你没有玩儿过？跟妈妈说，妈妈今天全带你玩儿一遍……

妈妈带他去买衣服，买了春夏秋冬各季的很多衣服。买完童装又买少年装，甚至买了一身西装……一大编织袋的衣服，足够他穿好多年。妈妈发疯一样地花钱，从百货大楼到劝业场，她拖着他跑，好像在和什么东西赛跑。


小孩儿跑着跑着哭起来，一开始小声哽咽，忽然号啕大哭起来。

妈妈……我要死了。

他哭着喊：我高兴得要死了……妈妈你是喜欢我的！


他仰着包子脸说：妈妈我知道你要走很久，抽屉里的护照我都看见了，外国字的邀请信我也看见了。

他掏口袋，掏出一本护照递给妈妈。

一同掏出来的还有一盒火柴。

妈妈，我本来想烧了护照不让你走的，我舍不得你。

可是，我知道了妈妈是喜欢我的……我也喜欢妈妈，所以妈妈走吧，不管走
多久我都喜欢你。

妈妈改签了机票，改签了几次，终究还是走了。

人生中第一次去飞机场，是给妈妈送行。

安检口外，妈妈抱着他的脑袋，哭得快昏厥过去。

小孩儿挣脱怀抱，远远地跑开，他站在熙攘的人流中大声喊：等我长大了，
我找你去啊！

他喊：妈妈，不要生别的小孩儿啊！

妈妈消失在安检口。

小孩儿慌慌张张往回跑，眼泪鼻涕滴滴答答沾满胸前，同行的亲戚拦住他，
他哇哇大哭，冲着安检口里喊：……可是，我想你了怎么办？！

北京机场回天津的一路上，他都在哭。

回到奶奶家时，小孩儿几乎已经哭崩溃了，迷迷糊糊的，只是一味地抽泣。

他摸回自己的新卧室，伏在熟悉的床单上。

身下好像压住了一个陌生而柔软的东西……

他翻身起来，只看了一眼，泪水便再次噼里啪啦往下落。

小喵！

他紧紧地抱住它，它睡眼惺忪地打了一个哈欠，之后温柔地看着他。

毛茸茸的，软软的，小小的小狸猫。

小喵，小喵，我的小喵……

他抱着它在屋子里打转，又哭又笑，满脸冒泡。

## （三）

小喵陪了小孩儿许多年，家人一样。

它对小孩儿很好，从没挠过他，两条小生命夜里搂着睡觉，再冷的冬天也熬得过去。

有时候早晨小孩儿醒来，常看到小喵睡得仰面朝天，肚皮一起一伏。

他再没失眠过。

他吃什么小喵就吃什么，有肉吃肉，有菜吃菜。

有段时间他饥一顿饱一顿，小喵溜出门去半天，拖着长长一条死蛇到他面前。

小孩儿吓得蹦到柜子上嗷嗷叫。

蛇是小蟒蛇，隔壁家的宠物，当然吃不得，但这么大的一条长虫，它是怎么搞掂的？

都说猫傲，但小孩儿喊它的时候它会理他，一召唤就到。

有时夜里小孩儿想妈妈，哭着惊醒，怀里总不是空的，小喵的脑袋毛茸茸地蹭在脸上，吸泪安神。

他出门时把它驮在肩上，它老老实实地蹲着，爪子轻轻抠在衣服里，并没有弄疼他。

驮来驮去驮成了习惯，他去哪儿都带着它，直到它慢慢长大，保持不了平衡。

小孩儿 16 岁时，爷爷奶奶要卖房子，他搬了出来，拖着一床被子一大箱子衣服，带着小喵。

床单是从小睡惯的，衣服是妈妈买的。

小喵是他的，他也是小喵的。

偌大的天津，嘈杂的市井，一个小孩儿一只小喵，相依为命。


小孩儿需要吃饭，也需要让小喵吃饭，他借了张 18 岁朋友的身份证，跑去天津滨江道步行街上班。

他租住在沈阳道的一所老宅里。坑坑洼洼的老木地板，房东刷过厚厚的红油漆，油漆年久剥落，越发坑坑洼洼。他坐在木地板上拉手风琴，拉《赛马》，拉《喀秋莎》，小喵蹲在一旁伸懒腰，早晨的阳光铺满房间，小喵是带金边的。

他对小喵说：你看咱哥儿俩……哎呀，真浪漫！


一曲拉完，穿上工装，抱着小喵就跑，一是赶着上班，二是躲着房东老太太催房租。

第一个月的工资被扣在店里了，第二个月才会发工资到手里，不躲不行。

好在店里包容度高，店里允许他带猫上班。


小孩儿每天的工作就是在门口鼓掌。

一边鼓掌一边喊：您老看一看，您老瞧一瞧，新款到店就打折，优惠少不了……

后来他学聪明了，抱着小喵在店门口摆造型，路人被小喵的憨态吸引，他一步一步把客人引到店里去。

每月 1100 元钱的工资，算是他和小喵一起赚的。


同事中的年轻人下了班喜欢一起喝扎啤吹牛皮，喊他他不去，喊他砸红一他也不去，喊他打《传奇》他也不去。他有他的家庭生活，小喵等着和他一起看电视剧。

他们都爱看古装剧，他歪在破沙发里，小喵歪在他腿上，面前一个盘子，半盘子老虎豆，半盘子小鱼。

鱼是小死鱼，花鸟鱼虫市场一元钱一大兜子，用棒子面裹着在小锅里煮熟，小喵最爱吃。

看完电视剧，一起下楼练滑板，他摔得龇牙咧嘴，小喵蹲在一旁叫得幸灾乐祸。

滨江道小雪飞扬，冬天来临。可他没有过冬的衣裳，妈妈当年给他买了好多衣服，但只顾了他的身高，忘记了青春期的孩子会长胖。他想给自己买一件衣服，他当时认为那是这个世界上最洋气的品牌。那个牌子叫 G-STAR（欧洲时尚品牌），850 元，他犹豫了整一个月才买下那件棉袄，剩下的钱不够吃饭，只够喂小喵。

小孩儿决定拓展自己的事业，进军零售业市场。

滨江道有很多老头老太太摆地摊儿，他加入他们的行列，卖起了槟榔和袜子。

冬天卖袜子，夏天卖槟榔。

下雨卖雨伞，刮风卖口罩。

夏天热成狗，冬天冻成球。

城管来了跑，东西没收就哭。

小喵乖得很，天天陪着他摆摊儿，袜子堆里睡大觉，经常把伸手翻袜子的客人吓一大跳。

袜子用床单铺在地上，城管来了卷起来抱着就跑。袜子卷在床单里，小喵也卷在床单里，床单是从小他和小喵一起睡惯的那一条，现在派了大用场。

他图省事，新床单买来之前，夜夜抱着小喵睡在光板褥子上。

慢慢地，床单磨得破破烂烂，一个四方形的床单两边出来了两根布条。

他发现，如果直接拉起来两边的布条，就可以把四个边角全拽起来，这样就像一个网兜一样兜住所有的货，拿起来就可以跑，完全节约了收摊儿的时间，简直一秒钟就可以完成逃跑前的准备。

后来整个滨江道摆摊儿的全用上了他发明的四角兜，恨得城管牙根痒痒。更恨人的是，每回他逃跑时，床单包裹里都伸出个猫脑袋，高一声低一声地冲背后的城管叫，像挑衅，又像骂街，人跑远了，骂街的余音袅袅。


也遇到过流氓找碴儿。

30多岁的人了，拿了东西不给钱，小孩儿理论，他们抬手就是一个嘴巴子，肩窝里咚的一拳。

小孩儿给打急眼了，抢起马扎子拼命，毕竟势单力薄，被打得滚藏在路旁的车底下。

流氓临走时骂：以后见你一次打你一次！

他躲在车轮后面还嘴：好！如果你不打我，你是我儿子！

一回头，小喵挨着他，一起躲在车底下，一起瑟瑟发抖。


小孩儿那时候认识了一个老师，教吉他的，50元钱一节课。

小孩儿那时的人生目标只有两个：自己和小喵能吃饱；自己能学会吉他，将来靠音乐吃饭。

吉他课一周要上四节，他每天和小喵一起摆摊儿的时间越拉越长。

天津冬天冷死狗，他手坏了，全是冻疮，练琴时速度跟不上。老师骂他不专业，让他平日里戴手套保护好手。摆摊儿是苦差事，寒冬腊月也要出摊儿，不然吃什么？学费拿什么交？

要摆摊儿就不能戴手套，戴手套怎么找钱？手不摸钱的话容易收到假钞。

半个冬天过去，他的手烂掉了。


狗会舔人手，没想到猫也一样。

摆摊儿时，小喵凑过来，脑袋搁在他手上。

小喵的舌头是粉红色的，麻酥酥的，它一口一口舔着他手上冻伤的地方。

他看着小喵舔他的手，腾出一只手来抚摩小喵背上的毛，它岁数很大了，毛色已没有那么光亮……

有人影挡住了路灯的光，他以为是客人，赶忙抬头招揽，话却卡在嗓子眼里，又咽了下去。

吉他老师领着孩子站在面前，应该是路过。

老师傻了一样看了他半天，他怎么也没想到自己的这个小徒弟是个摆地摊儿的。

半晌，老师被自己的孩子拉走了。

小猫还在舔他的手，他看着老师的背影，先是尴尬，后是羡慕。

老师的孩子穿得很暖和，揽着爸爸，戴着漂亮的毛线手套。

应该是他妈妈给他织的吧？厚厚的，一看就很暖和……

一周后，老师对他说，自己想在建昌道开家琴行。老师客气地问他：愿意不愿意来琴行上班，这样既可以练琴，又能挣工资。他搓着手，高兴得不知如何是好，一不小心搓到了手上的伤，疼得倒吸冷气。

老师用一种复杂的眼神盯着他瞧……

老师指着他怀里，说：你来琴行上班时，可以带着你的小喵。

# （四）

几年后，小孩儿艺成，他当过婚庆歌手，也当过店庆歌手，还当过夜总会歌手。不论去哪儿上班，他都带着小喵。后来他写歌，出专辑，开始了全国巡演，上过中国摇滚先锋榜，也登上过迷笛音乐节的主舞台，不论去哪儿，他都带着小喵。

又过了几年，小孩儿独自游荡到云南，留在了丽江小屋当歌手。

小孩儿 1989 年生人，叫王继阳。

王继阳是个水瓶座奇葩，笑起来像只猫，他津门市井中长大，方言像煎饼馃子一样，一套一套的，总能逗得人哈哈大笑。他的主打曲是《小猫》，原创音乐，客人们很喜欢，几乎每天都点这首歌，高潮处和他一起合唱：喵喵喵喵，喵，喵，喵，喵喵……
南腔北调，一屋子猫组团叫春一样。

春节，王继阳和我一起过的，和我爸妈一起包饺子。我妈发压岁钱红包，递给我一个，也递给他一个。他愣了半天才接过来，摩挲在手中，财迷一样反复地瞧。
我说：哎哟，怎么着，嫌少？
他说：岂敢岂敢，只是很多年没收到过压岁钱而已，一时高兴得不知如何是好。
他非要去给我妈磕头谢恩，我把他薅到一边剥蒜去了。

我那时并不知他是个无家可归的孩子，已经许多个春节没人给他发压岁钱红包了。
也并不知道许多年来和他相依为命的，是只小喵。

2015 年春节过后，春末的一天夜里，王继阳唱完《小猫》，毫无征兆地向我辞行。
他抱着吉他，笑嘻嘻地对我说，他要滚去厦门了，不回来了。
王继阳曾背着吉他陪我横穿过整个中国，从海南岛到新疆石河子，八千里路云和月，大家有战斗友谊。
我对他说：你要走我不留，但我很舍不得。
他想了一会儿，说：那就留给你一个关于小喵的故事吧，算是送你个念想。

…………

故事讲到一半，他停下来抽烟，手是抖的，打火机几次都没打着火。

他却笑嘻嘻地说：唉……小喵后来死了。

他的脸是笑着的，手却是抖着的。

他断断续续自言自语道：

我以为谁都可以离开我，只有它不会……可它终究变成了一只老猫，趴在我的脚面上，再也跳不上我的膝盖。我把它抱起来，它看着我，慢慢地闭上了眼睛，死在了我怀里。

它最后一次看我的眼神，和它第一次见到我时的眼神是一样一样的，很温柔哦。

…………

我抱了它很久，舍不得把它埋进土里。

我拿出一件我最心爱的衣服把它包了起来，爬上一棵最高的树，把它放到了树杈上。

那件衣服是妈妈很多年前给我买的，是件西装。那棵树种在我家门前院子里，每天出门一抬头就能看见它。

…………

忘不了小喵最后的眼神，好像是它的使命完成了，很累，也很欣慰。

是我太矫情吗？我怎么忽然发现自己已经不是个孩子了？我惊讶地发现自己居然长大了！

我去！有意思！我居然好好地长大了！

谢谢小喵，从当年它来到我身旁的那一天起，我就再没和任何人打过架……如果没有它的陪伴，或许我早已当了马仔小弟拿安家费了，或许我早已蹲在监狱里啃窝窝头了，或许我不会去自力更生努力挣钱，也不会有心思弹琴唱歌搞音乐。

我不知道我算不算好人，但最起码我没变成一个坏人。

说这番话的时候，王继阳没有看着我，他在自言自语。

他继续自言自语地嘟囔着：……其实，对于我们这种孩子来说，自暴自弃不过是一念之间的事情，而挽救我们这种孩子的办法其实很简单——一点点温情就足够了，不是吗？

## （五）

王继阳一个人长大，小喵陪着他。

就像他说的，因为有了这一点点温情，他起码没变成一个坏人。

他当下是个小有名气的歌手，待人很幽默亲和，大家都喜欢他，也有人无比讨厌他，嫌他贫嘴、絮叨，津门的卫嘴子习气，且爱自说自话自言自语，完全不管别人有没有在听。

讨厌他的人或许不知道，很多年来，他每天说话聊天的对象，只有小喵。

他只是改不了这个习惯，虽然小喵已经死了好几年。

小喵死后，他曾伤心过数年，一度背着吉他天涯浪荡，万幸，也没变成坏人。

他曾在许多地方驻足，采风写歌，浪荡到西北时，在甘肃天水市白驼镇下车……发心动愿，一把吉他跑遍中国，帮扶了一所岌岌可危的山区小学。他刚开始在我的小屋里当歌手时，卖自己的专辑卖得很卖力，当时我并不知卖碟的钱中的一大部分，是攒来给他的孩子们买面粉的。

后来辗转得知，天水市白驼镇化岭村小学感念他的善举，非要让他当名誉校长，还要改名叫"继阳小学"。提起这所千里之外的山村小学，他开玩笑说：我算个狗屁校长，我才读过几天书啊，帮助过那所小学的人有好几个呢……我只是我孩子们的小喵而已。

停了停，又说：他们也是我的小喵。

那个学校有 63 个孩子，63 只小喵。关于王继阳和他的那群西北小喵的故事，他日有缘，会专门攒辑成篇，就不在此赘述了。

但有一事我不明。
小屋本是个抱团取暖相濡以沫的所在，王继阳，你在小屋待得不舒心吗？是大家给你的温情不够吗？干吗非要离开小屋去厦门？

# （六）

整整一根烟抽完，他才开口说话。
他说，小喵陪了他很多年，也已经离开他好几年了，小喵走后他一直是一个人，孤单，但不孤独……

他说他已经很多年没有见过妈妈了。
听说，妈妈回国后住在厦门。

是的，当年妈妈走后，他想过她，想完之后是恨，彻骨的恨。
恨她为什么那么狠心，恨她只留下一箱子衣服和一只猫。
恨完了是忘，既然你不要我了，那我就忘了你吧，我自己一个人长大。说忘就忘，很多年来，他强迫自己忘记了许多事情……他几乎忘了自己是个有妈妈的人。

但不知为何，今天唱《小猫》时，忽然回想起了许多事情。
潮水一样的往事，汹涌得让人无法喘息。
…………
安检口外，一个妈妈抱着一个孩子的脑袋，哭得快昏厥过去。
那个小孩儿挣脱怀抱，远远地跑开，他站在熙攘的人流中大声喊：等我长大了，我找你去啊！

他喊：妈妈，不要生别的小孩儿啊！

…………


25岁的王继阳坐在午夜的小屋，微微眯起眼睛，烟头夹在指间，吉他抱在怀里，他又开始了自言自语：

我早已经长大了，妈妈也快变成个老人了吧？

也不知道她现在过得好不好……

留给我们的时间不多了……


他笑着说：或许，妈妈现在需要一只小喵。

# （七）

当你读到这篇文章的时候，王继阳已定居在了妈妈身旁。

2015年他离开了云南，但没离开小屋，我让他把小屋带到厦门了。


若有一天你路过厦门，或许你们会偶遇在曾厝垵街头，或许你们会擦肩而过在环岛路上。

很好认，他微胖，眯眯眼，笑起来像猫。

听说黄昏散步时，他总爱挽起妈妈的胳膊。


听说厦门是个盛产海风的地方。

海风拂平所有难过的往昔，也许此刻正轻轻拂在他们身上。

一个久违的妈妈。

一只久违的小喵。

铃

铛

◇ 小师姐沿着石板路走远了，那一日是罕见的晴天，
她脚下的青石板路泛着光，胸前的银铃铛叮咚轻响……
拐了一个弯，也就听不见了。

世上哪有什么命中注定。

所谓命中注定，都基于你过去和当下有意无意的选择。

选择种善因，自得善果，果上又生因，因上又生果。

万法皆空，唯因果不空，因果最大，但因果也是种选择。

其实不论出世入世、行事处事，只要心是定的，每种选择都是命中注定的好因果……

这篇文章说的不是因果和选择。

说的是铃铛，还有银子。

## （一）

《禹贡》曰"唯金三品"，金银铜。

这个故事里也有唯金三品：银子、银子和银子。

这个故事里还有三品，不唯金，却唯心，阅后仁者自知。

故事发生在许多年前的银器店，那辰光，我是个学徒的小银匠。

银器店悄悄生长在边陲小镇。

老师傅老手艺，几十年的老房子，老街老巷。

哪有什么春夏秋冬，小镇只有旱季和雨季。雨季来临，寒气静悄悄地升腾，领口袖口一凉，偌大个喷嚏猝不及防。

街面上行人寥寥，湿漉漉的狗颠颠儿跑过，一簇簇不知名的菌子撑开在木头墙角。

木头柱子木头墙，木头的小镇。

雨季里，老木头有种清冷的霉香，图书馆深处的味道。

老师傅身上也有这种味道。

铺子临街，老师傅猫着腰，踞坐在门口木墩上，火焰艳红，灰蓝的手掌。

青石板路冰凉，一天到晚水汪汪。马帮时而缓缓踱过，大胡子马锅头揣着酒壶，马鞍上摇摇晃晃，铜铃儿叮当叮当响。川马滇马没驴大，步子迈得小，铃声也碎，碎碎的钝响从街头淡到街尾，再没入田野那头的远方。

马铃声远去，打银声渐起。

叮叮叮，叮叮叮……铜声钝，银声脆，老师傅的锤子缓，余音铮儿的一声袅袅上天，好似黄雀儿鸣叫着蹿入层云。

我时而停下手中的活计，眯起眼睛，侧着耳朵。

多好听呀，真好听啊。一声来耳里，万事离心中，听着听着，人就魔怔了。

一根纸烟丢进怀里，老师傅瞅着我呵呵笑。我一抹下巴，真丢人，出神儿就出神儿，怎么还淌口涎了？纸烟别上耳朵，我拱手道：哈……不好意思啦阿叔，我又偷懒了嘎。

他摆摆手，笑眯眯地问我：洋芋吃得惯？

吃得惯吃得惯……我学徒来的，阿叔吃什么我自然跟着吃什么。

又问：馋肉了吧？

哪里哪里……我学徒来的，阿叔吃什么我自然跟着吃什么。

他点着头，笑眯眯地说：……学不学徒不要紧，要紧的是早点儿多学个手艺，靠手艺吃饭，想吃什么就吃什么。

我是莫名其妙留下来当学徒的。

彼时我年少，拎着小画箱背着大背包满世界游荡，半背包颜料，半背包煎饼和大蒜。袖子吸饱了松节油，指缝里嵌满黑泥，牛仔裤膝盖处脏得反光，裤腿上花花绿绿的颜料嘎巴儿，整个人胡子拉碴马瘦毛长。要多砢碜有多砢碜。

大学本科是风景油画专业，偏爱画乡野，习性难改，故而途经小镇时，驻足
几天画画老街老房，顺手把老师傅打银的模样描摹在了画面上。
他手中的活计不停，任凭我画，偶尔抬头冲我笑笑，我也冲他笑笑。

到了饭点儿，我蹲在路边啃煎饼就大蒜，他端着碗，探头看我。
他冲我笑笑，我也冲他笑笑。

我把画转过来给他看：画得怎么样？
他说：啊呀！真像，和个相片一样，这个画一看就能卖不少钱。
我逗他，扬起手中的山东煎饼，道：真要能卖不少钱，我还用蹲在这儿啃
这个？
他端着碗走过来，笑眯眯地瞅瞅我，又瞅瞅煎饼。
能吃饱吗？纸片片一样。
我说来来来别客气，您也尝尝。
…………
一来二去攀谈熟了，我留了下来，被老师傅捡回了银匠铺学徒打银。

老师傅说他年轻时也爱写写画画，门神也画过，大字也写过，《芥子园画谱》
也临过好几卷……穷乡僻壤的，毕竟不能当饭吃，终归还是去学了手艺。他
说：你住几天，住几天嘎，一来饭菜吃点儿热的，二来顺便学学手艺。你会
画画，上手一定快，说不定将来多只碗盛饭。

他心善，以为我落魄，变相接济我。
我晚熟，孩子气重，一生不羁放纵爱折腾，借着此番好意，张嘴就应了下来——
多好玩儿啊，混成个银匠当当。我张罗着去买猪头来拜师，他却不让。他说：

免喽免喽，你们这帮孩子将来都是要去做大事的人，你住几天，住下嘎，住下就好。

老师傅说，匠人有匠人的规矩，有些事情儿戏不得。若当真拜了师，就要扎扎实实学徒3年，若要学得精，3年也未必出师。这是门传了不知多少代的老手艺，养家糊口有余，买车买房却未必，实在不适合年轻人学，也一直没碰见个真心学艺的年轻人……

他说：你要是愿意学徒就学着玩玩，学费不用掏。

我说：那我横不能搁您这儿白吃饭吧？

老师傅上下打量着我，说：阿弥陀佛，难不成你还能吃穷了我？

好吧阿叔，那咱们今天吃什么？

# （二）

我以为会驻足个三五天。

没想到一住就是整个雨季。

住下后，自然不用啃煎饼了，有菌子吃，有凉粉吃，还有洋芋。

烤洋芋、炒洋芋，洋芋丝、洋芋片。这里的洋芋是红心儿的，生吃有股苹果味儿，柴锅烧来滋味足，饭添了一碗又一碗，怎么吃也吃不够。

饭桌就是柜台，柜台就是饭桌。

铺子地方小，吃饭时老师傅坐中间，我和小师姐一人一边斜倚在柜台上夹菜，乌木筷子，粗白瓷的大碗。

老师傅念佛，菜多素少荤，却出奇地香。我筷子落得像打地鼠，吃得稀里呼噜。

小师姐不一样，她眼观鼻鼻观心，文文静静捧着碗，细嚼慢咽。

是喽，银匠铺还有个秀气的小师姐。

小师姐个子不高，一身长襟黑羽绒服，袖子长长盖过手背。
那一年，北上广的女孩子开始流行把长发簪在脑袋顶心，小师姐脑袋顶上也
簪着个同样的髻子，据说叫道姑头。本是个俏皮的发型，却让她顶出了一身
古墓派的忧郁。乍一看，哎呀我去，敢问小道姑刚给哪家施主做完头七招魂
法事……

小师姐性格也像个小道姑，极内向，话极少，一顿饭也不见她说一句话。
她不问我的姓名产地，也不和我寒暄……话说我是多招人待见？
饭后我装装样子，起身收拾碗碟，她轻轻推开我的手，说：我来就好。
后院的自压井旁，她蹲着洗碗，动作轻又缓，一点儿声响也听不到。

小师姐也是外乡人，年龄只比我大一点儿而已，进门只比我早几天。
老师傅笑眯眯地说：和你一样，也是捡来的。
也是捡的？也是在路边啃煎饼就大蒜？阿叔你逗我的吧？我不信，多秀气的
一个姑娘哦，怎么看也不像个走江湖跑码头的。

她姓甚名谁是何方神圣，老师傅也不知道。
老师傅说别看镇子小，来来往往的外乡人却不少，乐意留下跟我学手艺，高
兴还来不及呢，问那么多作甚？只要不是通缉犯，愿意住多久住着就好。
我笑问：那如果住下的是个通缉犯呢？
老师傅飞快地上下打量我一眼，嘟囔着：阿弥陀佛……
拜托，看什么看，很伤人的好不好？

小师姐是个奇怪的女人。是有多怕冷，冬天尚远，她却早早裹上了羽绒服，
也不怕捂得慌。又好像很怕累，她去街尾买菜，短短一截路就能走出一脸倦

容来，好像背着的不是竹篓，而是口水缸。我就够爱走神的了，她段位明显比我高，有时吃着吃着饭眼神就失了焦，有时擦着擦着桌子，抹布就固定在了一个地方不停转圈。

私下里我问老师傅：她有心事吧，我去陪她聊聊天解解闷去？

老师傅说：莫扰她……她一来就这样，好多天了。

小师姐发呆的时间往往很长。

小镇雨季的午后，她抱着肩膀看檐头滴水，一只脚踩在门槛上。大半个小时过去了，鞋面溅得湿透，人却一动不动斜倚在那儿，像尊石膏像。失恋？失业？失意？不知道也。有心去关心一下下，又担心微笑未必能换来等量的微笑，算了算了……

打破沉静的总是老师傅，他咳嗽一声，端着锤子喊：来来来，你们俩都过来瞧瞧。

瞧什么？当然是瞧打银。算是传艺吧，但老师傅不说教，只说瞧。

厚银板裁成条，锐刀錾花，锉刀修边，一锤两锤敲出韭叶儿扁，三锤四锤敲出月牙儿弯。

皮老虎小风箱鼓火，脚下要踩匀，喷枪满把抓，枪口不对人，烧啊烧，烧啊烧，烧软找型再烧再焊，烧至雪花白时往水里沁，刺啦啦一道白烟……好漂亮的镯子。

老师傅对小师姐说：来，戴上瞧瞧。

雪白的银镯子箍在小师姐雪白的手腕上，白得晃眼哟。

老师傅笑眯眯地说：银子嘛……不怕敲，也不怕烧。只有纯银才能越烧越白，所以叫雪花银。

原来这雪花银都是烧出来的？

老年间又没验钞机，难不成衙门库房里入账前，银子还要先拿到火上烤烤？

越想越有意思，老话说：三年清知府，十万雪花银。清乾隆时期，一两银子相当于现在200多元人民币的购买力，十万两银子就是2000万人民币左右。

知府相当于市长，乾隆朝真腐败，一个市局级官员三年能黑2000万！不过结合历朝历代的世相宦情来看——哎哟我去，差不多哦……

一想到在过去银子就是人民币，不由得让人心生欢喜。

我也想戴戴，爪子太大，死塞活塞塞不进去，力气也用大了，眼瞅着把镯子捏得变了形。

纯银软，却又沉甸甸的，有意思。武侠小说里，江湖豪客打赏，动不动兜里一掏，甩手就是纹银百两。

真牛×！随身揣着几十斤沉的玩意儿，也累不死他……


当真是越想越有意思。

来来来，阿叔，锤子给我使使，先来半斤银子练练手。


头一回上手，想打一个绿林暗器银飞镖，将来行走江湖时好行侠仗义……结果七搞八搞，镖没搞出来，搞出来一根曲里拐弯的小胡萝卜，一头粗一头细。

我不服气，换一角银子，再丁零当啷一番。

还是一根胡萝卜，银的。


我大山东皇家艺术学院美术高才生，想当年入学考试专业第一，整栋男生宿舍动手能力不做第二人想。工笔、蛋彩、烧陶、模型、雕塑、篆刻、织毛衣、人体彩绘、伪造学生证……样样精通，如今诚心诚意给自己锻造把兵刃居然会不成？

我运了半天气，然后尽量把两根银胡萝卜敲直……处女作宣告失败。


老师傅说敲银子不是钉钉子，要先练好拿锤子。

他说：你已经不错了，头一回上手就能打出双筷子来……

筷子？这货是筷子？手指头粗的筷子？

好，既如此，少侠我就用它吃饭了，谁拦都不好使。

那天晚饭，我的筷子是对银胡萝卜。

老师傅不忍见我自尊心受挫，为示勉慰，专门加了菜，豆腐和鸡蛋。

菜是老师傅买的，小师姐炒的。和往常一样，老师傅坐中间，我和小师姐坐两边，她眼观鼻鼻观心，无声无息地端着饭碗。

诡异的事情就在不知不觉中发生了。

## （三）

小胡萝卜不好使，重，我夹菜速度慢。饭吃到一半时，忽然心里一惊，筷子停在菜碟子边，手慢慢僵了。

筷子尖端黑了。

菜里有毒！

像我这种 20 世纪 80 年代出生的内地小城青年，青春期几乎是由香港娱乐圈抚养长大的。多少年的录像厅港片教育，除了性启蒙，还给予我一生受用不尽的宝贵知识。比如太监都是反派，扫地僧都武功高强，比如但凡是主角跌下悬崖都死不了。

比如滴血认亲，比如银针试毒！

没错了！银子变黑，菜里有毒！

少安毋躁，后发制人，以不变应万变方为王道。我不动声色，瞟一眼老师傅，不像……他一脸的慈眉善目，嘴里吧唧吧唧地嚼着，哪里有半分谋财害命的模样？

可越是反派，越长得像好人，电影里不都这么演的吗？

……可他图我什么？弄死我他有什么好处？抢我包里没吃完的煎饼？

再看看小师姐，她好像又在发呆，筷子插在碗里，半天才夹起几粒米，动作机械又缓慢……

她半天没夹菜！

是喽，早就察觉你郁郁寡欢不正常，未承想还报复社会反人类，谁得罪了你你找谁去寻仇啊，何苦对我这等路人甲辣手摧花？

一恍然大悟，胃里便隐隐抽搐起来，没错了，毒性发作了！刹那间，电影画面一幕幕飞驰在眼前，也不知我即将七窍流血还是一口鲜红从嘴里飙出来。

立时三刻掀桌子，不是我的风格。后槽牙暗咬，我夹起一筷子豆腐，直通通地戳进小师姐碗里。牙缝里轻轻挤出一句话：小师姐，吃菜。

她好像一时还没从恍惚中醒过来，慢慢夹那块豆腐，嚼吧嚼吧吃了。

……看来不是豆腐，也对，白豆腐里下毒，易被人发现。

我飞速环视饭桌，又夹起一筷子鸡蛋，这鸡蛋的颜色这么黄……不太正常。

一筷子鸡蛋，直通通戳到小师姐碗上方，筷子一松，吧嗒一声落了进去：小师姐，吃鸡蛋。

我瞟一眼手中的筷子……更黑了，没错，她把毒下到鸡蛋里了。

小师姐微惊了一下，貌似从恍惚中醒来。

她看了我一眼，"哦"了一声……

然后她把鸡蛋吃了。

然后她把那筷子鸡蛋夹起来嚼吧嚼吧吃了。

……吃得这么自然，看来也不是鸡蛋。

嗯，此地乡野，鸡是土鸡，自然生土蛋，土鸡饿了吃草籽，渴了喝山泉，拉出来的土鸡蛋的蛋黄当然比较黄了。

我又夹起一片洋芋，放进她碗里。

洋芋红彤彤的，一定有问题！

洋芋她也吃了……也不是洋芋，该死，我怎么忘了此地洋芋本来就是红心儿的。


我又夹起一筷子菌子……

我又夹起一筷子包菜……

饭桌上的菜我给她夹了一个遍。

她都吃了，并无半分迟疑，还轻声道了一声"谢谢"。


我脑子不够用了，犹豫了一下，我把自己碗里的米饭夹了一坨递了过去……


她平静地看看我，然后也吃了。

我把银筷子擎到鼻子边仔细看，不对啊，是黑的啊……

一旁的老师傅慢悠悠地感慨道：哎，好得很，一家人哦，不生分。

饭桌上一片温馨，老师傅一脸的天伦之乐，连小师姐看我的眼神，仿佛都比往日和蔼了一点儿。

他们以为我在传递友爱，在营造和睦家庭的氛围？


一直到饭吃完，我也没能七窍流血，肚子痛了两下也不痛了。

我纳着闷攥着银筷子，陪着老师傅抽饭后烟。和往常一样，小师姐无声无息地收拾碗筷。

老师傅忽然想起了什么，点点我手中的银筷子道：你这筷子……

我说：嗯？

老师傅说：银子沾了鸡蛋会发黑，去搞点儿牙膏搓一搓。

我是美术生出身，从小化学没及格过，转天 QQ 上问了某学霸后才知道：
熟鸡蛋散发硫化氢，遇到纯银，会在银表面反应生成硫化银。
硫化银是黑色的。

至于银针试毒这一公案，学霸解释如下：
中国古代民间投毒，不流行化肥、农药、毒鼠强以及肉毒杆菌瘦脸针，一般人也没条件购买断肠草或含笑半步癫……当年下毒索命之最爆款，主要是三氧化二砷，俗名砒霜。
古代生产技术落后，致使砒霜里都伴有少量硫和硫化物。
砒霜里的硫遇到银，自然起化学反应，生成黑色的硫化银。
故而，在古代，出现银针试毒会发黑的情况是合理的。

我问：那现在呢？银子还能当验毒工具不？
他答：现在砒霜的提纯技术很发达，遇到银子不会再黑了，而现在大众熟知的各种毒药，如氰化物等，遇银后本就不会起反应，自然也就不会发黑。
我说：真有趣，那这些毒药遇到什么会发黑？最隐秘的毒药又是什么？你再给我多传授点儿下毒方面的知识，听起来真长见识。
他问：你想知道这些知识干吗？
他警惕起来，不肯跟我多说了，后来还在 QQ 上拉黑了我。
那位学霸和朱令是同一个母校，他的反应我表示理解。
朱令是谁？自己百度去。

关于此次"菜里有毒"事件，我当然不可能自己打脸。
老师傅和小师姐不会知晓我的内心戏，他们以为我频频夹菜的奇怪行为，是在表达友爱，我骑驴难下，自此经常给他们夹菜。没想到夹菜也能夹出化学反应来，渐渐地，我和小师姐之间的关系慢慢在改变。

简单来说，距离好像拉近了，再和她讲话时，回应的字数多了、句子明显长了一点儿。

比如之前我说：小师姐，用不用帮你洗碗？

她会回答：不用，我来就好。

现在她会回答：不用，你坐着吧，我来就好。

你看你看，比以前多出来好几个字呢。

# （四）

小镇的雨季寂寥。

银匠铺没电视，老收音机刺刺啦啦我不爱听，时常有一搭没一搭地找小师姐说说话。

真是个绝佳的听众，不论我怎么叨叨，她都认真地聆听。

最起码看起来是这样子的……

凑近了仔细一看，哦，确实很认真，眼神是散的，她在认认真真地出神发呆。

发呆这回事如果做得好，就是深沉。

她一贯如此深沉，我慢慢也就习以为常，她走她的神，我吹我的牛，直到老师傅喊：来来来，你们俩都过来瞧瞧。瞧什么？自然还是瞧打银，老师傅传艺不说教，只说瞧。

毕竟人聪明，审美能力高，动手能力又强，我很快能打镯子了，特别漂亮。

至少我自我感觉是这样的。

老师傅说镯子好打，铃铛难做，若哪天能把圆铃铛打好了，也就出师了。

我正处于各种急于证明自己的年纪，自负天资聪颖，各种跃跃欲试。

老师傅说铃铛嘛……你真心够呛。


未承想，果真够呛。

打铃铛需先打银皮，要又薄又匀的，不匀不是银皮，是中东古代硬币。

光银皮就打了一整天，震酥了虎口才得了几片。

然后把银皮敲成中空半圆球体。一打就瘪，一敲就漏。要是嚼得动，我一准儿把这堆中空半圆球体给生吃了！好不容易打出两个中空体了，怀着激动的心情对在一起……想哭。一个 M（中号）一个 L（大号），不是一个型号，合不上……重做。

终于敲出两个等大的中空体了，管它圆不圆球不球的，再说再说，反正终于打出两个等大的了，哆哆嗦嗦地焊在一起……怎么不响？哦，空心球儿怎么可能响，要捏开豆荚一样的一条缝，放响珠进去呀。

……焊得太死了，捏不开，重做。


憋着满肺的三昧真火，如上工序重来一遍。

怎么还是不响？

哦，银铃铛不能放银珠子，要放铜珠子才能响……那就捏开换铜珠子。

捏得太狠了，瘪了，重做。

…………

几番轮回转世，铃铛终于做好，当真是比考驾照还折腾，我心力交瘁，头发都白了几根。

捧着心血去给老师傅交作业，他两根手指拈起来，咂着嘴瞧。

阿叔，大家相识一场，有今生没来世，有话直说但讲无妨。

于是，他说：豌豆？

豌豆？扁了点儿而已啊，你仔细听听，这不是能响吗？！


想咬人，打个飞镖打成胡萝卜，敲个铃铛敲成豌豆？我是来当银匠的还是来种大棚蔬菜的!

我使劲儿晃着扁铃铛:多别致,又不是卖不出去,能响就是铃铛!

老师傅说:这个这个,可能真卖不出去……

阿叔,你年事已高,接受新鲜事物有障碍,喂喂,小师姐,醒醒醒醒,你瞧瞧我打得好不好?

我把发呆中的小师姐戳醒,把银铃铛搁在她手心里。

她涣散着眼神,瞟了一下,敷衍道:哦,豌豆,挺好的。


豌豆就豌豆吧,我拴个红绳儿挂在脖子上自己留着当传家宝……


我戳醒小师姐时,她正在錾花。

老师傅说女孩子心细,能沉住气,不然苏绣鲁绣干吗都是女红,錾花同理。

小师姐确实能沉得住气,她錾花的样子我看着呢。这副模样不像个人,反倒像台机器,机器当然能沉住气了,你什么时候见过机器喘气?变身机器人的小师姐机械地錾錾錾錾錾……手虽然不停,眼神却是散的。

阿弥陀佛,她只不过换了一种方式发呆而已。

# (五)

我一度以为小师姐是天然呆,不关心人类,只活在自己的世界里。

直到那次"银匠铺自卫反击战",才有缘得见月球的另一面。


那天,一对衣着简朴的小情侣兴冲冲跑来,取出对门银器店买来的一对银戒指,请我们在上面刻名字缩写。

他们依偎在门槛上等着,小师姐坐在柜台里做着刻字的准备。

情话绵绵,声音虽小,但银匠铺更小,一丝一缕全飘入耳朵里。

男生说:别人都是准备好车和房才结婚,婚礼上交换的也都是钻戒,我只能买得起银戒指，总觉得对不住你……

女生摸着他的耳朵，说：傻瓜，跟了你这么多年，到几时才能懂我？我嫁的是你这个人又不是嫁给钻戒，有一枚纯银的戒指我已经很知足了。

纯银的戒指？

小师姐停下了手中的活计，老师傅和我也停下锤子，彼此对视了一眼。

彼时中国的古镇热方兴未艾，游客从丽江、阳朔、凤凰等一线景点慢慢渗透到小镇这样的小镇里来。

游客多了，专做游客生意的店铺自然出现，斜对门就开了一家，开门不过几周，就敢挂出一块实木大招牌：百年老店。

也是银器店，但不打银，只卖成品，琳琅满目，煞是惹眼。

他们的货源不详，但品类很多，藏银、苗银、素银、尼泊尔银……也卖纯银，纯银只卖懂行的人。

尼泊尔银不是纯银，纯度最多是 925 银。素银不是纯银，925 银外镀白铑。苗银也不是纯银，大多是白铜底子镀上一层薄薄的白银。藏银也不是纯银，传统藏银三分银七分铜或镍，当下基本全是白铜。

那对小情侣被宰了，花了纯银的价钱，买了两个白铜圈，然后拿着两个白铜圈在婚礼上当信物交换，然后当成此生至宝，终身佩在无名指上。和中国大多数旅游地的无良商家一样，店家吃准了他们不可能当回头客，也不可能为了几件饰品千里迢迢杀回来兴师问罪——这个哑巴亏他们吃定了。

我搁下锤子，想上前把话挑明，衣袖被老师傅拽住，他摇了摇头。

懂的，对门开店的，据说是镇上有势力的大家族，老师傅不愿惹麻烦。

我皱着眉头看老师傅，他弯下腰敲银子，也皱着眉。

也罢，反正这对小情侣我也不认识，犯不着为了他们给老师傅惹麻烦，算了就算了吧。

小师姐却忽然开口了：你们快结婚了吗？

真稀罕，头一回见到小师姐主动和人搭讪，且是陌生人。

那对小情侣很乐意和人分享甜蜜。

他们是攒了年假出来旅行的小职员，同一个小城长大，同一所大学毕业，同一座城市工作，虽然家境和收入都很拮据，但相恋六七年来从未红过脸。婚礼定在年底，蜜月旅行不是马尔代夫、塞班岛，而是留在老家陪双方父母过年，女生坚持这样安排，她心疼他，想给他省钱。

男生也心疼她，故而，结婚前精心策划了这场省钱的背包旅行。

普通人有普通人的浪漫，他牵着她的手出游，横穿小半个中国去看世界，小镇是他们此行的最后一站。

女生扬起一部过时的卡片相机，骄傲地说：我们拍了好多照片……房子首付的钱已经快攒够了，将来我要用这次旅行的照片贴满一整面墙壁。

这是他们的第一次二人旅行，大城市生活艰辛，凑足了首付就该凑房贷了，也不知下次再度携手天涯会是何年何月。旅行的终点，他们走进那家银器店，牙缝里抠钱买下一对"纯银"戒指，作为此行的纪念。

以及婚礼的信物。

…………

我看看老师傅，他手中的锤子不停，腰弯得更低了。

再看看小师姐，她的目光笔直落在那对小情侣身上，直勾勾的，我去，又开始发呆了。

小师姐动了一下，冲着老师傅的方向说：阿叔，戒指太细了，我刻不来……

她说：用咱们店的银子，给他们重新打一对新的戒指吧，宽一点儿的，好吗？

头一回听她说这么长的句子。

她说话时眼睛垂着，并没看着老师傅，语气很奇怪，带着恳求，甚至还有一丝哽咽。

那对小情侣愣了一下，女生站起身来连声拒绝：不必了，刻不了就不刻了，不要重新打了，我们身上的钱不多了……
她冲着我们摆着手，也冲着男生摆手。

小师姐仿佛没听到她的话，哽咽着，再次冲着老师傅说：
阿叔，给他们重新打一对纯银戒指吧……
老师傅没说话，慢慢地起身，取过那对戒指，再取出一条新的银板，叮叮当当地敲了起来。
女生急了，跳过去叫：说了不要的呀。
老师傅示意她坐下，用哄孩子的语气，慢慢说：没关系的嘎，不要钱的。

老师傅毕竟是老师傅，新打的戒指和原先的戒指的花型一模一样，小师姐在上面刻上了他们的全名，我帮他们把戒指烧白再抛光。男生掏出了钱包想付账，未遂。他们想把原先的"纯银"戒指留下做替换，亦未遂。
小情侣道了谢，一头雾水地走了。

临走前，小师姐对男生说：结婚戒指有一对就足够了，原先那对去退了吧，省点儿钱。
她又看着女生，笑了一下。她呆呆地看着女生，看着看着，眼圈慢慢红了，张了张嘴……别过脸去，终究什么也没说。
老师傅看着她们，搓着手，犹豫了一会儿，也是什么也没说。

几个小时后，方知这对戒指给老师傅惹来了多大的麻烦。

三五个人抱着膀子走到门口，有男有女，打头的男人一脸愠色。

他们气势汹汹地闯进店里，指着鼻子冲老师傅骂：老东西你什么意思？！你卖你的银子，我卖我的银子，我卖什么银子用得着你这种人管吗？！

师傅弯着腰，手中的锤子不停，皱着眉头什么也不说。

那人嘴里骂骂咧咧个不停：一把年纪了，做事还不懂规矩，活该鳏寡孤独！

旁边的人附和：就是，多管什么闲事！别以为不知道你的老底，装什么好人，你个老土匪！

这话也太难听了，我冲过去攥他的衣领，拳头刚扬起来就被老师傅拽住了。

我冲老师傅喊：你放手！

他压着嗓子说：犯不着的，孩子，犯不着出头。

边说，边使劲儿把我往后院拖。他个子小，力气却大，吊在我胳膊上坠得我跟跟跄跄。

那帮人占尽了上风，依然不肯停嘴：自己是个老土匪，还养了个小土匪！你让他过来试试，我看这个小土匪敢不敢动手！

我山东人，鲁地重礼，不流行骂人，从小到大向来是能动手就不动嘴，故而肺都快气炸了也不知道该怎么流利地还嘴。

那帮人不肯善罢甘休，又冲着小师姐来劲儿：这个女的一看也不是个好货色！

小师姐无声无息，门帘半掩我看不清，不知她作何反应。

他们骂：你也给我小心点儿！再敢乱说话坏我们家生意，撕烂你这个小婊子的……！

越是乡野，骂人越粗鄙，实在难学出口。

还没等我闯出去，先仰天一跤，老师傅把我狠狠地摔倒在地，自己大步流星地冲出门去。

等我爬起来跟上去时，他手上不知何时多了一柄大号锤子。

那帮人被老师傅的气势所慑，纷纷后撤，一直退回到店铺里，哐啷啷关上门。
隔着门还在骂，一口一个"老土匪""小土匪"，一口一个"小婊子"，要
多难听有多难听。

一锤子砸在木牌上，"百年老店"的招牌上咔嚓裂开一条纹，再一锤子砸上
去，屋子里终于鸦雀无声。
老师傅须发皆张，站成一个"大"字，他端着锤子怒吼：
骂我可以，骂我孩子不行！
你再骂她一句，我敲开你的脑壳！

好威风！一直以为他是个佝偻的小老头，原来发起火来是头无人敢挡的老野
牦牛！

"银匠铺自卫反击战"结束，历时 5 分钟。
对门银店珍惜脑壳，没再来找过事儿。
被老师傅敲坏的木牌我们没修也没赔，几场雨过后，裂纹的新木碴儿被雨水
做旧，娘的，看起来更像是历史悠久的"百年老店"，生意更红火了。
小情侣的白铜戒指他们应该没给退。
没退就没退吧，希望那对小情侣在婚礼仪式上彼此交换的，是纯银的那一对。

那天晚饭时，小土匪先给老土匪夹了一筷子洋芋，小师姐也罕见地夹了一筷
子过去。
小土匪给小师姐也夹了一筷子洋芋过去。
小师姐也给小土匪夹了一筷子洋芋过去。
…………
老师傅忽然开口道：我很多年前坐过牢……
小师姐说：哦，知道了。

我说：哦，那又怎样……

窗外细雨淅沥，昏黄的灯光下，三个人埋着头默默地咀嚼。
没有再说话，也不需要说话，仿佛三个已然相互守望了几十年的家人。

# （六）

怎么也没想到，这家人一场的缘分，会结束得那么早。

"银匠铺自卫反击战"后的第二天早上，小师姐示意我去后院帮她洗碗。
她那天没吃早饭，说是没胃口。
她愣愣地蹲在那儿出神，手浸在冷水里，慢慢地搓着一只碗。
小师姐发呆出神是常有的事儿，我忙我的，没去扰她。可直到我这厢洗完了
所有的碗，她的手依旧浸在冷水里，人一动不动，两根拇指紧紧地抠着碗沿
儿。手冻得通红，拇指抠得发白。
我抬手推推她：哎哎……醒醒。

她哆嗦了一下，摇摇晃晃地站了起来，我这才发现她的异样。
与往日不同，那个早上她血丝满眼，眼神飘忽发散，像个刚刚从大梦中跋涉
回来的孩子。她垂着两只水淋淋的手，呆呆地站着，身体微微地晃着，一副
随时要栽倒的模样。我起身去扶她，却被她反手抓牢小臂。她猛吸了一口气，
忽然间大声央求道：……陪我去趟医院行吗？
声音苍哑得好似一个老人。

医院？去医院干吗？你生什么病了？！
小师姐不说话，死死地抓着我的胳膊，半个身子忽然俯在上面，一口接一口
地深呼吸。

情况来得太突然，我吓了一跳，我喊：阿叔！阿叔你快来看看她这是怎么了？

……从小镇赶到最近的地级市，一个小时的车程。

一路上小师姐两只手捂着脸，虚脱地蜷缩在最后一排座位的夹角里，她什么话也不肯说，只是沉默。

小巴车走走停停，不停有人上下，真是漫长的一个小时。有时和老师傅的目光碰到一起，我疑惑地看看他又看看小师姐，老师傅也是一脸的疑惑，他手伸过来，宽慰地拍拍我的膝盖。

…………

医院门前是条宽马路，走到马路中间，小师姐却刹住了脚步。

她脸上沾着湿漉漉的头发，一脸掩饰不住的恐惧，又开始了深呼吸，好像前面是龙潭虎穴、刀山火海。

我去拉她，一把没拉动，再拉一把还是不动。

马路中间车来车往岂是儿戏的地方！

我拦腰把她抄起来，半扛半抱，好歹把她弄到了马路对面，背后一路喇叭声和刹车声，还有骂街声。

我有些恼了，这他娘到底想干什么？

老师傅瞪我一眼，指了我一下，我气消得没那么快，梗着脖子嚷嚷：有病就治病天没塌！真是够了，她神神道道地搞出这副模样来给谁看啊！

老师傅叹气，劝我道：一个屋檐下住着，别这么说话，别这么说话……

说话的工夫，人不见了，小师姐已经自己进去了。

我和老师傅没进去，在医院门口等她。

起初是站着，后来是蹲着。120急救车开出来又开进去，眨眼已是午饭光景，小师姐迟迟没有出来。

看什么病需要这么长时间？我们进去找她。

急诊室没有，观察室没有，化验室也没有。

挂号室的阿姨说：是那个说普通话的姑娘吗？是不是一个人来的？……你们上二楼左拐。

她轻轻地嘟囔着：可怜哟……

可怜？是指小师姐一个人来医院可怜，还是指她上二楼可怜？

为什么上二楼就是可怜？


楼梯一走完，睁眼就看见小师姐坐在长椅上排号。

其他排号的人貌似都有伴，有男伴有女伴，唯独她孤零零一个人坐在中间。

护士正在叫号，貌似再过一个人就轮到她了。


她呆呆地坐着，被拍了肩膀才醒过来。

我问她要病历，她往身后藏，一脸的慌张。我劈手夺过来递给老师傅，又一起急急忙忙翻开。

…………

老师傅把她从长椅上拽起来，问：孩子，这么大的事儿，你怎么敢一个人就下决定……你想清楚了吗？

她用力地点点头，咬着嘴唇，睫毛一忽闪，噼里啪啦两滴泪。

我和老师傅目瞪口呆地望着她。半晌，我开口吼她：那你哭什么哭！


小护士冲过来撵人：你吼什么吼？要吵架回家吵去，不知道这是医院吗？

我把小护士扒拉到一边儿去，指着小师姐的鼻子问：你说啊，你哭什么哭！

我吼：你这是心甘情愿的样子吗……骗自己有意思吗！


老师傅抱住我的腰，使劲儿把我拽远。

他扭过头去，颤抖着嗓音，冲着小师姐喊：孩子，你真的想清楚了吗？

小师姐靠着墙壁，弯着腰站着，手插在头发里，扯乱了发髻。她的脸越憋越红，憋得发紫，终于哇的一声哭了出来。

她瘫倒在墙角哭着喊：阿叔……

她歇斯底里地问：……我该怎么办？

# （七）

没人知道她该怎么办。

要想讲清楚小师姐的故事，须先从一场大学迎新晚会说起。

晚会的高潮是由一个新生表演者掀起的。

他表演魔术，白衬衫，黑燕尾服，漆皮鞋子亮得反光。

扬手一舞，莫名其妙变出一根银手杖来，腾空一抓，一枝黄色玫瑰花……两只眼睛炯炯有神，举手投足帅气极了。女生们互相小声地尖叫：冯德伦！好像啊！比冯德伦还要高！

这是个学霸扎堆的 211 高校，领口松懈的圆领衫和油乎乎的偏分头是男生们的标配，难得蹦出来这么个洋气又养眼的，女孩子们激动坏了。

更激动的还在后面。

他手擎着花，作势要往台下扔。谁说只有狮子才会抢绣球，伴着一阵尖叫，前几排的女生自觉不自觉地高举起了手。刚刚经历完惨痛高考和无聊长假的孩子都是弹簧，一进了大学校园自然天性解放。个中有几个胆大的小女生直接从凳子上弹了起来，一边挥手一边喊：要花！也要 QQ 号码！

他却帅气地一笑，把花儿藏到背后，摇了摇头。

女生们"唉"了一声，紧接着又一阵骚动。

他把花横叼在了嘴上，双手抄裤兜，径直从舞台上跳了下来，径直冲着观众席走了过去。

他要干吗？女生们的心咚咚跳了起来，哎呀好浪漫呀，他要给谁送花？会是我吗？

于是有的捧脸，有的捧心，有的抓住友邻的胳膊使劲儿地摇晃，一边晃一边"啊啊啊"地乱喊，好像难产。


也有人一下子慌了。

一个漂亮女生慌慌张张地起身，扭头往后排藏，两步还没迈完，袖子却已被轻轻拽住。

他绕到她面前：喂，我以前是高三(1)班的，我是为了你才考到这个学校来的。

他挑着眉毛笑着说：……整个暑假我都在练这个魔术，希望你能喜欢。

花递了过来，轻轻地点在额头上。

女生伸手去拨，扑了个空。

他冲她眨了下眼，手腕一翻，黄玫瑰神奇地变成了红玫瑰。

他问：敢不敢做我女朋友？


大玻璃窗嗡的一声响，礼堂炸了锅，这会儿不仅是女生在喊了，男生也激动起来。

感动他们的未必是他的表白，而是他表白的方式。正是雄性激素分泌最旺盛的年纪，表达感动的方式当然是起哄。一堆男生踩在凳子上伸出大拇指，粗着脖子狂喊：牛×！

更惊喜的还在后面，女生接过了玫瑰花，又蜻蜓点水般地在他腮边啄下一个吻。

少女的虚荣心不过一只暖水瓶，轻易就可以灌满，他却舞着高压水枪，轰隆隆地开来了一辆消防车……


可惜，这个女生不是小师姐。

小师姐坐在这个女生正后方的一排。

当男生跳下舞台迎面走来时，小师姐的心像根橡皮筋，猛地被揪了起来，抻抻抻……抻到尽头。黄玫瑰变成红玫瑰的那一刻，又啪的一声狠狠回弹！

你是为了她才考到这个学校来的。

真巧。

我是为了你才考到这个学校来的。

…………

几句话就能说明白这个发生过不知多少万遍的故事：小师姐喜欢他，喜欢了整个高中时代。

为什么喜欢？

对于十几岁的小姑娘来说，喜欢一个人需要理由吗？

小师姐是全校最晚填高考志愿的学生，为了获悉他的志愿，17岁的女生绞尽脑汁找同学套话，笨拙地找老师打探，然后再在高考后的整个暑假里度日如年。

他却几乎不知道她的存在。

很多人都会忽略她的存在。

小师姐是自幼被抱养到这城市的私生子，和寄养家庭的关系一直淡淡的。她是客人，不是家人。缺爱，却和所有人都亲密不起来，从小到大，她习惯了去当一个客气的隐身人。

包括在他面前。包括迎新晚会上，玫瑰出现的那一刻。

按理说这个平凡的故事该结束了，连出场都没有，不过是一场无疾而终的暗恋。

但隐身人小师姐莫名其妙地把这个故事多延续了4年。

接下来的大学 4 年，小师姐不曾间断这场暗恋。

他不会知道，4 年里，小师姐默默陪伴他的时间，比他的女朋友还要多。

他的课程表，她记得比他自己还要清楚。她选了所有他会出现的选修课，每逢他回头，她就低头，不论是阶梯教室，还是餐厅。她慢慢养成了和他一样的口味，他吃什么菜，她也打什么菜。做到这点不难，她每天掐着钟点赶去食堂，排在他身后五六个人的位置，稍微侧一下脖子，什么都看得到。

小师姐留起了厚厚的齐刘海，长得几乎盖住眼睛……这样好，没人能发现她在看什么。

隔着齐刘海，她看着他和女友在操场上散步，看见他们躲进楼宇的阴影里打啵。

她远远地坐在操场另一端，塞着耳机，一整张专辑放完了，人家却还没啵完，久久不见他们出来……

小师姐幻想着陪他躲进楼宇阴影里的是自己。

……他会轻轻含住我的耳垂吗？他会轻轻地咬我的嘴唇吗？他还会做些什么……

风穿过空旷的操场，乱了发梢，又捎来他们零碎的嬉笑声，她听到那个女生低声喊：你怎么这么坏……你讨厌……

她把耳机的音量加大，再加大，盖住远处的声响，压住自己的心慌。

那是一个遥远的尚且没有微博微信抖音快手的年代，她关注着他的博客、校内网、QQ 空间，从未留过言，每天都看。每天都看的还有星座运程，只看他的。像个最职业的心理分析师，她一字一句地揣摩他每天的状态。他心情好，她跟着恬然；他心情不好，她一整天心头都是阴霾。

她下载他每一张照片，专属的文件夹，隐藏属性，D 盘里加密上锁。

从未和他交谈过，她却比其他人了解他更多。

暑期，他去比萨店打工，小师姐也悄悄地去应聘。

在必胜客打工需要健康证，体检时医生给她抽血，她瞅一眼暗红的血液，一头晕了过去。

哦，原来我晕血。

她坐在化验室前的长椅上，揉着胳膊上肿起的针眼，想象着他来抽血时的模样。

他胳膊上毛毛那么长，针眼儿一定看不到。

她想象着自己是大夫，戴着小口罩擎着大针管给他抽血。

换了我，一定狠不下心，下不去手，多疼哦。

她想着想着，忍不住托着腮微笑。

唉，他胳膊上怎么那么多毛毛哦。


必胜客的工白打了。

小师姐被安排在后厨，不像他，形象好，一直在前厅。工时安排不同，下班时她再手忙脚乱地换衣服，也顶多看见一个远远的黑点。能身处同一个空间已经足够了，她不抱怨。有时她在后厨忙碌，想起近在咫尺只有一墙之隔的他，胸中满满的温馨感……

恍惚间，仿佛已和他居家过了半辈子了。


大学里再普通的女生也有人追，不是没有男生向小师姐示好。

偶尔拗不过某个男生，一起去吃了顿饭，她如坐针毡般不安，好像做了什么对不起他的事情，于是每每中途尿遁。没办法，心里早就塞满了，怎么可能再装下其他？时间久了，也就没人追她了，男生认为她傲，女生疑心她喜欢女生。


大学里最后一次被人示好，是在辅导员的办公室里。

……都说你不喜欢小男生，那看来是喜欢成熟男性喽……

微醺的中年男人对她动手动脚，爪子搭在她柔软的胸上，她奋力推开那张遍布胡楂的脸，煞白着嘴唇冲出门去。等停下脚步时，鬼使神差地，已站在男生宿舍楼前。

小师姐仰望着三楼左侧那扇窗户，哽咽着，绞着自己的手指。
她幻想着他帮她出气，带着她一起去复仇，结实的拳头砸飞那张龌龊的脸，又用力地把她揽入怀里……其实哪里用得着他对她这么好，天大的委屈只要他一个安慰的眼神就够了……
可是他几乎都不知道她的存在。
那就让他的身影在窗前出现一次吧，此时此刻能看他一眼，也就没那么难受没那么委屈了。她在男生宿舍楼下徘徊良久，湿了的眼眶慢慢风干，到底没能看到他。

他那个时候已经换了第三任女朋友，一个比一个好看。
偶尔遇到他挽着女友走在校园林荫路上，手儿甩来甩去，她好生羡慕，却并不吃醋，她们一个比一个靓丽，配得上他。

唯一一次和舍友红脸，也是为了他。
女生宿舍最大的集体活动是八卦，八卦的焦点当然少不了他。一次，舍友们刮着腿毛，绘声绘色地议论起他如何花心劈腿，现任和前任又是如何浴室口角……
小师姐跳下床铺，摔了保温杯：吵什么吵，还让不让人睡觉了！
舍友惊讶地捂上嘴——这样一个少言寡语的人，也会发火？

她当然知道那些绯闻，有些细节她比她们更了解，她不恨他花，也不恨绯闻的主角永不可能是自己，这场无名火也不是冲舍友们发的。
那到底是在火什么？

她说不清，蒙上被子，插上耳机，老歌慢悠悠地响起：

……到哪里找那么好的人，配得上我明明白白的青春。
……到哪里找那么好的人，陪得起我千山万水的旅程……

她问自己：傻不傻？……傻就傻吧！
她混混沌沌地睡去，醒来后继续混混沌沌地犯傻，这条路已经走惯了，看不见尽头，也没有出口，除了走只能走。

…………

唯一一次冒险，在20岁生日的那天。
她生平第一次买来口红，笨拙地涂抹。买来漂亮的小洋装，俯在宿舍的床铺上细心地熨烫。她给自己剪齐刘海儿，一点儿一点儿地修，一根一根地剪，仿佛若能修齐一分，人就会多漂亮一点儿。
20岁生日这天，再普通的姑娘也有权被全世界宠爱。
去他的全世界，她只想要在这个特殊的日子里能被他看见就好。
她PS着自己，像是在精心包装一份礼物。

她邀来同寝室的舍友切蛋糕。
蛋糕是她自己订的，粉红的三层塔，雪白的糖霜。
急急地吹完蜡烛，再小心地切下第一角藏起来。
太匆忙了，忘记了许愿。

不急不行，他每晚7点都会去自习室，她知道的。
是当面递给他，还是悄悄放到他常坐的位置前？边跑边紧张地思考，人造奶油的气息一路飘进风里，20岁的姑娘捧着蛋糕，脚下踩着棉花糖，整个人轻飘飘地甜。

她小声练习着：

今天我过生日，请你吃块蛋糕。

送你一块生日蛋糕……不客气。

不好不好都不好，该怎么开口才能从容自然、大方得体、惹人喜爱？

教学楼的落地玻璃门反光，她刹住脚步，端详自己的模样。

唇上的桃红略扎眼，小洋装略紧，刘海儿剪得还是不太整齐……

可是，她普通了整整 20 年，从未像今天这样漂亮，漂亮得陌生。

她高兴得想哭，又紧张得想哭。

今天我过生日，今天我漂亮……就是今天了，预支我未来 10 年、20 年、30 年的好运和勇气，让我去站到他面前吧。

她深呼一口气，郑重地踏上台阶，仿佛即将登上万人瞩目的舞台。再有几米就是终点，自习室的门半开着，已隐约可以听到里面的翻书声、说话声。她捧着蛋糕僵在门外，想抬起一只手去推门，却怎么也抑制不住指间的痉挛。忽然间，门冷不丁地开了，她惊了一跳，一个人哼着歌，匆匆从她身边闪过。手心一软，蛋糕吧唧一声扣在了地上。

闪过的人并未停下脚步，只是略微回了一下头，说：嗯……掉了。

蛋糕不能算是他碰掉的，他象征性地瞟了一眼，大步流星地走掉了。

她目送背影远去，再蹲下，盯着蛋糕发愣，有奶油的那一面扣在地上……全完了，捡不起来了。

梦游一般回到宿舍，她把自己轻轻摔进枕头里，合上眼睛，整个人开始下沉。翻一个身，还是在下沉，不停地下沉。口红蹭在枕巾上，蹭在小洋装领口上，像瘀红的几道伤。空荡荡的宿舍里，日光灯吱吱地响，无人发觉她的失魂落魄。

20岁的生日愿望和那块蛋糕一起被狼狈地扣在了地上。

不过是奢望他能夸她一句漂亮，可满心的祈望只换来他一句：嗯……掉了。

沾染了口红的小洋装清洗干净，她把它熨平，和20岁生日一起挂进小衣橱，一直挂到毕业。

…………

4年大学好比十月怀胎，毕业即为分娩，不论顺产还是剖腹产，总要告别胎盘，从一个母体进入另一个更庞大的母体。毕业聚餐，免不了痛饮痛哭，以及痛诉衷肠，情绪饱满，婴儿一样。都在酒里了，喝喝喝，挽着胳膊喝，搂着脖子喝，额头顶着额头泪眼婆娑。难得的天性解放，难得的真心话大冒险。有些话再不说就来不及了，这是最后的忏悔时刻，最后的表白时刻。不管说了什么、听了什么，都在酒里了……

4年里他都是校园里的风云人物、众人瞩目的焦点，端着杯子来敬他酒的人尤其多，白的、啤的、红的，酒来碗干，频频拥抱。他很快就喝大了，醉得眼睛睁不开。跌跌撞撞地冲出小酒馆回学校，门槛太高，一个踉跄，他栽到一个细弱的臂弯里。

太巧了，那个臂弯好像是刻意在等待着他一样。

细细的胳膊扶在腋下，撑着他的重心，太沉了，压得扶他的人一起东倒西歪。

他摇晃着脑袋，努力地想：女朋友早已分手……这个姑娘是谁呢？

陌生的姑娘不说话，只是默默地扶着他，从小街扶到学校后门，再到男生宿舍旁。

舌头浸透了酒精，肿胀得塞满了嘴，他醉得说不出话，灯太暗，头太晃，也看不清姑娘的模样。

走不动了，他瘫坐在台阶上低着头摇晃，姑娘蹲在他面前。

隐隐约约中，他听到那姑娘长叹了一口气，尾音是颤抖的……

他有心抬头去询问一下，脖子刚一伸直，却哇的一声，吐在姑娘那件小洋装上。

他被自己制造的洪灾熏酸了鼻子，哇的又是一口。

…………

清醒过来时已是次日午后，他仰躺在宿舍的床上，压摁着快炸裂的脑袋。

他当然不知道，隔壁女生宿舍楼的某张床上，小师姐抱着膝盖，从午夜坐到午后。

她拥着半床被子，裸着身体发呆，床头的脸盆里泡着那件酒气四溢的小洋装。

…………

然后就毕业了，一干人等就此各奔东西分道扬镳。

除了他和她。

他应聘上一家大公司，去了北方。

小师姐孑然一身了无牵挂，也去了北方，同一个城市，同一家公司。

当然不是巧合，当年她怎么打探他的高考志愿，如今就是怎么打探的他的求职意向。他们参加的是同一次招聘，小师姐排在他身后五六个人的位置，和在学校食堂里打菜时一样。

高中3年，大学4年，他是恒星，她是无名小行星，这场暗恋好比一条公转轨道。

她跟着他的引力旋转，从高中到大学，再到陌生的北方。

北方的写字楼里，他们的工位只隔着一堵墙。

太巧了，几乎和在必胜客时一样。也不知命运是在毁她还是帮她，总是安排她站在他身旁，却又堵上一堵墙。

…………

环境一变，风云骤变。

他出类拔萃了整4年，忽然间发现自己不再是人尖子了。

学生时代的光圈忽然一下子断了电，随之弥漫而起的，是现实世界的硝烟。

每一个工位都是一个碉堡，每一间办公室都是一个战壕，每一声电话铃声的响起，都是冲向客户的集结号。

他这样的新人小卒子必须绷紧了神经才能跟上大部队的急行军，掉队的只能掉队，这里只有督战队，没有卫生队，更没有收容队。

4年的大学生活毕竟宠坏了他，多少有些眼高手低，工作难免有些失误和疏漏。他这样的新兵一没靠山二没背景，帅气的外形不仅不加分，反而放大了瑕疵，加之太爱表现，言谈举止屡屡桀骜，慢慢地，越来越惹人反感。

职场不看自然属性，只强调社会属性。

上司不是老师，有权力用你，没义务教你，更没必要包容你，于是有了众目睽睽下的教训、劈头盖脸的责骂。他不过是普通人家的孩子，碰运气投简历才进的这家 CBD 大公司，除了唯唯诺诺赔笑脸，别无他法——哪有资本随便跳槽，哪来那么好的运气再找到这么好的公司？

除了上司，冷眼瞧他的还有那些资深的同事。

越高大的写字楼越恪守丛林法则，越人多的办公室越乐意公推出一个负面典型：仿佛只要有了一个职场低级生物来垫背，就可以给其他人多出一点儿缓冲地带，就可以让自己免于跌到食物链的底端，乃至多出许多安全感。

除此之外，一个公认的职场低级生物的出现，亦大利于众人找共同话题——这里是职场，当着同事的面议论领导是大忌，而骂他却是最安全的，且颇有点儿拉近距离党同伐异的功效。

总之，在同事们的口中，他成了个身高一米八几的大个子花瓶，他的存在，给予了一群 CBD 民工充足的俯视空间。职场花瓶没多少尊严，背后有非议，当面自然有奚落。CBD 的同事损人是不带脏字的，带也是带英文，一边微笑，一边从牙缝里弹出几个短句，那些单词单独听起来皆无伤大雅，组合在一起时，却好比一口浓痰吐在脸上。

躲不开的，黏的。

他被浓痰粘了几遭，自信心跌进绝情谷底，校园时代的阳光灿烂打了霜，不得不伏低做小，蜷起尾巴混职场。他主动帮人沏茶倒水、擦拭办公桌、门口取外卖、楼下接快递……毕竟新手，示弱的方式太笨拙，众人越发瞧不起他。

同为新人，小师姐的境况也在变。
真是奇妙的世界，咸鱼翻生，她反而忽然间变得受人欢迎。
4年的暗恋让她自我塑造出了一份沉默隐忍的特质，巧的是，这份特质无比契合这个职场的规则。
男上司对她很好，因为她不算难看，勤快，以及懂得内敛。
女上司对她也很好，因为她懂得内敛，勤快，以及没那么漂亮。
内敛的性格狠狠地给小师姐加了分。
人们忽略了她的稚嫩，把她解读成了个沉默是金、有城府、有前途的新人，乃至值得信赖的人。渐渐地，有些令人眼红心跳的机遇，馅饼一样落在了她身上。上天貌似要把亏欠她的关注都还给她，短短一两年，她在这片写字楼森林里站稳了身形，渐渐引人瞩目，像根破土的春笋。

而他却像棵蘑菇一样窝在灌木丛里，战战兢兢地擎着饭碗。
当一墙之隔的小师姐的办公桌越换越大时，他的工位越调越偏，最后挨着茶水间。

既是同一家公司，自然电梯里常常见。
和大学时代一样，她掐着时间和他进同一部电梯，能站在他身后就尽量站在他身后，如果不能，就用后脑勺当雷达，僵着脖子捕捉背后的身形轮廓。她数他的呼吸，今天是豆浆味儿的，昨天是米粥味儿的……有时离得太近，一呼一吸，酸了脖颈，麻了头皮。

脚踏出电梯，长长嘘一口气，高跟鞋咯噔咯噔，她快步地走开，怀着那点儿不为人知的窃喜开始一天的忙碌。每天打卡时，她的精神状态都是满格的，没人发觉她这种独特的充电方式。

她还是一直鼓不起勇气主动搭讪，他也依旧什么都没发现。

南北极虽已反转，可他们依旧是地球磁场的两端。

真是个平淡的故事……


在我们身处的这个次元，事物大都是螺旋状抛物线式矢量前行，起起伏伏兜兜转转直到终点，永没有恒久的巅峰或低谷。

世相是如此，命运是如此，爱情也不例外。

这世间哪里有永不画句号的热恋或暗恋。


小师姐的这场暗恋，止于她入职后的第3年。

这也是她命运真正转折的一年。


事情很虐心，发生在公司年终尾牙聚餐时。

和校园晚会一样，少不了自演自娱的节目，不同部门的人士乔装上阵，带来一阵哄笑或喝彩，然后红光满面地下台，端起酒杯心满意足地笑谈。

小师姐诧异地听到报幕员念出他的名字。

他要表演魔术。

他登场了。

和大学迎新晚会时一样，白衬衫，黑礼服，漆皮鞋子亮得反光……扬手一舞，莫名其妙变出一根银手杖来，腾空一抓，一枝黄色玫瑰花……


没有预期中的全场鼓掌。

这里不是大学礼堂，台下也不是十八九岁的小姑娘，没人是他的粉丝，只有屈指可数的几个人抬起手来拍了拍，几乎都是礼貌性的敷衍，并无多大动静。

越往下表演，越没几个人关注舞台上的表演，不少人开始和邻座聊天说话，自顾自地推杯换盏，渐渐地，人声越来越嘈杂，几乎掩盖了背景音乐，衬得他像个小丑一般。

公司年会上的舞台秀是一块试金石，群众基础是好是坏一目了然。

他领导不亲同事不爱，是个被众人排异的职场低级生物，没人肯给他面子，却有大把的人不吝啬给他难堪。长得帅顶个屁，正好满足众人的破坏欲，莫道众人心狠，这里是只敬强者的成人世界，这是你自找的丢人现眼。

这一切跟预想中的太不一样了，电脑灯映花了眼，他额头越来越苍白，法令纹上僵着笑。

目睹着这场难堪，小师姐的心都快碎成粉了。

她忽然狠狠一哆嗦：他是否会跳下舞台？！像当年那样擎起一枝花蓄谋一次满堂彩？

千万别跳！

她恨不得冲上舞台抱住他的脚踝。

场面已经尴尬得不可收拾了，千万别再自找没趣了，求求你……

他到底还是跳下去了。

在他有限的人生阅历中，当年的大一迎新晚会，永远是最华彩的高潮，所有人都为他欢呼，所有人都喜欢他，一次表演奠定了他4年的好时光。

所以凭什么不能再交一次好运！凭什么往事不能重演！

处处被孤立，处处被打击，这种日子他已经受够了，没有出色的业绩，又不甘心被末位淘汰，他必须抓住机会表现自己、证明自己，让众人重新接纳自己……

几个月的薪水换来这身昂贵的行头，他赔了多少笑脸才争取到这个表演的机会，这是一次挣扎，一次幻想中的逆袭。

可惜，有些机会，往往是个误会。

双脚刚一落地，他立马就后悔了。

几声不轻不重的"喊"传进耳朵里，傻瓜也听得出来，那是用鼻子哼的。

没人欢呼没人鼓掌，更没人激动。众人的目光平静地扫过他，好像扫过一只溜进筵席找残渣的宠物狗，不，连狗都会被好心的人丢块骨头摸摸头，他连狗都不如。

他往前迈步，脚掌沉得像两块钢锭，拽得身体微微一踉跄。

刹那间，眼前闪过当年如雷的欢呼场面，他心里阵阵发虚和酸涩。

黄色玫瑰花捏在手上，脚下机械地走了几步直线，人们该吃的吃，该聊的聊，没人接住他的视线。

一辈子的尴尬都雪崩在这一刻了。

逆袭？证明自己？不指望了，只求有人能接下这枝花，不论男的女的，求求你发发善心给个台阶下吧。这枝花如果送不出去，这个公司也就没脸再留下了，留下也是个 loser。

他擎着花儿走过一张圆桌，又一张圆桌，没人搭理他。

忽然，他想用 10 年的寿命去做交换，去把手中的花儿换成一把最锋锐的刀，挥出一片血光，劈烂面前所有人的脑袋。嘴里发苦，眼前发黑，他默念着：完了完了完了……

就在这时，有个女孩站了起来，冲他招了一下手……

周遭的目光唰唰唰，小师姐接过了黄玫瑰。

黄玫瑰会变成红玫瑰，她知道的，她没给他变的机会就接了过来，用只有他才能听见的小声音说：可以了……谢谢你的花。

众人没说什么，只当她人好心善，这个奇怪的小插曲迅速被接下来的抽奖环节淹没了。

小师姐剥下一片花瓣，手藏在桌子底下，轻轻捻着。

和众人一样，自始至终她一脸的平静。

她从未像这一刻这般爱他以及心疼他。


筵席毕，小师姐的出租车被他拦下。

隔着摇下的车窗，他一脸真诚地和她握手：领导，都不知道怎么感谢你才好……以后请多关照。

手被他握得很紧，从虎口麻到胳膊肘，小师姐努力让自己的声音听上去平静：不客气，咱们是校友来着。

他挑起了眉毛：哦？真的吗？领导您是哪一级的？

他弯着腰，手撑在车顶上，满脸掩饰不住的欢喜：既然是校友，那以后请一定多多关照多多提携……

翻来覆去就那几句话，多多关照多多提携。

近在咫尺的呼吸，近在咫尺的那张朝思暮想的脸庞。小师姐是晕着的，云里雾里地应了他几句，回到家后才开始苦笑——原来，我是哪一级的，你都不知道。


可她一点儿都不怪他。

她和往常一样卸妆、洗澡，换好睡裙上床睡觉。

漆黑的房间，温软的床铺，她翻一个身，枕在那只被他紧握过的右手上。

喜悦像一泓泉水，从右手处蜿蜒流淌而出，渐渐蓄满了整个躯壳。

…………


接下来的剧情骤然爆炸。

幸福就像一管开山炸药，燃完长达 8 年的引信后，轰然巨响。

他们在一起了，他追的她。

那堵无形的墙被震碎，小师姐漫长的暗恋画上了句号。

当然是地下恋，公司严令禁止员工之间婚恋，如发现，一方必须离职。

小师姐没想过公布恋情昭告天下，多年的幻想一朝美梦成真，她早已幸福得不知如何是好。

初夜她流泪了，出声地抽泣，像个孩子。

他喘息着问：弄疼你了？

她抱紧他的脊梁，十指尖尖，抠在他背上。

他喘息着问：你怎么……是第一次？！

他蛮诧异她原装的身体，但终究不知晓这份礼物是为他而留。

很多话小师姐没有对他讲……那些晚自习后的尾随、校园清晨的等候、填高考志愿时的焦虑、迎新晚会中的心痛、必胜客体检时的晕血、掉在地上的生日蛋糕、浸渍酒气的小洋装、背井离乡的追随……她只字未提。

她不敢冒险。

煮熟的谷粒如今发了芽，她越发小心翼翼地捧着，生怕撒落半粒。

…………

小师姐本就宅，如今越发居家，每天下班冲刺一样奔回公寓，淘米洗菜、梳洗打扮，等着他来摁门铃。暗恋得太久，她未曾修习过如何撒娇，但毕竟天性难挡，压抑多年的少女心揭开了封印，每次开门都有一个拥抱。

她吊在他的脖子上，吮吸着那份让人心安的味道，开心得想掉泪，每天每天。

乍暖还寒天气，公寓已停了暖气，她却裸着腿，套着一件白色长衬衫跑来跑去。

因为他说过的，不喜欢见人穿保暖内衣春秋裤。

她完全不觉得冷，小公寓好似一间盛夏花房，缤纷的喜悦次第绽放，她藏身在她隐秘而盛大的黄金时代里，心火熊熊燃烧。嘴唇和手心永远是滚烫的，发烧一样。

小师姐想尽办法对他好。

各种菜谱、各种食材，他的口味她8年前就知道。

炒菜时，她竖起耳朵听他在隔壁房间打电脑游戏的声音，又忍不住探头去偷瞄他的背影。

小锅铲小围裙，嗞嗞作响的煤气灶，蒸米饭的味道弥漫整个房间，一切如梦似幻。

他时常来吃晚饭，不常留下过夜。

他有他的顾虑：连续两天穿着同样的衬衫西装去上班，会被同事歪着嘴说闲话。

除此之外当然还有其他原因，小师姐当然知道：他薪酬没有小师姐高，住不起这样的高端公寓，只能与人合租在筒子楼里。

越是低谷期的男人，自尊心越敏感，所有人都不把他当回事，好容易有个女人对他假以辞色，而且职位比他高，那么，他必须在她面前重新找回一点儿骄傲，也只能在她这塑造一点儿尊严。

什么都依他，小师姐对他没有任何要求，却应承了他所有的要求，包括马路上不牵手，公司里不讲话，不去筒子楼找他，以及床上不戴套。

公司的事务繁忙，做不完的工作难免带回家里来。

小师姐帮他修报表、改报告、整理策划方案，并把自己手上的客户资源和他一起分享。

每次帮他做事，他都微微有些不情愿的样子，他说：我自己能行……

她当然知道他能行，她一直知道他是最优秀最完美的，只不过暂时龙游浅滩遭虾戏。

光她自己知道不行，应该让周遭的人都知道。小师姐变身成一名精于策反工作的特工，自此在大领导面前润物无声敲边鼓，在同事身旁潜移默化，该搬的石头帮他搬开，该铺的路帮他铺好……却又不去表功给他知道。

小师姐的地下工作颇有成效。

他的境况一日好过一日，一年时间，业绩进入上行通道，欣喜之余，他只当自己触底反弹，开始转运，并归功于自己的隐忍。工作一顺利，人心情当然舒畅，他的顾虑好像也越来越少。他在小公寓里搁了几身换洗的衣服，过夜的次数多了起来。有时候，他们依偎在沙发上看电视，他揽着小师姐的肩膀，手轻轻揉弄着她的头发，温存得几乎像一个丈夫。

小师姐问：你会永远这样搂着我吗？

他捏着遥控器换台，随口回答道：会呀，只要你永远这么好……

午夜梦回时，小师姐枕着他一起一伏的胸膛，成宿听他的心跳。

她轻轻对他说：……我一直都很好的呀。

手轻轻伸出，指尖抚摩他的脸庞，高挺的鼻梁，扎手的胡楂……他含含糊糊地发出个声响，翻一个身，胳膊和腿奋拉在她身上。她手缩在颌下，躲在他怀里任他奋拉着，一动不动地感受着他的重量。

她躲在他的怀抱里祈祷。

未知的神明，谢谢你赐予了我当下的一切……

莫怪我贪心，再帮帮我吧，让他娶了我吧！

不需要昂贵的婚纱钻戒，京城米贵，居之不易，她知他没钱。

那么，婚纱租一身就好。钻戒也不必了，一枚银戒就好。

纯银的就好，刻上两个人的名字。


求婚的一幕会发生在哪里呢？

他的性格那么张扬，或许会在世贸天阶的大天幕下吧。

骤然响起的音乐里，天幕上浮现他的表白，看客欢呼着闪开一条人巷，他抱着一捧黄玫瑰来到她面前，手一晃，全部变成了红色的……

不行不行，租下天幕，需要花费他太多钱了。

钱要存着哦，两个人慢慢地积攒，说不定可以首付一个小房子，最好有一大一小两间卧室，小的那间应该是彩色的，摆满毛绒公仔和小小的婴儿床……

想着想着，慢慢重新睡着。


早上被摩擦声吵醒，他站在床头刷牙，笑着教训她：你梦见什么好吃的了？

口水把我T恤都打湿了。

湿印摊在他胸口，椭圆的一团，地图一样。

小师姐用被子蒙住头，蜷成一只仓鼠，咯咯地笑成一团。

他扒开被子，甩掉牙刷，冲着她坏笑。

来，咱们锻炼一下身体，做个早操……

…………

有时候决定命运走向的，不过几个瞬间而已。

那个抵死缠绵的清晨，轻易地颠覆了小师姐的人生。


试纸上触目的两道红杠。

换一片再试一次，没错了，还是红色的。

我要当妈妈了？我和他的孩子？

腾的一下，暖流从腹脐处漾到心口，她整个人都暄了。


几乎在一瞬间，她毫无保留地爱上了这个未曾谋面的小生命，过去和未来所有的一切都有了意义，这个孩子就是她存在的意义。每个女人一生中终归会有那么几个瞬间，母性如一场不期而至的急雨春霖，须臾润了整个世界。小师姐头抵在卫生间的墙壁上，喜极而泣。

TA 是女孩还是男孩？会有什么样的眼睛、什么样的脸庞？

她迫不及待要和他分享这个消息。

拨他的电话，却被匆忙摁断，再拨，再摁断，她捏着手机傻笑了半晌，最后发了一条短信过去：有个好消息想告诉你。

他迅速回复了：我已经知道了，晚饭咱们出去吃顿好的，庆祝一下。

没等她回复，第二条短信飞来了：亲爱的，别晚饭了，改午饭吧。

已经知道了？好神奇，他是怎么知道的？他怎么这么可爱？

小师姐捏着手机，逐字逐句咀嚼，目光最后停留在头三个字上，久久不舍得挪开……这是他第一次喊她"亲爱的"。她傻乐了一会儿，继而翻箱倒柜，找出大学时代的那件小洋装。

仿佛又回到了 20 岁生日的夜晚，她认真地熨烫，不漏过任何一条褶皱，还好还好，穿得下，她依旧苗条，没变。

一见面，他就狠狠一个拥抱，这是大庭广众下的第一次，路人在侧目，小师姐羞红了脸，下意识想推开他，反被他抱得更紧。

他贴在她耳边小声说：终于熬出头了……

他说：明天起，我看谁还敢再看不起我！

他并不知道小师姐怀孕，他要庆祝的，是升职的消息。

他笑着问：刚和领导谈过话，就接到你的短信，你消息还真灵通哦。

原来他还不知道自己要当爸爸了……小师姐微微失落，甚至微微紧张了起来。

他揽住小师姐的肩膀，意气风发地推动酒店旋转门，小师姐藏在他肩窝下紧张地揣摩：该怎么向他宣布那个天大的好消息，他会有什么反应呢？

他张罗着点单，全是硬菜，小师姐拦他：……太多了，吃不了。

他笑：没关系，咱有钱了，又不是吃不起，反正你吃再多也不发胖。

他眼睛里酿着笑，拍拍她纤细的腰，又掐掐她的脸，说：唉，你说你瘦归瘦，却还真是旺夫相……自打和你在一起，我这运气就来了。

旺夫相？小师姐抬手摸摸发烫的脸。

他今天第一次喊了我亲爱的，第一次大庭广众下拥抱了我，又说我旺夫相……

她还想再确认一次，于是轻声问他：那你升职以后，还会喜欢我吗？

他乐了，骂她傻，说：升不升职和喜不喜欢你有半毛钱关系啊。

他兴致很高，学着她的口气反问她：那你吃完饭以后，还会喜欢我吗？

小师姐不接话茬儿，她还想再最后确认一次，于是盯着那双眼睛，结结巴巴问道：

那你爱我吗？

一年多的同居生活，这句话从未在二人间提起过。

小心翼翼了这么久，此时此刻不得不问了。她替 17 岁的自己发问，替当下的自己发问，替腹中的那颗种子发问，替所有的过去和未来发问。

他接住她的目光，笑了一下，点点头，说：嗯……

那还顾虑什么呢！

心口一热，卡在嗓子眼里的那个消息自己跑了出来，等小师姐回过神来，该说的话已然说完。

她热切地看着他。

她等着他惊喜地大喊出来，掀翻椅子冲过来狂吻，或许……还有求婚！

…………

可是，臆想中的这一切并未发生。

没有大叫，没有热吻，他直勾勾地看着她，脸上没有表情。

我不是在逗你玩儿啊……小师姐瞬间慌了，手忙脚乱地翻出试纸，双手递到他面前。

他盯着试纸不说话，良久，摸出一盒烟，叼上一根。服务员走过来，提示禁烟，他眉毛一扬忽然翻脸，恶狠狠地呵斥道：走开！我点着了吗！

怎么是这个反应？仿佛一脚踩空，小师姐五脏六腑猛地悬在半空，上也不是下也不是，血液都凝固了。手中的烟被揉搓成粉末，他忽然开口：……遭了这么多罪才刚刚站稳脚跟，怎么着，又要从头再来一遍？

他入神地盯着手中的烟丝，说：公司的规定你不是不知道，咱们两个人，一定会被辞退一个……

她急急地接话：不会影响你的，我明天就去辞职。

他猛地瞪圆了眼睛，一拳捶在桌面上：就我现在这点儿薪水，能养活得了三个人？！

她吓了一跳，慌慌张张地说：我存了一点儿钱，今年的房租也都已经交了……孩子一生下来我就去找工作，我会去挣钱的，我们不会活不下去的。

他不睬她，拧着眉头不说话，别过脸去看着窗外。

小师姐几乎听得见血液结冰的声音，咔嚓咔嚓地轻响。

冷不丁地，一句话抛过来，跌在桌子上，又弹到她耳边：你那么好泡，我怎么知道这孩子就一定是我的？

刹那间整个餐厅天旋地转……这是在说什么？

所有的氧气好似都不翼而飞，小师姐大口大口地喘息，却怎么也喘不上来气。

……你吓到我了，求求你别这么说话好不好……咱们还要在一起生活。

他斩断话头，恨恨地说：什么生活？扯什么生活！没有生存，哪儿来的生活？

他指着窗外斑斓林立的楼厦，吼：这里是北京！你懂不懂什么叫生存！

小师姐恍惚着问他那现在该怎么办。

他压低声音：还能怎么办！抓紧找医院，抓紧去做掉，千万别让公司的人知道，懂吗！

做掉？别让人知道？

小师姐点点头，又垂下头。

睫毛挡不住泪水，扑扑簌簌湿了一小片桌布——这就是耗费了整个青春去爱着的那个少年？

她抬起手腕去遮盖泪渍，又湿了小洋装的衣袖。

怎么搞的？这件小洋装，每次上身，每次伤心。

面巾纸盒推了过来，他微愠：能不能别在外面哭？你懂事一点儿好吗？

…………

菜刚上桌，他匆匆离去，说是要准备下午的就职会议，一定别打电话给他，回头等他短信。

他走的时候忘了结账，菜点贵了，花光了小师姐身上所有的现金，那个年代没有微信支付也没有支付宝，更没有滴滴，她没钱打车也没钱坐地铁，走路回的公寓。

初知怀孕时的惊喜，此刻异化成了一根穿心箭，从前胸戳透到后背，随着她的步伐一颤一颤，从午后颤进夜里。

走到傍晚时分，收到他的短信。

言简意赅的时间地址，是家郊区的诊所。

回家的路还很长，一路上她左手不自觉地压在小腹上，手心的汗渗透了小洋装，潮湿的，像是捂着一掌黏稠的血。

床上有他的味道，她不敢躺上去。

她抱着膝盖躲在小公寓的厨房角落里，从傍晚坐到深夜，又到太阳升起，再到黄昏。

什么都没吃，她不觉得饿，眼前混沌一片，她什么都看不到，什么也听不到。

终于，小师姐被持续不断的电话铃声叫醒。

听筒那头，是他恼怒的语音：我在诊所这儿等了你整整半天了，你什么意思啊？

他压低声音恨恨地说：你躲什么？要是愿意躲的话，干脆咱们以后就别再见面了。

她半晌才反应过来。

你不要我了？

她慌了神：给我点儿时间，再给我点儿时间，我心里乱。

她急急地哀求：……你放心，我一定会处理好的，一定不会拖你的后腿，绝对不会给你惹麻烦真的真的……求求你别不要我。

她喊：我去找个没人的地方把孩子生下来好吗，等将来合适的时候再回来找你，我保证不让任何人知道好吗好吗？求求你别不要我……也别不要 TA。

电话那头他也喊了起来：别！你别求我，换我求求你好吧！你能不能别来毁我，也别毁了你自己，大家都是成年人，拜托你负点儿责任好吗？！

小师姐哭着喊：可这是咱们的孩子啊，求求你别不要我……也别不要 TA。

她几乎崩溃，反反复复只喊这一句话。

声音在空旷的公寓里冲来荡去，撞出一片狼藉。

电话那头，他不理她，自顾自地说话。

他说，手术若不想在北京做，那就回老家去做，该请假就请假，别让人起疑心就行。听说要抓紧，不然只能引产，就做不成无痛人流了。

他说，你是聪明人，自己考虑清楚吧。另外，听说今天你没去上班，回头找个什么借口你自己看着办吧，希望你按照约定，别惹麻烦。

电话挂掉了，小师姐回拨过去，被摁断，再拨，再被摁断。

小师姐抖着双手给他发信息：是不是只要我打掉了孩子，咱们就还能在一起？

发送键一摁，她就后悔了。

跌跌撞撞地冲进洗手间，她狠狠地拧开水龙头。冰凉的自来水浇醒不了快要爆炸的头颅，镜子里的女人鬼一样憔悴，她伸出手来抽自己嘴巴，一下又一下。

她对着镜子啐自己：卑鄙！

鼻血溅花了镜子，又红了白瓷砖。

整个青春的付出和等待，只换来一道艰难的选择题。

她撩起衣襟，看着模糊的小腹。

孩子孩子，我的孩子……我做错了什么？上天是派你来逼死我的吗？

翌日，小师姐离开了北京。

她没什么朋友，也没有什么闺密送行，独自坐上一列开往南方的火车，一路恍惚，一站又一站。

她本是被寄养的，养父母没有义务出手排忧解难，途经故乡时她没有下车，任凭火车开往陌生的终点站。

从一个终点到另一个终点，再到下一个终点。

这算是逃离还是拖延，她不知道。

小师姐删掉了他的号码，一路漫无目地向前向前。

她像一只被风卷起的塑料袋，飘摇过整个中国，最后筋疲力尽地跌落进雨季的边陲小镇。

# （八）

漫长的故事听完，我的脑子不够用了。

小师姐，阻拦你去人工流产，到底是应该还是不应该？

漫长的叙述耗尽了小师姐的元气，她痴痴呆呆地坐着，两只脚并在一起，两只手绞在一起。她垂着眼，神经质地浅笑：终于把这些事全都说了出来，心里好像舒服了一点儿……

一边笑，一边泪珠扑簌。

该怎么做？骂她活该吗？事到如今，再去责骂她的傻和痴，又有什么意义？虽说一个屋檐下住了这么久，但又能怎么帮她呢？该劝她打掉，还是生下来？几次开口想说话，又硬生生咽了回去，那时的我太年轻，我脑子不够用，乱。

…………

夜深了，寒气慢慢渗进门缝，缠住脚面缠住双膝。

时间如浓胶般凝滞，屋子里无声无息。

良久，老师傅长长一声叹息：都不知道你怀着孕……让你吃了这么多天洋芋，委屈你了。

他不复往日的淡定，声音明显扭曲变形：我白活了一把年纪了，都不知道该给你出个什么主意……

老师傅蹲在那儿，抹起了眼泪。

和年轻人不同，没有抽泣，没有哽咽，手摁在眼上，只有一声接一声的叹息。

叹息声越来越轻，眼泪却越流越多。

白活了啊，没用啊，都不知道给你出个什么主意……他流着泪，不停地嘟囔着。

我盯着他的脸，看着他一开一合的嘴、纠成一团的皱纹，这一幕让我不知该作何反应……阿叔，不至于吧，你掉泪了？

我说：阿叔阿叔，你别掉泪……咱们三个人之间，互相连名字都不知道啊，你犯不着啊。


他"唉"的一声长叹，使劲儿抹着腮上泪水，道：唉，可难受死我了……你们这帮孩子，折腾什么啊折腾，就不能好好的吗？

小师姐慢慢起身，迟疑了一会儿，蹲到他面前，抖着手替他擦泪。

从小到大，这是第一次看见有人为了我掉泪。

她说：……您对我好，我会记着的……阿叔，对不起，我惹您难过了。


她扶住老师傅的膝头，轻轻地说：

这是我自己惹的麻烦，让我自己一个人去处理吧。您收留我已经够久了，我该走了。

老师傅摁住她的手，说：走什么走？孩子，你别说胡话！

小师姐神经质地咯咯笑起来，看看老师傅又看看我，道：我哪儿还有脸再留下来……求求你们别留我，留不住的，让我走吧。


我指着她问：你要去哪儿？你能去哪儿？

她额头抵在老师傅的膝头，大声喊：

求求你们别操心我了……

求求你们让我走得再远一点儿吧……

求求你们让我重新去找个没人认识我的地方让我自己想明白到底该怎么办……

声音很大，震得玻璃柜台嗡嗡轻响，她伏在老师傅膝头剧烈地抽泣，一口接一口粗重地喘息。

…………

小师姐次日离开的小镇。

阿叔做好了饭，但没下楼来吃。我陪着小师姐吃的饭。

我给她夹菜，一筷子洋芋，一筷子豆腐，一筷子鸡蛋，用的自然还是那双小胡萝卜一样粗的银筷子。

我说：小师姐你看，银筷子又黑了。

我递给她一个小铁皮茶叶盒子，费了半天劲儿，帮她把盖子抠开。

红红绿绿几沓散钱，橡皮筋扎着的。我告诉她，这是阿叔给的。

我告诉小师姐：阿叔说不管你决定走哪条路，身上钱不够的话不行。他说不管你缺不缺钱，都帮帮忙，让他心安一点儿。

我说：小师姐，你不要推辞，收下就好，阿叔挺老的一个人了，请让他心安一点儿。

我望着小师姐，说：也许咱们以后没什么机会再见面了，想想还挺让人难过的。

她抱着茶叶盒子，没应声。眼神失焦，熟悉的茫然。

我说：现在觉得不论是劝你去当单身妈妈，还是任凭你去打掉孩子，都挺浑蛋的……但如果临别前不说点儿什么，也挺浑蛋。

我说：以前老觉得"祝福"这个东西挺虚的，但好像这会儿也只能给你个祝福了。

我把那个豌豆粒扁铃铛从口袋里掏出来，替她挂在颈上。

小师姐，当它是个护身符吧。

我说：祝你能心安……或者母子平安。

小师姐沿着石板路走远了，那一日是罕见的晴天，她脚下的青石板路泛着光，胸前的银铃铛叮咚轻响……

拐了一个弯，也就听不见了。

也不知她后来去了哪里，走的哪条路。

…………


小师姐走后，银匠铺的日子照旧，锤子叮当响，雨水也照样滴答。

有天晚饭炒了腊肉，油滋滋的，喷香扑鼻。我先往老师傅碗里夹了一筷子，他只嚼了一小块，就难受地放下了饭碗：都不知道她怀着孕……让人家孩子吃了那么多天洋芋。

我也停了筷子，我说：要不，咱给小师姐打个电话？

他说：嗯嗯，你打……

我说：我不，还是你打吧……


最后谁也没打。


关于小师姐的一切，我们后来谁也没提起过。

像一阵铃铛声，响过了，也就没了。

# （九）

雨季结束后，我也告别了小镇，一别就是许多许多年。


逢年过节会给阿叔打个电话，关于我其他的职业身份、谋生手段，我一直没告诉他，他一直以为我靠画画谋生，拎着个破油画箱，天南地北游游荡荡。

结婚了没？买车买房了没？过得好吗？……

这几个问题，每次打电话他都会问。

我当然说好喽，好好好，各种好，样样好。

他在电话那头嘟囔：晃来晃去的，好什么好……

阿叔越来越老了，耳背得厉害，以为我听不见他的嘟囔。


每次电话的结尾，他都会说：要是过得不顺心，就回来住上几天嘎。

我说：顺着呢，好着呢，别操心啦好吗？

那，什么时候有空呀，回来看看我嘎。

每次我都说明年明年……明年复明年，拖了一个明年又一个明年。


直到阿叔辞世。


消息来得晚，待我横穿整个中国赶回去的时候，人早已入殓多日。

据说走的时候还算安详，白事时来了很多人。


除我以外，陆续迟到赶来的还有四五个外乡人，互相攀谈起来才发现，都曾跟阿叔短暂学过手艺，都没拜过师。雨夜把盏毕，一堆陌生人参差立在银匠铺旧址前，沉默不语，烟头一明一暗。

都一样，都曾被阿叔收留过，都是"从街上捡的"。


关于阿叔的过去已不可考，只知他壮年时貌似蹲过班房，原因不详，孤独终老，无子嗣……和无数的老匠人师傅一样，身前身后，寂寂无名。

老师傅走了，老手艺一并带走了。

都不知道他这一辈子是否正经收过徒弟。


落笔此文时，我隐去了小镇名称，隐去了阿叔的姓氏籍贯，隐去了他的茔冢所在……

让他安安静静地休息吧，莫让俗世的诸般解读，扰了他的身后清净。


日子真不禁过，阿叔走后，眨眼又是若干年。

匆忙赶路，偶尔驻足，一程又一程，一站又一站。

小镇雨季里的寡淡故事，当时不觉个中滋味，年龄越长，越发怀念。

沉甸甸的锤子，水汪汪的青石板。

*丝丝缕缕*的老木头清冷的霉香，阿叔灰蓝色的手掌……叮当叮当的老时光。


…………

阿叔。

昔年的小镇雨季里，马铃声远去，你丢我一根纸烟，说：

好好学，早点儿靠手艺吃饭……想吃什么就吃什么。


万重山水走过，酸甜苦辣尝遍，滚滚红尘翻呀翻两翻，天南地北随遇而安。

被欺辱被雪藏被打压被群嘲被轻蔑被不屑。

可是阿叔，手艺没扔，还在我身上呢，在血里在手中，在字里行间。


# （十）


至于小师姐，后来，我和她当年隶属的那家公司有过业务合作。

酒桌上旁敲侧击，有资深员工对她尚有印象，但也仅止于她莫名其妙地离职，据说杳无音信，再没出现。小师姐的那个男神我没去打听，祝他升官发财长命百岁一生心安，祝他来世为禽为兽莫为人身，莫要再来祸害人间。


那天酒局结束后，我站在北京世贸天阶东门，翻出存了多年的手机号码，给小师姐打了过去。

电话没打通。

这些年手机从 2G 变 3G 再变 4G，当年的 131 早已是空号。

头顶的天幕缤纷绚丽。

也不知那个孩子最终是否看见过这个世界……

当年的无所作为，多年来始终让我心慌。

其实，若事情再来一次，我想我依旧会沉默，依旧会无所作为。

这种无能为力的感觉，让我心慌。

若换作是你，会如何帮她？

站在为了她好的立场，怂恿她去打胎？

眼睁睁看着一条人命消失在眼前？人有人性，人性惜命，人命关天。

当一条性命和你的人生有了关联，有了交集，近在咫尺地摆在你面前，立时三刻就要丢在眼前时，去怂恿刀子下得快一点儿？

三个月了，都成形了，已经是条命了。怂恿她除掉这条命，去重新开始人生吗？劝她亲手杀掉她早已彻骨深爱的孩子，让她背负着一生的罪恶感去重新开始？

…………

反之，站在保住孩子的立场，鼓励她生下来？

为了满足自己的道德感，而卑鄙地鼓动一个无依无靠的姑娘去做牺牲？鼓励她去给自己的人生判一场无期徒刑？

去冠冕堂皇地对她说"时光和岁月终会赐予你内心强大的力量"？

如果在内心强大的力量最终来临之前，她被这个残酷世界击垮了呢？

世人喜欢俯视、仰视、漠视、鄙视，唯难平视。

就算视线中偶有善意，也难免附带围观感、怜悯感。

某种意义上讲，单身妈妈一直是个被世俗标准边缘化的人群，总会或深或浅地被孤立、被排异。

别和我说一视同仁，你我都知道，大部分的一视同仁，仅局限于舌尖唇畔。

是的，这世界上有许多幸福的单身妈妈，但不论是她们，还是小师姐这个茕茕孑立的傻姑娘，你我有什么权利站在道德高度上指导人家的人生，又在之后的若干年里对其是死是活事不关己？

…………

若当年站在小师姐面前的是你，你会如何开口？

是鼓励她牺牲孩子，还是牺牲她自己？

若你是小师姐，你会如何选择？

是牺牲孩子，还是牺牲你自己？

哪一种选择会让你心安？

# （十一）

还没完。

多谢故人首肯，允我记叙以下这段文字。

…………

时光荏苒，多年的江湖浪荡后，我开笔当了写书人，野生的。

2013 年 12 月 31 日午夜，上海福州路书城，跨年签售会。

一起签售的作者很多，并列一长排，晓晗坐在我右边，陈谌坐在我左边，来的人更多。

知道我爱吃零食，很多读者带着自制的小糕点来看我。

我边吃边签，不亦乐乎。


新年钟声敲响前，有个帅气得吓死人的小正太高擎着书，挤到我面前。

漆黑的眉毛，漆黑的圆寸头。

这么大的背包，外地赶来的吧？

哟，校服上两道杠，还是个中队长。

我逗他，伸手去胡噜胡噜他的头，热烘烘毛茸茸的，极佳的手感。

喂，小子，这么年轻就读我的书，小心影响发育啊。


旁人哄笑，小男生缩着脖子笑，乖巧地任我摆布。

我递给他一块饼干，在他书上签上名，再画上一只大肥兔子。


名字签完了，他赖在桌前啃着饼干不肯走。

我问：是想再多要一块饼干吗？一整盒都给你好了。

小正太不客气地接过饼干盒，笑嘻嘻地说：我还有事情找你呀……

他费力地伸手往领口里掏，掏呀掏呀掏呀掏，掏出细细的红绳一条。

他一边拽红绳，一边说：

……妈妈让我来的，妈妈让我把这个给你瞧瞧。


铃儿丁零轻响，响出一抹银光。

独一无二的豌豆粒儿。

雪花银的扁铃铛。

…………

乌溜溜的眼睛盯着我。

他问：叔，你是不是认识我妈妈？

起身绕过桌子，慢慢蹲到他面前，我轻轻将他抱住。

好孩子，我不仅认识你妈妈，连你我都认识。
阿弥陀佛……
在你还只有铃铛这么大的时候，我就认识你了。

▷ 打银声

《夜晚就是这样变长的》阳朔小屋·陈蠹子 ◁

凭什么

◇　　有人说，每一个拥有梦想的人都值得被尊重。
可我总觉得，除了被尊重，人还需自我尊重。
真正的尊重，只属于那些不怕碰壁、不怕跌倒、勇于靠近理想的人。
梦想不等于理想。
光幻想光做梦不行动，叫梦想。
敢于奔跑起来的梦想，才是理想。
…………
就像老谢那样。

我是你的作者，你是我的读者，我写你看，好比你听我说。

谢谢你愿意倾听我，并赠我温饱体面，我也会尽力去听听你的，然后，能做点儿什么就做点儿什么。

我曾给过你一个承诺：微博上每一条评论留言或@我都会看，虽无精力每条回复，但都会看。

我做到了，我都看了，包括一部分私信（本文写于2014年，2014年之后甚少再看私信，看不过来太多了）。

却是有个蛮奇怪的现象，平均每十条私信，就有一条是在抱怨人生的。

活不下去了，打击太大了，人生一片灰暗……失恋、失业、失去方向，职场不如意、家庭不如意、人生不如意、高考失败、国考失败、考研失败……还有四级考试失败跑来哭诉的唉至于吗坚强点儿好吗？

你们把我当树洞，将面临的问题码成字发给我，希望我给你点一盏指路明灯，为你答疑解惑。谢谢你们的信任，谢谢你们看得起我。但抱歉，我不过是个野生作家而已，并非情感专家或知心大姐。身为一个说书人，只会讲市井江湖的散碎故事，不会写鸡汤励志小清新，更不善于走暖男路线抚慰你。

实话实说，我这儿只有一碗江湖黄连汤，又苦又涩还不解渴。

你若敢喝，就别指望它是甜的。


（一）


2014年8月3日，云南地震，路断了电也断了，房倒屋塌。

震中是昭通鲁甸，以及巧家，那里是我的兄弟老谢的故乡。

当天晚上，千里之外的广西柳州，流浪歌手老谢举行了一场义演，地点是广西柳州偶遇酒吧。60 平方米的酒吧挤爆，一个流浪歌手一把吉他，一个晚上共募得近 10 万元人民币。钱捐往灾区后，老谢拒绝了所有媒体的采访报道，一人一琴悄然离去。躲开掌声，他滴溜溜地跑了。

整整一个月后，老谢出现在大冰的小屋丽江店门前，那天恰好我在。
第一眼我以为是个乞丐，第二眼我吓了一跳，老谢，你怎么憔悴成这熊样？！
我递他一罐风花雪月，他一仰脖，咕咚咕咚往喉咙里倒……冲马桶一般。长长的一个酒嗝打出来，他憨笑：这才是家乡的味道。
柳州很好，但云南才是家乡，他想离家近一点儿，于是和往昔多年间一样，走路回家。鞋底走烂了，就用绳子绑在鞋帮上。1500 公里，他一路卖唱，一步一步从广西柳州走回云南丽江。

义演募捐那日，老谢也捐了，他掏空了钱包捐光了积蓄，甚至连一分钱路费也没给自己留下。专辑也送光了，每个捐款的人他都送了一张，人们并不知道那是他最后的财产。

何苦如此呢，当真一分钱也没给自己留下？兄弟，那你的那个理想怎么办？
他憨笑：没关系，大不了从头再来……
他说他已经习惯了。
我傻看着他。他拍着右胸说：冰哥，你莫操心我，最穷无非讨饭，不死就会出头……
他的意思是心里有劲儿着呢……我还能说什么呢。
沉默了一会儿，我只能对他说：老谢，心脏一般长在左边哦。

（二）

老谢的理想已从头再来了好多次。

不同的城市，不同的地方，不停地从头再来。其中一次是在多年前的珠海。

珠海，拱北口岸的广场。

夜半，露宿街头的老谢从梦中醒来，包没了，吉他没了，遭贼了！

流浪歌手不怕无瓦遮头，只怕吉他离手，吉他是谋生工具是伴侣是鞋，鞋没了路该怎么走？慌慌张张寻觅了好几圈后，他蹲在广场中央生自己的气，攒紧拳头捶地，一边捶，一边用云南话喊：我的琴！

地砖被捶碎之前，有个人走过来，把一个长长的物件横在老谢面前。

老谢快哭了：我的琴！

他搂着吉他，腾出手来翻包，还好还好，光盘、笔记本、歌本和变调夹都在。那人说包和吉他是在海边捡的，还给老谢可以，但希望老谢给他唱首歌。一首哪够，老谢给他唱了五首，五首全是原创。二人盘腿坐在广场上，地面微凉，对岸的澳门灯火璀璨，好似繁星点点铺在人间。

那人说：朋友，你的歌我都听不懂，你唱两首真正的好歌行不行？

老谢问：比如什么歌……

老谢被要求演唱《九月九的酒》，还有《流浪歌》。

流浪的人在外想念你，亲爱的妈妈

流浪的脚步走遍天涯，没有一个家

冬天的风啊夹着雪花，把我的泪吹下

流浪的人在外想念你，亲爱的妈妈……

那人闭上眼睛跟着一起哼，哼着哼着，齉了鼻子。

他忽然起身，连招呼都没打，走没影儿了。

过了一会儿，那人拎着一瓶白酒和半个腊猪头回来了。他立在老谢面前，斜睨着老谢。他说没错，吉他就是他偷的！这一带管偷东西叫"杀猪"，但老谢这头猪实在太瘦，包里连张100元的整钱都没有……

他说：谢谢你给我唱歌，谢谢你把我给唱难受了，你敢不敢和我这个小偷一起喝杯酒？

他说：你看着办吧，反正酒和猪头肉，是用你包里的钱买的！

他是东北人，背井离乡来珠海闯天地，天地没闯出来，反而蚀光了老本。眨眼间他没了未来，没了朋友，也没脸回家，最终因为肚子饿无奈当了小偷。从业不久，刚一个月。

半瓶酒下肚，小偷有点儿醉了，指着自己的鼻子说：不是所有坏人生来就是坏人，有些是被生活逼的！

他逼问老谢：你他妈的是不是瞧不起我？

他哈哈笑着，淌着眼泪说：你他妈为什么要瞧得起我……

又哭又笑，他最后枕着老谢的肚皮睡着了。老谢也醉了，醒来时天光大亮，已是中午，小偷躺在身边，仰成一个"大"字，手里还攥着半只猪耳朵。

有人走过广场路过他们身旁，没人看他们，没人关心他们为什么睡在这个地方。

小偷惺忪着双眼坐起来，瞅瞅手里的猪耳朵，啃了一口。他对老谢说拜拜吧，他要干活儿去了。老谢试探着问他，能不能别再去偷东西了？生活不会永远逼着人的……不是说当过坏人就不能再当好人。小偷爽快地说好，他伸过来油乎乎的手：你立马给我5万元钱，我立马有脸滚回家去当好人。

他嗤笑：哎呀我去，装什么犊子，你现在10块钱都拿不出来吧？

老谢咬着牙不说话，拖着小偷去找小餐厅。老谢是流浪歌手，但只是街头唱原创卖专辑的那一种，并非饭店餐厅里点歌卖唱的那一类。珠海，是老谢头一回破例。"先生，点首歌吧。"这句话实难启齿，但看看一旁的小偷，他终究还是把话说出了口，斩钉截铁。

第一桌客人说走开，第二桌说走开。第三桌客人酒意正浓，说：唱吧，把我们唱开心了的话，一首给你 5 元钱。唱什么呢？老谢看看小偷。那几年网络歌曲风头正劲，最流行的是《老鼠爱大米》，还有《两只蝴蝶》。老谢拉着小偷一起合唱，老谢弹琴他打拍子，一开始他不情愿，后来越唱声音越大，几乎盖过了老谢。

半个小时后，客人给了 100 元钱。

他们站在小餐厅门前，小偷捧着 100 元钱发呆。

他猛地大喊：哎呀我去！早知道可以用这方法挣钱，我他妈何苦当小偷！

何苦……

路人侧目，老谢扑上去捂他的嘴，手松开时湿漉漉一掌的泪。

小偷和老谢共同生活了一个月，吃住在一起，晚上睡不着的时候，唱歌聊天。他们一起卖唱，小餐厅里、海边的烧烤摊、冷饮店门前，得来的钱一人一半。一开始二人合唱，后来老谢只负责弹琴，小偷负责唱，他嗓门出奇地大，而且很神奇地会唱当时所有流行的网络歌曲。

一个月后的一天，在初次卖唱的那家小餐厅里，老谢和他弹唱庞龙的那首当时大火的《我的家在东北》。一遍唱完，明明客人没点，他却非要再唱一遍。

"我的家在东北松花江上……"

客人惊讶，他怎么抢过我们的酒端起来了？

他举起酒杯敬老谢。

走了！想明白了，也想家了，管他瞧不瞧得起，明天我就回家！

老谢送他去车站，站台上他死命地搂着老谢的脖子。

"你是我的纯哥们儿，纯纯的！"

车门关闭前的一刹那，老谢丢了一个纸包进去，报纸包着的，上面两行字：

5万元钱我没有，我只有13,700元钱，当个好人。

火车开走了，带走了车窗上挤扁了的一张脸，和老谢贴身银行卡里的所有积蓄。

13,700元钱没了，几百次街头卖唱的辛苦所得。这本是老谢攒了许久，用来实现理想的。

火车开远了，老谢发觉自己还是有那么一点点心痛的。

他安慰自己，有什么啊？没什么，大不了从头再来嘛。

…………

其实这段故事的句号，直到5年之后才被画上。

5年后，2011年，流浪歌手老谢有了一点点知名度，虽然理想依旧没有完成，依旧需要街头卖唱，但终于有一点儿资本展开全国巡演了。规模不大，都是在民谣小酒吧里，他的名气也不大，来的人能有三四十个，就已经很满足了。

2011年1月14日，南京古堡酒吧的那场巡演来的人最多，几乎有二百多个，座位全部坐满了，不少人站着。来的人出奇地热情，每首歌都热烈地鼓掌，不论是欢快的歌还是哀伤的歌，每首歌后都尖叫呐喊。

老谢一边弹唱，一边紧张——这是怎么个情况？这些人有男有女，有穿西服打领带的，有黑T恤金链子的，有文龙画凤花绣满胳膊的，打眼一看都像是摇头夜场的卡座常客，全都不像是会听吉他弹唱的人啊……

演出结束后，老谢的专辑全部卖光了，批发白菜一样，一个渣渣都不剩。人们挤成团，找老谢签名握手，然后迅速全闪了，留下老谢一个人一头雾水地站在空荡荡的舞台上。

手真疼啊，这帮人握手的力气真大。

脚边不知何时多了几样东西。
一个厚厚的小纸包，一把价格不菲的新吉他。
一瓶白酒，半个腊猪头。

纸包是用的报纸，厚厚的一沓钱包在里面。
那张旧报纸，老谢认得。

## （三）

老谢的理想是什么？
老谢的理想，最初藏在 4000 斤沙子里。
那时他上小学，金沙江畔的二半山，没通车也没通电，没见过柏油路，没见过电灯，松明子夜夜熏黑了脸。1994 年的云南巧家县回龙村，村小学的屋顶摇摇欲坠，雨水淋垮校舍之前，村民从 15 公里外的集市背回水泥。校长组织学生上山背沙，每个学生摊派 2000 斤沙，用背箩。
父母可以帮忙，如果乐意的话。

老谢的父母亲帮不上忙，他们早已逃走了。计生工作组驻扎在村里，鸡飞狗跳，家被端了好几回。为了保住腹中的小妹妹，父母逃到了江对岸，四川省宁南县的老木河水电站。水电站的后山是彝族村寨，父母亲在那里开荒，种桑养蚕。
家里只剩老婆婆、老谢、妹妹和弟弟。弟弟 8 岁，也是学生，也需要背 2000 斤沙。
两公里的山路，上学路上背，中午吃饭背。一次背 30 斤。弟弟晚上开始趴着睡觉，说是腰疼，衣衫掀开，肩胛上已经压出了瘀血。
老谢 9 岁半，心疼弟弟，揽下了弟弟的份额。
没人奖励他，也没人夸他，山野贫瘠男儿早立，这是天经地义的事情，人们早已司空见惯了。

4000 斤的沙子，老谢背了小半个学期，两公里的山路，每次背 50 斤。上课时他不停挠头，痒，沙子钻进后脑勺的头发里，一待就是几个月。每天背沙子他走得最慢，每百步停下来歇一歇，胸闷，半天才能喘匀了气。他想了个好办法，一边背课文一边前行，每一步卡住一个字。日子久了，他发现最有用的是背诗歌，有节奏有韵律，三首诗背完，正好力气用尽，停下来休息。

"江上往来人，但爱鲈鱼美。君看一叶舟，出没风波里。"

"里"字念完，正好停下来喘气休息。
山野寂静，鸟啼虫鸣，远处金沙江水潺潺闪动，有些东西就这样在不知不觉中萌发了。
再起身荷重时，嘴里不知不觉念出来的，不再是课本上的文字。

山，这么高，我这么累，
山不会长高，我却会长高，
我长高了就不会累……

9 岁半的老谢写出来的当然不算是什么诗，只能算造句，句子也不是写出来的，是被 4000 斤沙子压出来的。

# （四）

学校修起来了，每个年级有了一间教室，后来还有了红旗和红领巾。
老谢毕业了，没来得及戴红领巾，他考上了初中。当时小学升初中只考语文和数学，老谢考了 178 分的高分，考上了巧家县一中。这是一件大事，许多年来，整个村子没几个人上初中。父母亲悄悄潜回来，带着省吃俭用存下的钱，以及一双运动鞋和一套运动衣。

父亲乐：我只上过3年学，现在你要上9年学了，谢世国啊谢世国，真没给你白起这个名字，你终于要见世面了。

松明子噼啪响，母亲穿针走线，运动裤的内腰里缝口袋，钱藏在里面。

老谢喃喃地念：慈母手中线，游子身上衣……

母亲抬头：你说的是什么？

又含笑低头：我儿子在念书哦……

母亲是彝族人，生在宁南彝族山寨，17岁时被父亲用一头牛从山寨换来，没念过书，不识字，不知什么是诗。她一生唯一在纸上留下的痕迹，是婚约末尾的红指印。

手印浅浅地压住一行字：谁反悔，赔双倍。

一年不到，老谢让父母失望了。

巧家县一中，同年级的人他最矮最粗壮，也最穷。宿舍每个月要交10元钱，他一年没吃过早饭，午饭1元，晚饭还是1元。县城的孩子有闲钱，游戏室动不动5元、6元地投币，钱花光了，他们就勒索乡下的孩子，强行要钱，1毛、5毛、1元，有多少要多少。

反抗就打，不反抗就得寸进尺，有时还要搜身。

老谢从小干体力活儿，一个可以打好几个，他们几次勒索不成，越发敌视老谢。

一日课间，他们擎着一个本子在教室里起哄：我们班还有人写诗呢！

他们念：

小时候我总坐在家的门口

眺望山的那一边

有漂亮的玩偶和美丽的公主

长大以后，在这个不相信眼泪的世界里

孤独地走完四季

作者：谢世国

哎哟，还作者呢！还公主呢！这个公主是黑彝的还是傈僳的？吃洋芋还是吃萝卜？

呸！土贼，他们喊：养猪的还配写诗呢，你以为你是省城昆明来的吗？你以为你是北京来的吗？你以为你是外国人吗？

所有的孩子都在哄笑，不论是城里的还是山里来的。

不知为何，山里来的孩子反而笑得更大声些……


老谢抢过本子撕成碎片，又把其中一个人打出了鼻血。他追着其他人疯打，一直追到校门外，刚冲出门就被人绊倒了。原来是一场预谋，几个岁数大他一点儿的社会流氓揿住了他，抢起自行车链条，没头没脑地抽。

……父亲找到老谢的时候，已是两个月后。

那时他已辍学出走，沿着铁路跑到了省城昆明，在凉亭村里当了搬运工。凉亭村是昆明火车货运站所在地，老谢在这里当童工，上百斤的大米麻袋搬上搬下，一天 10 元钱。成人搬运工是 20 元。


父亲找到老谢时，正逢午饭时间，别人蹲在麻袋旁吃饭，他趴在麻袋上铺开一张纸，正在写着些什么。

手腕粗的扁担拍在老谢脊梁上，父亲下死力打他，第一下就打出了血。

老谢跑，终究被打倒在麻袋堆里。他举起胳膊抵挡，用攥着的那张纸当盾牌，他哭喊：我做错什么了？！我写诗有错？！

父亲不说话，只是一味打他，宗族间械斗一样狠心。手被打青，迅速失去了知觉，皱巴巴的纸片飘落。上面的诗歌刚刚起了一个标题——《我来到了省城昆明，我可以有理想了吗？》。

其实童工老谢并没有真正去到昆明。

他去的昆明没有翠湖，没有春城路，没有金马碧鸡坊，只有凉亭村的货运站，和货运站的麻袋堆。

# （五）

老谢的理想真正发芽，是在 1999 年。

1999 年发生了几件事——老谢震撼了巧家县回龙村，老谢轰动了昭通教育学院，以及，父亲再次对老谢动了手。

震撼回龙村的，是老谢被昭通教育学院录取的消息，这是村子里有史以来第一个。父亲买来带过滤嘴的纸烟，站在村口见人就发，女人也发一根，小孩子也发一根。人们敬畏地接过他的烟，客气地笑着，说不定，将来这会是个大人物的父亲啊。山民对大人物的理解很质朴，能不靠在地里刨食的就算是大人物。他们并不知昭通教育学院不过是中专，毕业的学生大多依旧要回到山村，一辈子当个乡村教师。

虽然只是中专，但昭通教育学院的生活也足以让老谢震撼。

首先是学费，4500 元，全家人几乎集体去卖血。

其次是音乐，高年级有个乐队，留着长发弹着吉他，这简直是老谢活了十几年见过的最洋气的人。乐队翻唱的是流行歌曲，老谢爱听，迅速地全都学会了。他们夸老谢山腔山调嗓子好，老谢帮他们搬东西扛乐器，小杂役一样围着他们转。他心想：我们应该是同类吧？我写诗歌，他们唱歌，我们的理想应该是一样的吧……

他渴望融入他们，渴望和他们分享自己的创作，但不敢直接拿着笔记本去当投名状。老谢曲线救国，恳求乐队主唱教他吉他，主唱答应了，但有个条件：他让老谢先买下他那把不用的二手吉他。

二手吉他卖 300 元，老谢当然不舍得。

但一个学期后，他学会了吉他，且明显弹得比主唱好。300 元他没有，但他有 30 元，小书摊上可以买好几本二手的吉他入门教材。小台球厅里有免费练习的吉他，只要他每天扛着扫帚去打扫地面。那时候，他试着把写下的诗变成歌词，再套进和弦：

站在高山顶上放声吼吧

什么事都不去想它

到海边去看一看日出和浪花

自由的海鸥自由地飞吧

什么都不怕……

学会了吉他，乐队反而疏远了老谢，忽然开始瞧不起他。

他们甩着长发，在女同学面前说：老谢那模样像杀猪的一样，他弹的那叫什么啊？完全是野路子，他又不是明星，有什么本事还自己写歌。

他们也都还是孩子，或许在他们眼里，只要能发行专辑的，都算是明星。

老谢明白了，他们不是同类，一千多人的校园里，没人是他的同类。

万幸，他心想，我没和人们说起过自己的那个理想。但老谢不明白的是，为什么只有明星才能写歌？凭什么长得不好看就没资格唱歌？还有一件事情他想不明白，前途摆在面前：一个默默无闻的山区小学老师。虽然放下锄头拿起了粉笔，但还是要在大山里待一辈子。

没人敢不尊敬老师这份职业，老谢也不敢，但他不明白为何面前只有这一个人生选项：凭什么我只能这么去活？

学院里能借阅到杂志，老谢时常在阅读室里发呆，为什么那些光鲜靓丽的人可以有机会走入丰富多彩的世界，为什么我这种金沙江畔的穷孩子就活该困死在穷乡僻壤?

这仿佛是两个世界，前者是主角，后者只能旁观。前者轻易可以构设的人生理想，后者只能永生奢望。世界是不公平的，他慢慢地明白，起点不同，人生的丰满程度就不同，谁让我穷呢，只能认命……

有时候他偏起来：凭什么只能过这样的生活，穷孩子就没权利做梦吗？！如果拿我全部的青春去赌一场呢？！

只是想要一个做梦的权利，只是想要一个选择的权利，只要肯让我去触碰一下这种权利，最后输了我也认了！


2000年6月的一个午后，老谢从阅读室的木凳上起身，收拾好书包，将面前的书籍小心地摆回书架，他轻轻地走了出去，径直走，一直走出了校门，从此再也没有回头。

老谢的举动当时轰动了校园，有人说他傻 × 有人说他牛 ×。

有人说他去了昆明，在呈贡的冷库里做蔬菜包装，裹着厚厚的军大衣，眉毛上一层白霜。

有人说他去了一个砖厂，打坯、码砖、烧砖、出窑，据说他的头发全卷曲了，窑里温度高。


父亲在砖厂找到老谢时，他正在推车，8分钱一车。

父亲抢起铁锹，他老了，力气小了，被老谢抱住了腰。

父子俩抱着腰，怒吼着，摔了一场跤。


父子俩瘫坐在泥巴地里，呼哧呼哧地喘气。

老谢说：从小到大我没顶撞过你，今天也不是。我只是想自己选一次……

父亲坐在地上，满头大汗，他指着远处的高楼大厦，说：你不是生在那里的人，有什么本钱住进那里？人家有人家的皮鞋，你有你的草鞋，你为什么就是不安分？！

老谢摇头，说他要的不是那种生活。他说：爸爸，我想当个诗人。

他给父亲念诗，诗念完了，他盯着父亲的眼睛看，换回来满眼金星。
父亲重重地抽了他一记耳光。
父亲不知道什么是诗人，他听不懂老谢在说什么，也不想懂。
父亲走了。

父亲后来去过一次校园，把老谢所有的东西全部打包带走，半张纸片都没有
落下，每一样东西都是他的血汗。过年时，老谢托老乡带了 800 元钱给父母，
是他在砖厂挣的血汗钱。他托老乡捎话：爸妈，原谅我，我会好好挣钱养活
你们，我也会自己挣钱去实现理想。
父亲把钱撕碎，撒在门外。妈妈一张一张捡起来，用米糊一张张粘好。
父亲一直没有消气，一气就是 10 年。

# （六）

老谢的理想是一株草，10 年才长了一寸高。
为了理想老谢流浪了 10 年。不是乞丐式的流浪，他有他的工作。有时候他
是个流浪歌手，有时候他是个工人，他当过许多次工人，打工攒钱搞创作，
钱花完了就去工厂上班。他自幼苦出身，什么工种都啃得下，深圳龙岗区五
联村，他当过金鑫鑫鞋厂工人，工种为补数，负责配对客服退货返单回来的
鞋底，普工，工资 300 元，加班费一小时 1 元钱。
夜里他写诗、写歌，是全工厂最晚睡觉的人。

他在龙华、东莞当过工人……深圳深圳，那时候的深圳到处都是工厂，满世
界都是他这样的工人。
他在流水线上当工人，身旁的人永远一脸倦容，这里的人永远都睡不够。他

也睡不够，他有他提神的方法，一边忙碌一边琢磨歌词诗句，人瞬间就精神起来了。

他当过保安，当保安最好，值夜班可以拼命练琴，自由写诗……他在一家手表工厂当保安，负责守门登记值夜班，后来被开除了。有一次老板半夜开车回厂，他弹琴太投入，反应慢了一拍，福建老板骂人：赛连木（闽南语方言粗口）！滚！
老谢连夜被炒鱿鱼，保安服当场被扒下。

他进过跑江湖的民间草台班，原因很奇怪。
江湖草台班团租下电影院演出，他买票去看，这是他唯一能接触到的文艺圈。
台柱会搞气氛，会翻跟头，能跳到音箱上头倒立唱歌。他倒立着逗台下的观众：谁敢上来帮我伴奏？弹琴也行打鼓也行，送一瓶啤酒！
老谢上台弹唱了《丁香花》，唱完之后被团长硬留下一起走穴，吃大锅饭，睡电影院。

草台班子分等级，团长、台柱是高级动物，睡化妆间，老谢是低级生物，睡舞台。
老谢负责弹琴伴奏，他力气大，后来也负责当苦力搬东西。
等级同样低的是脱衣舞演员，都是些来历不明的女孩子，不跳舞的时间蜷缩在角落里，低着头玩儿手机，谁也不理谁也不看。草台班子专挑小县城的电影院，地头蛇有时来找碴儿，团长拽过一个跳脱衣舞的女孩子到他们面前窃窃私语一番……也不知他们在说什么，也不知他们一起干吗去了。

有一天，一个从没和他说过话的跳脱衣舞的女孩子忽然蹲到老谢面前：听说你上过中专是吧？我也上过。
她说：听说你写诗？你说说看，诗都是说什么的？

老谢说，诗是努力在不美好的世界里捕捉美好，比如善良、理想、爱情……

女孩子笑出了眼泪，瞬间翻脸了，她骂：去你妈的美好世界！去你妈的！

她扯开胸前的衣襟，雪白的乳沟旁瘀青的指痕，她冲老谢喊：去你妈的美好！你个傻 × 死胖子！

女孩子脱衣服，跳到舞台中心脱裤子，一边跳一边脱一边骂：去你妈的美好！去你妈的世界！

她全裸了身体在舞台上旋转，眼泪鼻涕狂飙，旁边的人嬉笑着吹口哨。

女孩子疯掉了，草台班子团长带走了她，不知道送去了何方。


老谢去盘问团长，打了一架，撵了出来，半年的工资没给结算。

临走时团长骂他：狗屁诗人！你离发疯也不远了！


没人呵护他的理想，也没有馅饼一样的机会从天而降。

他习惯了，压根儿不指望外界因为自己的理想而尊重自己。

唯一的机会，是来自老同学的善意邀约。

2003年"非典"那一年，当年昭通教育学院的乐队主唱联系老谢，说他在广州发展得好，在俱乐部当经理了，算是高管。他在电话里说：老谢，其他同学全都回山里教书去了，闯出来的只有咱们两个，过去的事情一笔勾销吧，咱们要互相提携。你不是有个远大的理想吗？赶快来找我吧，我帮你一起实现。


当时老谢在琴行打工，白天练琴看店，晚上躺在钢琴底下的塑料垫上睡觉、写诗。老板怕他偷东西跑了，每天打烊后都从外面锁门，老谢大小便都用空罐头瓶子接着。

老同学要帮忙实现理想，真是开心死人，老谢辞掉了工作，按图索骥去了番禺城中村。


主唱隶属的公司很奇怪，公司里每个人都出奇地热情。奇怪的是，公司租用的是民房，进门没有办公桌，全是地铺。地铺上的公司员工或躺或坐，所有人都穿着西装打着领带。

更奇怪的是，这里每个人都互相称呼经理。

老谢见到老同学，很兴奋地给他看自己写的诗和歌词，厚厚一笔记本。

当年的乐队主唱挡回他递过来的理想，拍着他肩膀说：别着急，理想实现之前，先吃饭！

饭是在公司里做的，地铺掀开，空出来的木地板就是饭桌，所有人围在一起吃。

米饭是糙米，炒莲花白，里面一点点肉。老谢扒了两口饭，兴奋的心情怎么也平息不了，他端着碗跟主唱说：我边吃边给你背一下我写的诗吧。

他背在工厂里写的诗，背当保安时写的诗，他背了好多首，每一首都博得众人的喝彩。

从没听过这么多褒奖之词，这些人情绪真高涨，真是善于鼓励人，每句话都夸得人飘飘欲仙。

主唱的脸色却在变，一开始也跟着喝彩，之后慢慢苍白，到最后，他停了筷子，眼睛直勾勾地看着老谢，一额头的汗。

饭后，老谢兴致不减，非要给大家唱歌。他随身带着吉他，打工攒钱买的，和当年主唱要卖给他的那把二手吉他是一个牌子。主唱盯着那把吉他，听着他的歌声发呆，副歌部分，主唱轻轻闭上了眼。

一首歌唱完，主唱忽然开口：老谢，咱俩下楼一起抽根烟。

旁边的人收敛起笑意，阻拦道：在屋里抽就行……

主唱的神情忽然多出来一丝紧张，他打着哈哈说：我们老同学见面，单独叙叙旧比较好，我想单独和他聊聊咱们公司的企业文化……

旁边的人慢慢围过来——饭都吃了，还是在屋里说吧，我们帮你做补充。

也有人说：聊什么聊啊，一会儿不是有培训课嘛，培训完了再聊嘛。

老谢奇怪地看着众人，什么培训？怎么回事？

主唱不再坚持己见，他引老谢到窗前，手插在裤兜里半天，掏出来一盒"广州湾"香烟。

他把烟递给老谢，老谢要拆开，他却示意老谢装起来。

他忽然用只有二人才能听懂的云南方言说：我身上什么都没有了，只剩下这盒烟。

他说：老谢，以前我对不起你，今天我也对不起你……你先别说话，等我把话说完。

他莫名其妙地呵呵笑起来，一边还亲昵地拍拍老谢的肩。

旁边的人竖着耳朵听他们聊天，看到他在笑，也都笑着松一口气，各忙各的去了。

主唱说：老谢，我记得你体育很好，跑得很快……

他说：窗口离门口不远，一会儿我一给信号你就跑，不要回头，不论发生什么都别回头。你相信我，只有这样今天你才不会被毁掉，你一定要相信我。

老谢的心怦怦跳起来，什么毁掉？为什么要跑？这是在干什么？

主唱愣愣地看着老谢，半天，他轻轻说：老谢，咱们都是穷孩子出身。真羡慕你的理想……

他猛地拽起老谢往门口的方向推去，口中打雷一样大喊：跑！

门在背后关上了，被主唱用脊梁顶住。老谢急急忙忙下楼梯，耳后只听得一阵阵喝骂声。

他慌着一颗心狂奔，跑出楼道，跑出小区，跑啊跑，几乎跑出了番禺。

累得瘫倒在路边时，老谢懊恼地发觉吉他忘带走了。

他没敢回去取，也不明白主唱为什么要他跑……很久之后他才知道什么是黑传销。

主唱自此联系不上，失踪了一样。

很多年后，从其他同学那里听说，主唱好像成了残疾人，重返家乡当了山区代课老师。

是被打残的，除了右腿骨折，他的右胳膊也骨折了，接得不好，没办法举筷子端碗，上课时写板书也颇为困难。听说这个当年的乐队主唱，再没弹过琴。

那盒"广州湾"老谢没拆，一直留了很多年。

# （七）

另外一次夺命狂奔，也是发生在广州。

老谢本应该死在广州。

火车站附近的一个水果摊旁，老谢卖唱。虽然听不懂他唱的诗，但人们对他都很好，路人扔一枚硬币，卖水果的递给他一块西瓜。一个好心的中年人走过来，告诉他在广州要唱粤语歌。

最让老谢难忘的是一个捡垃圾的老人放下了 5 元钱。

放钱的时候，白发老人喃喃地说：我儿子也这么大了……

老谢收起吉他一路尾随他，想把 5 元钱还给他，终于追上时，是火车站后的一幢空楼下。

很多人，全是捡垃圾的人。有的在喝白酒，有的在吃捡来的饭，有的在抽烟屁股。这些人不是残疾人，也不是智力障碍者，他们都很正常，全是老人，加起来有 1000 岁。

聊天后才知道，这些人来自贵州、河南、山东……是一群不想回家的老头。有的鳏寡孤独，有的被子女遗弃。他们之所以流浪到广州，只是因为这里没有寒冬，不会冻死街头。

一个老人说，我们在等死，广州暖和，可以死得慢一点儿。

他指指旁边的老头，说：大家死在一起，不孤单。

他说孩子你走吧，别和我们这帮老东西待在一起，我们太晦气了，太晦气了……

开始下雨了，老谢走了，几十米之外是高楼大厦的广州，同一个世界，另一个世界。

夏天的广州，大雨倾盆是家常菜，街头卖唱屡屡被雨水阻拦，再也赚不来一毛钱。

没有了收入的老谢想找个能唱歌的工作，他去了沙河桥的一家职业介绍所，紧挨着军区。

填完表格和资料，复印了身份证，他们说他们什么工作都能找到。要找酒吧驻唱是吧，没问题，但不是广州市里的，周边县市的怎么样？

吉他他们留下了，介绍所经理说吉他就算是抵押物吧，将来付清手续费后再取。

老谢犹豫了一会儿，吉他留下了。

过了一会儿，一个手拎皮包的中年男人走进来，江西口音，他说上车上车，赶紧去工作了。老谢上了一辆车，窗玻璃是黑色的。一车坐了十几个人，男女老少，还有几个大光头，都是大块头。

大块头们不说话，一车人都不说话，车摇摇晃晃，大家都慢慢睡着了。

车一个颠簸，老谢醒了，车玻璃是黑的，车里一片漆黑，他推开一点儿车窗透气，被吓了一跳。

天色怎么也快变黑了？

车开了这么久，这是要去哪儿？窗外哪还有房屋建筑，密密麻麻全是树。

他本是山民出身，熟悉山路，车颠簸得这么厉害，明显是进了深山。

老谢要找的是酒吧驻唱的工作，怎么被带到大山？他开口问那几个大光头，其中一个低声呵斥他：闭嘴！睡你的觉。

老谢合上眼，是喽，被骗了，如果没猜错的话，应该是要被带进山里的黑厂，砍树炼油当奴隶了！

车速慢慢放缓，车里的人大都还在睡觉，几个光头却全精神起来。老谢眯缝着眼偷看……他们从后腰抽出了短棒和刀。

跑！必须跑，一有机会就跑！

老谢偷偷打量一下四周，暗自着急，大难临头了，怎么其他人都还在睡觉？

车终于停了，车门打开，两个大块头先行下车，剩余的三个站起身来凶神恶煞地喊：都他妈醒醒！老实点儿排着队下车！

老谢一个猛子蹿起来，炮弹一样往车门冲，打橄榄球一样撞翻了两个光头。

车门处他犹豫了一秒，扭头冲着车厢里喊：跑！

一秒钟的耽搁，车下的人棍子已经抢过来了，老谢侧身，砰的一声砸在背上。这点儿力道算什么！

有童年时4000斤沙子重吗！有少年时父亲的扁担狠吗！坐了一天的车了，正好给我舒展下筋骨！老谢浑然不觉得痛，他撞翻车下的光头，犀牛一样往山下狂奔。

追兵在后，棍子和刀子隔空掷来，还有夹带着风声的石头。

他心里只有一个念头，跑！不能就这样困在这里变成一个奴隶！我必须自由地活着，我还有我的理想……家乡贫瘠的山谷未曾困住我，巧家中学的嗤笑未曾困住我，教育学院的围墙未曾困住我，血汗工厂的流水线未曾困住我，世间的百般丑恶、世上的风餐露宿都不曾困住过我，跑！使劲儿跑！

边跑边伤心，伤心得几乎要哭出来。

这么大的世界，这么多的人，为什么不能给我这个蚂蚁一样的人一个机会，为什么不能让我好好地活着……不能哭，一哭跑得肯定慢！他想起那群捡垃圾的老人……

不能等死！我还年轻！我还有理想！

老谢跑完了山路，跑过了农田，实在跑不动了就走，实在走不动了，就躲进公路桥下的涵洞里。

他被卖到了广东省广宁县，从广宁一路逃到四会，再从四会到三水，又从三水到佛山。

四天后，他走回了广州。

广州沙河的职业介绍所里，经理吃惊地打翻了茶水。

他失声喊：你是怎么回来的！

第二句话出乎老谢的意料。经理走上前来要和他握手，他热情地喊：人才！你是个人才！

经理说：我们这里就需要你这种人才，你跟着我们干吧，以后我还是2000元卖你一次，每次你跑回来就分你一半，干不干？

那时候有两个选择，要么答应考虑，要么把他鼻梁打断。

但老谢说：我只想拿回我的吉他。

# （八）

我曾写过这样一句话：愿你我带着最微薄的行李和最丰盛的自己在世间流浪。这句话与什么潇洒或浪漫皆无关，这句话指的不仅仅是我的兄弟老谢，还指的是这个复杂世界里所有像老谢一样的老谢。

老谢的本尊，我是在北京认识的。那时他第三次流浪到北京，在南城川子的酒吧驻场驻唱。

川子大胡子，成名曲是《今生缘》和《郑钱花》，人极豪爽，燕京啤酒七瓶八瓶漱漱口。

他捏着鼻子灌我酒，我边喝边问：哥，上面唱歌的那个胖子是谁？怎么长得像个土匪？

就这么认识的老谢，他的歌很怪，说不上来的一种怪。

他明明是最普通的原创弹唱，却总让人感觉是在读一篇散文，或者，一首诗。明明清清淡淡，却每每勾得人莫名其妙地叹息。

有一天矮大紧先生也在，他特意喊过老谢来，说了一句话：你的歌太悲哀，要多一些快乐的歌，这个时代需要快乐的歌。我在隔壁桌看他们聊天，看到老谢憨笑，张了张嘴，过了一会儿，他才说了声"谢谢老师"。

我那时只知道老谢是个普通的歌手，并不知道他还是个流浪歌手，阅尽世间百态饱经饥馑，已很难快乐起来。

我并不知道他藏而不露的理想。

我并不知道他那时已经走过了五十多个城市，一路边走边唱，一路流浪一路攒钱。

贵阳市中心喷水池旁，他闭着眼睛唱完一首歌，一睁眼，琴包拿在城管手里，城管说：你再唱一遍好吗？不错，挺好听。后来城管把琴包放下，走了。

…………

昆明的南屏街，有人老远地扔过来1元钱。老谢捡着钱追着他跑，告诉他自己不是要饭的。

他说：不信，听我给你念首诗。

…………

南宁朝阳广场百货大楼前，有人蹲下来给他讲了半天营销学，他耐心地听，听完后问那人：你很孤独？送你张我的专辑吧，难过的时候可以一听。

他的专辑是用网吧的麦克风录制的，电脑光驱里一张张刻录的。

那人道了谢，拿起专辑，少顷，鞠了一躬。

…………

南京新街口的地下通道，一个支着假腿的残疾人直接拔掉他的音箱，说抢了他的地盘。

老谢问能不能陪他一起唱，临走时，老谢没分钱，残疾人追出来，递给他一个苹果。

晚上经过一条街，一个东北的大姐把他扯进小屋，叫他挑一个姑娘。他说自己是歌手不是嫖客，大姐笑：哎呀妈呀，一把拉进一个艺术家。屋里的姑娘全都笑了。

他说：我给你们唱首歌吧，一曲终，一个姑娘抹着眼泪说：唉，忽然想家了。

…………

北京，中关村海淀黄庄，气氛很好，很多人坐在台阶上听，还有人鼓掌。一个自称是中关村男孩的人要赶他走，说这里是自己的地盘，他的歌迷等着他卖唱。

老谢笑着收拾琴包，旁人替他打抱不平，老谢拦，说：都不容易……


那时他在北京的卖唱伙伴有郭栋、王亚伟。王亚伟原本是个烤烤鸭的。两个人去鸟巢卖唱，走路回刘家窑，为了省路费，八个多小时生生走下来。路过鼓楼时，两个人合买了一碗卤煮，吃掉二分之一，剩下的给郭栋带回去。没能带回去，半路上忍不住吃了。

郭栋后来上了国家形象宣传片。

鸟巢附近，一个女人用她的结婚戒指换了老谢一张 CD 专辑。

她说这东西对她不重要了，相恋 4 年的男朋友和另一个女人好上了，边说边哭，眨眼跑了。

一个星期后，她又跑来说他们和好了。

老谢参加了他们的婚礼，唱了歌，也当了传送戒指的伴郎。

…………

长沙、武汉、杭州、上海、郑州……

珠海，他收留过一个小偷。南京，他收到过一瓶白酒、半个猪头、一个纸包。

…………

珠海的故事其实发生了不止一次。

五十几个城市，每一个城市他都留下了故事。当然也带走了一些东西：歌和诗。


老谢的许多故事，都是我们一起喝酒时，一点一滴获悉的。

酒是在云南喝的。那时候他路过滇西北的小屋，留下当了歌手。说好了的，不是驻唱，他是个流浪歌手，终归还是要上路。


小屋本就欢迎流浪歌手借着这个平台自力更生，但老谢最初来小屋时不肯收工资，他只靠卖自己的专辑讨生活。街头怎么唱，小屋里他就怎么唱，憨憨的，却又不卑不亢。

我尊重他的选择，我也乐意给那个生长了足足 15 年的理想，提供一个避风塘。


# （九）

流浪歌手老谢的理想是当个诗人。

他想出版一本诗集。

老谢长得黑，他不是一个肤浅的人，他说他的理想藏在他的诗里，而他的诗藏在他的音乐里。他唱歌，一路卖唱，一路卖专辑，一路靠音乐为理想攒钱。

他说他在画一个圆。

老谢的理想不停地生长，不停地夭折，不停地从头来过。

一半是造化弄人，一半是自找的。云南鲁甸地震后，老谢为家乡捐出了所有的积蓄，再度成了个穷光蛋。何苦如此呢老谢，那你的理想怎么办？我想帮他，他拒绝了我。他说我知道你有资源有人脉，也比我有钱，心意我领了……我叹他做事不懂变通，不懂善巧方便。

他掂着一罐风花雪月，冲我憨笑：没关系，大不了从头再来。

他说他已经习惯了。


那时老谢刚刚从柳州一路卖唱回来，风尘仆仆 1500 公里，走回来的。

我们蹲坐在小屋门前，我傻看着他。

他拍着右胸说：冰哥，你莫操心我，最穷无非讨饭，不死就会出头……我只是不服，凭什么我自己的理想，我不可以靠自己去实现？

我还能说什么呢，他的心劲儿一直都在……沉默了一会儿，我只能对他说：老谢，心脏一般长在左边。

# （十）

不奢望老谢的故事给你带来什么启迪，唯愿能帮诸君败败火。

老谢现在正在大冰的小屋，白天读书写诗，晚上唱歌，一点点靠近理想。

其实从专业角度看，老谢的诗未必会多好，未必会成名成家，但他终究会是一个真正的诗人……但命运尚未停止对他的考验，他或许还要历经很多次"从头再来"。

最近一次"从头再来"就在上个月。

老谢的母亲切猪草时受伤，手指被齐刷刷切掉，右手，三根。老谢给母亲治病，再次成了个一文不名的穷光蛋。他的诗集再度遥远。

他是我的族人，将来有一天该出手时我自然会出手，管他乐不乐意，总要去实现了他这个心愿。

有人说，每一个拥有梦想的人都值得被尊重。

可我总觉得，除了被尊重，人还需自我尊重。

真正的尊重，只属于那些不怕碰壁、不怕跌倒、勇于靠近理想的人。

梦想不等于理想。光幻想光做梦不行动，叫梦想。敢于奔跑起来的梦想，才是理想。

…………

就像老谢那样，就像你我身旁许许多多个老谢那样。

好了，故事讲完了，其实不是故事，只是风雨江湖一碗汤，苦不苦？苦点儿好，你我已经甜得太久了。

若饮下这碗江湖黄连汤后，你依然自怨自艾……

请一边大嘴巴子抽自己，一边回答以下问题：

你惨，你有老谢惨吗？

你坎坷，你有老谢坎坷吗？

你起点低，你有老谢低吗？

你资源少，你有老谢少吗？

他风餐露宿出生入死流浪 10 年都未曾放弃过理想，你凭什么轻言放弃！

你凭什么张嘴闭嘴就迷茫？

你凭什么受点儿挫折就厌世？

你凭什么指着理想说遥远？

你凭什么闭着眼睛说没有目标没有方向？

…………

那些对尊严、勇气、善意、理想的追求，凭什么他可以，你就不可以？

来来来，凭什么？说说看。

《活着比死强》大理小屋·老谢 ◁

小奇迹

老谢唱的故事结局并不美好，不美好的往往动人，
动了那些感同身受的人。
我曾在一座偏远三线城市的小餐馆里边吃臊子面边用手机播放这首
歌，循环完几遍后一扭头，
穿着围裙的小服务员端着炒黄瓜站在门框边，
呆呆的，泪涟涟的，静静抽泣。

我一直认为一个故事影响不了几个人，况且我写得一般，比如《凭什么》那篇。《凭什么》一文无法和《对不起》《不许哭》相提并论，和《铃铛》《送你一只喵》也没法比，虽都属早期创作，但有高下次第之分。无他，这个故事讲得再用力，还是隔着了一层皮，毕竟老谢的经历我未亲历，再解读也只是解读，并未置身，或处地设身。

我想大约是出身和成长环境的缘故吧，作为同龄人，40年来我吃得比他饱得到的比他多，未曾亲验过他那样的困顿……十几年如一日的重障叠山贫瘠乡野，十几年如一日的无瓦遮头、饮露餐风。

解读得也不及格，本意是想通过一个无资源、无资源配置权的底层青年的漂泊为缩影，去还原一个群体的无奈，及无奈中的奋争，苦是写出来了一点儿，但还是解读得偏励志了，引得读者也模糊了关注点，以为只是讲不屈……这实非我本意。我后来写人，再没用过《凭什么》结尾处的那种大段排比式反问句，那样口号式的置腹推心，太主观太把自己当回事了，不应是一个我这样的说书人该有的语境。

写作这件事情，再客观也是主观的。

对主观输出的控制，就像怀揣着活蹦乱跳的兔子一只，一个按捺不住就他妈瞎蹦，三蹦两蹦跳脱了视线，以为朝西去了，实则是东。有时候想想，真难啊，蛮烦人，本也没打算贴近什么文采或文学，只想用大多数人听得懂的语句把故事讲好，讲故事不难不难不难，故事就摆在那里，结构或节奏倒是其次——难就难在至诚，以及按语。

这里说的按语是不立文字的，是肝胆，是前置的，提笔动心之前就要有的东西。后来的《送你一棵树》或《弟弟》，同样是写匮乏和困顿，就比《凭什么》好了些许，也算没白添了这些年纪，细想想，归根到底还是年轻时视角太上帝，以为洞明，实则管窥，并未沁入其中与他同生共死共喜共悲，故而那些所谓的按语也就水答答的，不实不尽。

我对《凭什么》那篇文字不甚满意，当年之所以还是收录书中，因不满意的是我的写作，并非老谢的故事本身。故事本身自有其传播的价值，比如在某种程度上，或可在日益固化的不同世界间小小地对称一些信息，或可化解一点点世道戾气。

但我从未料到的是，这样一篇我认可度并不高的旧文字，却在 2018 年夏天的某个夜晚，忽然发挥出了令人动容的效用。

那夜我看着数字不停地刷新，从几百到几千人，再到上万。

就恍惚了一下，就不停咂嘴……那篇文章写得不好啊，居然还有这么多人记得那个故事记得他这个人？

是了，还是和我这个说书人无甚关系，还是因为他故事的本身。

这么一想，就有点儿伤心。

实话是：又有点儿感动，又有点儿庆幸，又有点儿伤心。

## （一）

老谢的诗里，我最喜欢的一段是：

艺术家　像风一样穿过菜市场

拖下长长的影子

却胆敢嘲笑　那些柴米油盐

这样让人眼前一亮的句子他写过很多，但我最喜欢的一个系列，却是他描写早年乡间生活的小组诗。

**昨夜家里进了贼**

狗被毒死

鸡鸭 猪牛被盗

贼和黑夜一起逃走

阳光驱赶露珠

奶奶驱赶炊烟


**爸爸卖猪 凑齐我的学杂费**

猪认生 不出栏

爸爸举起鞭子 目露凶光

一根鞭子落在猪的身上

另一根鞭子落在他的身上

我疼痛无比


**鸡叫第三遍的时候**

父母要出门打工

轻推木门 弃瓦檐而去

一个十岁的男孩

在床上闭眼装睡


**妹妹**

边哭边跑

躲在奶奶的身后

她不知道

眼前的这个所谓的坏人

是好久不见的爸爸

**小时候的弟弟**

好傻啊

有人告诉他一条假的消息：你的父母打工回乡 还带回了玩具和糖果

他在回家的路上

跑掉了鞋子 磕伤了膝盖


父母外出打工三个月

弟弟在村头的路口 对着大山大喊

"爸爸，妈妈"


再后来就再也没有听到过了

他很快就长大了


**破屋**

主人 弃它而去

它生气了

一病不起 坍塌在地

它的主人也生气了

从异乡的脚手架上

掉下

只有大地发出声音

…………


喜欢就是喜欢，说不得什么所以然，不是说不出，是说不得。没有对错只有真假，真就对了，真得浑朴。话说他有些歌也挺真，比如那首《阿香火锅店》，用的直白的口语，讲的普通的故事，唱的是未果的爱情，一个打工妹和一个打工仔。

…………

二十岁的阿强，在火锅店打杂帮忙

遇见了十八岁的服务员阿香

他们都一样，带着理想背井离乡，一来二去彼此爱上了对方

爱情需要一间房，但他们没钱买房租房，只能下班后穿过那条小巷去广场看月亮

他们看了看天上，再亲了亲对方，各自回到各自的宿舍胡思乱想

…………

老谢唱的故事结局并不美好，不美好的往往动人，动了那些感同身受的人。

我说的不是我，我曾在一座偏远三线城市的小餐馆里边吃臊子面边用手机播放这首歌，循环完几遍后一扭头，穿着围裙的小服务员端着炒黄瓜站在门框边，呆呆的，泪涟涟的，静静抽泣。

我问她：好听吗？

她说：不好听！然后吭哧哭出了声，一掀门帘，跑了。

那时候这首歌尚未正式录制，老谢发来的是小样，请我第一个听。

那时的我和他都不知，他即将无法再正常演唱，用这样沙哑的嗓音。

## （二）

那时候，大理小屋已开业一年整，负责人是老谢。

开大理小屋的初衷倒也简单，2016 年时老谢向我辞行，也想搬去大理生活。

我按照小屋规矩准备了一笔离职金给他，他打死不要，说有手艺在身上，卖唱也能吃得上饭。几十岁的人了，何苦再风餐街头？于是我在大理人民路租下了小门脸房一间，挂上了小屋的招牌——既然无法达成共识不收钱，那就别走了，继续留在小屋里……你想去哪儿就把小屋带到哪里去。

2016 年 8 月大理小屋开业时我没去，虽然我就住在大理，素日里也甚少去那家店，就不喧宾夺主了，那是老谢的店。我是说，包括将来。

大理小屋位于人民路中段，开业后偶尔我路过，隔着窗看看，然后溜达去斜对面的九月酒吧小坐，找雨小薇喝酒聊天。雨小薇说，老谢长得真吓人，像个土匪，但唱歌时声音很温柔啊……温柔的土匪。我就默然，觉得她对"温柔"二字有误解，老谢的嗓音那么那么地沧桑，几乎嘶哑过当年的迪克牛仔……好像认识他那天起，他就是这么嘶哑的唱法，十几年的江湖游走，扯着嗓子地街头卖艺，这种唱法他早已习惯……
应该早些提醒他更改发声方式的，我后来一直有些后悔，若提前两年就提醒他的话，说不定就可以规避掉那些后来。

2017 年 11 月，积劳成疾的老谢唱歌时忽然开始使不上劲、发不出声，总有东西卡在喉咙，吞不下去、咳不出来。休养了一个月后，依旧没有好转。
2018 年 1 月，老谢在云南省第四人民医院耳鼻喉科做了纤维喉镜，先往鼻子和嘴巴里喷三道麻药，往鼻子里插一根管子，发"e"的声音。检查结果出来后，医生说，那个明显的白点，有可能是声带白斑，有可能是早期喉癌。

医生当时就建议了手术，关于手术费用老谢没心思去问，他只问了医生一个问题：术后能唱歌吗？
答曰：不能保证……有可能能唱，有可能永远也不能唱了。
陪他去医院的朋友安慰他：没事，你身强体壮的……干不了歌手，还可以去干别的营生。
据老谢说，他闻此语，觉得好像有人开来一辆挖掘机，当头翻斗，给他埋下了水泥一吨。

老谢隔日和我请假做手术时，并未提及朋友的这句话。

有时候你会高估了一个人，觉得他曾经遭过那么多罪，抗压能力和笑对困境的本事肯定过人。这种刻板印象会让你忽视掉许多东西，那时候的我只觉得他肯定扛得过去，于是只让他安心治病别在意手术费用别和我瞎客气，并未站在他的角度去审视这打击有多严重，并不知他掩着的那些伤心。

一个靠嗓子闯世界凭声音讨生活的人，当时正是做好了各种准备，计划正式录专辑的时期，忽然就不能唱歌了，甚至说话也不行，医嘱是严格禁声。

术后输液了一个星期，吃药，禁声一个月。

2月复查，声带上的东西还在，继续吃药，继续禁声。

3月第二次复查，声带上的东西仍在，接着吃药，接着禁声。

禁声到4月底时第三次复查，东西依然在，医生说，需要重新手术。

5月再度手术，术后禁声。

6月复查，声带上的东西还是有，继续吃药，禁声。

7月复查，声带上的东西依旧，冥顽不灵，医生说他们尽力了，建议他去别处就医。

于是7月在新医院第三次手术，全麻支撑喉镜手术，继续吃药，继续禁声。

…………

我一直关注着他的病情，却是到4月份才发现了他的不对头。

微信聊天时，他忽然冒出一句：我连科技我都不想相信了。

……这可真不像是他能说出来的话，一直以来他给人的印象都硬气，不死就会出头那种。该是多么失落，复查一次失望一次，一个月接一个月的不能说话，而往昔的小20年里他几乎没有一天中断过歌声。

听大理小屋的人说，不能说话的日子里他常去小屋，抱着吉他坐在门口独自弹着，失魂落魄，却又面无表情。屋里的歌手有时候也会唱唱他的歌，他听见了就起身摇摇头，慢慢没入人民路的熙攘人流中。

后来听小屋的人说，他那时候有个打算——看来嗓子是好不了了，留在这里只是累赘，他盘算着考个驾照，将来去当当出租车司机，开车为生。

这个混账念头我亦发现了端倪，接连好几个月的工资他都很勉强地才肯收。我有些生气，一来店本就是给他开的，二来他应该知道小屋的惯例，哪有那么容易走？越是这种情况越不可能放他走！不能唱歌就不唱歌，坏的是嗓子又不是手，当不了歌手就当吉他手，这么容易就灰心丧气，怎么对得起那么坎坷的前半生？！

气归气，除了泛泛地加油打气，我只嘱他练琴，别的话未向他挑明。

想帮他联系医生或医院来着，无甚结果，在此方面人脉有限。他一直就医在云南，一个月一个月的时间唰唰地淌走，一直无有好转。

有些话，他当时也未向我挑明。

比如，当时医生告知，不能再唱歌还是小事，麻烦的是这种持续复发很可能是癌前病变，随时都会扩散癌变。又比如，父亲近年卧病在床（肝硬化）靠吃药续命，他是家里唯一的经济支撑。再比如，他有几十首原创作品尚未录音，看来下场已定，胎死腹中。

他一直写诗，很多年未停，禁声到第 5 个月为止他不再写了，第 7 个月左右他已删去了大半，积累下一点儿狠心就删去一些，且一天删得比一天多，向那个自幼就伴随他长大的理想，挥手作别。

中年人的意志不比青年人，一旦消沉也就急坠，一旦低头也就很难再重新昂起头。

（三）

老谢第三次手术后，喉咙依旧刺痛，异物感强烈。

有一个傍晚我找他聊天，是他即将去术后复查的头两天。

场面上的加油鼓励该讲还是要讲，但应该无甚作用，反正我说他应着，大家心照不宣地互动完。结束聊天前，他说：每次手术，医生都先声明不能保证不复发，复发只能再切深一点，

听这话的意思，他对术后结果已不抱太大期待，隔着屏幕看不到他的表情，只注意到他这句话最后用的不是句号。

放下手机后，我难过了几个小时。不是钱的事，有钱。

也不是找没找到顶级医生医院的事，他现在需要的不仅是治疗嗓子的医生了，还有别的。

2018 年 7 月 30 日晚上 22 点 02 分，思量再三后，我写了一条微博，大意如下：今朝发博，不为募捐，所求有二，一是若看到微博的您或您家人恰好是顶级喉科专家医生，可否相助？二是如果您曾读过我写的他的故事，可否愿意抽几分钟时间打一些字，给他打打气，谢谢。

这是个笨办法，且有点儿矫情，我也不确定有没有用，但也没有别的方法了，说不定如果能有几百个人蹦出来，真心真意地鼓励鼓励他的话，他的心气儿会聚一点儿。

他即将复诊，想象不出他再再再度失望的样子，总不能干等着干看着啥也不干。

关于那条微博，留言量起初几百，骤然几千。

那夜我看着数字不停地刷新，尽力去把一条条留言看完，看着看着就恍惚了一下，就不停咂嘴……当年那篇文章写得不好啊，居然还有这么多人记得那个故事记得他这个人？

是了，还是和我这个说书人无甚关系，还是因为他故事的本身……这么一想，

就有点儿伤心，实话是：又有点儿感动，又有点儿庆幸，又有点儿伤心。

不可能不感动，那么那么多的留言，每一条的背后都是一个挽起袖子的人，把自己的精气神送来了一点儿。

摘抄若干朋友的留言，如下：

……有幸6年前在双廊游玩时听过老谢唱歌，后来再遇到是在大冰书里，很喜欢老谢的歌声。我在医院工作，但我们医院这方面不够权威，只能诚心留下这段话，望能给老谢打打气，愿无大碍，早日康复。

……我是在药房工作的，老谢在治疗中如遇到医生开的药品医院没有，可以发我找一下。

……不知老谢目前情况如何，家父是该领域教授，若有机会，希望能助一臂之力。

……老谢，我听了你的歌，是发自肺腑的，很好听，谢谢你给我们带来了这样的歌，希望好人有好报。

……看过书，所以知道了你，也听过你唱的歌，喜欢你的声音。我总是相信人定胜天的，我也相信那么顽强的老谢是不会跟病魔妥协的。

……对于一个歌手来说，嗓子等于他的命，老谢的故事感动过很多人激励过很多人，现在轮到我们来回报了，能量太小，人微言轻，但是祝福是真挚的，祈祷是用心的，希望老谢早日康复。

……谢哥请你不要放弃治疗，一定要相信现在的医疗技术，还有，谢哥真的很谢谢你的故事，其实我也有得病，少数人才有的，连医疗都没用，只能看心态，所以谢哥请你把心态调整好，相信自己。

上述为随手摘抄，那条微博的留言量几天之内超过了1.5万。
若按平均每人20字的留言换算，也就是说，为老谢加油打气的人们，给了他30万字的赠言。

若装订成册，和此刻你手中的这本书，一样厚。

于此一并谢过当时留过言的读者朋友们，感谢。

我给他发信息，问他看了吗，他回复说看了，这两天一直在看，现在要出发去医院复查了，边等车边在看。

没等我把回复的话打完，手机响了，号码显示是老谢。

后来算了一算，那天应该正正好是他禁声的第8个月。

他也没说什么，嘶哑地喊出了几个含混不清的音节，继而哽咽。

我也没说什么，我记得我松了一口气，只把他曾经最爱挂在嘴上的那句话重复了一遍：

……不死就会出头，老谢。

# （四）

2018年8月，老谢第三次手术后的复查结果并不乐观。

喉咙里异物感还存在，吞不下去，咳不出来，于是继续吃药，禁声。

2018年9月，再度复查。

声带肿瘤消失，异物感消失，声带显示正常，痊愈！

他活蹦乱跳地跑回大理小屋上班，被果断撵了出去，勒令回家休养，继续禁声。

10月份时他再度跑到大理小屋要求上班，说光弹琴也行。

未果，被叉了出去扔到街上，勒令继续休养，继续禁声。

2018年11月，休假整整一年后的老谢回归小屋。

至今病情未再复发，仍在唱歌。

……说也奇怪，开了好几次刀后的他因祸得福，嗓音反比之前好听。

人也似乎变得英俊了一点儿。

小屋

抱团取暖 随遇而安

大理

【文中人的声音】

▷ 痊愈后的老谢念诗

《阿香火锅店》大理小屋·老谢 ◁

我的王八蛋

◇　喜欢就好好喜欢，
别把执着当认真、放弃当放下、随意当随缘。
还有一句：
娑婆大梦，日日黄粱，若真的喜欢，就别抗拒遗憾。

常听人说：我喜欢的是……

我觉得哈，你喜欢什么不重要。

重要的是，你如何去面对这份喜欢。

重要的是，你是否有能力去喜欢，是否有尽力去触碰，是否有定力去坚守，是否有魄力去取舍，是否有权利去选择。


喜欢就好好喜欢，别把执着当认真、放弃当放下、随意当随缘。

还有一句：婆娑大梦，日日黄粱，若真的喜欢，就别抗拒遗憾。

# （一）

老张给我打电话：喂，我心里头很难受，你陪我出去走走。

我一边骂街，一边起床穿衣服、洗脸、订机票……

他在重庆，我在济南，凌晨 4 点。


人活一辈子，总会认识那么几个王八蛋：和你说话不耐烦，和你吃饭不埋单，给你打电话不分时候，去你家里做客不换鞋，打开冰箱胡乱翻……在别人面前有素质有品位，唯独在你面前没皮没脸。

但当你出事时，第一个冲上来维护你的往往是这种王八蛋。

你失业他陪你喝酒骂街，你失恋他陪你熬夜抽烟，你缺钱时不用打招呼他会自动雪中送炭。你干架时不用回头他自然脱掉上衣亮出膀子站在你旁边……


这样的蛋在我生命中为数不多，老张是其中一只，我是说，那些年。

见了就烦，不见就想，再见再烦……好吧，其实于他而言，那些年我亦是同样的一只蛋。

许多年前的那一天，飞机落地重庆江北机场时，我以为老张所谓的出去走走，是从朝天门码头走到解放碑。

打死我也没想到，这一走就是 4000 公里，往返横穿了整个中国。

更销魂的是，直到 3999.99 公里走完，我也没搞清楚他在为谁难受……

# （二）

老张是重庆仔儿，和我同庚，比我疯。

他曾是我重庆酒吧的合伙人，天地良心，我这个所谓的合伙人真没从那个业已倒闭好几年的酒吧里挣到过什么钱，那个酒吧倒闭前在重庆的酒吧界有三大特点最出名：最文艺，最赔钱，老板最疯。

一句话：唱歌喝酒解放天性，挣钱赔钱听天由命。

冤死我了，当年我是莫名其妙地成为老张的合伙人的。

有一回在观音桥吃九宫格老灶火锅，两人都喝高了，他非要给我唱新写的歌。

重庆民间藏龙卧虎，谁能想到破破烂烂的火锅店里居然还备着吉他，连变调夹都有。

老张抢起吉他，张嘴就唱……他是个善于自我感动的人，带着哭腔唱的。一曲唱完，整个小火锅店都被感动了，服务员在抽鼻，隔壁桌好乖好乖的重庆妹子在偷偷抹眼泪，火锅店老板红着眼圈冲进厨房又冲出厨房，亲自送来了一盘毛肚。

老张很骄傲，夹起一片毛肚丢进嘴里大嚼。他喝高了，忘了在锅里涮涮再吃的……

我就算没喝高，也不会拦着他的……

老张嚼着生毛肚，大着舌头问我：这首歌怎么样？

我注意力全在那片毛肚上，随口答：烂！

他问有多烂？我说特别烂！

他不甘心地问我：你说得具体点儿嗦，到底是哪种烂？

毛肚看来很难嚼，他半天没嚼烂……我说：就是很不值钱的那种烂。

火锅白气腾腾，老张忽然呜呜地哭了起来，眼泪哗哗的。他一边嚼着毛肚一边哭，一边哭一边问：那到底烂到什么程度嘛，到底值多少钱嘛？

他哭得像个精神病一样，全屋子的人都在敌视地看着我，好似我刚飞起一脚把一个无辜儿童踹下了水沟一样。我慌忙满世界找老张的脖子，搂着他哄他，告诉他，这首歌最起码值六位数，好几十万呢。

我记得我好像安慰了他半天，还帮他把嘴里那块生毛肚给抠了出来。

我们好像还很激动地拥抱，说了一锅底感人肺腑的话，然后就喝失忆了，其余的我完全记不起来了。

…………

第二天酒醒，我哭着发现我卡上少了六位数的人民币，还是用手机银行转账的！

总之一句话：打倒毛肚！

# （三）

老张站在国内到达出口，胡子拉碴，满眼血丝。

我吓了一跳，怎么瘦成这样？怎么憔悴成这样？除了火锅店那回之外，从来就没见他皱过眉，他向来都是傻乐傻乐的吗？到底出什么事了，怎么难受成这样？

老张一脸死水地看着我，说：航班快起飞了，咱们走吧。

走什么走？我不是刚下飞机吗？

我一头雾水地被他从国内到达拽到国内出发，办票、过闸，坐上了重庆飞上海的航班。

我没揍他，因为机票是他买的，而且他神情恍惚地说：什么都别问，你就当是陪我再疯一次嘛。

陪就陪，疯就疯，再怎么说，他也是条小生命。

说这话时，这条憔悴的小生命望着忙忙碌碌的空姐，目光呆滞两眼失神，落拓得一塌糊涂……

那个空姐可能被他看毛了，走过来问：先生，有什么可以帮您的吗？

他木呆呆地盯着人家不说话，睫毛都不带动，白痴一样。

丢死人了，我赶忙圆场：他想要条毯子。

起飞后，毯子送来了。老张蜷缩在座位里已经沉沉睡去，脑袋缩在脖子里，耳朵里塞着耳机。

空姐小声地问我：他还好吗？

老张睡觉时是皱着眉头的，额头上深深的一个"川"字，嘴抿得紧紧的。

空姐端详了他一会儿，细心地帮他盖上毯子。

川航的空姐就是好看，好温柔……

我眼馋，也想盖毯子，但人家说：不好意思先生，已经发完了。

…………

我睡不着，看着老张的脸，数他的胡子。

这个疯子是香港大学建筑学硕士，在当酒吧老板之前是个建筑师。他曾是某设计院的青年骨干，设计建筑过马来西亚兰卡威的游艇码头、泰国清迈的六星级村庄度假酒店，曾参与设计过的国内五星级酒店更是一长串。

有才之人难免猖狂，经常听说他为了一个设计方案和客户对骂的桥段。重庆男人脾气蛮，他敢指着客户的鼻子喊"锤子"，说人家屁都不懂。听说他在英国利物浦大学做课程交换时也是这副狗脾气，一和人辩论起来就挽袖子拍桌子，导师都绕着他走，怕极了他的重庆花椒英语。说来也奇怪，这么不会做人的一个人，生意却不断，很多客户挨了骂还是乐意找他合作，夸他认真尽责，有想法有创意。

总之，又疯又轴的老张当时是个运势很好的建筑师。

正当我们以为这颗业界的小太阳冉冉升起时，他自己当后羿，把自个儿给射下来了。

都知道他疯，但没想到他会疯到在事业黄金期辞了公职、停了工作室、推掉订单，跑去开了一家酒吧。

酒吧名字奇怪，位置奇怪，位于重庆江北的一个犄角旮旯里。

装修也奇怪，古典又超前。墙壁是极品毛竹，地板是清水金刚砂混凝土，桌子是从泸沽湖千里迢迢运来的猪槽船，吧台是整棵巨树刨成的原木板，音响设备就算搬到人民大会堂里用也不寒碜……总之，装修的投入翻新一家五星级酒店的大堂都足够，给他 20 年时间都回不了本。

建筑师老张投入了全部家产、全部精力，变身为酒吧老板。

还没开业就知道一定会赔本的酒吧老板。

旁人只道他脑子坏了，我却很欣赏他的这份疯。谁说只有朝九晚五的成功才是正确的人生？他已经是成年人了，又不是没体验过常规的人生，心智又不是不健全。人嘛，只要不伤天害理，只要对得起自己，只要是真心的热爱不是盲目的冲动，只要能掌握好平衡，干什么不行？

我专程跑去重庆给他加油，正碰见他在酒吧工地上搬砖，我帮他一起搬，差点儿累出腰肌劳损。

我问：老张，不是有工人吗？干吗要咱自己亲自上阵？

他说：砖头是用来垒舞台的，舞台是用来弹琴唱歌的，将来舞台上弹琴唱歌的是我，那舞台也理应是我自己垒嗦。

听起来很有逻辑的样子，于是我陪着他操着瓦刀抹水泥。重庆热，满头大汗，他又怪我技术不过关，让我走开。我像个泥猴儿一样蹲在一旁，满身土。工人们抽烟聊天……惬意地坐在一边。他这个老板撅着屁股挥舞瓦刀，嘴里还哼着歌，一边哼歌，一边回头看我，神秘地笑笑，欲言又止地说：等到酒吧开业那天，我打算在这里办一场盛大的……

盛大的什么？他又不说了，撅着屁股，一边抹水泥一边哼歌，每哼几句就给自己喝一声彩：唱得好！……再来一个嘛！

我猜是一场盛大的弹唱会，他自己的作品的发布会。

除了建筑师，老张还是个不错的弹唱歌手，常说此生除了爱盖房子就是爱弹吉他，盖过的房子和写过的原创一样多。可惜，住他房子的人比听他歌的人多得多。所以我猜，这家民谣酒吧应该是他送给自己的一个舞台。

有句话叫"多数人在二三十岁就死了，他们变成自己的影子，往后的生命只是不断地重复自己"，而老张懒得重复自己，他在建筑行业小有成绩后，抓住仅剩的青春来完成另外一个梦想，选择继续生长，他又有什么错呢？或许在旁人眼中，他简直错得一塌糊涂，为了开这家酒吧，他承受了巨大的压力，据说亲戚朋友全都不支持，只有女朋友支持他。

但压力再大，人也有追梦的权利，老张的行为不为过。

开业那天的弹唱会再盛大也不为过，我等着他抱着吉他裸奔。

结果酒吧开业那天没有个人弹唱会，正常的开业而已，一点儿都不盛大。

或者说，本可以很盛大，结果没盛大。

来的人巨多，大夏天的，都按请帖要求穿了正装，有些姑娘还是穿着婚纱一样的晚礼服来的，结果什么意料之外的活动都没有。没有抽奖没有惊喜没有特殊节目，老张也没有搞作品汇报演出。他端着杯子，只是一味傻乐傻乐地招呼人，挨个儿敬酒挨个儿干杯。他很快就喝大了，趴在舞台上呼呼睡，像只小猪一样。

众人面面相觑，没说什么，都散了，只剩我一个人坐在舞台边陪他。

他在睡梦中大笑，笑得哈哈的，笑得淌眼泪，也不知他梦见了什么。

我戳不醒他，任由他边睡边笑。


酒吧开业后的第二天，老张带我去吃老灶火锅，再次喝高，忘情高歌。

他涕泪横流地嚼着生毛肚，我痛心疾首痛失六位数的人民币。

那几乎是我当时一半的家产。

打倒毛肚！

…………

酒吧开业4个月后的一天，他凌晨4点给我打电话，隔着半个中国对我说：

喂，我心里头很难受，你陪我出去走走。

我坐在重庆飞上海的航班上满腹狐疑，他蜷缩在一旁沉睡。

插着耳机，死死地拧着眉头。


## （四）

飞机到站，老张睁开眼。

睡眼惺忪，木木呆呆地往外走，我担心他撞到那个送毛毯的小空姐身上，拽了他一把。

他一脑袋撞到了舱门框上，然后貌似醒了一点儿。


他边走边揉脑袋，边揉脑袋边回头，不停地回头，依依不舍的，好像舍不得那个撞醒他的舱门框。

我们边走廊桥边打哈欠，一个打完，另一个跟上。

我问他接下来去哪儿。

他说：跑！

疯子老张跑成了个风一样的男子，我跟在后面一边狂奔一边骂街。

跑出国内到达又跑进国内出发，一路冲向办票区。他边跑边问我要走了身份证，一脑袋撞向值机柜台，没等我反应过来，他又塞回来一张登机牌，拽起我继续狂奔。我边跑边看，然后一口血没喷出来！——上海飞重庆……

搞什么！怎么又要回去了！

满世界的人都在看我，我想我的模样一定很恐怖，全身的毛都是竖起来的，藏獒一样，奔跑中狂哮的藏獒。老张不解释，只是扭头喊：快跑！快起飞了！

我们是最后两个登机的旅客。

还是刚才那架飞机……

一进舱门，我就揪住了老张的脖领子：有你这么散心的吗？你个王八蛋给我解释清楚！

他装傻，左顾右盼地不说话，二人一路扭打着摔进了座位里。

尴尬死我了，刚才那个送毛毯的空姐看着我们直发愣。

她播报起飞前安全注意事项时不停地往我们这厢看，我猜她一定把我们当成了两个智商有问题的傻瓜。

又不是城市公交车，智商没问题怎么会往返着坐飞机玩儿……

果不其然，飞机还没起飞，那个小空姐就一步一个脚印地走了过来。

她礼貌地问：先生，还需要毛毯吗？

我说谢谢不用，不麻烦您了。

她一定是觉察到老张不正常了，睫毛一动不动地盯着老张问出那句话，压根儿没搭理我的回答。

老张不说话，奇怪地沉默着。那个小空姐也不再说话，只是仔细地看着他。

空气在慢慢凝固，5秒、10秒……他们两个人的对视几乎快演化成一种僵持。

紧张死我了，这个小空姐一定是来刺探军情的，她会不会当我们是别有企图的劫机犯，把我们扭送下飞机呢？她如果一会儿喊人来捆我们的话怎么办？我是不是该冲上去捂住她的嘴？

…………

没人喊，也没人扭送我们，那个小空姐和老张对视了一会儿，忽然走了。

她走出两步，好像想起了什么，又转回身来，按照航空礼仪冲着我们微微点了点头，微笑了一下。

川航的空姐就是好看，好温柔……

一直到飞机起飞，我才松下一口气来。

一扭头，心再度揪起来了！

老张，老张，你怎么了？

## （五）

老张变身了！

几个小时，这疯子还沉默寡言一脸死水，现在满脸全是波漾。

他在笑，无声地笑，不间断地笑。我无法描述清楚这种表情，不是开怀大笑，也不是难过苦笑，像是在呕吐，又像是在哮喘式地呼吸，吓人得很。说来也奇怪，笑着笑着，血色一点点地恢复到他脸上，眉宇间的抑郁也在一点点退却。他边笑边看着我，开始时眼神是散的、神情是散的，渐渐地，凝聚成往日里那副傻乐傻乐的模样。笑到最后，过去的老张回来了。

他好像身心疲惫地去另外一个次元游荡了一番，之后重新元神归窍了。

我失声道：老张，你跟我玩儿川剧变脸哪？！

他边笑边说：哦……

他说：别担心，我快好了，马上就不难受了。

他用手捏住脸，捏住笑意，冷不丁又伸出另外一只手捉住我的肩膀：大冰，感谢你陪我出来散心，多亏了你，老子快扛过去了……大丈夫拿得起放得下。

王八蛋！谁他妈关心你难不难受，你这是演的哪一出？马上给我解释清楚，不然友尽，自此相忘于江湖！

老张说：大冰你冷静，让我想想该咋说……

黄昏已至，机窗外是橘黄色的云层，如广袤的大平原一般，三万英尺高空的平原。

老张拉下遮光板，遮住了橘黄色的平原，这个水瓶座男人说，就先从他那个酒吧讲起吧。

老张说，那是个梦，不是一个，是两个。

一个是音乐梦。没错，他做了这么多年建筑师，事业有成前途光明，但人到30岁渐渐明白了什么是真正健全的成功，故而大胆地走出了这一步。所有人都说这个酒吧会赔钱，唯独他自己不信，他不仅想靠这个酒吧谋一份温饱体面的生活，更希望能有片自己选择的土壤，让自己的音乐发芽。

不是说兴趣在哪里，人生就在哪里吗？不是说精诚所至金石为开吗？他知道自己想要什么，也不信付出了努力没有回报。

阻力很大。

所有的人都不支持他，所有的人都在等着看他的笑话。

除了两个人，一个是只王八蛋，叫大冰。

另外一个，叫佳佳。

佳佳是他的女朋友。

佳佳喜欢听老张唱歌，眼神似水，温柔得要死，听多久都不厌。

两个人约好了将来经济自由的那一天背着吉他浪荡天涯，一个唱歌一个伴舞，有多远走多远……

多好的女孩子，温柔懂事漂亮，总是给他打气：老张，想做什么就去做吧，只要你开心，不论你做什么我都支持你。

他爱死她了，认定她是上天对他一个人的恩赐，故而小气得连张照片都舍不得和别人分享。别人问起来，他总是小气地说她忙，没时间。佳佳确实太忙，需要常去外地，二人相处的时间很宝贵，老张舍不得拿出来和任何人分享，包括他那时的王八蛋朋友大冰。

但佳佳再忙，每天都会和他煲电话粥，帮他给筹划中的酒吧出谋划策。每次一回重庆，家都不回，拎着行李去找老张，进门就喊：酒吧进展得怎么样了？她心疼地捧着老张的手：石灰又烧着手喽，你小心一点儿嘛……
说好了的，他亲手去垒造舞台，她永远当忠实的观众，那是他俩共同的梦想。

但佳佳并不知道，关于那个酒吧，老张还有一个梦想。
再疯的男人也会遇到缰绳，老张的缰绳是佳佳，他不把她当缰绳，只认定是吉他背带，套得心甘情愿。
他打算在开业的当天举办一场盛大的演出。演出的中间，弹着吉他，向佳佳求婚。

戒指都准备好了，求婚的事情却夭折了。

酒吧开业前的某一天，佳佳的父母给老张打电话：小张，好久没来家里吃饭了，明天过来一趟吧。
老张抱着大包小包的礼物站在门口：叔叔阿姨好，佳佳呢？
佳佳不在，这顿饭只有他们三个人吃。
饭吃到一半，老张走了，失魂落魄地走了。

佳佳的父母是公务员，国家干部，措辞礼貌得很。他们说：小张，你之前是个建筑师，年轻有为，好得很。现在马上要是个酒吧老板了，听说还要开始正式玩儿音乐，恭喜你，也好得很……

他们说：你就好好地开你的酒吧么，你和佳佳就算了吧。

他们劝老张：你也老大不小了，人到 30 岁应该求稳定，不能乱折腾，明明那么有前途的事业你不去用心，开什么酒吧玩儿什么音乐么……

老张看着他们一张一合的嘴，听到他们说：……我们就这么一个女儿，不见得要嫁得大富大贵，但起码要嫁得有安全保障，可以嫁建筑师，嫁个开酒吧的么，一定不行！

他们说：小张你不用解释，你也是有父母的人，你愿意你的父母为了你的婚事，一辈子提心吊胆心里头不安宁吗？他们说：我们不是不懂爱情，但我们更懂生活，也更懂家庭。

…………

老张走了很久，走到朝天门码头，坐在台阶上抽烟。

轮船的汽笛声响过，佳佳的电话铃声响起。她在电话里开心地嚷嚷着：一想到酒吧下个月就要开业了，心里就好高兴啊。老张，你给酒吧写首新歌吧，开业那天唱给我听……

老张在电话里问：佳佳，如果有一天我因为某种原因放弃了写歌唱歌，你会怎么看我？

佳佳笑，开玩笑说：那我就不爱你了呗，没有勇气追求理想的男人，我才不要呢……

她笑骂他：傻了吗你，是不是最近太累了脑壳都糊涂了？挺住哦！你不是说过吗，自己年龄大了，再不抓住机会会后悔一辈子吗？

她应该还不知情。

她应该没想到，她的父母刚刚从老张那里拿到了一个分手的承诺。

…………

# （六）

飞机开始下降，起落架即将放下。

小空姐在做安全提示，她慢慢地走过，边走边说：……请收起小桌板，座椅靠背请调直。

路过我们身畔时，没等她提示，老张自己抬起了遮光板。

漆黑的夜空，灯火璀璨的重庆，越来越近，越来越清晰，微微的失重感，微微的耳鸣。

老张望着窗外看了好一会儿，忽然开口问：火锅店里唱的那首歌，你还记得吗？

我说我记不得了，那天喝得有点儿多。

他轻轻点点头，说：哦，没关系，那首歌是写给佳佳的。

我想了一会儿，扇了他一记耳光。

尿货！我说，你个王八蛋！

…………

他没还手。

他捂着红肿的脸，笑了一下。他把耳机递给我，我一把抓过来，把音量慢慢调大。

我低下头听歌，空姐应该看不到。

…………

佳佳，下次见面时给我微笑吧

你想了那么久，没有答案，就别逞强了
佳佳，我们都向爸爸妈妈认输吧
我还有天涯，而他们，只有你啊


好吧佳佳，你可记得我醉了酒说的话
亲手作画一件属于你的婚纱
好了佳佳，别再揭开你心口的伤疤
你再坚持一下，它很快就痊愈了


算了佳佳，别再接听我酒后的电话
我再坚持一下，很快就把你忘了
…………


其实开业那天，佳佳来了，穿着白色礼服，没人认出她来，没人知道她曾经
差点儿成为这家酒吧的老板娘。老张敬酒到她面前，手心里塞给她一个小
礼物。
不是戒指，是一个 MP3，里面只有一首歌。


杯光盏影中，他们曾有过简单的对话。
佳佳拽住他的袖口问：如果我肯放弃爸爸妈妈呢？
老张反问她：如果我肯放弃音乐和这家酒吧呢？
…………
他把她的手指一根一根掰开，又把耳机轻轻塞进她的耳朵里。
他端起酒杯去给其他人敬酒，再回头时，位置已经空了。
自此再没有见过佳佳。


4 个月的时间，老张瘦了十几斤。哀莫大于心不死，有些难过，难得难以言说，

他没和任何人诉说。不停地说服自己，又不停地后悔，潮起潮落，每天都是世界末日。终于有一天，他得知了佳佳重新谈恋爱的消息。据说不是父母安排的。

先是感觉有种终于解脱了的轻松，之后是翻天覆地的难过。

难过之后，他做了一个决定。

# （七）

猛的一个颠簸，飞机落地了，跑道疾速后撤，机舱里的灯亮了。

我说：老张，我懂，你是想见佳佳最后一面。

他点点头。

我捣了他一拳，说：我明白你为什么非要拽上我了……你这个疯子也有脆弱的一面，拽我来当担架是吧——万一挺不住了就往我身上靠？

他笑：唉，老子这不是没倒吗？

他喃喃地说：老子现在都已经快放下了……

但是老张，我不明白的是，为什么咱们到了上海不去找佳佳，机场大门都没出就返程了？

还有，你怎么莫名其妙地就想通了，就放下了？

飞机靠在了停机坪，舱门打开舷梯接上，微凉的风灌进机舱，人们开始起身。

老张没有回答我的问题。

这个王八蛋慢慢地起身，仔细地整理好衣领，之后迈步，随着人流往外走。

我跟在他身后，看着他一晃一晃的肩膀……

机舱口处，老张停下脚步。

他侧过头，轻声说：也祝你幸福……再见，佳佳。

那个小空姐一下子红了眼圈。

她微微点了点头。

礼貌地微笑了一下。

《佳佳》张晏铭 ◁

《你好重庆》张晏铭 ◁

乘务员

✈

高兴之余，我对他们这么迅猛的登机速度表示了震惊。
新晋民航家属谣牙子的回答是——
滑梯预位已解除，交叉检查已完毕，
既然延误那就抓紧，他不想给他的乘务员，留任何遗憾。

直飞或经停，复飞或中转，延误或备降，改期或改签，每个人有每个人不同的航程航线。

起飞是为了降落，飞入黄昏清晨，落进晴天雨天。

# （一）

牙子和我说，其实她们才不喜欢被喊作空姐呢，正常的称呼应该是：乘务员。

牙子是厦门小屋歌手，厦大毕业，女朋友是厦航乘务员。

不是川航是厦航，他强调，说他女朋友也看过我那篇旧文，她很多同事都有看。

牙子说，他女朋友和她的同事们也不太喜欢被喊作服务员，当然，喊了也会应，但毕竟都是接受了规范培训的专业人员，职责所在是确保所有乘客的安全、处理各种事件，并非只是发发盒饭、毛毯那么简单。

他说，如果遇到迫降，所有人都慌了乘务员不能慌，再怕死也要先保证乘客的疏散；万一遇到劫机，乘务员就要想办法周旋，用餐车什么的制造出障碍不让其靠近驾驶舱，还要配合安全员寻找制伏歹人的机会……

2019 年夏天时，牙子带着他的乘务员和我吃过一次饭。

那女孩叫小妹，湖北人，细胳膊细腿儿的，很温柔很乖，我咋也想象不出如果遇到劫机的歹人她该怎么制伏……用指甲抠眼吗？可她指甲留得那么短。

那时候《中国机长》那部电影正火，小妹和我介绍了很多航空安全方面的知识以及内舱结构还有灭火器的使用，等等等等，并告诉我这都是每个空中乘务员必备的素养，听得我肃然起敬。后来又聊了一会儿我的书，关于老张那个故事，她告诉我：其实哪个航空公司都一样，换了我，除了最后微笑一下，我当时也不会和老张说些什么……因为正在上班。

我表示认同，对这份敬业表示了尊重，同时替她庆幸，恭喜她爱上的不是当年左右为难的老张……虽然牙子现在也是在搞音乐。

为什么不能兼顾呢？为什么不能反抗呢？他俩问我，为什么当年他不去争取一下呢？

我老老实实地说我不知道，毕竟关于感情这件事吧，每个人有每个人的为难，很多时候坚持需要用妥协去换，每个成年人都有各自的妥协……其实那个故事，我写出来了，于老张来说也就结束了，过去的都过去了，无须多谈。

牙子就摇头，就表示反正他坚决不会妥协，不论爱情，还是音乐。身为厦门大学高才生，颇有文化的牙子复述了荣格的一句话，大意是：操纵我们人生的是潜意识，而我们却把这叫作命运。

这话说得蛮有道理，于是我听完后就心里咯噔了一下，于是我就秒懂了，于是那顿饭吃得也就没那么香甜……反正那顿饭吃完前，那个决议也达成了——牙子调去武汉开个小屋，这样既能解决两地分居，也能照顾父母，还能有份稳定的收入，且不影响接着搞音乐。

牙子很高兴，喝得醉醺醺的，揽着小妹的肩膀嚷嚷着也要写首歌，但绝不会让她当佳佳……我吃了一会儿狗粮，默默地结了账，悄悄地离开。

有句话我没和他们说：那个故事讲的不是妥协，是遗憾。

其实不过六个字而已：如何面对遗憾。

这也是当年写完文章前，我向老张阐明的一点：我只是帮你记录一点遗憾，并析解。

他表示了认同，认可了用这种方式给过去画下一个句号。

文章发表后，回馈来若干读者的感慨，多多少少给他也带来了一些困扰，大量的宽慰或鼓励，哈哈，也是好玩儿……倒可以理解，有时候人们容易因为一个故事而对一个人形成印象刻板，觉得他只应活在那一个故事里，比如，或许直到今天还认为他沉浸在遗憾之中，需要开解。

其实这份好心大可不必，当年开笔写那个故事那会儿他就已经放下了，早已对那段往事释然，不然也不会允许我写……最起码看起来是释然的。

我和老张很久没见了，年轻些的时候爱疯的朋友环绕身边，现在习惯了独来独往，当年的老友们越来越少见。和老张这几年的互动很少，他搬去了北京专职做音乐，矢志却是未变。

作品很好，与过去的不可同日而语，但当年酒吧倒闭后的各种债务官司还没处理完，经济上听说一般。上次见面还是一年半以前，几个朋友一起吃了一顿饭，席间我听了他《你好重庆》那首歌，很好听，MV 也很好看，这些年的辛劳没白付出，某种意义上讲，可以算得上是他的代表作。

…………

你好吗，重庆

你越来越高越来越年轻

看江岸越来越热闹，听江水越来越安静

我去过了很多城市，理想敲打着生活的本质

找不到生活妥协的方式，也曾说服自己到此为止

我明白了生命很漫长，生活很多困境

学会了失眠的夜晚，深深深呼吸

晴天的黄昏跑步，雨天淋雨

和你一样在每个清晨苏醒

你好，重庆

…………

想开个玩笑来着，既然这么恋念重庆，何苦要来北京，你啊你，咋总活在遗憾中。

却是没开，氛围已不是可以随意开玩笑的语境。那天散局后，我们隔着车窗礼貌地挥手作别，那会儿有过点点小感慨。朋友这事物就是这样，太久不见或多或少会淡，硬装出依旧亲密无间反而别扭，反正现在他如果还像当年那样喊我去坐飞机，我不会干。

某种意义上讲，做朋友最大的义务不过是互相陪伴，可陪伴终生的毕竟少之又少，大多数只是陪你走了走人生中的某一个阶段。怎么说呢，也算是一点儿小小的遗憾。

接受起来倒也坦然，规律性的事情，又有什么不坦然的呢。

## （二）

对遗憾的对抗和接受，折射着青年和中年不同的心态，却是急不来的事情，如果年轻时啥遗憾都能接受，倒会是最大的遗憾。

所以我这会儿想想，对牙子不服不忿不想有遗憾的心思，十分理解。

武汉小屋的寻址工作，始于 2019 年 10 月，计划是春节前尽快定下来，正月里开业，然后牙子会求婚，双喜临门，成家立业。

打算是个好打算，奈何疫情忽至。元旦刚过，租赁合同刚要签没签，他不得不撤离了武汉。2 月 14 日那天我们通电话时，他已经在东北老家结束了隔离期，他说了两件事情，一是父亲受命出征去支援湖北，二是小妹的假期取消，仍在值航，正在运送医护人员。

婚期和开业期忽然变得遥遥无期，他有些沮丧，为父亲和女朋友担心，为计划忽然间被打乱而无比遗憾。

他问我，在这样的时候，他们家的老人和女人冲在前面，他一个大老爷们安安全全地待在屋里心里憋屈坏了，可以做点儿什么呢？除了唱歌他啥也不会，他也没什么钱可捐……

我从不是个善宽慰人的人，也说不出个所以然，只说，做不了就做不了，别勉强，起码没添乱……

挂了电话后才想起来，他原本定了今天求婚的，情人节。

求婚的日子还是 12 月底在武汉选址时定的。

那时候我们租住在江汉北路的一个公寓里，他刚在电话里和小妹吵完架，我把他提溜到客厅，劝导和开解。我说：既然不喜欢就不在一起了呗，耽误人家干吗？

他就瞪眼，说：屁咧！狗才不喜欢！特别特别喜欢！

我就笑，道：那就奇怪了，既然喜欢，干吗还和人家那么大声嚷嚷？欠你的？

我说：是不是觉得自己付出挺多的——放弃了厦门那么安逸的环境，跑到武汉来没白天没黑夜地选址开店，心里觉得她应该特理解你的辛苦，特感激你的辛苦是在为了你们的将来？

他在屋里转悠了一会儿，苦着脸坐到我旁边说：也对哦……我干吗和她嚷嚷？她马上又要飞国际航线，那么累，说不定又要看人脸色……

他做了一下自我剖析，说明明喜欢得死要活的，特别想对她好一点儿，可也不知道怎么搞的，很小的事情就会很激动，就会忍不住嚷嚷，这到底是咋回事啊？

我咋知道是咋回事……我只知道好像都这样，等到终于学会不这样的时候，大概率也就晚了，你觉得自己还热着但人家已经凉了，你觉得没有原则问题，但人家看到的是累积的姿态，于是一拍两散，徒留遗憾。也就是说，都不用什么外界压力，大多数时候所谓的遗憾都是自己作出来的。

那天的话可能把他给吓着了，想立马打电话道歉又磨不开面子，又担心那边已经开始凉了，于是惴惴不安。人不吓唬不行，尤其是恋爱中的小男孩，我隔一会儿就长叹一口气，看着他慢慢地摇头，终于把他给摇得快哭出来。他说他觉得自己好像错了，我说：唔，和我说这个干吗？和我又无关。

他说：你都不知道我女朋友有多好……我俩刚在一起那会儿，她知道我担心她的飞行安全，一落地就和我报平安，怕我累着，稍微晚点的航班都不让我去接……当乘务员的女生大都会戴一块很贵的小坤表，全公司就她戴了一块电子卡西欧，还是上大学时打工买的，我想给她换一块她也不让，说她也飞不了几年，要把钱攒起来，将来和我一起买房子。

我认真点头，用力鼓掌：那还真值得和她嚷嚷，这么好的女孩，嚷嚷跑了也是对她的一种负责吧，让她可以早点遇到一个真正对她好的人，脾气又好，又有钱。


……那天我用了很大的力气才把牙子扳倒，阻止了他连夜赶去另外一个城市的打算。

同时阻拦的，是他想电话求婚的打算。他翻出一个小盒子，说其实钻戒早就偷偷准备好了，一直在琴包里揣着，本来想再攒攒钱换个更大颗的，但现在不能等了，他这就拍了照片发过去，要抢在所有人前面……累死我了，好一场博斗撕巴和拖拽，反复告诉了他不差这几天不差这几天，未必真正合适小妹的那个人立马就会出现……

对对对凭什么那个人不是你，对对对就是你，你说的对你再和她嚷嚷你是犊子王八蛋。


最后对求婚日期达成的共识是 2 月 14 日情人节。


然后就到了 2020 年 2 月 14 日情人节那天。

和牙子通完电话后，我真真儿有一点儿后悔，或许当时不拦着他就好了，起码比计划落空要强一点儿……

原本可以多揣着一点儿幸福感的，那个正操劳在天上运送医护人员的小姑娘，本可以早一点儿戴上小钻戒。

那天晚些时候，牙子发来一个小录音文件，告诉我说他也没别的什么本事了，他只会写歌，就写了首歌，这歌和抗疫无关，只是写给小妹的，他让我帮忙听听，合适的话他就发过去当情人节礼物。

那首歌叫《乘务员》。

我的乘务员，咱买了车，接下来还得买房
房子不大，但会有你专属的衣帽间
不论航班延误到几点，不论刮风或是阴天
不管咋地，我都等在航站楼的旁边
…………

永远微笑的乘务员，回家就别给我好脸儿
我不会重复要饮料，我不要毛毯，不用提示我收起小桌板
…………

这几年我总频繁地失眠，你总在海的另一边
没陪伴，会孤单，我的早安你的晚安
算了吧，就怪你长得太好看，就怪你迷住了我的眼
别亏欠，让喜欢，慢慢变成习惯
想送你一个降落伞
…………

有些投诉强人所难，我多想陪你飞完每一个航班
咱最好多飞飞厦门到武汉，主要是我没钱
我最值钱的东西就是这把吉他，我属实舍不得卖它，毕竟我还要靠它养你吃饭
你说你呀，老大不小了
你说你呀，还能再飞几年
你说你呀，找谁不好呢
你说你呀，咋就看上我这个穷光蛋
…………

很长的一首歌，他在最后一段里唱：不论平庸平凡，或扬名立万，不论起飞降落，或经停中转，不论富贵或贫穷，动荡或平安……

年轻真好，这歌听得人鼻头酸酸，我给牙子的建议是，趁着 12 点没过抓紧发过去吧还磨蹭什么！

你看，这首歌听起来，多像是求婚誓言。

直飞或经停，复飞或中转，延误或备降，改期或改签，每个人有每个人不同的航程航线。

乘务员小妹听完这歌会有什么反应，我不知道。就像我不知道佳佳当年听完了《佳佳》后会有何反应一样。小妹曾听过《佳佳》，佳佳将来会不会听到这首《乘务员》？会不会有个真正对的人等在航站楼外，给予她笃定的陪伴？

某年某月的某一天，或许她们也会擦肩而过吧。

不同的制服，相同的机场，不同的航班，抵达不同的终点。

## （三）

现在是 2020 年 3 月 16 日，距离牙子写完《乘务员》那首歌一个月。

今天发生了一件事情，所以我写下了这篇短文——

今天终于休假的乘务员小妹被一个叫谣牙子的男生"劫持"去了民政局，打了个结婚证。

听闻求婚和领证，是同一天。

高兴之余，我对他们这么迅猛的登机速度表示了震惊。

新晋民航家属谣牙子的回答是——滑梯预位已解除，交叉检查已完毕，既然延误那就抓紧，他不想给他的乘务员，留任何遗憾。

哼，他这么着急起飞，不就是担心夜长梦多这么好的女孩被人抢跑了呗，鉴定完毕。

祝起降平安，航程愉快。

## （四）

老张的那首歌《你好重庆》，也和飞行有点儿关系。

歌曲前奏的画外音里，是一个乘务员在播报：

女士们先生们，飞机已经降落在重庆江北国际机场，我们将在 T2B 航站楼进港，机舱外的温度是 3 摄氏度，37 华氏度，全体机组成员再次感谢您选乘……

歌曲的第一句是：

凌晨 3 点的波音 737，随冬雨落地……往事低语，平淡无奇。

落地后的歌词就该干吗干吗去了，落地了也就落地了。

像所有的过来人一样，关于曾经的飞行，他只字不提。

【文中人的声音】

▷ 谣牙子和媳妇儿的日常对话

《乘务员》武汉小屋 · 谣牙子 ◁

一百万个祝福

◇ 希有到底是谁？
打死我也不会说的。
自有水落石出、云开见山的那一天。
希有说了，就是未来婚礼那一天。

届时，惊讶慨叹随意，恍然大悟随便。
但在此之前，与其去八卦侦查当柯南，莫若起一个善念，环视
一下身边。
常识构建底线，希有就在你身边。

总有一些朋友，不是人脉关系，不是交换关系，只是朋友而已。

他不会因你的社会属性高低而疏远或亲密。

你穷你富，你显达你寂寂，他微笑着平视你。

你膨胀，他警醒你。

你跋扈，他包容你。

你落寞，他递一根烟给你。

你有难，他默默出手，事了拂身去，并不图你。


阿弥陀佛，这样的朋友，你攒了几个？

或者说，你弄丢过几个，在这漫长的岁月里？


# （一）


我有一江湖老友，名唤希有。

希有当然是假名，真名不说，不到时候。


开笔此文时，我亦不知记叙他的故事，是否到了时候。

或许会惹来轩然大波吧，这篇文章。万一我写不好怎么办？万一我让希有沦
为千夫所指怎么办？万一我毁了他的后半生怎么办？


但是希有说：写嘛，没关系。

彼时晚风拂面，满耳涛声，中国南海边的长木桌旁，烟头一暗一明。

他捻灭烟头，说：你是我兄弟，我信你。

…………

可是希有，我配当你的兄弟吗？

一万斤的羞愧压在我手上，我一个拼音一个拼音地记录下 2013 年北京鼓楼东大街小饭馆里的那段回忆。或许我拿到版税那天不该跑去请你喝酒。如果那天少喝半杯草原白闷倒驴，我就不会醉得那么癫狂。如果不会醉，我就不会端着杯子跳上桌子扯着嗓子吼歌。如果吼的不是那首正流行的《南方姑娘》，我就不会问你那个该死的问题……

我像个傻瓜一样，大着舌头问你：希有，认识你这么久，从来没听你提起过你的女朋友，你女朋友是谁啊，是不是个南方姑娘？

你在沉默。

如果我少喝一点儿，我是否就能懂事一点儿，就不会去戳开你的沉默。

我看到我张牙舞爪地站在小饭馆的桌子上，大声追问：说！她叫什么名字？长得漂不漂亮？

你说要上洗手间，起身，摇摇晃晃地往屋外走。我为什么要跳下桌子去追你，为什么要拦住你抢你的手机，非要看你女朋友的照片？

…………

我明明在你眼中看到了哀求，为何还是抢着手机不撒手。

我看到你脸色煞白，嘴唇也煞白，我听到你抖着声音问我，咱们是不是兄弟？

我说：废话！净说废话！

你说：那求求你不要再问了，求求你……

难道是什么绯闻大明星，要不然你为何紧张成这样？

我为什么要有那么强烈的好奇心，为什么一定把你摁回板凳上让你给我把话说清楚。

我看到我攥紧你的左手腕，嬉皮笑脸地逼问，像个傻瓜一样。

我听到你说：兄弟，你真的一定想知道吗？

我说：当然！

不仅一定要知道她是谁，而且还要请你俩一起喝酒吃饭一起玩儿！将来你们的婚礼我也不能落下，必须我来当司仪！

我听到你问：此话当真？

你脸上有一闪而过的感动，你小心地确认：兄弟，你当真敢给我主持婚礼？

（二）

希有待我亲厚，素来爱喊我一声"兄弟"。

他曾经有名，声名正隆时，我尚寂寂，世间所有天平倾斜式的友谊总难长久，大家的资源配置权不同，按理说，极难平等相处相交。我是天蝎座，敏感，狷介，他却极包容我，总是小心翼翼地呵护我的自尊心，兄长一样。

和他一起赴宴，主人敬他当时有名，设位主桌主宾请他上座，他不肯从，任凭旁人如何客气劝说，非要跑到副桌，挨着我并膝末座。知他操心我受冷落，心下略微感动，但毕竟年轻，傲气难自抑，亦微微反感他的关照。我抱着肩膀，低声道：不必如此，我不在乎的。

他眼睛不看我，一边忙着铺餐巾，一边低声说：管你在不在乎，你是我兄弟，我在乎。

服务员来上菜，蹭了我肩膀，他瞟一眼，招招手轻声说：您好，麻烦您从我这边上菜吧。

唉，我说，你烦不烦……

他笑着叹口气，摇摇头。

很多年来，我对希有总是直呼其名，从未喊过"哥"，他却始终以一个大哥的姿态待我。

其实不仅仅是如此待我，和身旁年幼于他的人相处时，不论男女，不论生熟，他皆是如此。

你身旁是否也有这样一种人？
一群人聚在一起时，他向来不当主导话题中心的那一位，却经常是冷场时四两拨千斤的那一个。他们有个特点，张嘴说话时，从不用"我"字开头，从来不说"我怎么怎么样"，他们照顾其他人的感受，讲话时，总把自己排在别人后面。
希有就是这样的人。他爱自嘲，爱压低自己来衬托旁人的聪明，旁人和他开玩笑，他乐呵呵地听着笑着，再过分的玩笑也受得起，不端架子。

社交之所以有时候会让人觉得烦，大多是因为社交中的人们大都在努力表现着自己所不具备的优良品质。盔甲太重，人自然累。
有希有出现的场合却不累人，气氛莫名地融洽，他像块大桌布，兜着满桌的杯盘碟盏，荤的素的全兜着，让你不知不觉中舒展神经放下戒备，忘了奉承也忘了自夸。

不论是待人接物，还是养气功夫，希有做人是成功的，且事业有成，声名显隆。诚然，商场官场社交场，这种善于表演完人的人很多，但他与他人不同，不是面子上真诚，而是骨子里的实诚。很多时候，希有处世行事，颇有古风。

（三）

我刚跨界出版行业时，很难。
那是段虐心的时光，新人新书举步维艰，没有出版社肯出版我的作品，披肝沥胆几十万字，眼瞅着就要砸在手里。厚着脸皮打电话，求雪中炭，一本电话簿翻完，周遭的人再至交亲善的，也不支持我走这条索道。
他们大都觉得我不靠谱了30年，应该写不出什么名堂，大都嘴上勉励，心里敷衍。

许多人说：我有某某某朋友在做这一行，改天帮你问问，回头让他们和你联系……

真有心送君一程，东西南北都顺路。

真有心帮你一把，立时三刻当下今天。

又何必回头改天。

人情世故的阻路栅栏无外乎这两个词：回头、改天。

一回头就是杳无音信，一改天就没了下文。

也罢，朋友之道，两不相欠为上，别人并无义务一定要帮我。

再者……大家也许是好心吧，也许真心觉得我吃不了这碗饭，怕我浪费生命、糟蹋时间。

后来终究是出版了。

有个颇有名气的编辑莫名其妙地待见我，简单的几个回合签了书约。书出人意料地卖得好，预售期即横扫了各大书店排行榜，算是匹黑马。欣喜之余亦有小忧伤，故而，新书庆功会时，我没有给那些朋友发请柬，怕这个场合，大家彼此相见会小尴尬。大家是朋友，大家还要继续做朋友，我不怪你敷衍我不帮我，我也不想披红挂彩骑马游街扬眉吐气证明给你看。

当天，打电话求助过的朋友只来了一个。

希有来了，不请自来。

他站在签到处的门口冲我笑着：你这个家伙，怎么电话都不打一个，幸亏我消息灵通。

旁边有人认出了他，擎着本子找他签名，他飞速地签完，拽起我的胳膊往里屋包间里躲。

我说：既然来了，还躲什么躲。

他摇头，道：今天你才是主角……

他说他不是来站台捧场的，只是来看看我，贺一贺我而已。

头顶的风扇呼呼转，他起身抱拳，肃颜正色道：书写得不错，继续加油啊兄弟。

开场了，我被人匆匆忙忙地拉走，寒暄的客气话半句也没来得及说。


活动很顺利，人群散去后，我溜达着去包间找希有，委屈他了，天这么热，大家都在台前忙碌，没安排人专门招呼他，估计连口冰可乐也没的喝。

包间门前止步，听到里面提到了我的名字。

希有在和我的编辑聊天。隔着门缝，编辑的声音传出来：希有哥，幸亏当时有你的推荐，不然当真流失了一个好作者。

希有说：哪里哪里，就算少我一份推荐，也会有别人来推荐的……

他说：这个家伙有傲气有戾气有江湖气，也有才气，你们好好合作，多着眼他的才气，多担待他的脾气……


庆功宴去了很多人，希有没去。编辑说，他先走了，有急事，让转达歉意。

后来得知，他匆匆飞回远方的一座城市忙工作。他是飞了2000公里专程赶来的，下了飞机直接赶来会场，小房间里枯坐几个小时，再匆匆返程，饿着肚子坐飞机。

此番折腾，只为来对我说一句：继续加油啊兄弟。

一条短信就可以盛下的一句话，他非要往返4000公里来亲口对我说。


我一直没有谢希有，不知如何开口。

有时候和你越熟悉的人，你越难开口，对你越好的人你越不知如何去道谢。

我知道就算我永远不去道谢，他也不会怪我，他是个包容的人，几乎包容一切。出手相助的事他并未和我提及，他一直以为我不知情。就连4000公里的奔波贺喜，他也从没提起过，仿佛是打了一辆起步价之内的出租车就来了，而不是打的飞的。

希有不是市恩贾义之人。知世故而不世故，他有他的真性情。后来和相熟的朋友们聊起，发觉类似这样的事情，希有做过许多。他帮过我们许多人，却从未麻烦过我们任何人……

希有希有，你是朋友，是兄长，你待我好，我知道。

咱们是江湖兄弟，你若有事，我定当两肋插刀。

## （四）

没等到为你两肋插刀，我却先拿刀捅了你。

拿到版税后的那个夜晚我请你喝酒，再三逼问你的女朋友是谁。我大着舌头说：……不仅一定要知道她是谁，而且还要请你俩一起喝酒吃饭一起玩儿！将来你们的婚礼我也不能落下，必须我来当司仪！

我听到你问：此话当真？

你脸上有一闪而过的感动，你小心地确认：你当真敢给我主持婚礼？

踌躇半晌，你打开手机，指着屏保上的合影照片，略带羞涩地说：这是我的爱人。

…………

照片上的两个人影模糊晃动，又渐渐清晰。

起初我不信。

我使劲儿地看使劲儿地看，然后信了。信的时候，酒瞬间全醒了。

脑子嗡的一声响，迅速松开你的手腕，我缩回了手。

我盯着你看。希有希有，怎么会是这样？

希有，原谅我无法遮掩的讶异，原谅我瞠目结舌的第一反应。

我看到你的笑意僵在了脸上。

半晌，我听到你努力用平静的语调问：大冰，你还拿我当兄弟吗？

我躲开你的目光，低下头，不自觉地挪开一点儿身体。

我听见你在倒酒，看见面前递过来一只手和一杯酒。

你什么都没说，只是递过来一杯酒。手上没刺酒里没毒，为什么我就是没去接？

酒意去而复返，渐渐上头，舌头是麻的，脸腮是麻的，整个脑袋都是麻的。

隐隐约约中，我听见你的叹息遥远地传过来：兄弟……

回过神来时，小饭馆里只剩我一个人。

屋子里空空的，桌子上杯盘狼藉，踩碎的瓷勺子，触目的黑脚印……还有面前满满的一杯酒。

…………

千金难寻的朋友我弄丢了。

来自朋友的歧视最椎心，希有希有，我伤了你，我不配当你的朋友。

我当时究竟在琢磨些什么？为什么面对陌生的东西天然地去抵触，为什么松开你的手，不敢应你一声"兄弟"。一直以来，你点点滴滴在包容着我，为什么我却不能包容你？我白信这么多年的佛了，摆不平这颗分别心。等到我终于想明白这些道理，并深深懊悔时，我们已经整整七个月没有联系。

就这么自此相忘于江湖吗？

我不能去找你道歉，我没脸。我写了一篇文章，叫《对不起》。

文章里有一个最终学会懂事的孩子、一条小松狮流浪狗，以及一个饱受歧视的哥哥。

这是一个探讨生命价值平等的故事，是个真实的故事，据说也是个看哭了许多人的故事。

文章结尾处我写道：

不管是欠别人，还是欠自己，你曾欠下过多少个"对不起"？
时间无情第一，它才不在乎你是否还是一个孩子，你只要稍一耽搁、稍一犹
豫，它立马帮你决定故事的结局。
它会把你欠下的对不起，变得还不起。
又会把很多对不起，变成来不及。

文章收录进新书，付印后的第一本样书里，我折了角，托人邮寄给了你。
四天后，我不顾新出版社所有人的反对，飞去了大陆最南端。正是新书上市
的关键节点，编辑们不满我临阵脱队放鸽子。我告诉他们，我必须去见一个
人，方能心安。若无此人相助，我或许要再沉寂许多年后才能浮出水面成为
一个"作家"。如果不让我去见他一次，那当不当这个"作家"也没什么意思。

他们问我是谁，我没说你的名字。
我只说，是个失而复得的朋友，一个有今生没来世的兄弟。
……他在海滨的长木桌上摆满了烈酒，等着和我一起，把那些浪费掉的时光
补齐。

# （五）

轰隆隆的涛声。
海风拂面，浪花舔着脚面，漆黑的海岸线上一道金边。
天快亮了，酒喝干了，话却说不完。

我说：希有，你的婚礼必须是我主持，你打算哪天盛大举行？
他摇摇头：兄弟，有你这句话就足够了，所谓的盛大婚礼只能是我的一个奢

望，不会实现的。

他笑着说：或许，在结婚这件事情上，我的运气早已经预支光了……

希有的故事，远比你我想象的要曲折。

没人知道希有结过婚，两次。

两次婚姻，没有一次是为了自己，都是江湖救急。

第一次结婚是在北京朝阳区，为了一条命。

一个女人在 MSN（即时消息软件，当年曾十分流行）上给他留言：希有，我走投无路了，你帮帮我。是他年轻时交好的一个女同学，为数不多知道他秘密的人。

她的男友不久前因车祸辞世，悲恸中刚缓过来，发觉已有了几个月的身孕。

女同学身体羸弱，且有流产史。医生说：如果打掉这个孩子，你再度怀孕的概率为零。

她当然想留下这个孩子，大龄单身职业女性，未婚夫的离去已带走所有的爱情，她甘心为他守一辈子，不想再去遇到其他人了。有一份温饱体面的工作，再平安抚育一个孩子长大，已是生平最大的奢望。

但身处传媒行业的风口浪尖，单位规定，未婚孕子必须无条件辞退离职。

体制内的许多规定是没有温度的，要么打掉孩子，要么抓紧时间找人结婚，才能名正言顺地办理准生证。

她找了整整一个月，没找到，留给她的时间不多了，肚子已然隆起，再宽松的衣衫也遮掩不住。抱着最后一丝希望，她找到希有。

她说：希有，念在当年大家朋友一场……

希有说：你别说了，我答应，咱们明天就去登记。

民政局门前，她塞给他一张卡：这是我能拿出的所有的钱，希有你收下。

她是孕妇，他不能和她动气，卡坚决地被塞了回去。

他指着她的肚子说：你醒醒，这钱我一定用不着，但孩子一定用得着！

她抱着他哭：希有，你为什么这么仗义……我该怎么报答你？我来生当牛做马……

希有说：你莫哭，别动了胎气。

他说：当我是朋友，就别说什么报答。


结婚证很容易就领到了。她说：希有你放心，一个月后咱们就办离婚手续。

他挽起她的胳膊：别傻了，你现在这个样子一个人怎么搞得定，算我求求你，让我照顾照顾你行吗？

希有当然没搬到她家和她同居，但那几个月他变身保姆，给她送饭、帮她打扫、和她一起胎教。她的身子越来越臃肿，肚子出奇地大，弯不下腰，洗澡换衣服越来越不方便，越来越依仗希有帮忙。她问：希有，你为什么总是闭着眼睛帮我穿衣服，你不是不喜欢女人吗……

她说：……我懂了，谢谢你希有，谢谢你对我的尊重。


孩子生在小西天附近的一家妇产科医院，落草那一日，产房外只等了希有一人。

戴着墨镜的希有，戴着口罩的希有，冒着被偷拍的风险来陪产的希有。

护士喊：母子平安，恭喜你啊，是个男孩！


新生儿的第一泡屎把希有吓了一跳：怎么是绿色的？

护士笑：真是个新爸爸，都是绿色的。

他抱着孩子去看她，被她攥紧了手，眼泪湿了枕巾。她哽咽：连累你冒了这么大的风险……这份情谊叫我怎么还？

他伏在她耳边，低声说：需要还吗？

他说：当年知道我的取向后，你依旧善待了我那么久，你忘记了吗？当其他人躲怪物一样疏远我的时候，你是怎样安慰我的，你忘记了吗？

襁褓中的孩子在沉睡，他看看孩子，再看看她。

他说：刚生完孩子就离婚，会影响你在单位的工作，将来也不好和孩子解释，能不能等等再说？

希有，她闭着眼睛喊他的名字，眼泪安静地流淌，希有……

他替她擦眼泪，哄她：没关系的，别担心我，我搞得定的，没关系的。

整整四年后才离婚。

民政局的人很惊讶，道：你们是我见过的离婚离得最没有压力的一对夫妻，既然感情这么融洽，要不要三思而后行。

桌子底下，她捉住希有的手，轻轻摇头，说：不必了，他为我做的已经足够多了……

## （六）

希有的第一次婚姻帮了一个孩子和一个单身妈妈，没有婚礼仪式。

他的第二段婚姻依旧没有婚礼仪式，这次帮的是两个家庭。

那时他已是三十几岁的大龄未婚男人了，父母的叹息像锋利的碎玻璃片，在脊梁上深深浅浅地划。父母是再普通不过的职员，熟人社会里老实本分了一辈子，怎么也想不通这么优秀的儿子为何始终单身。

出柜吗？去和父母坦白吗？不可能的，他们会疯，会被亲戚朋友的各种目光压死。

一直单身拖延下去吗？也不可能的，他是独子，常规伦理中，结婚成家让老人安心是他的义务和责任。唯一拖延的方法就是借口工作繁忙，少回家。

他的工作半径陡然变大，经常差旅至国外，一去就是几个月。

异国的午夜独坐，他想他们，却不敢多打电话。

酗酒的习惯或许就是那个时期养成的吧。

不工作的日子里，他像株盆栽植物一样长在了酒店大堂，一杯接一杯的白兰地，一次又一次刷卡。那是东南亚一个贫瘠的小国，酒却卖得出奇地贵，一个外国同事陪他饮酒，越喝，他的表情越落寞。

那个皮肤黝黑的外国女同事问他：你是遇到了多么大的困境，怎么这么不开心？

她说：你身体健康，你喝得起这么贵的酒，在你的国家被不少人仰视——有什么事情值得你愁眉苦脸的？

她扬起漂亮的脸庞，说：来，我领你去看看另一个世界，然后你再决定是否要继续沉浸在自己的这点儿不开心里吧。

她带他坐出租车，然后换乘小巴，再在三轮车上颠颠簸簸。

马路消失后，是丢满垃圾的小径，尽头是一望无际的贫民窟。

只走了几步，锃亮的皮鞋就糊满了烂泥巴，空气中充满了热带独有的破皮革和烂水果的味道，三三两两神情茫然的人呆立着，赤膊，呆呆地看着他们。

她领他闯进一间破铁皮破石棉瓦搭成的小房子，一屋子人慌张地抬起脸，她不打招呼，直接把他拉到床前。

她指着一个卧病在床的老妇人说：她的儿子刚刚被人打死了。

再拽过来一个八九岁的孩子，说：他的爸爸刚刚被人打死了。

又指着自己的鼻子说：她的哥哥刚刚被人打死了。

她捂住眼睛哭了起来，一家人全都哭了起来。

这是一个素来以贫穷和危险著称的国家，她的哥哥得罪了一名有黑帮背景的警察，被当街爆头，惨死在离家500米的地方。打官司？没用的。打了，输了，对方已经放出话来：等着吧，斩草除根。最恐怖的不是被枪指着头，而是等着枪来指着头。跑？这是个弹丸小国，没地方去的，且家里穷，她是唯一的经济来源，这么多人的车票船票是买不起的。

她摸着希有雪白的衬衫，哭着对他说：你知道你的一杯酒能换多少磅大米吗？你知道你的这件衬衫能换多远的车票吗？你知道别人多惨你多幸运了吗？你现在能开心一点儿了吗？

…………

希有回到酒店，独自喝了一夜的酒。

第二天他找来女孩，对她说：我有一个计划。

他说：我们可以去假装登记结婚，你会有个新的国籍。你年轻有能力，又会中文，好好努力，早点把家人都带出去，越早越好。

女孩二话不说，拉起他就往电梯口走去。

他问这是干什么。

女孩不看他，低着头说：去你的房间吧。我什么都没有，只能把我自己给你。

她说：我在你们中国工作过，我知道你们的习惯……你放心，我这就证明给你看，我是处女。

希有挣脱她，苦笑着说：你不必如此，也不必对我抱有任何感激……反而是我需要谢谢你。

不久希有再度结婚。

婚礼在老家秘密举行，规模很小，只限亲友，没有闲人和媒体，外界并不知情。从没见过父母如此地高兴过，他们和外国亲家语言不通，只能不停地夹菜，又张罗着要找中医给外国亲家母调理身体。他们抹着眼泪看着希有笑：好儿子，之前以为你当真狠心光棍一辈子，原来你是眼光高……

希有醉了，他走到父母面前跪下，一个头磕在地上：爸妈，儿子让你们操心了！

他久久地跪在地上，冰凉的水泥地，任旁人怎么拖拽也不肯起。

几年后，希有再次离婚。

其实婚礼之后希有和她就没怎么见过面，希有只是每隔几个月就飞一次她的工作地广州，拍几张照片邮寄给父母，报一个平安。

女孩起初不肯，她说：你救了我们一家人，我一辈子当你名义上的妻子也心甘情愿。

希有摇头：国籍已经快拿到了，家人也都安顿好了，听话，你走吧。

他说：你别哭，怎么全世界的女生都这么爱哭……

他说：你还这么年轻，应该对自己的人生负责任，听话，世界这么大，去嫁一个真正的爱人吧。

她问：希有哦，那你怎么和你父母交代？

希有说：不用管我，我会处理好的。

他说：你记住，你并不欠我的……

她拗不过希有，婚终究还是离了。

每隔几个月，她都会跑来找希有拍照片，希有躲她，怎么也躲不开，也就默许了。

因为照片的缘故，父母那边一直不知情。

又过了几年，她领着一个帅气的法国男生来到希有面前。

希有哥，她流着眼泪，搂着希有的脖子喊，我遇到我的爱人了，我要结婚了。

# （七）

希有的爱人呢？

希有当然爱过，且正在爱着，并打算厮守终身。

季节未到，关于他的这段故事，原谅我尚且不能着墨太多……

两次婚姻都是在成全别人，希有何时为自己结一次婚？

结不了，登记不了，不会得到承认的。这个国度的《宪法》有 4 章 143 条、《婚姻法》有 6 章 51 条，暂且没有哪一条能护持这种婚姻。

或许就像希有说的那样，只是一个遥不可及的奢望而已。

甚至一度，敢把这个奢望大胆掏出来和好朋友分享，都是一种奢望。

我汗颜，我替我汗颜，也替许多个我汗颜。

我想穿越回那个夜晚，踹开鼓楼东大街的那家小饭馆的门，指着肤浅的自己痛斥：

他伤害过你吗？他妨碍过你吗？包容他一下又会怎样？！

他赤诚待你那么多回，你就这么寒他的心吗？

你他妈算什么朋友！

…………

希有，我又能为你做些什么呢？鼓励你勇敢地出柜吗？你有老父老母，有事业有未来，更有难以言说的各种顾虑，我知道你尚不能迈出那一步。这不是个生命价值平等的世界，却是个法则残酷的丛林，我没有任何权利鼓动你去冒险……那畅想一下好吗？畅想一下你未来的婚礼。

畅想不犯罪。

你的婚礼必须在一个空气最干净的地方举行，在你最中意的秋季。

燕尾服是吧，你和你的爱人一人一身，庭院草地的小舞台上，帅气逼人。

还有结婚证，带照片带钢印、登记造册在案的。还有奥斯卡式样的红地毯是吧，所有的来宾盛装而来……估计要来很多人吧，毕竟你善待过我们那么多人。

是的，不需要随份子，只需带着真心的祝福。

…………

还有父母的祝福是吗？我记得你说过的，奢望能和爱人一起，与父母生活在同一个屋檐下，每天早起请安。

是的，很难……但为人父母的，哪个不疼爱自己的孩子，希有，他们未必不会包容你。

善巧方便地去守心静待吧，或许"精诚所至"和"水滴石穿"这八个字，真的会灵验。


等等，别忘了婚礼司仪。

必须是我来主持你的婚礼，我等着呢！一年不行就等两年，十年不行就二十年，等到你我都白发苍苍了我也等着。


不管你希有是什么身份什么取向，你首先是我的朋友。

# （八）

希有到底是谁？打死我也不会说的。

自有水落石出、云开见山的那一天。

希有说了，就是未来婚礼那一天。


届时，惊讶慨叹随意，恍然大悟随便。

但在此之前，与其去八卦侦查当柯南，莫若起一个善念，环视一下身边。

常识构建底线，希有就在你身边。

············

作家本应是每个社会的良心，但在某些时代，他们在某些问题上表现出来的某些勇气，甚至不如常人。所以我希望你明了，写下这篇文章的不是什么狗屁作家，只是一个寻常说书人。

抱歉，我知道我行文用力过猛。

放心，打死我也不会改的。

这篇文章，我会拿到希有未来的婚礼上朗诵。

所以，同为寻常人的你，敢不敢帮我一起写完？

这篇文章的结尾就交给你吧。

如果你乐意给未来的希有送上一份婚礼祝福，如果你愿意与所有的希有分享一点儿善意，请把想说的话，写到接下来空白的这一页上。

把这页纸写满，把这页纸留好。

某年某月的某一天，我会公布一个婚礼收件地址，给你们发射一颗微博信号弹。

那一天来临时，希有会收到多少个祝福？

如果可以，我希望是一百万。

写给希有：

--------------------------------------------------------------------------------

--------------------------------------------------------------------------------

--------------------------------------------------------------------------------

--------------------------------------------------------------------------------

--------------------------------------------------------------------------------

--------------------------------------------------------------------------------

--------------------------------------------------------------------------------

--------------------------------------------------------------------------------

--------------------------------------------------------------------------------

《如果你听到这些句子》大理小屋·陈一豆 ◁

再
等
等

〰

希有的故事，重点不仅是希有斯人，
还有他所折射的那个人群，
若你因故事而触动，因触动而去平视他们，
乃至于能将这份平视推演，
去服务于其他常识，那善莫大焉。

## （一）

2014 年的社会舆论大环境，在某些议题上远没有当下包容。比如，大众对个体性取向的态度。

当年每谈及非异性恋，很多人的反应会是：啊？！

现在就好很多了，还是会有"啊"，但更多人会说"唔"，或者"嗯"。

当年刊出《一百万个祝福》一文时，短篇写作者里尚且少有人在公开出版物上探讨这些事情，标明立场的更少，于是我收到的许多反馈里，很多是：哼。

这些年过去，"啊"越来越少，"哼"也是，当下除了"唔"和"嗯"，还渐渐有了"唉"。

比如最近收到的读后感里说：唉，不是挺正常的事情嘛，这也值得专门去写？还写得那么沉重？

是啊是啊，"唉"得没错，如果当年写这篇文章时，也有现在这么多唉就好了。

唉，所谓包容，存异求同。包容不是俯视也不是仰视，不过是平视而已，因平视故，共存共生。

实际上是一种文明的进阶，越来越多的人在平视这六个字：生命价值平等。

平视换来平等，若能以这六个字为坐标，又哪来那么多仇视和不屑呢，以及攻伐与污名。

当年的文章里，我描述了自己从恐同到不恐这一转变过程，我后来认真思索过，为何很多年前的我会去恐呢？或许是从小受到的男子汉教育让思维上形成了路径依赖吧，乃至过于片面地认知了雄性属性，当这种认知在一个熟悉的人身上骤然颠覆时，脑子也就不太够用，我是说，那时候。

其实希有不够男子汉吗？即便硬用那套标准去评判，论心论迹他都是个货真价实的男子汉，坦荡赤诚。

话说，又是非用那套标准不可的吗？世间唯斯正朔？仅因爱的不同？

既然爱是可以超越国别、种族、年龄，甚至生死，又怎么会越不过这份异同。


其实我想表达的是一点儿常识：

1. 一个人的爱与被爱是他（她）天赋的自由，在不影响不破坏他人权益之前提下，不论做何选择，他都和你我一样，拥有着同样平等的生命价值。

2. 既是平等，理应互相尊重，一个人尊重另一个人的不同选择而已，不去贬低也不去高捧。


都是一样的人，未必因为性选择不同，就是英雄是标兵，就去歌颂去追捧。

话说，和讥嘲辱骂一样要不得的是歌颂追捧，不是平视的，都不会成全平等。


此刻我打下这些字，我想我比 6 年前更加懂得如何去平视你了，我的老友希有。

我得给你打个视频电话给你念一念，咱们隔山跨海的，云喝点儿。


# （二）


没喝成，不知道在忙什么半天没接，我回来接着写。


老文章里说：

希有到底是谁？打死我也不会说的。自有水落石出、云开见山的那一天。

与其去八卦侦查当柯南，莫若起一个善念，环视一下身边。

可询问和打探始终未断，那些兴致勃勃的揣摩者，都仿佛不认识这些汉字排列。

起初费心解释过，文中写得明明白白，等着他自主自愿去公布就好了，何必再去做那么无聊的猜测呢？

后来很无奈，我属实和所猜测的那些个名演员或名主持没有过私交，再者，谁说希有是艺人来着？

今朝老书再版，连新编辑都饶有兴趣地试着打听过……可见吃瓜基因有多强大，想淡掉围观群众们的八卦心，也是难。打听出了又怎样呢亲爱的？会很下饭？

……我做过传媒很多年，其实很多事情还算明白，例如，某种意义上讲，公众人物的存在价值是供众人消费，不论众人将其解构或将自己投射，都算。并且，在这一过程中众人往往并不会去真正尊重其个体意愿。

基于这点认知，作为他的朋友，我有义务卫护他的个体意愿。

其实和有名没名无关，作为他的录述人，不论他是不是公众人物现在还算不算公众人物，都应去尊重他的意愿。所以，你看，我是写书的你是读书的，我该怎么才能让你明白，他的意愿多简单——

他鼓励我写他，以此传递平视，送抵那句话到你耳边：常识构建底线，希有就在你身边。

他选择匿名，关于他是谁，他请众人理解当下的不得已，说了的，公布日就是未来他婚礼那一天。

所以，如果你曾读过希有的故事，今朝复读了，希望你明了两句话吧：

一、希有的故事，重点不仅是希有斯人，还有他所折射的那个人群，若你因故事而触动，因触动而去平视他们，乃至于能将这份平视推演，去服务于其他常识，那善莫大焉。

二、希有是谁，他年天时地利自见分晓，莫再揣测打探，问我也白搭，谢绝一切猜测，猜了就是错的。


另有一种打探，却需替希有发出感谢。

6年前我写道：这篇文章的结尾就交给你吧。如果你乐意给未来的希有送上一份婚礼祝福，如果你愿意与所有的希有分享一点儿善意，请把想说的话，写到接下来空白的这一页上。把这页纸写满，把这页纸留好。某年某月的某一天，我会公布一个婚礼收件地址，给你们发射一颗微博信号弹。


太多人写了信，很多人在网上晒过给希有的信，有的写得好密，32开的一张纸上密密麻麻的祝福，千字排列。有的直接在读书会上把信塞了过来，让代为转交，厚厚的一个信封。更有许多人在微博上每年都催问，你怎么还不公布？你打算何时才公布希有婚期？

拱手为礼了诸位，此番心意，代希有感谢。

但还是想说：原谅我的不代收，请把信留好吧，你的心意应在约定中的将来那天，亲自传递与他。

至于对婚期的催问……各位各位，又不是我结婚，莫再问我我算老儿。

别再催了，催我没用，咱们一起耐心等等，事情总会变成它本来就该是的那个样子，这也是常识驻世的意义。

10年？20年？那又如何呢？总之，未来可期。


# （三）


这本再版的《啊2.0》里，我依旧在文后附上了空白的一页。

说过的话不再重复，未来的那一百万个祝福尚需累积，但关于那页空白的解读，附加上一句：

如果你想送抵祝福，那不应只送给未来的那个希有。

这句话是希有让我加上的，刚联系上了，这会儿边云喝边打字，他在屏幕那头看着我单手打字，听着我键盘敲击的声音。

他让我转告你：希有就在你身边，并非仅仅书上的这一个而已。

>> 娑婆大梦，日日黄粱，若真的喜欢，就别抗拒遗憾。

>> 直飞或经停，复飞或中转，延误或备降，改期或改签，
每个人有每个人不同的航程航线。

>> 　　有人说，每一个拥有梦想的人都值得被尊重。

　　可我总觉得，除了被尊重，人还需自我尊重。

　　真正的尊重，只属于那些不怕碰壁、不怕跌倒、勇于靠近理想的人。

济南

大理

厦门

西安

成都

树洞店

医护人员免单
谢谢您们保护这个世界

本店已消毒

阳朔

重庆

江南

丽江

>>

小屋平均每家店 60 平方米左右，最小的店 12 平方米，偶有排队也进不去的情况，实因地方小，座位有限，望多多担待。

小屋这些年设立各分舵的原则有二：
1. 小屋老成员们工作了一定年限，可以申请在喜欢的城市开店，方便成家立业。
2. 哪个地域的歌手人数多了，就在他们家乡开个小屋，让他们离家近一点儿上班。

关于小屋一直坚持的一些规则：
1. 小屋未曾与资本对接，未来也不会。
2. 小屋成员离职 2 年内，年终奖照发，包括短期义工。
3. 小屋成员在职期间的医疗费用，小屋承担，不论什么重病。
4. 小屋各店无论盈亏，未曾拖欠过一天工资。（2020 年疫情期间集体关门的半年，小屋全员薪水照发。款项来自本书的预付稿费，多谢读书的你。）

小屋已有的各店均已自理，很多店我已数年未去，"大冰"二字也会慢慢从招牌上去掉，每一块。只是跑第一棒的人，已到交棒的时间，接棒的人一并接过所属分舵所有的一切，领着大家抱团取暖。只有一棒一棒一代一代接力传递下去，小屋才能活下去，哪怕未来只剩一家店，也是种子，终会乘愿再来。

感念诸君的支持，让目前小屋各店的 80 多个成员得以有尊严地写歌唱歌，靠劳动吃饭。"大冰的小屋"只是小屋的第一代，字号不重要，小屋依旧是小屋，望去掉"大冰"后的小屋依旧能得到您的支持，愿我小屋的弟弟妹妹们未来依旧可以温饱体面。

于斯百拜。

>> 真实的人生本就琐碎，如何去桥接、过渡、贯穿，
看你自己的喽。

&gt;&gt; 也许是万事万物由心生由心造。
当一个人内心充满了什么，感受到了什么，
他所看到的就会是什么。

越阳的弟弟妹妹

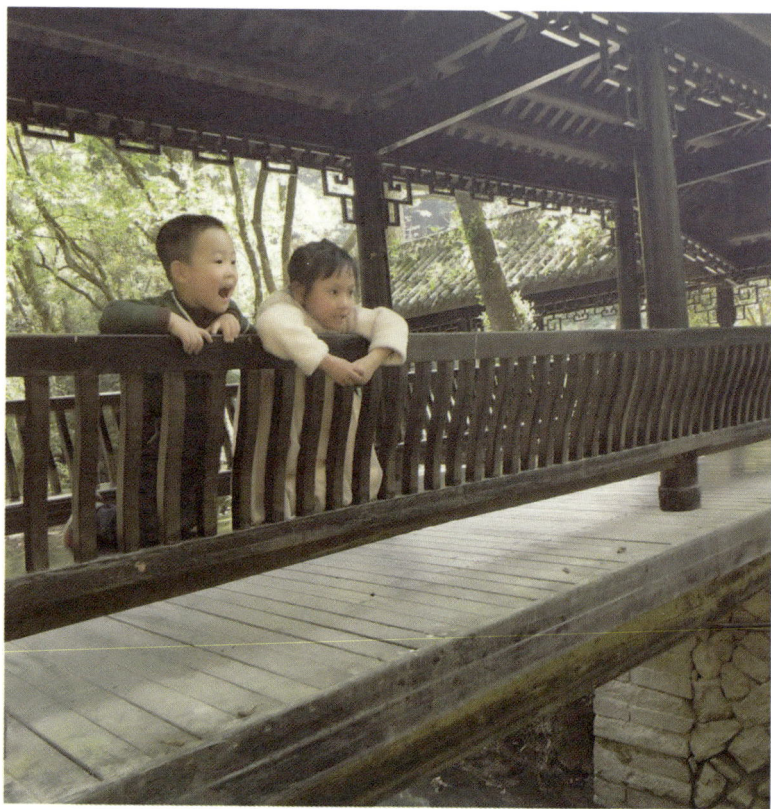

>> 世上没有什么命中注定。
所谓命中注定，都基于你过去和当下有意无意的选择。
选择种善因，自得善果，果上又加因，因上又生果。
万法皆空，唯因果不空，因果最大，但因果也是种选择。

>> 所谓有情，又名众生，生死相续，轮回转生。
所谓故事，皆为人事，所书所诉，不离生死轮回间之有情众生。

小芸豆

>> 世界很大，有故事的人很多，
每个有故事的人都有一个共性：他们有生活。

>> 从没想过让全世界都喜欢我，
我所做的一切，只是为了让我更喜欢我。

小芸豆在潜水

小芸豆在爬山

>> 　　周三和萱萱都是普通人，他们的故事并没有多么感天动地，
不过是一场婚礼、一封情书、一点真心而已。

一个歌手的情书

◇ 再普通的人，也会在一生中某几个节点上隆重登场，
理所应当地成为主角——
比如新生儿的落草，比如驾鹤西行者的入殓，比如新嫁娘的婚礼。

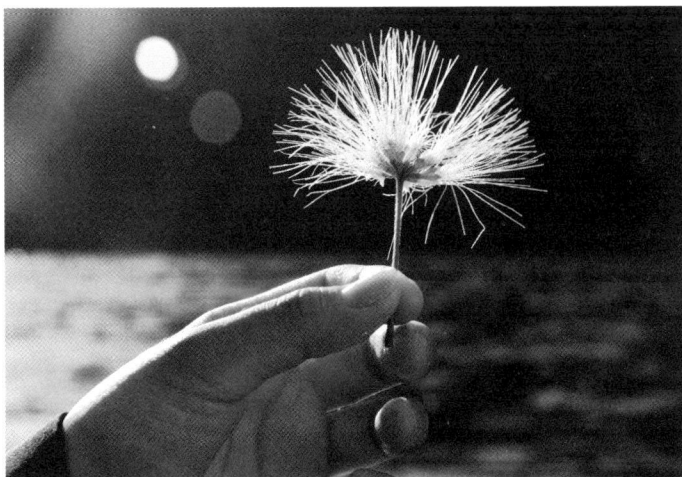

Normal，普通。

你是普通人，我是普通人，他也是普通人，世人大都是普通人。

大部分普通人大都信步漫行在普普通通的人生中，大都习惯了扮演路人甲，在周遭旁人林林总总的故事中。

但再普通的人，也会在一生中某几个节点上隆重登场，理所应当地成为主角——比如新生儿的落草，比如驾鹤西行者的入殓，比如新嫁娘的婚礼。

所以满月酒很重要，所以证件照很重要。所以婚礼仪式的酒店预订很重要，伴娘的人选和颜值很重要，冷焰火和香槟塔很重要，婚纱是租是买是长是短带不带水钻有没有面纱……很重要。

严格意义上讲，婚礼不重要，如果你是封红包随份子去喝喜酒闹洞房的话。

但严肃意义上来讲，婚礼对你我每一个人都很重要，如果你打算结婚的话。

你自己的婚礼一定很重要。

因为这个世界上谁不是普通人？谁不曾经是个普通人，谁不终将是个普通人？

因为对于每一个终须泯然于众的普通人而言，当一次主角，很重要。

我主持过很多场婚礼，我所有好朋友的婚礼都是我主持的。

我乐意去主持，因为可以省下份子钱，不用给红包。

他们也都乐意让我主持，因为我随机应变主持得好，还自备西服领带。

2012年6月10日，我在大港旺宝酒店给一对普通人主持过一场婚礼。

这是一场我永生难忘的婚礼。

因为我主持砸了，但大家却都很满意。

主角们也都很满意。

# （一）

证婚人小松捏着话筒，动情地说：我们家三爷三嫂搞破鞋，终于搞成功了！
我要疯了，这是我主持过的最奇葩的婚礼，这是我见过的最奇葩的证婚人。

奇葩的不仅是证婚人，还有伴娘。
大喜的日子，伴娘出幺蛾子，收完开门红包后仍然堵着门死活不让新郎进，
非说之前没正式求过婚，非要新郎隔着防盗门补上，喊不够100声"我爱你"
绝对不开门。
新郎周三是个老实人，老老实实单膝跪下，一声接一声地说：嫁给我吧我
爱你！
他说一声，门里的伴娘们数一声，数到八十多声时也不肯开门……怎么着，
真要凑个整数啊。

门外接亲的伴郎们已经开始撬锁了，门里的伴娘们不急不慢地数着：91……
92……
数到第97声"我爱你"时，门咣当一下开了，闪倒了一堆伴郎。
白衣飘飘的新娘子扶着门框抹眼泪儿。
又哭又笑满脸冒泡，泪珠顺着手指头往下滴答，假睫毛眼瞅着快要被冲掉。

隔着一堆东倒西歪的伴郎，周三傻呵呵地说：老婆你莫哭，还差三声就数
完了。
他单膝跪着，认认真真地喊：嫁给我吧我爱你……嫁给我吧我爱你……嫁给
我吧我爱你！

新娘子伸手把他薅起来，另一只手冲屋里挥舞，带着哭腔说：值了！这是周三第一次对我说"我爱你"！

周三就啊呀，啊呀啊呀老婆你不哭好不好？

他一边说一边摊开手掌给她擦眼泪，一不小心把假睫毛给蹭下来了，伴娘们冲上来，七手八脚地粘睫毛。新娘子睁一只眼闭一只眼对她的法定夫君说：好！不哭！你肯对我说这么多遍"我爱你"，我以后都要笑着。

新娘子抰着腰，仰天大笑，刚粘了一半的睫毛又被扯下来了。

我从没见过这么奇葩的新娘子……

她还真是说到做到，接下来的整场婚礼都一直在笑。

理所应当的娇羞和端庄她全忘光了，只是一味兴高采烈地笑，像是一氧化二氮吸得很饱。

按规矩，新娘子一登台，婚礼司仪一般要问：新娘子跟我们分享一下现在的心情吧。

常规回答是"好幸福"或"好激动"，唯独她不按章法出牌，我的问题刚问出口，她立马扭头看着新郎周三说：哈哈哈，你是我的了，这辈子你都跑不掉了，哈哈哈……

一边狂笑，一边还伸手捏了个拳头捣了周三一拳。

结结实实地捣在肩头。

头回见到这么豪迈的新娘子。

也是头回见到这么娇羞的新郎。

新郎周三红着脸，娇羞地回答说：……老婆，我不跑。

……没错，娇羞。

我脑子不够用了，这都是什么世道……

婚礼还要继续，优秀的主持人大冰打起精神问周三：新郎说说看，你是靠什么手段打动了这么美丽动人的女人，让她愿意心甘情愿陪伴你一生的？

其实这个问题怎么回答都行，一般人愿意幽默一下或者吐露深情，大可自由发挥，不过走个过场。

但我忘了新郎周三真的不是一般人。

我忘了周三是个较真儿的老实人。

这个老实人张着嘴想了一会儿，紧张地看看我说：用的什么手段？……我我我，这个这个，我忘记了。

忘了？台底下儿百人盯着呢，你忘了！

这是谁的婚礼啊这是，怎么还有自己砸自己场子的！到底是你娶媳妇还是我娶媳妇！

你闪死我吧，你让我这个优秀的主持人该怎么接话！

我头发都乍起来了，咬人的心都有，还没等张嘴圆场，手中一空，话筒被人摘走了。

新娘子把话筒摘走了，她兴高采烈地说：我记得我记得，我来说我来说！

……我快哭了，这是婚礼现场还是知识竞赛抢答现场？

好吧你说吧。

新娘说：他有一次对我说，虽然我没钱，但我只要有一碗稀饭，一定会分你一大半……

我虎躯一震……好了好了，终于拨乱反正步入正轨了，多感人的一句话啊，整场婚礼浪漫感人的基调还是很有希望实现的。一个优秀的主持人最宝贵的特质就是学会倾听，然后抽丝剥茧顺杆儿爬，机会电光石火稍纵即逝，我火速跟进，凑过脑袋去张嘴插话道：爱侣喝稀饭，胜过吃海鲜，有道是有情饮水饱哦，新娘子，你还记得你身旁的这个男人是在哪次花前月下时对你说的这句话吗？

兴高采烈的新娘子兴高采烈地回答：是在我们俩私奔的前夜，他发短信对我说的。

私奔？！

这是婚礼上该有的台词吗？这是哪个次元的桥段？！

你弄死我好吗……你弄死我吧！

给我一块板砖好吗？给我一根绳子好吗？给我一把尼泊尔军用廓尔喀狗腿弯刀……

新娘子的手劲儿颇大，我掰不开她的手指头拽不回话筒，大家云手暗夺了两三个回合后，被她一肘子蹭在我下巴上，上下门牙嘎巴一声脆响，舌头舌头舌头我的舌头……

台底下几百人看着呢，我眼泪汪汪地捧着咸乎乎的舌头在舞台上蹦。

身为前山东卫视首席节目主持人，虽已过气，但那么多年的舞台生涯什么大风大浪没经过，居然也会有 hold 不住的场子？这次第，怎一句尴尬了得！

我边蹦跶边喊：周三！我服了！……这是你亲生的媳妇儿吗？

舌头肿成发糕了，"亲"发音成了"今"。

周三愣了一下，腼腆地回答：……我希望，她来生也是我媳妇。

这都是哪儿跟哪儿啊……

乌云怎能留得住落下的雨水，眼眶怎能留得住我掉下的眼泪？

好吧，我投降，你们爱说什么就说什么吧，不管说私奔还是说裸奔我都他娘的不管了，我戳在旁边呜咽我的就行。我蹦跶到舞台一侧……给我个洞好吗？

舌头好痛……

新娘子果真大方，完全视我为空气，她一手薅着新郎的手腕，一手攥着话筒，迈步向前三尺三寸。

瞬间，仙气十足的长尾白婚纱被她穿出了绿林响马披风的气势。

手攥得那样紧，指甲盖都攥白了，她把话筒戳到鼻子上，朗声道：……有些人认识了七十年都没在一起，有些人认识了七天就可以在一起。是的，我和周三认识的第七天就定了终身，就私奔了……既然是对的人，为什么要矜持，为什么要死要面子，为什么要擦肩而过？

她说：我是个普普通通的女孩子，我来到这个世界上什么都想要，就是不想要后悔！

我从没有后悔过和他私奔，我从没有后悔过把攒了半辈子的这唯一一次疯狂用在他身上。

我知道在座的一半以上的人从一开始就不看好我和周三，觉得我们不可能有结果，但你看，今天我们共用一个户口本了……谁说处女座和天秤座没办法修成正果？

她扭头冲着伴娘群的方向叫嚣：

你们老说我找的男人又土又木还是处女座，不懂浪漫没有激情不值得我赴汤蹈火……是的，他一点儿都不浪漫，他甚至都不懂向我求婚，他只对我做过一件浪漫的事情——他每天弹着吉他、唱着歌喊我起床，我每天都是在他的歌声中醒来的……每天每天，每天都是！

我半夜起来上厕所，刚坐到床边，他会忽然坐起来一把抱住我，说：萱萱你要去哪里？

我说：三爷不担心呵，我只是上个厕所。

每次都是我上完厕所回到床上，他才肯躺下，我去多久，他都迷迷瞪瞪地闭着眼撑着胳膊等我。

睡觉的时候他永远都是抱着我，我挪一点儿他也挪一点儿，我滚到床底下去了，他就把我捞上来……然后接着挪。我体质弱，一年四季手脚冰凉，周三每天睡觉时焐着我的手，夹着我的脚，他从来都不嫌我的脚冰，他就是我的电热毯，我和他睡在一起的这三年，就再没生过冻疮。

台下主桌一阵骚动，有对老人家此起彼伏地喘了两口粗气。
老头儿开始解领带，老太太开始捂心口。
新娘子眨巴眨巴眼，普通话瞬间换成四川宜宾方言：
老妈、老汉儿，不要叹气，我和周三都在一起三年了，咋个可能不滚床单？
实话跟你们说噻，幺儿在你姑娘肚皮里头已经四个月喽。
新娘子挺挺腰，伸手拍拍肚皮，隔着雪白的婚纱，拍得肚皮 PIAPIA 响。

台下两个老人集体愣了一下，然后组团乐开了花。
老太太下死力在老头子胳膊肘子上拧了一下，说：太好了，杨老头，以后你麻将打不成喽，陪我去带孙孙喽。
老头子哆嗦着手，激动得起身端起酒杯：……托大家的福，我先干为敬。

# （二）

一堆人七手八脚地把老头儿摁坐下，打手势咬耳朵地告诉他：婚礼还没结束呢，菜还没上酒席还没开始呢，还没轮到岳父丈人老泰山敬酒呢……

场上新娘子的工作报告还在继续，她望着父母的方向，声音忽然柔了下来：
……老汉儿，接下来，我想和您单独说两句话，好不？
老汉儿，那时候你剪了我的银行卡，藏起了我的身份证，还用那么大的锁头把我关在门角角后头……我那个时候哭、挠门……但我晓得你是疼我的。
我后来偷偷跑出来，那几个星期没给你们打电话是我错了，不是不想，是不敢……不敢在电话里头听你叹气。

我从宜宾去云南，一千多公里的路，没手机，没得钱，一路说好话搭顺风车。

45 个小时的汽车坐惨了我，我饿着肚子，揣着剪子……一路不敢睡，人家好心给我东西吃我也不敢吃……一路都在流泪。

你关起我的时候，我为见不到周三哭；我逃开你的时候，流的泪都是为了你和妈妈。

……好几年过去了，你和妈妈从心底头原谅我了吗？

我是个不孝顺的孩子吗？……我不是哦。

孝顺就是百依百顺百分之百地听话吗？每个孩子都应该找到自己真正想要的生活，照顾好自己，这才是最基本的孝顺，不是吗？自己过得都不舒心，拿什么去谈孝顺父母？

我要让自己过得好，我一定要让自己过得好，老汉儿，真的，我觉得我现在过的就是一直以来我想要的生活，我现在爱着的男人，就是从小到大我一直想嫁的男人。

他遇到了我，我找到了他，我有了一个老公，你们多了一个儿子，我们会一起孝顺你们。

那时候，你们觉得周三是个穷歌手，怕我一个女娃娃离家千里去和他耍朋友会受欺负，可他真的从来没有欺负过我，都是我欺负他！老汉儿，从小到大你是咋个疼我的，他就是咋个疼我的。

周三不会甜言蜜语不会浪漫，但他总会在不经意的时候感动我，他和你一样，走路的时候让我走安全的那边，在我看电影哭了的时候他也会抱着我哄我。

他是处女座，有洁癖，但会把我所有吃剩的东西直接拿过去吃，从来不忌讳。

我头发再油他也不嫌我油，和他在一起后我再没减过肥，我穿什么衣服，他都觉得好看……

新娘子顿了顿，目光扫过全场，略带骄傲地说：

他从来没忘记过我们的任何一个纪念日，他所有的密码都是我的生日。

新郎周三今天基本是个摆设，除了娇羞就是憨笑。

新娘松开攥紧的手，抬到了半空中，我以为她又要捣他一拳，没承想，她轻轻地摸了摸他的脸。

新娘望着众人，道：

我们在决定在一起的时候，就已经决定过一辈子，好像以前就已经在一起很久了，默契得连我自己都觉得奇怪。刚跟他在一起的时候，是他人生最黑暗的时期。他前女友骗光了他所有的钱还有感情，跟别人跑了，他曾经每天把自己关在家里，不交流，不吃饭，不出门，只练吉他，陪着他的只有吉他。

我们刚在一起时，他的生活起居习惯无比地差，经常一份炒洋芋一瓶可乐就打发一顿饭。很多受过伤的孩子喜欢抱着娃娃公仔睡觉，他那时候睡觉时喜欢抱着吉他。我喜欢他，所以我心疼他，所以我要慢慢融化他、改变他。我买了做饭的用具，每天每一顿都做不一样的菜，只要他吃一口我就开心了……

新娘子忽然望着场下某一个角落笑了一下，说：

我经常跟周三说，你要感谢你的前女友，而不是恨她，因为她的离开才成全了我们的相遇。

有人说每个人一辈子都会遇到三个人：一个你爱的但不爱你的，一个爱你的但你不爱的，还有一个爱你的你也爱他的。我真心祝愿周三的前女友早日遇到第三个人，遇不到也别回头了，你不要的我要了，你再想要也要不回来了。我不是在挑衅哈，我一点儿也不紧张我们家三爷，现在都是他紧张我。他每天晚上去酒吧唱歌，我都陪着他，他在台上唱歌，我在台下帮忙招呼人。每次看见我和别人聊天聊得稍微久一点儿，他都会扔了吉他走过来一把搂住我，说：哎，老婆，这是你朋友啊，介绍认识一下啊……

台下哈哈一阵大笑，不少人举起手来向舞台上示意。

有人喊：原来如此啊，真伤人啊，下回去喝酒，三嫂记得打个折啊！

新娘子双手抱拳，团团作个揖，问：我说了这么久，你们没听烦吧？

不等众人搭话，她歪着脑袋自顾自地说：烦了也给我听着，今天是我结婚，我是主角！

连伴娘团都开始鼓掌了，噼里啪啦的一阵掌声后，新娘子扳正新郎周三的肩膀，双手捧着话筒，看着他的眼睛，一字一句地说：他们一定觉得我今天很强势，不够女人……我强势也只强势今天这一回，我不需要别人懂，只要你懂我就足够了。从明天起，我依旧是那个给你洗袜子、给你炒菜、给你拎吉他的小媳妇……

周三张张嘴，手比画了半天也没憋出来半句话，他挠挠头，捧起新娘子的脸，瞄准了亲了下去。

好狠的一口，牙磕在话筒上，音箱咔嚓一声嚣叫。

两个人捂着嘴，看着对方乐了半天，完全忘记了周遭世界的存在，也忘记了我这个戳在一旁舌头受伤的优秀的婚礼司仪。

我贼心不死，猫步上前，试探着，想从新娘子手中把话筒抽出来……

我活该！我欠！

人家四目相对正浓情蜜意着呢，看都不看我，抬手一拨楞。

这次是鼻子。

耳朵里铮儿的一声，全镇江的米醋都叫我一个人咕嘟下去了，从鼻子尖酸到脚指头，我捂着鼻子蹦跶，哗哗淌眼泪。

我欠！我活该……

泪眼婆娑中，影影绰绰的，看到那个穿着白色婚纱的姑娘仰着头对面前的男人说：

认识你时，我 22 岁你 31 岁，现在我 24 岁你 33 岁，可是我却觉得时间一直停留在我们初见的时候。三爷，谢谢你娶我……差 9 岁的爱情，是单数的最大值，也是我幸福的最大值。

新娘子的年终工作总结报告终于结案陈词了。

她终于肯正面面对我了，远远地伸手，她把话筒递了过来。

我是接还是不接……

我舌头痛，鼻子也痛，我我我还是不接吧……

不接又不好……

我还是接吧，我把胳膊伸长了接还不行吗……

我这边天人交战方酣，那厢已风云突变。

话筒在新娘子手中划出一道漂亮的弧线，自自然然地交到了新郎官周三手中。

就那么自自然然地，交到了周三手中。

我的话筒……

我干笑了两声，哭了。

鼻涕冒泡，透明的……噗一声就炸了。

## （三）

周三结结巴巴地开口了，浓重的云南曲靖普通话，像半生不熟的炒洋芋：

我不知道该说些什么……萱萱刚才说的，全是我想说的……

台下人开始起哄鼓掌，有人站在凳子上喊：三爷，别，今天你是主角，多说几句多说几句，坦白从宽抗拒从严嘎！

周三看看新娘子，新娘子跟着众人一起在鼓掌起哄。他呆萌地咧开嘴笑了会儿，说：

……2005年，我辞了高速公路收费站的工作，和我的兄弟小松一起出去闯荡。我们去了成都，带着吉他，想当歌手，想靠唱歌安身立命，原本以为外面大城市的机会更多，没想到最后连饭都吃不上了。

那个时候我们住在最便宜的违建屋顶层里，每人每天两块钱的生活费，跑了所有酒吧和可以演出的地方，可是别人一听说我们是云南人就再也不联系我们了……

小松说人要坚持梦想，可现实是今天一天都没吃饭了，房东又敲门说房租水电费该交了，拿什么去交……拿梦想还是拿理想交？

最后我们黯然地回到了曲靖，回到曲靖后本来打算去新疆，那里有我喜欢的冬不拉，但小松拦下了我，叫我一起来了丽江。

我们在街头卖唱，被人欺负，被人打……也认识了很多玩音乐的好朋友，比如大松，比如靳松……还有今天的婚礼主持人大冰，那时候我们兄弟伙经常在一起卖唱……

他伸手指指我，我装没看见。

别指我，我不是司仪，我不是主持人……我没有话筒。

周三说：……后来我们攒了点儿钱，开了个小酒吧。谁不想过得好一点儿？谁不想又有爱情，又有理想，又有米饭？可现实……

他沉默了一下，抬起头接着说：有理想的时候没有米饭，有米饭的时候没有了理想和爱情……就这样颠颠倒倒，直到三十多岁，直到我遇到了萱萱……

他抹了一把脸，抹出一脸的泪水，湿漉漉的手掌心。

他呜咽着，重复着说：

我遇到了萱萱……

我终于遇到了萱萱……


新娘子帮他擦眼泪，他躲开伸过来的手，半弯着腰，自己拼命在脸上擦着。

他说：……哎，大家见笑了，我这个人不会说话。

他终究还是没躲过新娘子的手，像个孩子一样被擦拭着脸。

话筒垂在手边，台下的人听不见他们俩的对白，只有同样在舞台上的我听到他呜咽着说：老婆，有了你，我什么都有了，什么都回来了，我要让你过上好日子……


良久，周三恢复了平静，他抱歉地冲台下的众人笑着，说：

我话说不好，我还是用唱的吧，我曾经写了一首歌给萱萱，是写给她的情书……写在她私奔来找我时抵达的前夜……我想再唱一次给她听，顺便也唱给大家听。


顺便？

好吧，顺便。


新郎临时起意要唱歌，吉他立马就送上台了，与会歌手单身的多，乡谣吉他是老婆，不少歌手随身背着吉他，来喝喜酒时也不割舍。

吉他是有了，话筒架找了半天找不到。

话筒架这么专业的设备哪个婚礼现场也不可能预备哦。


大家急着听歌，有人喊着让周三清唱。

清唱？这么大的场地，清唱鬼能听清。

实在是没办法了，周三只好抱着吉他把话筒搁在了脚面上，勉强能收到一点儿声音是一点儿。


有道是时穷节乃见，说时迟那时快，有一个伟岸挺拔的身影一步一个脚印地走上前去，坚毅地攥起了话筒，稳稳地擎到周三嘴边，当起了名副其实的人肉话筒架。

但见此人紧抿双唇，眉宇间凝结着一股似悲似喜的惆怅之气，虽不动声色，却当真是此处无声胜有声。

…………

那个叫大冰的主持人，终于拿到了话筒。


不重要。

不要在乎这个人的忽然出现。

事实上当时也没有人在乎他的出现……

不同年龄、不同血型、不同星座的男男女女皆屏住了呼吸。

女人捧起了心口，男人抱起了肩膀，每一个人都竖起了耳朵，准备聆听那个叫周三的男人，写给他爱人的情书。


他唱：


这二十多年来，我一直在唱歌，唱歌给我的心上人听啊

这个心上人，还不知道在哪里，我一直在寻觅着她


又过了十年，我一直在寻找，没有找到心上人

到处都是高楼大厦，到处都是飞机汽车，压得我喘不过气

现在该如何是好，这世界变化太快了

我没有存款也没有洋房，生活我过得紧张

心爱的姑娘你不要拒绝我，每天都会把歌给你唱
心爱的姑娘你一定等着我，我骑车带你去环游世界
心爱的姑娘你快来我身旁，我的肩膀就是你的依靠
心爱的姑娘虽然我没有车房，我会把我的一切都给你
…………
心爱的姑娘你快来我身旁，我的肩膀就是你的依靠
心爱的姑娘虽然我没有车房，我会把我的一切都给你

这三十多年来，我坚持在唱歌，唱歌给我的心上人听啊
这个心上人，还不知道在哪里
感觉明天就会出现
…………

写于私奔会师前夜的一首歌，很好听的一首歌。
我记不得新娘子听歌时候的反应，因为看不清。
潮湿的水汽蒙住了双眼，眼底心底的渠堤被掘开一道豁口，清清亮亮的水静静地往外流。
真丢人，流泪的话筒架。

好吧，那是我有史以来主持得最糟糕的一场婚礼。
那也是我有史以来在婚礼现场听过的最动听的一首歌。
那天婚礼现场去了很多人，数年后，很多人忘记了那场婚礼是我主持的，但很多人记住了这首歌。

这首歌叫《一个歌手的情书》。

## （四）

几年后，同时拥有爱情和米饭的周三把这首歌唱到了 CCTV。

他的云南乡音不改，在一个叫《中国好歌曲》的节目里唱哭了一个叫蔡健雅的导师。

然后除了爱情和米饭，他又收割了理想。

我坐在电视机前起开一瓶啤酒，一边喝，一边跟着合唱。

时而哑然失笑，时而引吭高歌。

酒瓶攥在手心里，好像攥着一只话筒。

镜头扫过观众席，众人或捧着腮沉默，或泪花盈眶，唯独有一个女人笑得满脸灿烂，边笑，边大珠小珠断了线。是的，传说中的羞羞羞又哭又笑满脸冒泡。

一边冒泡，一边还打着拍子。

身为主角，她当然有资格打拍子了。

这封情书本就是写给她的。

## （五）

世人大都是普通人，大都信步漫行在庸常的人生中。

大部分普通人，大都习惯了在周遭旁人林林总总的故事中扮演路人甲。

普通人就只能扮演路人甲吗？普通人就不能遭遇那些传奇的故事、神奇的际遇？

再普通的路人甲，只要敢大胆抢镜，谁说他的主角故事，仅限一场婚礼？

周三和萱萱都是普通人，他们的故事并没有多么感天动地。

不过是一场婚礼、一封情书、一点真心罢了。

不过是两个普通人敢于去同时拥有爱情、米饭、理想而已。

不过是两个路人甲，敢用自己的方式，去出演一幕普通人的传奇。

他们是自己故事的主角，也是编剧，更是自己的观众，所以他们完全不在乎有多少观众，以及……有没有司仪。

我并不觉得我笔下的这个故事有多传奇、多稀奇，我只是讲述，只是举例。

我想讲述的和所讲述的，是最平凡不过的事情……不止是爱情。

这世间哪有什么传奇，所谓的传奇，底色都是平凡的，华彩都是自选的。

所谓传奇，不过是普普通通的人们，把心意化作了行动而已。

《湘雨谣》音符姑娘 ◁

《一个歌手的情书》周三 ◁

普通男人

谁又是容易的呢？谁活着都不容易，每个人。
是啊，世间大多数传奇，
不过是普普通通的人们把心意化作了行动而已……

试玉需烧三日满，辨材须待七年期。

所谓路遥知马力，所谓日久见人心。

人心那么深，总要有些命运的颠沛时光的淘洗，方能读得懂看得清那么一丢丢……我是说，大概齐。

我选择事隔七年后再度记叙他们的故事——

距离周三和萱萱的婚礼，已是七年过去。


# （一）


有一种说法是七年会痒，人会琢磨着翻墙，不想再囿于婚姻。又有一种说法是，人体细胞平均每七年会累积完成一次整体的新陈代谢，某种意义上去戏谑的话，基本已算是个全新的人，怕是会与时俱进、厌旧喜新。……这就尴尬了，你看，作为一个书写者，当初你曾描述过那么动人的爱情，引人向往诱人叹息，但若后来人家当事人分了手离了婚劈了腿变了心拉黑删除一别两清……而你写过的那些白纸黑字的东西还在，那脸打得那叫一个PIAPIA的。所以我每年七夕都烧烤，算子上烤肉、算子旁插香，一边撒孜然面儿一边念名字，成子和豆儿、木头和毛毛、老潘和婷婷、路平和小南京、周三和三嫂……祈祷他们的红绳都能早日换钢丝，情比金坚情感好，既别夹生也别被生活的小火苗慢慢熬焦，总而言之老天保佑，快别出什么幺蛾子。


可是三嫂说，天若遂了人愿，也就不叫天了。

她说：周三早就变了，真的，这些年很多事你都不知道……


我就哆嗦，我确实不知道，我很多年没怎么去过丽江了，话说当年周三参加完《中国好歌曲》后大家就没再怎么见过面儿，只知他爆红了一阵子又忽然销声匿迹，同一茬的参赛者们接代言接广告搞巡演搞公司皆更上了一层楼，唯独他什么动静也没有，依旧开着小酒吧开了小饭店待在丽江挣点儿小钱。

大几年过去，经济大环境不好，酒吧也快倒了饭店也都黄了，也不见他二度出山重新翻红，也就没什么人记得那些短暂的辉煌曾经。

在我的价值观里，这种淡泊未必是件坏事，且一淡就是这么多年，何从说起"早就变了"呢？

难道说，难道指的是……

三嫂说：嗯，是的，周三心里已经有了别的女人！

但她说没事，她已经习惯了，无论如何她都会继续和他生活下去的……虽然已无法像以往那样，拥有他的整颗心。

照三嫂的阐述，一直到她孕期结束前周三都还正常，一切待孕行为也都堪称楷模，无任何异样端倪。

甚至在她刚进产房那会儿还发生过感天动地的事情，一度让她产生了错觉放松了警惕，以为自己真的是唯一。当时有医生按惯例找家属签字，顺便知会，生孩子这事可能会出现一些风险哦，谁也不敢打包票……周三立马哭了，还跪了，真跪，抱着医生的大腿哭得落花流水：

那我不要孩子了，求求你把我老婆还给我吧！

一堆人就赶紧撕巴他，先解救医生，再挡着拦着拖住他绊倒他不让他往手术室里冲：已经开始生了，已经开始生了，你现在这会儿进去也接不走，难不成还要塞回去？

说是生了多久他就哭了多久，三十多岁的老爷们儿，哭得打抽抽，忽伸忽缩的大鼻涕。

三嫂回忆说，她是顺产，啥危险也没发生，就是有点儿累，刚闭上眼睛想歇一会儿，就被冲进来的周三抱得死死的喘不动气，半边脸上糊满了他的眼泪和大鼻涕，凉飕飕的……咸乎乎的，她腻歪坏了，试着支开他好睡一会儿：三爷……你松开，你放手，你先看看孩子去。

周三立马咬牙切齿地说不去，不想去看一个让他老婆遭这么大罪的人，接着边哭边抽抽边咬耳朵，说是想好了，萱萱啊咱们不要孩子了，这辈子我有你就行。

生孩子时没疼哭，生完孩子后反倒被心疼哭了，三嫂当时就号啕了，顺便暗暗发了个誓：多少孩子都给他生！这样的男人哪儿找去？

有道是世事变幻疾如电，几年后她回想起那一幕，冷笑了一声：这样的男人哪儿找的？早知道当时就不陪他哭了，一巴掌把他扇到门外去。

最初的异样是月子后发生的，那时候三嫂刚享受完熊猫待遇，发面馒头一样胖了整整二十斤，据说是情绪若不咯噔还会继续胖下去，可她那会儿咯噔了好几下，这个向来百依百顺的周三开始蠢蠢欲动擅作主张，行径开始离奇。首先是关于钱。

那时候他们还没什么钱，最金贵的家当是周三的几把吉他，平均万把块起，每一把的到来都是反复斟酌后痛下的决心，故而当她忽然发现家里多了套佳能 5D3 相机时殊为震惊，多少？三万六？！商量都不商量就买了发什么神经？吉他你不舍得买你买这个你又不怎么爱摄影？你说啥？啥叫必需？啥叫最重要的事情要用最好的相机去记录？最重要的不是我吗？你天天都能看到我还记什么记？就我这体格起码还能让你再看上个五十年信不信？咱别瞎烧钱玩浪漫行不行？

周三木讷，起初羞涩地嘿嘿嘿，问得急了就低着头不言语，三嫂运了半天气好歹忍了下去，罢了罢了，男人嘛，再大岁数也有玩心，既然喜欢就由他去吧，当是买了个玩具。

想到这玩具如此血贵，三嫂常暗自嗟呀叹息，更叹息的是这台血贵的相机甚少将镜头瞄准她，偶尔被纳入取景器，也不过是一只手半张脸，她还不能有什么意见有什么毛病……

擅作主张这回事，有了第一遭就有第二回，越发令人叹息和警惕。

那时候必须给孩子上户口了，预选的名字里有三嫂特别中意的，但遭到了顽强的对抗抵御。周三那时候在手机里下载了一堆算名字的软件，翻来覆去挨个算分儿，再跑来笨嘴拙舌地和三嫂讲道理，反正三嫂中意一个他否一个，理由只有一个，他算过了，都不是 100 分，又说他千算万算，终于用手机软件算出来一个满分的……

三嫂就冷笑：三爷，结婚的时候你咋说的来着，生孩子那会儿你又是咋个说的来着，现在这是要造反起义了是吧，越来越不把我放在眼里……

话已经很重了，换了之前会果断闭嘴，但如今没有，周三围着她转磨，唠唠叨叨磨她的脾气：要用就用最好的啊，不是满分的名字怎么忍心让孩子用呢？真的不忍心……

磨来磨去，他用几百声不忍心，换来了三嫂的一丝不忍心，算了，随他去吧，这可怜巴巴的样子，看了真是不忍心。头刚一点，户口本就拿出来了。好好好，好样的，原来老早就先斩后奏白纸黑字了，瞒着她而已。

最大的先斩后奏，发生在周三上了节目有了名气后的那个时期。

鉴于那档节目当时的影响力，同一茬的歌者皆借着那块跳板高高蹦起，唯独他停在原地，除了按合同约定参与了几场后续活动，挣了点儿散碎银两，再没了什么动静。

众人起初以为他圣明，谋定而后动大智若愚，推掉了那么多的邀约是为了厚积薄发以待更好的机遇，后来才发觉不对，这家伙等了一年两年啥也没干，所有的机会都躲着，大有一直躲下去的架势，明显是故意的。

一个歌手能被更多人聆听是好事，老躲在家里算怎么回事？三嫂心疼他的自甘埋没，试着和他交交心，为了一次性获取最真实的回答，打开了窗子，把他最心爱的那把吉他悬在半空，然后温柔地回头看着他，一只手捧住耳朵，准备聆听。

当初刚上完节目，就下定了决心了是吧，好的，虽然隐隐约约能猜出来大体原因，但还是希望你亲口说出来。

据说周三那天的回答很感人，他死盯着三嫂的眼睛和手，诚恳坦白了他小部分是因为舍不得一起奋斗的兄弟，大部分是舍不得和老婆分离，他对平平淡淡的生活很满意。

三嫂就笑，手就略微松了一松：大部分是为了我吗？说实话行不行？

那是一把 1967 年产的 MARTIN OM18，所以那天周三给出的最终回答是：也是为了她……

好吧，大部分是为了她！我离不开她啊你知道的，为了她，让我放弃什么都行。

他哀求：老婆你把吉他还给我行不行，除了吉他和她，你让我放弃什么都行……

停了两秒钟，他赶紧亡羊补牢：那个那个，除了吉他和她，还有你！

# （二）

按三嫂的说法，周三心里有了别的女人。

鉴于这个女人身份的特殊性，她只有默默地忍受，大度地接受，不能有任何毛病。

有时候，自我安慰地想一想：嗯，我和她应该在周三心里各占一半吧……

可现实一次次地打碎她的自欺欺人。

最直接的例子就是吉他。

出名后有了一些钱，周三圆了许多吉他梦，他定制了恒温冰箱，心爱的吉他恭请其中：

MARTIN OM45 CUSTOM SHOP，MARTIN D35，S.YAIRI 双头，GIBSON ES-335，SCHECTER CUSTOM SHOP，FENDER MB 61，GIBSON L00 1937，以及那把 1967 年产的 MARTIN OM18……

他有多爱这些吉他呢，他会给这些吉他过生日，搬出来摆成一圈，前面搁上瓜子花生，然后自己坐在小板凳上给其中一把唱生日歌，和它们聊天谈心，诚挚得仿佛一个神经病。

那个专门放吉他的房间被他打扫得一尘不染，是属于他一个人的禁地小宇宙，包括三嫂在内，无人可以涉足其中轻易触碰，更别提弹奏。

……只有一个人例外。

那个人可以随意推开那扇门，再金贵的吉他拖出来就玩，拿起来就丢。紧随其后的周三不吼不叫不哀求，只是把着门框子探进头去，温温柔柔地提醒：

小宝贝，小心哦，别让琴弦划着手手，会疼唔……


真正爱一个人才会无条件包容，是真爱无疑了。

三嫂目睹着这一切，迅速计算着自己、吉他以及这个女人分别在周三心里的比重，然后就觉得气儿喘不上来，就想起产房里他沾在她脸上的鼻涕和眼泪，就觉得脸上和心里忽冷忽热凉飕飕。

她既不能去打周三也不能去砸吉他，更不能去揍那个女性。

这真是个令人惆怅的无解的问题——分走她的爱的那位女性姓周，据说名字100 分，2012 年出生，各种意义上来讲都是她的亲生女儿。


为了陪伴女儿，周三放弃了理想丢掉了前途扔掉了当明星的机遇，七年来胸无大志甘心过气，一门心思地守在女儿身旁寸步不离，生怕错过每一个成长的瞬间。用"宠溺"二字已然是太轻，他对女儿的爱简直就是一种狂热，只要和女儿在一起的时候，那么全世界也就没了别人了，谁他也不聚焦，都不重要，都是虚化了的背景。

起初三嫂还有点儿感动，别的产后妈妈需要熬午夜起三更，她却可以一觉睡到大天明，夜奶也不用她喂，周三把吉他恒温冰箱贡献了一半出来盛奶水，亲力亲喂，完全不在乎他的吉他都带了奶味。

很快她就发觉事情不太对……

貌似不仅仅是在心疼人儿吧，貌似自己除了日间哺乳外，其他一切抱孩子的机会他都给抢了过去。歌手出身的人抱惯了吉他，他用抱古典吉他的抱法抱女儿，稳如云台平衡器，且时时刻刻可以看到眼睛，于是一大一小两个人的表情被调成了同频，女儿咧嘴他就咧嘴女儿瘪嘴他就瘪嘴，女儿牙牙学语，他也就忘记了成年人的发音，咿咿呀呀地和她对话个不停。

于是三嫂常开启自我灵魂拷问，我是谁我在哪我是干嘛的？

……咋感觉没我啥事啊？他们两个聊得那么开心，我这个亲妈根本没办法插进去！

都说诸般情感若分高下次第，母爱排第一，但他们家例外，三嫂再爱孩子也分分给比没了影儿，再没见过这么使不上劲儿的母亲，啥啥都被当爹的给比了下去。

别的不说，单论日常的亲吻，周三就是她的几十倍。

惯例是每次哄睡前都要一下接一下地亲半天脸蛋，也是难为这个男人了，每个吻都轻盈得好似飘落的八重樱，生怕蹭破了女儿的皮儿。早起第二件事也是去亲女儿脸蛋，第一件是刷牙刮胡子，他本来略有微须，如今天天光溜溜的下巴，可凑过去的嘴唇依旧是嘟起来的，要多轻盈有多轻盈，能少蹭着点儿就少蹭着。

关于亲脸蛋，那么腼腆木讷的人，理由找的倒是颇动人，他对三嫂说：女儿很快就长大了呀，很快就青春期叛逆期了啊，就不会乐意让我亲脸了，趁着她还让亲，我得抓紧机会……

三嫂就看看女儿，嗯，是快长大了，都已经 1 岁了。

女儿长牙后，乐得对爸爸的吻给予直接的回应，她可没那么含蓄，爱得很直接，直接用咬的，周三常顶着一脸小牙印爬来爬去，他那时候每天有一部分时间已不是人类，但凡女儿想骑马，立刻变身纯血的，有道是歌手出身的人嗓音条件好，马叫声他学得尤其好，一边马叫一边爬，马耳朵时不常地被咬上一口。

他就问：宝贝，好吃吗？左边的好吃还是右边的好吃？

……唔，都不甜啊，那咱不啃了，爸爸给你买零食去。

零食一买就是一车，父女俩各种藏，柜顶床底花盆中吉他里……那些吉他若有灵魂，应很痛心：早前儿还给我们过生日呢，如今卫龙和旺仔一肚皮，也不怕饼干渣子掉进去，唉，物是人非事事休，今不如昔。

惆怅的也不仅是吉他，常常是女儿吃的时候，周三放哨，想方设法和三嫂打游击，防得三嫂好伤心。

偶尔被逮了现行，惯例是俩人先傻呆呆地看着三嫂，然后周三扑上去，将三嫂的腰牢牢抱紧，一边扭头做警声：快跑啊……

三嫂就一边撕巴一边思索：我是鬼子吗？我是来扫荡的吗？！我怎么混到今天这个地步了？

也不仅仅是买零食，更有罄竹难书的各种玩具，想游泳就办年卡，想轮滑就买最好的，三嫂那会儿看着他给女儿定制的防摔护具，忍不住长叹以息……

你女儿是要去蹚地雷吗？轮滑而已啊，用得着防弹级别的吗？

女儿去上游泳课的前夜他辗转反侧，烦得三嫂差点儿把他从床上踢下去，摸摸他的心脏，跳得怦怦的，说是紧张，怕明天女儿被呛着了，或者游泳圈漏气。

女儿上幼儿园后爱上了画画，周三一次性买回来一千支颜色笔，他抱紧三嫂的脖子捂住她的嘴，不让她找女儿吵吵去：没关系没关系，别骂她别骂她，墙面花了我重新涂乳胶漆……

很快画墙已不过瘾，三嫂有时候掀开周三的T恤，每次都能发现女儿的新作，有时候是喜羊羊有时候是美少女，为了鼓励女儿的创作积极性，他从不吝啬贡献自己的肚皮。

最不吝啬的是时间。

最吝啬的也是时间，朋友喊喝酒吃饭，不好意思，在家陪小公主呢。朋友喊出去商演挣钱，不好意思那样没办法接送小公主上下学。他有个老朋友是写书的，好几年没怎么去丽江了，偶尔路过，想约他喝杯茶见个面，他没来，只派了老婆来，他老婆说女儿今天第一次写作业，他买了一堆的补脑保健品正蹲在书桌旁辅导女儿写一二三。

他那位老朋友就很伤感，认为自己好像没那么重要，他老婆就陪他老朋友一起伤感，说同感同感。

他老朋友就问：那他现在每天早上还给你弹琴唱歌听吗？

他老婆就把滚烫的茶杯往茶桌上用力一拍，水花四溅中，他老婆狞笑着吼道：唱啊！天天弹！

她说：但是每天没唱几句眼睛就拐了弯弯，开头几句在我床头，其余的都是在女儿床边。

唱的都是老歌，无甚新作，那几年应是他最黄金的音乐创作期，却是一首完整的作品也没生出来。早年间他是乐疯子，可以为了做音乐把自己关在房间里一个月不出门丢点粮食给他就行，如今只要小姑娘一声召唤，立马扔掉吉他和耳机蹦出门来。

话说也是稀奇，曾经那么专心的一个人，如今戴着隔音耳机也能感应到门外女儿的轻声慢语。

他常和三嫂感慨，夸女儿的声音好听，原话是，世上竟会有这么动听的声音……

三嫂就踢他，请他认真回忆回忆：谈恋爱那会儿同样的赞美说过了就忘了吗？还以为这句话只专属于我一个人……

到底是秉性难改，一个音乐人难免会奢望自己的孩子也能热爱音乐，既然女儿的声音好听，那如果能唱歌会弹琴该多带劲儿！周三也曾尝试过让女儿爱上吉他，确实是爱了——刚会爬的时候爱爬过去啃琴头，会蹦会跳的时候爱听吉他倒地时的那一声带着回音儿的咕咚。等到终于识字懂事了也抱得动吉他了，却是不爱了，嫌丑，周三一说要教她弹，她也不说话，抱起吉他来一坐，默不作声地哗哗泪流。

末了反倒是她去安慰周三，她爸爸比她还难过还伤心。

两人搂着脖子互相道歉，一个说要不试试吧，一个说不不不是我错了，宝贝啊爸爸以后再也不逼你做任何事情。

于是只做喜欢做的事情，比如拍照。

女儿不怵镜头，很喜欢被拍照，月子里就被养成习惯了，只要逮着空，她爸爸就会端着那斥资三万六千块钱买来的5D3冲着她咔咔咔，几年下来存满了数个硬盘。据三嫂说，如果冲洗出来应该是够环绕地球了。

有几个午夜，她睡梦中醒来，看到周三蹲在电脑前看照片，边看边抹眼泪。

她唬了一跳：怎么了这是？出啥子事情了？

周三就指着屏幕：萱萱你看，多可爱、多好看……

他说，他越看，心里越难受……女儿长得这么好看，将来肯定不知道会有多少男孩追，万一谈恋爱时欺负她怎么办？万一谈了又不结婚怎么办？万一结了婚又不好好对她可怎么得了？

这样的担心他是发过朋友圈的，在女儿生日的时候。

配图是他抓拍的女儿的各种可爱瞬间，配文里他忧心忡忡地咨询该怎么收拾将来对女儿不好的那个浑蛋小子同时又不让女儿伤心……没人回复他，毕竟有些问题吧，谁也没办法提前二十年给出解决方案不是。

唯一给出回应的是三嫂，她回复了一句：请去咨询你的岳父老丈人。

然后伸出一只脚，瞄准了，狠狠地踹向枕边人。

## （三）

很多事情上都想踹他，比如女儿的教育。

孩子小，偶尔犯点儿错，三嫂难免拽过来说说道理，和颜悦色脸也不黑，可周三每每跟过来，紧张万分地盯着她们看，双手捧着心……关键是他老插嘴，简直太烦人：

好了好了，我们以后不这样了对不对，我们最乖了对不对，我们给妈妈道歉了好不好，我们现在去玩儿了好不好……

三嫂私下里严肃地和他探讨过这一问题，疼归疼，宠溺坏了将来可得了？骂不得说不得的，万一惯成个倔脾气，也像我当年那样去私奔怎么办？你想过没有！

周三就低着头不吭气，半晌憋出一句：我已经没让她满 100 分了，不忍心再让她挨骂了……

于是三嫂也就泄了气，既想踹他，又懒得踹他了。

所谓的没满 100 分，是指眼睛。

女儿在两三岁时发现了视力有轻微问题，谈不上严重，可矫正的那种，周三却吓坏了，满世界打听哪里的医院治疗眼睛最权威，然后拽着老婆带着女儿各种飞。小孩子懵懵懂懂只觉得好玩儿，又坐火车又坐飞机又玩看医生的游戏，并不知道反复检查确定了那小毛病是遗传问题后，她爸爸站在诊室门外发了很久的傻，呆若木鸡。

他自责得很，觉得没能把最好的给女儿，于是越发地心疼，在他心里好像没有及格这个概念，不满100分就是0，抑制不住地愧疚。

女儿一点点长大，很奇特地并没被惯得骄纵，被爱大的孩子自有其独特的温柔，可能是从小就没被人吼过，她和谁说话都温温柔柔的，像极了她爸爸的音调。三嫂偶尔也会遗憾，自己那风风火火的脾性咋一点儿都没继承？所以说先天的基因还真干不过后天的环境……

她唯一的期望就是女儿别继承周三越来越软的性格，嫁给他之前知道他心软，生了孩子才知道他心原来那么软，生了孩子参加了节目有了名气后才知道他不仅是心软，眼睛和耳朵一个比一个软。

按三嫂的讲述，那时候总算是挣到些钱，本可以更多，奈何他急于回云南陪女儿，一个接一个地谢绝了商演。但旁人并不晓得这一切，只道是出头了暴富了，于是蜂拥而至分浮财。

起初的几个人五千八千借到手，接下来的就敢三万五万，很快就有人张嘴要借十几万，理直气壮得很，哎你们挣钱那么容易，十几万不是小钱嘛。

周三早年当歌手前是个公路收费站的收费员，当年的同事也找了过来，一把搞走了几十万，说是要开店，希望周三拉他一把。自然是血本无归，周三没说啥，反倒继续拿钱帮那人还信用卡，问他就说一起苦过，不忍心自己过好了，当年的兄弟还苦着。

三嫂说：兄弟果然没苦着，后来又拿走了钱开了第二家店，顺便还拿了字号，不出意料，账目和经营都一塌糊涂各种诡异，牵连周三也差点儿摊上官司被人当骗子……有趣的是，字号品牌那人也注册了，用的还是自己的名字，要是要不回来了。

三嫂说，那时候她再想踹周三也狠不下心了，他已经濒临崩溃，不吃不喝不睡觉，把自己关在房间里不停地走来走去，不停地自言自语：我对你那么好，你为什么要骗我，我做错了什么，为什么要这么对我……

他应该是在里面不停地转圈，扭手，揪头发，断断续续的声音传出来：那是我给女儿将来读书的钱哦……那是我给女儿看病的钱啊……为什么……

门关得死死的，声音不大，他怕吓着女儿。

三嫂流着眼泪贴在门上听着，不敢再敲门也不敢离开，敲了门，他又会在里面慌慌张张地解释：老婆你别担心，我没事我很快就好了我垮不了，我在想办法呢，别担心……

让他自己一个人待着吧，在这种雪上加霜的时候。


女儿那时候已被确诊了一种极难治愈的病，每天要吃三顿药，药奇苦，孩子很乖，让吃就吃，不哭不闹，她悄悄问过妈妈：是不是乖乖吃完，我就又会变漂亮了？爸爸也就不会老是偷偷哭了，对吗？

她问爸爸：爸爸你看我多厉害，一口就把药吃掉了，我是不是很乖啊爸爸，你是不是更爱我了？

她问：好爸爸，我怎么样才能让你一直高兴？我去学吉他好不好？就用你给我做的那把吉他好不好？


她挣脱拥抱往里屋跑。奇怪哦，她惊呼，很多吉他都不见了。

是卖了吗？为什么要卖？爸爸你不是最喜欢你的吉他吗？

好在爸爸给她定做的那把吉他还在，那把吉他和她同岁，上面刻着她的生日，以及她妈妈的生日，以及两个人的姓名。她记得她问过爸爸的：既然是给我做的吉他，为什么上面也刻上了妈妈的名字呢？

爸爸的回答很简单，听了让人很害羞：

因为爸爸是为了你们活着的啊，你一半，妈妈一半，合起来就是爸爸的整颗心。

看病需要花钱，这是顺理成章的事情，不是没挣到过钱，是没留住钱，且逢窘境。

事实上，虽极难痊愈，但那也不算是一种会危及生命的病，就不在这里提及这个病的名称了，也请勿揣测打听，希望日益发达的医疗科技能早日攻克这个顽疾吧，让小姑娘一直美丽。

身为一个旁人，貌似说出这些宽慰的话没什么压力，但我知道，同样的轻松心态，指望一个爱女成魔的父亲去做到，却是未必……尤其是周三那样一根筋的人。


据我了解到的情况，确诊时，医生私下和周三沟通过，给予了同样的宽慰，告诉他将来会有办法的，让他不必给自己太大的心理负担，但不出意料一点儿用也没有，周三抱着医生大哭，翻来覆去就两句话：
我把现在还剩的所有的钱都给你行不行？
求求你现在就把我女儿治好行不行？


快40岁的一个中年男人，从医院门口哭回到家门口，躲在厨房里捂着嘴哭，哗哗地放着水龙头遮盖哭声。那天晚上他没睡，查了一夜的资料，烟头掐了一地。三嫂那时候坐在他身后，眼睁睁看着他一夜之间白了一半的头发。
和他说什么话他也听不清，眼睛长在了屏幕上，只是机械地神经质地回应一句：
没事的萱萱，有我在呢，没事的……


天亮的时候，他终于转过头来，那时他已筛选好了十几个医院，国内国外的偏方的专家的什么都有，他呆呆地看了一会儿三嫂，轻轻地说：我把琴全都卖掉吧，先把孩子病治好，越早越好……
他扳着指头数，这把琴可以卖多少钱，那把琴可以卖多少钱，数着数着，声音忽然就变了形，眼泪噼里啪啦地掉下来，呻吟似的叹息。

他问：萱萱，我是不是太自私了？早知道会这样我当初就不拒绝那么多演出了，我就可以赚很多很多钱给女儿治病……现在借出去的也要不回来了，我也没办法再赚那么多钱了，没办法了……

他问：萱萱，我是不是特别没用？

他问：我该怎么做啊萱萱，为什么不把这个病转到我身上啊我愿意啊，让我马上去死我也愿意啊，只要你和孩子好好的就行……


2019 年春天的时候，三嫂和我复述起当时的场景。

傻吧，她叹气，他死了我们还能好好的？他脑壳里是不是有乒乓？

她笑，唉，真是傻到家的一个人啊，又不是不能控制的病，只是有点难治愈而已，和那些绝症比起来算啥子嘛，非搞得天塌下来一样，唉，宝气！

她哈哈哈地笑，太傻喽！笨！死心眼儿！臭周三！

笑着笑着，她用手捂住眼睛，泣不成声。


她说她从一开始就知道自己嫁的是个普通人爱的也是个普通人，一点儿也不强大一点儿也不聪明，什么本事也没有什么优点也没有，在一起的时间越久越明白，就是又呆又憨又脆弱又自卑的普普通通的一个人。

……她说她从没有一分一秒认为过自己嫁错了人。


她说那天其实是结婚纪念日，周三应该忘了，于是她也不提，她走过去抱住他的脑袋，听任泪水把她的脸颊搞得湿漉漉的，就像当初在产房里时一样，就像当年在婚礼现场时一样。

她抱了他一会儿后，贴在他的耳畔，开始轻轻哼歌儿给他听：


…………

这二十多年来，我一直在唱歌，唱歌给我的心上人听啊

这个心上人，还不知道在哪里，我一直在寻觅着她

又过了十年，我一直在寻找，没有找到心上人

到处都是高楼大厦，到处都是飞机汽车，压得我喘不过气

现在该如何是好，这世界变化太快了

我没有存款也没有洋房，生活我过得紧张

…………

心爱的姑娘你不要拒绝我，每天都会把歌给你唱

心爱的姑娘你一定等着我，我骑车带你去环游世界

心爱的姑娘你快来我身旁，我的肩膀就是你的依靠

心爱的姑娘虽然我没有车房，我会把我的一切都给你

…………

# （四）

8 年前我 32 岁，那年夏天我曾主持过一对普通人的婚礼。

后来我把他们的婚礼故事记叙了下来，以及他们的爱情，那时候我说——

周三和萱萱都是普通人，他们的故事并没有多么感天动地，不过是一场婚礼、一封情书、一点真心而已。

不过是两个普通人敢于去同时拥有爱情、米饭、理想，不过是两个路人甲敢用自己的方式，去出演一幕普通人的传奇。其实世间大多数传奇，不过是普普通通的人们把心意化作了行动而已……

当下我 40 岁，挺怀念当年的自己，那时候析事析人，视角和口吻自觉不自觉地都挺积极，老想借着捕捉到的那点儿美好去给予人余香，不像如今这般，劝进的话，渐已赧于再提。

不提不意味着价值认知的改变，只不过对于"传奇"和"普通"这两个词的解析，已略不同于往昔。

谁又是容易的呢？谁活着都不容易，每个人。

是啊，世间大多数传奇，不过是普普通通的人们把心意化作了行动而已……
能好好地去活好好地去爱人好好地去当个普通人已经很难了，已经是个传奇。

# （五）

2019 年春天写完了上述文章，一年后的今天再度提笔，坐在 2020 年的晚春
里看看未来，再看看往昔。
一番思量后，增补若干信息。

截至 2020 年春天，女儿的病情尚未痊愈，但几年来一直被控制得很好并未
进一步恶化，这算是个好消息。
听说这些年周三去了很多医院，也去了很多的寺庙磕了很多的长头，三嫂陪
着他一起。听说熟人里不乏嫌他把事情太严重化对待的人，我明白那些人并
无恶意，也明白那些人可能并不明白"女儿"一词，在一个他那样的父亲的
心中的意义。

不太好的消息是，借出去的钱迄今未返，确定是全部打了水漂了。
更不好的消息是，某些层面上，周三和三嫂萱萱的生活并未停止趋于下行，
事实上目前正处于谷底。几周前得到的消息是，酒吧也没了，他们刚从经营
了十年的心血里撤出离去，再见了那块招牌，被迫的。我无法评估此事给他
们带来多大的打击，几十年的家人般的情感忽然变得不值一提，经济上也没
了最后稳定的来源，且人到中年已四十好几，大环境也差强人意……

昨天和三嫂电话聊天，听得人有些心酸，她一迭声地说没事，说这几年接连
发生的事儿已经把周三锻炼得坚强了一点了，现在很少抹眼泪儿了。她说，
周三刚还和她说呢，不行就重新回街头卖唱去，反正当年就是从街头唱起
来的……

我就说：呸！胡说八道！

三嫂也说：对！啊呸！

她操着她那特色的大嗓门吆喝道：个锤子，我当时就给他撅回去了……我跟他说了，实在不行喽咱们就带着孩子回老家，咱种地去。

我：……

三嫂说：莫担心嘛，我们其实现在心态很平和了，仔细想想，这世上那么多人都过得那么苦，我们有吃有喝一家还整整齐齐的，已经算很不错的了……而且还曾经有过点名气，被那么多人喜欢过。

她说：对像我和周三这样的普通人来说，现在也没什么太大的追求，也应付不来那么多复杂的事情，其实走到今天已经算挺好的了，不是吗……

她开玩笑问：大冰哥，我们如果真回家种地去了，你以后还认识我们吗？

我能说啥，说完认得后我挂了电话，从电脑里翻出周三的歌，点上一根烟听着。

除了《一个歌手的情书》，他还有一首歌，叫《以为》，我曾不明白他在脆弱些什么，现在明白一些了。

我以为鸟儿长出了翅膀，就能够飞翔

我以为鱼儿离开了池塘，它还是一个样

我以为还有另外一个地方，和家乡一个样

我以为只要弹琴把歌唱，就有快乐没悲伤

原谅我吧，你谅解我吧，我的心儿永远在你身旁

原谅我吧，你谅解我吧，哪怕一天我也遍体鳞伤

也许一天我会迷失方向，也许开始没人听我歌唱

也许我要学会孤独张望，也许时间会把我们遗忘

…………

原谅我吧，你谅解我吧

…………

他在这首歌里和妻子轻声说话，和她道歉，或许也是说给女儿的。

算一算，他们的女儿今年应该正好 8 岁了，时间跑得那么快，不用几年也就长大了，也就能听得懂这首平平淡淡的歌。那时候的小姑娘会如何去解读爸爸妈妈曾经的故事呢？会不会听懂爸爸的歌？

喂，小姑娘，要心疼爸爸。

此刻我再度点下了播放键，听听这首普通人的歌。

就此画下句号吧。

写那么多又有什么用呢，都在歌里了。

周三和女儿

【文中人的声音】
▷ 周三的女儿两岁半时

《以为》周三 ◁

厦门爱情故事 2007

◇　写完《乖，摸摸头》那本书以后，无数人跑来问我，
2007 年的厦门到底发生了什么？
关于毛毛和木头 2007 年的故事，
我想我可以给我的读者们一个交代了。

（本故事为《乖，摸摸头2.0·木头和毛毛》前传）

向鱼问水，向马问路
向神佛打听我一生的出处

而我呀
我是疼在谁心头的一抔尘土

一尊佛祖，两世糊涂
来世的你呀
如何把今生的我一眼认出

——张子选《藏地诗篇》

# （一）

毛毛不让我喝乌鸡汤。

黄澄澄香喷喷的乌鸡汤，那么大一罐子，你一个人根本喝不了，干吗不让我喝！

毛毛说：偏不让你喝，留着留着……

请给个解释，为什么要留，留给谁？

他犹豫了一会儿，没正面回答我的问题，只是一味地说：留着留着……

留你妹啊留！我端起罐子跑，院子小，几步就跑到了门口。

我在门口水沟旁冲他喊：你知道我的脾气，我可什么都干得出来，分分钟给你倒掉信不信！

他狞笑着说：你给我端回来放好，我保证不打你。

我说：啊呸！别以为我看不见，你另外那只手在背后藏着什么？是大汤勺是吧！

他不接话茬儿，指着桌子说：松茸给你吃好不好？烧驴肉给你吃好不好？全给你吃……只要你把乌鸡汤给我端回来。

提到这个我就气不打一处来：毛毛，我难得来你家蹭顿饭，我守着满桌子的菜咽口水，干坐了半天你都不喊开饭，还用筷子敲我的手！

我说：今天这乌鸡汤我打死也不还给你，我端回小屋喝去，你敢追，我就敢当街倒掉。

他快哭了，他说：大冰……有什么条件你随便提，只要你把乌鸡汤还给我。


这罐乌鸡汤当真就这么重要？

我眼前一亮，抱紧罐子对毛毛说：

我写完《乖，摸摸头》那本书以后，无数人跑来问我，2007 年的厦门到底发生了什么？只要你如实告诉我，我保证完璧归赵。


毛毛丢掉扫帚，说：此话当真？！


# （二）


毛毛要疯了。

他挠着方向盘，心说，这百分百是个女司机！

三分钟了，那辆宝马 X5 堵着车道，怎么也倒不进车位里去，宝马车正好别着后面的小飞度，小飞度里坐着毛毛。

满腔尿意憋不住，一江春水欲东流。


毛毛跳下车，大步走过去啪啪拍车窗。

开门开门，我来倒车！

他拍着车窗，怒气冲冲地叫：开门开门，我来倒车，不用谢我，我不是好人。

车门怯怯地开了，女司机唰地鞠了一躬，怯怯地开口：对不起，我不是故意要挡住你……

毛毛倒吸一口冷气，哎哟，还是个大美女。


2007年初夏的厦门莲花路口停车场，晚9点，老天保佑，两辆车终于都倒进了车位。

大美女说：麻烦你了，点心请你吃……

她端着一小盒点心，客气地递到毛毛鼻子跟前，紧接着她吓了一跳，这个一脸凶相的金链汉子怎么兔子一样跑了？不仅没接点心，还扭头夺命狂奔。

不跑不行，有些滚烫的东西已经自己滋出一点儿来了……

毛毛是个铁血真汉子，流血流汗都不惧，但在美女面前湿裤子是万万不行的。

终究还是晚了一步，冲到洗手间时，裤子终究还是湿了一小片……


干手器的感应不太灵敏，风量也太小，毛毛气急败坏地捧着裤子，等着风干。暖烘烘的氨水味四溢，毛毛穿着三角红内裤，光着大腿。洗手间里的其他人怕怕地望着这个金链汉子，不敢过来洗手，谁过来他瞪谁。他的面相太狰狞了，咬牙切齿目露凶光，腿上黑毛森森，根根竖起。

大美女可怜巴巴的模样让他越想越生气。真想掐死那个开车的美女啊，他心说，歌里唱得真没错，美丽的笨女人……大凡美女都笨，是不是外貌和智商成反比。

毛毛那时并不知道，大美女刚从日本回国，岛国交通依船行旧俗，她习惯了开右舵车。


晚宴迟到了，主人罚完毛毛的酒后，大口地呼吸，咦，毛毛，你今天用的是什么牌子的香水，运动香型的吧？

毛毛阴沉着脸运气，夹着腿……还有一小片水渍没来得及风干，他运用大多数人在幼儿园时期就掌握的一项生存技能来应对……焐干。

焐了整整两个小时，裤子终于干了，晚宴也结束了。毛毛焐得太专心，连面前的海参盅都没吃完。

他失落地去停车场提车，一抬眼就看到那辆宝马 X5，再次气不打一处来。

宝马车正在打火启动，启动了两三次也没启动起来。

不会开车就别开啊！

毛毛实在忍不住了，他横到车前拄起了腰，打算好好说说这个美丽的笨女人。

且慢，车里怎么是两个陌生人？

一男一女，男的埋头打火，女的一脸慌张地盯着毛毛。

那个美丽的笨女人呢？

毛毛不由自主地走上前两步。

脚下咔嚓一声轻响，低头一看，是两个小时前他没接过来的那盒小点心。

# （三）

毛毛终于平静了下来，不平静不行，他饿得没力气了。

他坐在派出所的长椅上，饿得前胸贴后背，不停咽口水。

满腹肠鸣藏不住，一腔酸水向东流。

此时，他脸上多了两道抓痕，T 恤上少了两颗扣子，右手指骨关节处破了一点儿皮。

毛毛跑去问警察：我先去吃碗阳春面，回来再做笔录行不行？

人家瞅瞅他脖子上的金链子，瞪他一眼：万一你跑了呢？事情没搞清楚之前，你还是老实坐着吧。

毛毛怒了！我也是一条小生命好不好？！我万一饿死在你们派出所怎么办？！我打的电话我报的案，凭什么把我当坏蛋？！管你事情搞不得清！我要吃饭！给我饭吃！……

大金链子闪闪亮，几个警察摁住了他这条小生命，但没上铐子，反而给了他一包趣多多。

给他趣多多的，是那个让他老实坐着的小警察。

小警察幽怨地看着他嚼曲奇饼干，幽怨地说：这是我女朋友给我买的……

饼干太干，毛毛噎着了，一边拍胸口，一边随手端过小警察面前的茶水咕嘟了一口。

透明茶水杯里，点心渣子在漂，半天没沉底。小警察越发幽怨，他看看毛毛，再看看杯子，仿佛也被噎着了，半天没喘上气来。

…………

毛毛确实是报案人，在他打跑了那对陌生的男女之后。

如果没踩到那盒小点心，或许他就不会起疑心；如果他没起疑心，就不会走到宝马车后排车窗跟前往里望。

如果毛毛没往后排车窗里望，或许他就不会发现横躺着的大美女。

大美女紧闭着双眼，被捆成了个"粽子"。

如果没发现这只"粽子"，也就不可能发生接下来的这场搏斗。

我的天，那个陌生女人的战斗力惊人，十指尖尖鹰爪铁布衫，招招抠眼。那个男人的战斗力也惊人，上来就揪头发勒脖子，近身肉搏反关节。但是万幸，毛毛圆寸、宽肩，是个货真价实的金链汉子……

那对陌生的男女惨败，头破血流地跑了，毛毛笨手笨脚地给大美女解绳子。

解啊解啊解啊解……满头大汗了也没解开。绳子是死结，一环扣一环，一看就是女人捆的，恨死人了，捆人就捆人，打什么中国结！

他拍大美女的脸：喂，你给我醒醒！
大美女闭着眼睛，没反应。
毛毛接着拍……
接着拍接着拍接着……
不能再拍了，再拍脸就要肿成猪头了。

大美女不知被下了什么药，睡得死去活来，居然还轻轻打着呼噜……毛毛想学电视剧里的桥段，找冷水喷醒她。没有水，没找到。毛毛一着急就爱挠头皮，唰唰唰，头皮屑在狭小的车厢里飞扬。他毕竟是个充满智慧的金链汉子，所以，片刻的犹豫后，他毅然地，开始酝酿口水……

毛毛在派出所里闪亮登场时，吓了所有人一跳。
他肩膀上扛着个大"粽子"，还是个罕见的美女"粽子"，大"粽子"打着呼噜睡得正香，脸上黏糊糊湿漉漉的……

毛毛是开着自己的小飞度来报案的，宝马车他也没能发动起来。
后来在做笔录时他感慨：多亏了宝马变态的操作系统，否则那对男女早就带着车和"粽子"一起窜了。
给他做笔录的正是那个损失了一包趣多多的小警察，他感慨道：是啊，否则后果不堪设想，那女的躺在医院里到现在还没醒……
毛毛嚼着最后一块趣多多，说：是啊……

小警察赞许地看看毛毛，又看看自己的茶杯。
然后，他伸手把自己的茶杯移开了一点点。

# （四）

毛毛当时在夜场上班，不是保安，他那时在某演艺集团任职，也是某演艺酒吧的舞台总监。

停车场事件后的第二天，他正组织演员排练，老板抱着膀子走过来，没好气地说：毛毛，又有女人来找你了。你烦不烦啊，一天到晚招惹女孩。

毛毛那时颇有女人缘。

他当时的形象极为类似孙红雷饰演的黑道反派，虽然乍一看不像个好人……仔细一看还不如乍一看，但在一众小模特儿小演员眼中，是十足的爷们儿范儿。夜场彩蝶飞，欢场粉蝶多，那些女孩子觉得毛毛够野，有安全感，故而时不常一脑袋撞上来飞蛾扑火，扑扇着翅膀。

烧焦过多少女孩的翅膀，毛毛记不得了，只知道隔三岔五就有女孩子跑来抹脖子上吊，要求分手或复合。

这次来的是谁呢？他一边往接待室走，一边哼歌：从 Mary 到 Sunny 和 Ivory，就是不知她的名字……

门一推开，毛毛乐了。

这不是"粽子"吗？！

他问：你本事挺大哦，你是怎么找到我的？

大美女职业套装，越发漂亮，她腰弯成 90 度，深鞠躬，鞠完一个又一个。

她眼泪汪汪地说：您是我的救命恩人啊，我给您添麻烦了。

啪，又是一个深鞠躬。

毛毛怕折寿，跳到一旁躲开大礼。怎么搞的？他心想，这孩子的礼数和日本人似的。

停车场的那晚，大美女锁好车，溜达去 ATM 上取现金，取完钱后没走出两步，被一对夫妻喊停。他们从外地来旅游，半夜迷路找不到酒店，问路的。大美女刚接受完毛毛的憋尿相助，正沉浸在"赠人玫瑰，手有余香"的情怀中，故而很细心地指了路。

那对夫妻很受感动，说厦门真是个文明城市，厦门人就是热情，他们伸过手来致谢，握住大美女的手使劲儿摇晃。起初，大美女有些不好意思，晃着晃着，她就迷迷瞪瞪地什么都不记得了。

依稀记得三个人一起重新回到 ATM 前，还依稀记得一起回了停车场，他们说什么她就照着做什么，傀儡木偶一样……

然后她卡里的钱全被取光，车也被瞄上，最后，人也被觊觎。

被捆绑时，她稍微清醒了一点儿，挣扎了一番，点心盒子拨到了地上。

也不知那对夫妻使了什么方法，她再度迷糊，并沉沉睡着……

幸亏毛毛出现，不然不知她是会被杀被剐，还是被强奸被囚禁被绑架勒索或者被卖器官……（上述受害过程描述来自当事人口述，当年在派出所留有笔录，厦门市筼筜派出所。）


大美女在日本料理店请毛毛吃饭，手藏在桌子底下。她眼泪汪汪地看着毛毛，好像看着一条英年早逝的小生命。毛毛给看毛了，毛毛用筷子指着盐烤秋刀鱼，问：是不是菜点贵了？

大美女慌忙摆手：不是不是，我只是感激你感激得不知如何是好，不知该如何报答你……

毛毛说：打住！

他把筷子插进油滋滋的秋刀鱼里，低头看一眼屈辱的裤子，怒气冲冲地抬头：只要你从此别开车，就是对我最大的报答了。


他说：姑娘，你某些方面也许聪明得像猴，但开车方面你一定笨得像块木头，你见过有木头桩子开车的吗？

木头美女用力点头：对对对，我是块木头，我听你的话，以后我都不开车了。

她举起三根手指对着灯发誓：我听话……我保证！

毛毛心说：我去，这孩子长得这么好看，怎么说起话来呆头呆脑的？

他猜她是个养尊处优惯了的富家女，开好车吃好饭，但接触社会少，应该也没什么正经工作，故而说话孩子气。这类人和毛毛不是一个世界的，他皱眉看着她，心下先存了三分看不起，越看越腻歪极了。

美女呆头呆脑地琢磨了一会儿，龇着牙对毛毛乐，她说：我觉得我很多方面都很像木头耶……

秋刀鱼快凉了，毛毛吃饭时从来懒得多说话，他说：OK，OK，那你以后就改名叫木头得了，你快别说话了，让我吃口东西吧，谢谢哈……

毛毛没想到，她后来真的改名叫了木头。

毛毛也没想到，美女木头从此真的再没开过车。

毛毛也万万没想到，木头的报恩故事，才刚刚发芽。

# （五）

先是送饭。

给毛毛送过饭的女生不少，他倒是没太放在心上，况且救命之恩换几顿饭又能怎么着？

他是单身汉，不擅长开伙做饭，吃送的饭和吃工作餐本没什么区别。

不过，美女木头不知是哪根神经搭错了，送毛毛的永远是日式便当。

也不知她是从哪家日料店订做的便当，粉红的饭盒，菜精巧地拼成图案，铺在米饭上。

第一天是车，豆腐干雕成车窗，鸡蛋车轮，车身是条秋刀鱼。

第二天是车，虾片拼成车窗，牛丸车轮，车身是条秋刀鱼。

第三天还是辆车，胡萝卜车轮，车身还是条秋刀鱼。

…………

秋刀鱼被细心地剔去了皮，柠檬汁提前浸入肉里，滋味着实不错，但连着吃了一个星期后，毛毛觉得自己也都快变身秋刀鱼本尊了，打嗝都是深海的气息。


一周后，毛毛对木头说：求求你别送饭了，我受不起你的秋刀鱼。

木头抱着饭盒冲他笑，说：不要客气，一点儿心意而已，请一定笑纳。

毛毛呵气给她闻：你闻闻你闻闻，我现在喘气都是秋刀鱼味儿，天天秋刀鱼天天秋刀鱼，你还真是块木头，怎么就光记得我爱吃秋刀鱼了呢，早知道那天就点帝王蟹了！

他说：你已经送了一个星期的便当了，心意已经表达得差不多了，行了行了，该干吗干吗去吧。


木头立刻眼泪汪汪了，问：你生气了？

她怯怯地掀开饭盒：那今天的便当你还吃吗……

肉脯车窗，扇贝车轮，秋刀鱼车身。

毛毛叹口气，铁青着脸下筷子，吃药一般。一旁的木头松了口气，乐呵呵地看着他吃，看得饶有兴趣。

她美滋滋地说：看来做的是正确的……

什么正确的？怎么莫名其妙蹦出来这么一句话？毛毛不理睬她，闷头吃饭，吃药一样。


转天还是有便当送来。

门卫说：毛哥，那美女撂下便当就跑，说不敢亲手送给你，不然你会生气。

毛毛掀开便当盖子，眼前一黑，又是车！

菜叶车窗，香肠车轮……毛毛把车身夹起来，尝一尝，蟹肉？

终于不是秋刀鱼了。


连吃了四天蟹肉便当后，毛毛躲在门口逮住了来送饭的木头。

她已连送了十几天便当，打破了之前所有女生的送饭纪录，大家又不是在谈恋爱，这又是何必？

毛毛不耐烦地问她：你到底几个意思？

毛毛说：求求你别再送饭了好吗？


木头紧张地问：啊，不好吃吗？

毛毛懒得沟通，于是点点头，想了想，又重重地点了点头。

她好像很委屈，又开始眼泪汪汪……这姑娘真奇怪，很容易眼泪汪汪，却从没见泪往下淌。

她泪汪汪地站了一会儿，没说什么，也就走了。


接下来四天，木头没再来送便当。

第五天，她又杀回来了。

# （六）

毛毛苦笑，他抱拳说：女侠，你能不能别来找我了？你饶了我行吗？

木头尴尬地站在门口，马上又要眼泪汪汪的表情。

毛毛最见不得她这招，转身要走，她拽住毛毛，猛吸一口气，自己反而别过身去。

毛毛探头看她，哎哟，好厉害，她在调节自己的表情。

真神奇，她像漫画里的机器人一样，一点儿一点儿地调节面部表情，像上发条一样，终于重新拧紧了一脸的笑意。

她转过身来冲毛毛笑，掏包，抖开一件衣服。

针脚缜密，是双行的，款式也蛮新颖，唐装的底子时装的样子，一看就是大品牌的设计，一看就长得很贵的模样。

木头一脸期待地说：毛毛，送你件新衣服，你试试看……

好嘛，不送便当改送衣服了！

一天一个便当或许能忍受，但如若一天一件衣服叫怎么回事？

木头说，停车场那晚毛毛被扯坏了T恤，她有义务送件新的还给他。

掉了两颗扣子而已，至于买件这么贵的衣服还人情吗？这话毛毛不敢说，怕她从此以后天天来送扣子。毛毛不是婆婆妈妈的人，他当机立断套上那件新衣，之后果断脱下来递回去，口中只有一个解释：小了，不合身，送别人吧。

衣服好合身，面料也真舒服，但毛毛心说，这次不论你怎么眼泪汪汪，我也不再心软了。

木头果真又眼泪汪汪了，但她抱着衣服不肯走，眼睛不停地上上下下打量，还绕到背后去弯腰看毛毛的屁股。还没等毛毛开口询问她为什么研究自己的屁股，她抱着衣服噔噔噔地跑了。

也好，总算能清静了。

只清静了四天。

四天后，木头站在门口，怀里还是抱着那款衣服。

她一副很害怕的样子，好像随时要逃跑。

毛毛大步流星地走过去。

她缩起肩膀，倒退了两步，又停止倒退，举起手中的衣服，结结巴巴地冲毛毛喊：

这……这……这次能大一点儿了……

# （七）

毛毛说：木头，咱们做个了断吧，我目前最大的人生愿望就是你能早点儿还完人情，从此别在我面前出现。

木头低着头，不用猜也知道，又是眼泪汪汪。她低声问：我很惹人烦吗？

简洁合体的连衣裙，修长的腿和手臂，桃子一样毛茸茸的脸蛋，粉红的嘴唇……虽然素面朝天，但扔在哪个人堆里都是货真价实的美女，怎么可能惹人烦？

但毛毛说：嗯！烦！

毛毛心说，不嗯不行啊，不然你永远纠缠不清。

你开宝马我开飞度，大家不是一个世界的人。你是富家千金，我是靠自己的打拼好不容易在厦门端上饭碗的金链汉子打工仔，才懒得和你交朋友呢。再说，我毛毛喜欢的是短裙美瞳假睫毛火辣美女，红唇大胸的那种最好，你漂亮归漂亮，漂亮得太水果蔬菜了，而且人又笨，木头一样……

她头垂得更低了，半天才嘟囔一句：真的烦吗？才不信呢……

毛毛问：你嘟囔什么？

毛毛说：这样吧，你去想个主意，不论什么主意，只要能让你一次性还完人情就行。

木头不说话，�’着嘴站在原地抠手指。二十几岁的大姑娘了还抠手指？毛毛看得直打哆嗦。

他把衣服脱下来塞回去，把她撵走了。

她走出去不到十米，泪汪汪地转回头来：衣服是不是又不合身？是不是太肥了？

她说：好好好，我走我走我这就走，你别生气。

…………

好像有个奇怪的规律，每隔四天她都会执着地出现一次，让毛毛的血压升高一次。

毛毛提心吊胆地又等了四天，这次木头终于没出现。

她没出现，但毛毛接到了一个同样让血压噌噌升高的电话。

电话是旅行社打来的，通知毛毛提供户口本、护照、财产证明、个人资料，以方便办理旅行手续。

双人双飞温泉七天度假旅行手续。

款项已预付，目的地日本箱根温泉。

## （八）

毛毛说：去什么日本！还要泡七天？是泡澡还是炖老鸭汤？！

他说：厦门旁边不就是日月谷温泉吗，泡个澡还要去趟日本？我才懒得去呢。木头你的主意太不靠谱，还是按我的主意来吧……你陪我来完这个"六一"，就算是还完人情了，就这么愉快地决定了。

他说：你跟紧点儿，小心一会儿走散。

毛毛举起一只胳膊，振臂高呼：保卫白鹭！……保卫中华白海豚！

他喊：反对PX（二甲苯），保卫厦门！

不是他一个在喊，成千上万的人都在喊。

权力制约的本质不是权力制约权力，而是公民制约权力。

权力被公民制约，这不是权力的耻辱，恰恰是权力的光荣。

2007年6月1日的厦门街头，成千上万的人，成千上万的黄丝带，不是游行，只是集体散步，没有过激行为，只是一场光荣的环保抗争。

毛毛说：木头，你怎么这么紧张？抓得松一点儿好不好？胳膊都快让你拽下来了。

木头委屈：不是你让跟紧点儿的吗？

她应该没经历过这种阵仗，脸都是白的，两只手拽着毛毛的胳膊，跟跟跄跄，小女生一样。

毛毛训她：你看你看，旁人都是T恤衫运动鞋，就你一个穿高跟鞋的，还戴了珍珠项链，还穿了小礼服……你是来相亲的吗？

人太多，挤掉了木头的高跟鞋，她怕被毛毛骂，深一脚浅一脚地跟着走。毛毛走得太快，她开始单腿跳。

毛毛说：你是在学袋鼠吗？

他低头一看，抬头瞪了木头一眼，甩开她的手，掉头回去帮她找鞋。

鞋找到了，人却不见了，乌泱乌泱的人头，毛毛找了一会儿没找到，愤愤地作罢。

几个小时后，人群散去，毛毛在市政府旁的马路牙子上找到了木头，披头散发，半身的鞋印，从裙角到裙腰。木头撇着嘴说：我被人踩了……

珍珠项链也不见了，另外一只高跟鞋也丢了，她光着脚丫。

毛毛把她拖起来，塞进一辆出租车，隔着车窗说：行了，你终于还完人情了，咱俩从此两清了，就此别过。

木头挣扎，脑袋一探出来就被他摁回去，一探出来就被他摁回去。

木头委屈地喊：这次不算……

毛毛扯过安全带，把她捆在座位上。

他嘭的一声把车门摔上，对司机说：师傅，麻烦你把她有多远拉多远。

木头摇下车窗，眼泪汪汪地冲着毛毛招手：那下次见……
毛毛没回头，没应声。
她看见毛毛撒丫子跑了起来，青皮的后脑勺，一闪一闪的大金链子。

# （九）

再见到木头，是四个四天后。

那时毛毛刚刚失业。
他自己倒是无所谓，夜场的工作干得太久，女朋友交得太多，生物钟也太紊乱，正好独自蜗居一段时间，练练哑铃练练吉他，借机休整。

穿着红内裤的毛毛打开门，又嘭的一声关上了。
他隔着门喊：我勒个去！你怎么阴魂不散？

木头轻轻敲门：毛毛毛毛，他们说你好几天没下楼了，失业而已啊，你不要饿着自己，我带了便当给你吃……
又是秋刀鱼吗？又是蟹肉吗？又是车吗？毛毛拉开一点点门缝吼：我跟你说，你别逼我！小心我打你啊知不知道！
他说他打起人来连自己都害怕，所以木头最好还是赶紧跑远一点儿。

木头确实很害怕，一边害怕一边敲门，就是不走。
她说：毛毛，我知道你烦我，但这是最后一次还人情了，我保证是最后一次。
她不仅仅是来送饭的，还送来一份工作。

毛毛那时收入颇丰，他是个抢手的夜场管理人才，不找工作，工作也会找他，本不需要她救济。

不过既然是最后一次，那就遂了你的心愿吧。毛毛刮了胡子，被木头领去面试工作。

毛毛没想到，这个叫木头的笨姑娘能量居然这么强。没有面试，没有入职考核，她直接把毛毛领进环岛路上的一家堂皇森严的大公司，指着一张办公桌，怯怯地说：你以后在这儿上班行不行？

她说：我了解过你之前的工作履历，你是个策划能力很强的人，这份工作你肯定能胜任。

旁边的人七嘴八舌插话：就是就是，你看你看，毛毛先生一表人才，哇，脖子上的金链子还这么粗……一看就很时尚很有品位，咱们公司就缺这种个性人才。

木头一脸红晕地飞走了，两只手捏成小拳头，攥得紧紧的。

毛毛怀着满腹的狐疑，在这家知名公司的企划部办公室里坐下。

木头和毛毛说话总是怯怯的，好奇怪，怎么公司里的其他人见到木头却是小心翼翼的？

同事对毛毛客气得要命，完全不把他当新人。

毛毛揣测，木头貌似是个富家女，说不定这家公司就是她爸爸的，人们是看在小公主的分儿上才对我这么客气的吧……白手起家打天下的苦孩子大都自尊心强，毛毛有点儿后悔应承这份工作了。

他上班不到一天，就跑到部门主管面前嚷着要辞职。

主管客气地字斟句酌：毛毛先生，你就这么走了，总经理面前我不好交代……

毛毛说：你不用交代，让总经理的女儿自己跟总经理交代就好。

他愤愤地说：我靠自己的能力吃饭，不需要富二代的可怜！

主管看毛毛的眼神开始迷离。

他张着嘴，好像看着一只忽然开口说话的南瓜。

…………

总经理没有女儿，总经理就是木头，同时她也是这家公司的股东。

木头不是富二代娇娇女，也没有毛毛想象的那么木头脑袋。宝马车是她自己一分钱一分钱挣出来的，她是普通设计师出身，从厦门拼到了东京，又从东京杀回厦门，一砖一瓦白手起家。


毛毛搞错了。


主管说：毛毛先生您冷静，您您您别挽袖子，我说我说我都说……

主管说：总经理每年一半时间在厦门一半时间在东京，最近她刚从东京回来，一回来就变得好奇怪……

先是卖了宝马车，每天打的士上下班，接着爱上了逛菜场，上班时手里经常拎着两条秋刀鱼，一看就是刚逛完早市……

她还爱上了做饭，专做便当，在公司的小厨房里一待就是一个中午，搞艺术创作一样。

旁人要帮忙，她打死不让，自己搞来钳子钳蟹螯，一丝一缕地抠蟹肉。

她还猫着腰，守着烤箱烤秋刀鱼……

一边烤一边傻笑，笑得旁人骇然。

更骇然的是，她时不时边烤边喊口号：做正确的事！正确地做事！

谁都不知道她喊的是什么意思……


便当一做好，她抱着就跑，也不知是去哪家医院看病号。

一边跑一边傻笑，笑得旁人骇然。

…………

主管说：最奇怪的是，公司主营服装，产品面向国际，招聘门槛向来严，总经理从未直接安插过任何人来上班，毛毛先生你是破天荒头一个。

主管喊：毛毛……毛毛先生您等等，毛毛先生您别跑……

主管整个人都不好了，他拖着哭腔冲着毛毛的背影喊：我可什么都没说……

尾音袅袅，在走廊里飘，拐角处只看见毛毛的大金链子闪了一闪。

# （十）

毛毛说：你还打电话来干什么？说好了是最后一次，你怎么老耍赖皮？

他说：我上了一天班也算上了，你人情还完了，别再和我联系了行吗？你这个姑娘怎么这么烦人！

电话里，木头急急地解释：对不起对不起我又搞砸了，我以为我做的是正确的事。我只是想，如果你能来我公司上班，我就可以每天都看到你……

一句话出口，她下意识地捂住嘴，好似毛毛并非在电话那头，而是正站在面前。

毛毛问：你干吗要每天都看到我？

沉默了一会儿，毛毛问：我发现了，你不只是在报恩，对吧？你……你想和我谈恋爱？

不等木头接话，他紧接着笑了：有病吧你，拉倒吧……

他急急忙忙地说：你知道我是什么样的人吗？你知道我过的是什么样的生活吗？你知道我能在厦门留多久吗？

毛毛觉得心在怦怦跳。

搞什么搞？这个呆头呆脑的笨姑娘干吗要和我谈恋爱？

嘴像水龙头，拧开了就哗哗淌个不停，他说：是的，其实你也没有那么讨厌……之前误会你是个无所事事的富二代，所以总躲着你。可就算你不是个富二代，咱们也不可能在一起啊！鱼找鱼虾找虾，鲸鱼怎么可能爱上海马？

你知书达理年轻有为，人也漂亮，找什么样的男朋友找不到？而我呢……从安徽到福建，我 16 岁起就四海为家，早已经习惯当浪子了。

假设我们在一起，我会迁就你吗？……不会的！

让你来迁就我吗？凭什么要你迁就！凭什么让你一个女人迁就我一个爷们儿？

大家的生活环境不同，生活方式不同，前途和方向也大不相同，所以，谈什么恋爱！拉倒吧……


他说：你快别闹笑话了，挂了挂了，别再给我打电话了。

电话挂断了，咔嚓，木头挂的。


听筒里嘟嘟的忙音，毛毛丢开手机，但怎么也丢不开怦怦的心跳声。

他抄过吉他转移注意力，刚弹了两下琴弦就断了。他跑到厨房打开冰箱找吃的，莫名其妙地拿出来一条冷冻秋刀鱼……不知何故，他只要一恍惚，眼前出现的就是木头那副眼泪汪汪的模样。

秋刀鱼在手里捧了半天，毛毛猛然发觉自己已许久没有谈过恋爱了。

每天光顾着防木头了，貌似自打停车场事件后，他就和之前所有的女朋友中断了联系。

他吓了一跳，罕见罕见！这是为什么呢？

"难道我喜欢上那块又呆又笨的木头了？不对！我身经百战谈过那么多次恋爱，如果喜欢上一个人怎么会自己都不知道？"

他烫手一样把秋刀鱼扔飞，慌慌张张地从厨房跑到卧室，又从卧室跑到客厅。


毛毛本自封情场大灰狼，却莫名其妙地踩上了捕兽夹。

他第一反应自然是挣扎，手机抄起来，短信群发，所有有过瓜葛或有过暧昧的姑娘他全发同一句话：有空没？陪哥吃饭去。

吃完午饭吃晚饭，吃完晚饭吃夜宵……毛毛夜场舞台总监出身，当时手机里存了上百个大长腿姑娘的号码。

饭吃了整整一个星期，姑娘得罪了一大帮。

那些戴着美瞳、抹着小粉唇的姑娘愤愤地摔筷子。毛毛哥，她们挑着眉毛说，什么意思呀？一顿饭吃完都不说话，光知道在那儿抽烟发傻！

她们说：我今天妆化得不好看吗？衣服穿得不漂亮吗？发型做得丢你的人吗？你干吗正眼都不看我一眼？有你这么约会的吗？

也有些脾气好的姑娘默默吃完一顿饭，期待而羞涩地问他：哥，接下来咱们干吗去……

接下来她们通通被卡着脖子塞进了出租车，费解而幽怨地离去。

剩下毛毛一个人，插着兜在厦门夏夜的街头溜达。

一个多星期，木头没有给他打过电话。

之前每隔四天她必来烦他一遭，现在两个四天过去了，她死哪儿去了？

他约姑娘们吃饭时，越发心不在焉，手机攥在手心里，隔一会儿就看一眼。

终究有细心的姑娘心疼他，知他有心事儿，饭后非要送他回家多陪他坐一会儿。那是个极为明艳的姑娘，夜场模特儿，腿长得几乎从肚脐眼就开始分叉，银亮的小裙子勒在大腿根儿，大眼仁大红嘴唇大波浪卷儿。

大波浪卷儿姑娘挽着毛毛往小区里走，一边走一边问：毛哥，我记得以前你挺没皮没脸的哦，逮着空就揩我的油，今天素质怎么这么高了呢？

毛毛不说话，手老老实实地插在裤兜里，闷着头走路。

楼道黑着，用的声控灯，他用力跺脚制造动静。

一脚猛跺，两声大喊。

灯唰地亮了。

木头！

他惊喜地叫：你藏到这儿来了？！

# （十一）

木头脚肿了，毛毛跺的。

她龇牙咧嘴地看着毛毛，又看看挽着毛毛的大波浪卷儿。

脸上的痛意一点点消融，最后一片空白。她看着毛毛，眼里也是空的。

毛毛伸手去拉她，她躲开。

她抱着肩膀低着头，一瘸一拐地冲出去，毛毛跟上，一把抓牢她。

又是眼泪汪汪的，她怎么永远是眼泪汪汪的？

眼泪汪汪的木头挣扎，眼泪汪汪地喊：我懂了，咱们的生活方式确实不同……

毛毛说：你懂个屁！

她边挣扎边喊：松手！你就是嫌我不够漂亮！

木头的力气忽然大得惊人，她挣脱毛毛的手，抢出去两步，又转身回来，把怀里叠得整整齐齐的衣服捅到毛毛胸前，摁在毛毛胸上：毛毛，衣服我给你改好了，如果还不合适，你去找别人改吧……

她说：毛毛，我以后保证不来烦你了，这次真的是最后一次，我发誓。

大颗的眼泪落下，砸在衣服上，烫在毛毛手背上。

木头走了，一瘸一拐地走了。

认识她这么久，看惯了她的泪汪汪，却是第一次看到她泪如雨下。

…………

一直以为这件唐装买自品牌店，原来是她亲自设计，一针一线亲手缝制的。

唐装挂在吊灯上，毛毛站在吊灯下，一看就是一整个晚上。他傻了一样站着，满脑子都是木头落泪时的模样。见过那么多女人的眼泪，为何唯独这个姑娘的眼泪会让人心慌？

他打电话，打不通了，被屏蔽了。

毛毛一夜没睡，天亮后跑到木头的公司门前等她，从日出等到日落，不见踪影。他又等了一天，第三天他撞翻了保安，冲进写字楼。

那个聊过天的主管被他揪住了衬衫领子，紧张得直眨巴眼。

毛毛先生毛毛先生……

他说：有话好说有话好说，马上给马上给！总经理的家庭住址我马上给你。

主管冲着毛毛的背影哭喊：毛毛先生，你说话要算数啊，你要记得啊，我什么都没告诉你……

毛毛在楼前迟疑地停步。

那个没骨气的主管给的地址对吗？

木头不是总经理吗？不是开宝马车吗？怎么会住在这么普通的家属楼里？

毛毛哐哐地砸门，管它呢，管它地址是真是假，砸开门再说。

门开了，一个头发花白的阿姨上下打量着他，最后目光停在金链子上。

她说：孩子，你进来吧，先换一下鞋。

她说：我知道你叫毛毛。

阿姨说：坐，吃不吃水果？哦，不吃，那不吃就不吃吧……孩子，你先别问我木头在哪儿，你先听我给你说说我们家姑娘。

阿姨慢悠悠地说：每个父母都会夸自己家的孩子，但我们家姑娘，真的值得夸……她从小懂事乖巧，很小的时候就开始学着去疼人。每周末去探望奶奶，书包里装满了好吃的，捧到奶奶面前说：这是妈妈让我带给您吃的……

木头生在厦门一个最普通的家庭，客家人最重家庭和睦，她在爱里成长。

从小学开始，每晚爸爸都陪着她一起学习。妈妈坐在一旁打着毛衣，妈妈也教她打毛衣，不停地夸她打得好。母女俩齐心协力给爸爸设计毛衣，一人一只袖子，烦琐复杂的花纹。

爸爸妈妈没当着她的面红过脸，她从小没学会什么是吵架、什么是脏话。

有一个暑假的傍晚，爸爸妈妈在房间里关起门说了很久的话，门推开后，两个人都对木头说：没事没事，爸爸妈妈聊聊天哦……

长大后才知道，原来是有同事带孩子去单位玩儿，小孩子太皮，撞到妈妈的毛衣针上弄瞎了一只眼睛，家里赔了一大笔钱。

这么大的事，爸爸没说妈妈一句重话，却自己跑去干了很久的兼职，筹钱、还钱。


木头的学业是不需要人操心的，她的生长环境单纯，学习起来心无旁骛。

高三那年，爸爸问木头：是不是想考军校啊？当然是了，那是她小时候的梦想，穿上军装那该多帅啊。

体检、考试，折腾了大半年，市里最后只批下一个名额，某领导千金拿到了录取通知书。


木头抱着已经发下来的军装在房间里哭了一整天，妈妈再怎么耐心地劝说都没有用，这是她第一次受伤害，难过得走不出来。妈妈关上门，搂着她的腰，附在耳边悄悄说：不哭了好不好？不然爸爸会自责自己没本事的，咱们不要让他也难过好吗……

木头一下子就止住眼泪了，她去找爸爸，靠在爸爸的肩头说：爸爸，我想明白了，上不了军校没关系，我还可以考大学。

爸爸说：咱们家木头怎么这么懂事儿？

妈妈笑眯眯地说：就是，咱们木头最乖了。

第二年暑假，木头接到了北京服装学院和湖南财经学院的录取通知书。

爸爸妈妈一起送她去北京报到，爸爸专门带了毛衣过去，见人就说：你看，我们家木头从小就会做衣服。

"你确实擅长做衣服！" 2000 年，日本著名设计师佐佐木住江也是这么评价木头的。

那时，木头已大学毕业，在厦门某家公司从事最普通的服装设计师的工作。

普通设计师木头按照著名设计师佐佐木住江的指引，去日本进修培训，费用自己承担。

佐佐木对她说：中国的服装市场不能总是抄袭，必须首先解决人才问题，需要建立亚洲人自己的人体模型。你是个天才设计师，如果肯吃苦，如果肯把生活的重心全放到设计工作上，前途不可限量。

木头去了大阪。深秋淅沥的小雨中，在迷宫般的小巷里找到町京公寓。

她开心地给爸爸打电话，一点儿孤单的感觉都没有，上天厚待她，一切都顺利得无以复加。

她开开心心地去上课，第一堂课老师问了一个问题：正确地做事与做正确的事，你愿意选择哪个？她举手问：只要正确地做事，做的不就是正确的事吗？

老师点点头，说：扫得斯奈（是这样的），这是做事的原则，也是人生的道理啊。

五年的日本生活，木头过得开心极了。

她半工半读，最喜欢在道顿堀街区发传单，可以赚到时薪 1000 日元，又可以看新潮时装美女。挣到钱就去收集日本时尚杂志，《JJ》《MISS》《Mina》……虽然是过期刊物，但专业学习用得着。

第一个 LV（路易威登）的钱包就是在那个时候赚到的，一直用了许多年。

一个中国女生，凭借着自己的天分和打拼，在东京成为一名崭露头角的新锐设计师，有高薪水、有专车，穿着高田贤三（Kenzo）、三宅一生（Issey Miyake），甚至有了为自己定制服装的专属日本师傅。

本可以终生留在日本发展，但她想爸爸妈妈，既然想，那就回国，只有正确地做事，做的才是正确的事，她为自己做出了一个正确的选择。

她把工作的重心一半放回厦门，组建自己国内的公司。

闽南人说：三分靠天命，七分靠打拼。

木头是工作狂人，没有周末，可以为了送展品随时往返日本……短短的时间内，她在国内的事业风生水起。

她离开工作岗位后不善言谈，喜欢独处，没谈过恋爱，没有什么朋友，只有工作伙伴及合作伙伴。但她不寂寞，她住在父母家，进门的世界就是孝敬父母，出门就是工作。

她一直住在父母家，计划着再多挣些钱，买一座大房子，还是和父母住在一起。宝马车也是为了父母才买的，因为他们年纪大了，坐起来舒服。车买来，她却不常开，因为发现自己在国内开车技术太差，担心吓到爸妈……

父母安排她相亲，她不肯去，搂着爸爸的脖子说：不着急的，上天对我一直很好，我将来不会嫁不出去的，让我再多陪你们两年吧，这是我当下最应该正确做好的事情哦。

她对人生是感恩的，她很知足。不要求不索取，生活简单快乐。

直到她遇到毛毛……

阿姨说：毛毛你知道吗？我们从来没有见过木头那么开心，也从没见过她如此难过。

阿姨说：毛毛，你救过木头，你是个好孩子。你们年轻人的事情，我们老人不好多说……不是我夸自己家的孩子，我只是希望你知道，木头是个和你一样好的孩子。

她说：送你的那件唐装，是她目测了你的身材尺寸，我们娘儿俩在台灯下一起动手做的。没错，她是个设计师，也是个客家女人，但从小到大，她只给两个人这样做过衣服，一个是她爸爸，另外一个是你……

我问过木头怎么对你这么上心，木头只说喜欢上毛毛你，是在做一件正确的事。她说她相信只要正确地做事，做的就是正确的事，所谓正确，无外乎上心……

她说：木头已经走了，回日本了。毛毛你也走吧，你没做错什么，是我们家女儿太单纯了，不懂得太过上心，会伤心……

她说：可惜了那件唐装，做了拆，拆了做，听说不是大了就是小了，总不合身……

# （十二）

夏天过去了，秋天过去了。

冬天也快过去了。

2007 年马上就要过去了。

木头从日本回来了。

不回不行，她是公司的总经理，工作可以电话遥控，公司的年终尾牙却无论如何不能缺席。

她问过公司楼下的保安：有没有人每天来楼下等我，戴着大金链子，青着头皮？

答曰没有。

她回到家，仔细地检查门口，地毯下，门缝里。

没有字条没有信，毛都没一根。父母早已接到日本，没人告诉她是否有人再来哐哐敲过门。

她不是没想过再给毛毛打个电话，不是没想过再次走到毛毛家楼下。

终究还是算了，她学着毛毛的口吻对自己说：拉倒吧，闹什么笑话……给自己留点儿自尊吧。


年终尾牙如期举行，同事们见到许久不曾露面的木头，都很欢欣。

没人看得出她心里是恍惚着的，没人知道她刚刚做了决定：从此定居日本，不再回厦门。


舞台上演员在佐餐助兴，一首闽南歌完了是另一首闽南歌。

她想起莲花路停车场初遇时的场景，毛毛拍着车窗，怒气冲冲地叫：开门开门，我来倒车，不用谢我，我不是好人……

她端着红酒杯笑，好凶啊，这家伙，总是凶得人心里一颤，又一软。

就此别过吧，我的金链汉子，我不难过，只是遗憾没能亲口告诉你，你是我真正爱上的第一个人。


开门开门，开门开门，拍车窗的声音不停地在她身旁响起……

回忆如刀，再三把心削，唉，也不知何时方能真正放下……

半天，她才反应过来——当真有人在狂拍宴会厅的大门！


门咣当一声被撞开了，两个抱成一团的人滚了进来，全场骇然，鸦雀无声。

先爬起来的那个是公司企划部的主管。主管一脸紧张地满场打量，最后远远地看着木头打哆嗦，他失声喊道：真的不关我的事，我什么都没说……


一只大手从背后伸过来，主管的脑袋被扒拉到了一旁……

木头站起身来捂着心口，眼泪汪汪地看着那条忽然现身的大汉。

圆寸头泛着青光，大金链闪着金光，还有这身衣裳……

那身衣服她认识，那是她一针一线为他缝制的唐装。

## （十三）

后来呢？！

我追问毛毛：后来你在众目睽睽之下是如何向木头表白的？

他说他当时没表白，他当时只对木头说了一句话：衣服还是不合身，我来找你再帮我改改……

我差点儿把鸡汤罐子摔到毛毛脑袋上！

你个糙老爷们儿！你半年没找人家，一见面就让人家姑娘给你改衣服？

他委屈地喊：我找了啊，拒签了啊，日本领事馆把我撵出去了啊……我等了整整半年，那天本来是想去给她弹琴唱歌表白的，结果一看到她，不知怎么的就说了那句话。

我恨恨地叹气，问毛毛：后来呢？她当真扔下一屋子人给你改衣服去了？

他说：是啊，改衣服去了……去改衣服的路上，我求的婚。

我重新抱紧鸡汤罐子：赶紧说！

毛毛说：木头当时说手头没有针线，让我陪她先去买……我就陪她逛街买针线。路上我鞋带松了，她发现了，自自然然地蹲下来帮我系上……我扭头看看四周，此时此刻这个世界没有人在关注我们，我们不过是两个最普通的男人和女人……

然后呢，别光心理活动，老实交代，你怎么表的白？

毛毛给我装纯，这个曾经的金链花心大灰狼艰难地组织着语言：

……我就伸手捧住她的脸，把她拔了起来，然后亲她，我没闭眼，她也没闭眼……她噼里啪啦地掉眼泪，抱着我的脖子不撒手。我就对她说，木头你别哭，亲都亲了，咱们必须谈恋爱了。

木头用力点头说好，蹭了我一脸眼泪鼻涕。

她又问我，她漂亮吗？我说漂亮，一开始就觉得她漂亮，在我眼里她最漂亮了，其他女的都是狗屎。她就闭上眼睛，说让我再亲亲她……

我牙酸倒了，我咂嘴。

……毛毛，你们俩年纪加一起都快六七十岁了，怎么玛丽苏得一塌糊涂？

后来呢，后来木头又给毛毛系过一次鞋带，然后他们结婚了，2009年结的。

再后来呢，两个人各自打理着自己的工作，各自经济独立，又共同创出了一些事业。

他们在全国各地开了好几家服装店，取名"木头马尾"，每年这里住几个月，那里住几个月。

木头挖掘出了毛毛的商业天分，毛毛培养出了木头的旅游兴趣。他们经常开着车全国各地自驾游，半年工作，半年旅行。毛毛后备厢里永远搁着吉他，副驾驶座上坐着老婆，身上穿的衣服永远都是老婆亲手给他做的……

好了毛毛，后来的事我都知道了，关于你和木头2007年的故事，我想我可以给我的读者们一个交代了。

我言而有信，乌鸡汤还给你……

且慢！

我把罐子重新抱紧，高声嚷嚷：你还没告诉我为什么这罐鸡汤这么重要，为什么打死不让我先喝？

他比出一根手指竖在嘴边，嘘嘘地让我小点儿声。

他扭头看一眼卧房，又低头看看手表，压低声音说：……小点儿声，别叫唤，她午睡快醒了，乌鸡汤马上就能喝了。

毛毛的目光开始变得柔软，他慢慢地开口说：
我们年纪都大了，一直想要个孩子……木头前段时间摔了一跤，孩子没保住，大夫说有可能以后希望也不大了。我对木头说，哭什么哭，没了孩子不是还有我吗？下半辈子不管有没有孩子，你都有我……

他伸手探探菜的温度，说：她现在身体弱，需要滋补……其实我做菜的手艺一般，也就汤炖得还算不错，木头也爱喝。我这个人没什么优点，也就每天这一罐汤了……

毛毛忽然严肃起来，他比出一根手指，威胁道：
木头是我老婆，我的！所以每一罐汤，第一口都必须让我老婆先喝！

（本故事为《乖，摸摸头 2.0·木头和毛毛》前传）

毛毛和木头

【文中人的声音】

▷ 毛毛和木头结婚十周年纪念日对话

《淡歌》阳朔小屋·陈蠢子 ◁

玩儿鲨鱼的女人

◇ 她说：你知道吗？走遍了大半个地球，
才明白这两个字多么弥足珍贵。
我问是哪两个字。
她轻轻地说：担心。

你敢拿根棍儿去戳醒印尼巨蜥科莫多龙吗？

你敢在金塔纳罗奥淋上半个月的雨水，等待美洲鳄吗？

你敢坐着导航失灵的船漂在龙卷风肆虐的巴拿马海域，三次被雷劈吗？

你敢擎着两只冰镐高原攀冰，在四川阿坝州双桥沟挑战 WI4 高原冰瀑吗？

你敢在南美海域自由潜，用渔枪捕猎海底十大毒物之一的狮子鱼吗？

你敢冒着被顶翻船的危险，去拍摄求偶期的大翅鲸吗？

你敢潜入海底贴身拍摄牛鲨、虎鲨、大白鲨吗？

你敢潜入海底零距离拍摄大青鲨吗？

你敢摸着两头护士鲨哄它们睡觉吗？

…………

以上种种，我也不敢，我还没活够，对这个世界尚有留恋。

但我的朋友小芸豆敢，据她说，她之所以敢，是基于对这个世界的无限热爱。


每个人拥抱这个世界的方式不同，小芸豆的方式是在极致的冒险中去刺探和体验。这么极端的方式当然不具备广普性，也不应被效仿，但也不能就说是错的……毕竟人家亡命归亡命，却是有技术有本事，且花的都是自己挣来的钱。

话说，从南极到北极，从荒漠到深海到珠峰之巅，她敢过的事情，远不止上述那些。

你永远猜不到她的下一个计划是什么，只知道不论多疯狂多惊悚，她总能活着回来。

这样的女生难免会给人一种三头六臂感，但奇妙的是，如若你有机会和她坐下来一起喝个扎啤吃个烧烤吃个大排面聊聊天扯扯淡什么的，你会发现她本人普通极了，和你大姑家的小表妹或二舅家的大表姐区别不大……除了酒量大，以及胆子大。

## （一）

小芸豆的胆子有多大？

很久以来我对她的评价只有一句话：姑娘，你真是条汉子！

有一遭她去北欧旅行，打电话回来和我聊天，气喘吁吁的，令人浮想联翩。
我问她是不是正在为爱鼓掌，若是的话希望她礼貌地挂断电话。她操着温州话骂我，BBBB了半天……然后气喘吁吁地喊：老娘刚捉了个强盗！打电话来和你分享一下！

小芸豆在挪威首都奥斯陆问路，找海盗博物馆。
白天的奥斯陆荒凉得好比大城乡接合部，好不容易遇到一个穿着帽衫的小伙子，又高又帅，还很热情。小伙子热情地指了路，又关心地询问了小芸豆的国籍、星座、行程，以及是不是一个人来玩儿的……
然后，小伙子掏出一把小折刀，热情地抵在小芸豆的喉咙上。

小强盗拿走了小芸豆的包包，临走的时候两个人还客气地互道再见。
作为一个蹚过大半个地球的资深冒险家，小芸豆懂得明哲保身有多重要，反正包里也没什么钱，就当是赈灾了吧。
但走出几步后，她猛地一刹车！
不对，我相机的存储卡还在包里呢！

钱可以不要，几千张世界各地的照片不能不要。她张开双臂转身狂追，火影忍者一样。
一边跑一边喊：包！包！包！包！包！
人一着急，喊的当然不是英语，小强盗停下来看了她一会儿，然后夺命狂奔，撞了鬼一样。

◀ 313

小芸豆是温州人，温州人管包不叫"bāo"，叫作"bō"。

"bō"连续发音的效果，你自行脑补一下。

两个人一前一后冲过街道冲过小巷翻过围墙跳过栅栏……

小芸豆给我打电话分享战绩时，小强盗也在，他趴在地上，小芸豆的脚踩在他脑袋上。

小芸豆让我和他打个招呼，我英语不好，半天才憋出来一句：How are you？

话一出口，我就后悔了，这句话说得太不人道了。

3月的北欧积雪未消，他的脸一定很凉……他一定很后悔招惹这个娇小的中国小姑娘。

真想和这位外国朋友好好普及一下南拳哦……

南拳，擅长短手连打，以小打大、以巧制拙、以快打慢、稳马硬桥、以声助威。温州南拳的精髓更是力从根起，势势相连。小强盗一定不知道，这个边吆喝边揍他的小姑娘，还是个温州南拳推马高手。

他一定也不知道，这个小姑娘除了传统武术还练过拳击和柔道，以及兵刃，练拳舞剑的镜头上过CCTV的频道宣传片……

警察赶到时，小强盗的脸已经快被冻在地面上了，眼泪鼻涕流了一地，结了冰。

勇斗挪威强盗的事迹和图片，小芸豆当天就发了朋友圈，过了一段时间，她又删了。

我问她：这么珍贵的资料干吗要删？

半天，对话框里才蹦出来一条回复：怕有人会担心。

怕谁担心？你这个品种的人类也有会怕的事情？

她没回复我，这丫头片子不知又跑到了地球的哪个角落，忙着折腾生命热爱世界。

（二）

小芸豆胆大，胆大心细人好。

她的胸和她的胆子一样大，她的腰和她的心一样细，她的皮肤和她的人一样好。

和她相处是件愉悦的事，她朋友虽多，却很懂得照顾别人的感受，大家都爱她。

有一次我路过上海，找她小聚，一堆人在上海一号唱 K。

有个北京来的姑娘闷闷不乐，她搂着那姑娘的脖子安慰了半天，又把我喊过去，说：大冰是个婚恋情感作家，懂很多人生道理，让他开导开导你。

我慌忙逃，呸啊！我一个堂堂正正的说书人，鬼才是婚恋情感作家呢，搞得我像个鸡汤段子手似的。

没逃得了，小芸豆力气大，掐着我脖颈儿把我给提溜回来了。

那个漂亮姑娘面临的问题司空见惯，和男朋友性格不合，生活方式不合，相处得越来越不合，她不知如何是好了。她一脸期待地看着我，等着我指点迷津。我既不认识这个姑娘也不认识她的男朋友，我能给她出什么主意？我抿着嘴不说话……

见我不肯相助，小芸豆的手掐在我脖子上，收得越来越紧。

她常年攀岩攀冰，手劲儿忒大了，脖子快断了，颈椎嘎嘣嘎嘣。

我只好胡诌道：这个这个……女人看男人，一般先看他的社会属性，男人看女人，一般先看她的自然属性……但如果完全按照这两种属性来处理男女关系，势必反受其害。同理，若两种属性之间出现了难以调和的矛盾，缘分也是难免早尽……

我自己都没明白我胡诌了些什么，但那个姑娘眼睛一亮点点头，说她明白了。

明白什么了？我什么也没说啊！

…………

几个月后在网上看到了那姑娘的照片，以及和某位当时风头无二的国民老公分手的消息。

我郑重声明：我什么也没说和我没任何关系不许微博骂我也不许跑来找我咨询同类问题。我给小芸豆打电话：搞什么搞？干吗当时不把人家的背景给我说清楚！

小芸豆奇怪地反问：干吗要说背景？管她是什么背景，她当时都只是个需要人关心的小姑娘而已。

小芸豆说：你是我朋友，她也是我朋友，朋友就是朋友，理应互相关心、互相担心，和背景没关系。

我觉得小芸豆说得很有道理！

我再次郑重声明：我什么也没说和我没任何关系不许微博骂我也不许跑来咨询同类问题。

# （三）

小芸豆是个称职的朋友，是个很乐于分享的人，她常年环球，每到一个地方都会给我发照片。我有几年俗务缠身，没太多机会踏出国门，她专门拍些罕见的美景给我看：北极圈的剑芒极光，南极大陆的活 QQ，东非草原的撒尿大象，汤加 15 米长的鲸鱼，东京涩谷的性感少女，马丘比丘的旭日阳光……有段时间，我这台电脑的屏保图片每隔几天就换一张。

她人物拍得也不错，我最喜欢她拍的一组孩子的照片。

她那时给国内某个山区小学筹备图书馆，每年定期亲自背书进山，连续背了5 年……

其实小芸豆最擅长的还是潜水拍摄，她基本上拍遍了大半个地球，全中国拍鲨鱼拍鲸鱼数她拍得最多最好，也最近。她没被鲨鱼给吃了，没被鲸鱼的尾巴给拍死，真是个奇迹……

总的来说，她是个"五毒俱全"的女人：独立的处世观价值观，独立的判断
思辨能力，独特的人格魅力，独特的生活方式，以及很爱读书。

我曾不止一次跟人说过，不夸张地讲，小芸豆若有一天提笔写书描述自己的
经历，基本可以给中国当下的旅行攻略文学画个句号了。我劝她写书，她和
我打哈哈。她说：我的旅行不过是我个人的生命体验而已，我还这么年轻，
有什么资格这么早就来总结人生？这是对我自己不负责任，对读者也不负责，
万一误导了大家怎么办？

她说，将来再说吧，四十不惑后再写吧。

我说：小芸豆你看，那么多比你还要年轻的人跑了一趟欧洲、美洲，去了几
次尼泊尔、印度、东南亚，就能写出连篇累牍的人生感言，也没见有几个读
者跳出来骂他们一瓶子不满半瓶子晃荡啊，虽然无营养，但也无害啊……

她说：他们写他们的，关你屁事？关我屁事？

她横我一眼，凶巴巴地说：大冰，你把安全带扣上，安全第一。

说这段话时，我们在上海，刚在地摊儿边吃完小烧烤，她开车送我回住处。
刚吃完东西就扣安全带，太勒得慌。我说算了吧，总共两三公里的路，用得
着吗？

她不依，我不扣她就不开车。她皱着眉头说：把安全带扣上，安全第一！

我扣上，又偷偷松开，她嘎吱一声在路边刹住车，弯曲手指关节，往我脑袋
上栗凿。

干吗这么凶，至于吗？一根安全带而已啊。

小芸豆认真地说：不系安全带，万一出车祸，你死了怎么办？

午夜的上海马路荒凉，半天才慢悠悠地驶过一辆出租车，怎么看也不像车祸
现场。

我说：小芸豆，你不是出了名的亡命吗？你担的这是哪门子心啊？

我开玩笑说：反正你朋友那么多，又不缺我一个，死就死了呗……

我说：行了赶紧开车吧，别担心了。

我喊：小芸豆，小芸豆……小芸豆，好端端的，你发什么呆？

我吓了一跳，小芸豆，你怎么哭了？

小芸豆头抵在方向盘上，泪珠儿顺着尖尖的下巴往下淌。一滴，两滴，扑簌有声。

从没见过她这副模样，我傻了，我说错什么了吗？

小芸豆，如果我说错话了我道歉，你别哭了好吗？你吓着我了。

喂喂喂，小芸豆，你怎么不说话？

良久，她才开口：大冰，你问过我为什么要删掉挪威的那条朋友圈信息，我回复过你，怕有人会担心……

她说，她删掉那条朋友圈信息时，人在火葬场。

## （四）

小芸豆慌着一颗心，从北欧挪威飞到中国广西，广西南宁火葬场。

左数第一个房间是个老人，第二个房间还是个老人，第三个房间是个年轻的80后。

他是小芸豆的朋友，潜水伙伴，潜友。

冰柜上放着透明塑料杯，半杯白酒。旁边的人说：小芸豆，他一直念叨着要和你再喝一次酒，看来没机会了……小芸豆不作声，也没哭，机械地端起酒杯，啜了啜。

第一次见他穿正装，西装笔挺的，看起来胖了点儿……是泡肿了。

听说水太深，压力太大，内脏全压坏了不停地涌血，出水后只能把喉咙切开，把里面掏空，怪不得领结扎那么高。

绕着冰柜走一圈，他睡得安详，化了妆，口红有点儿不匀，脸上隐约有水珠渗出。

小芸豆伸手敲敲冰柜……她也不知道自己这个动作是什么意思，好像是在催他快点儿起床。鼻涕和眼泪毫无预兆地忽然间淌了出来。特别难受，从未有过的难受。小芸豆整个人趴到了冰柜上大声地问：到底怎么回事，怎么这么不小心？你不是个洞潜高手吗？那个洞又不是第一次下……为什么下那么深？到底什么原因？

他开始变得模糊，小芸豆用力地抹去眼泪，他清晰了又模糊，模糊了又清晰。

屋子里有音乐，不知是谁的手机，他最喜欢的乐队是"美好药店"，是一首《奇物葬礼》。

奇物笼眼前，孤魂空长怨，苍生无丽卷，问谁送我还。

小芸豆浑浑噩噩地挪着脚步，跟着他。他的遗体被推去告别厅，小芸豆跟在后面，看着人们忙前顾后地换照片，换挽联，稀里糊涂地听着不知道谁在讲话，稀里糊涂地，告别会结束了。当工作人员要把他的灵床推出去时，小芸豆回神了，扑上去扒开众人要看他最后一眼。

工作人员拦住她，喊：眼泪不要滴在遗体上！请让逝者安息。

她蹲在火化室边上哭，四处弥漫着诡异呛鼻的气味。

一位脸生的朋友走来问：你就是小芸豆吧……

那个陌生的朋友说：我也是他潜水时的朋友，他常和我们提起你，夸你人好……还说你这个小妹妹最淘气，总是让人担心。

那个人拍了拍小芸豆的肩膀，轻声说：安全第一，别再让人担心。

## （五）

小芸豆和他在迈阿密认识，一起学习 CCR（密闭式循环呼吸器）。
他们是志趣相投的潜友，要好的玩伴。

他是洛南人，性平和，极爱笑，笑声很有特点，一笑眼睛弯成一道缝。10
多年前从农村来深圳打工，从销售做起，搏出来十几家连锁店。他和小芸豆
一样热爱生活，他爱玩滑板，爱滑雪，爱探洞，爱潜水，是 WUD（国内技
术潜水组织）的资深成员。2014 年，他的洞潜深度刷新过中国纪录。

他还是个很会照顾朋友的人。
一帮朋友去南美旅行，小芸豆喝开心了，在古巴的大街小巷里打着赤脚疯跑，
边跑边开心地唱歌。凋零的巴洛克建筑群，潮湿腥咸的海风，一个东方女孩
旋转着疯笑……
小芸豆跑累了，一屁股坐在石板路上，身后颠儿颠儿赶来一头大汗的他，手
里拎着小芸豆的高跟鞋。他见她没有被车撞死，很欣慰地呼出一口气，像个
父亲。

他们一起去墨西哥考洞穴潜水执照。
墨西哥乱，当时的新闻刚刚报道发现了 49 具无头尸。他担心小芸豆的安全，
晚上出门时保镖一样护卫在畔。
小芸豆漂亮，路遇的当地人吹着口哨调戏她，以为她不懂西班牙语，他清楚
小芸豆的战斗力，却在小芸豆脾气暴发前把她死拖活拽地拉走。小芸豆给他
黑脸，他傻笑以对，说：姑娘，闯荡江湖，安全第一。

他喜欢小芸豆，兄长式的喜欢，常说：如果我有个你这样的妹妹就好了，又懂事又漂亮又有本事，就是有时候有点儿疯……

其实他疯起来一点儿也不亚于小芸豆。有段时间，他在斯里兰卡的YALA（雅拉国家公园）拍摄金钱豹，住在野生动物园区的空地上。湿气重，他们几个老爷们儿住吊床上摇摇晃晃，身旁燃着驱虫的树叶，各种款式的虫子嗡嗡地飞。

小芸豆去斯里兰卡潜水，顺路去找他喝酒。他高兴坏了，把《妹妹来看我》的歌词改成"小芸豆来看我"，逗坏了每一个人。

小芸豆你要来看我，请你不要走路来；路上的坎坷多，我怕崴着小芸豆的脚；

小芸豆你要来看我，请你不要坐车来；车上的流氓多，我怕小芸豆被人摸；

小芸豆你要来看我，千万不要走水路；船上的风浪大，我怕小芸豆掉下了河；

小芸豆你要来看我，千万不要坐飞机；飞机上老外多，我怕把小芸豆拐出国……

他拎着酒瓶子又唱又跳，舞神上身，吓得夜栖的动物扑棱棱地飞，人们费半天的劲儿，把他捆在了吊床上。

他的确是喝高了，趴吊床上自己晃，荡秋千一样，开开心心地唱了一晚上。

第二天起来，他奇怪地问众人：咦，我怎么被绑上了？咦，你们怎么都是黑眼圈？

小芸豆给大家带来了好运气，小芸豆一来，金钱豹就交配了。

园区向导说5年来只看到过两回金钱豹交配，这么珍贵的画面赶紧拍下来啊！

小芸豆的镜头不够长，听着旁边咔嚓咔嚓的快门声，她急坏了，抢过他的相机猛拍。他让着小芸豆，像个被抢了玩具的哥哥一样，在一旁眼巴巴地看着。

他伸过脑袋来眼馋，小芸豆吼他：闪开，你挡着我镜头了！

她一个侧踢，他飞了出去。小芸豆光顾着拍照，不知不觉离得太近，他揉着屁股跑回来，把小芸豆往后拖回来一点点，压低声音道：安全第一，安全第一……

远处的金钱豹支棱起耳朵，少顷，换了个姿势。

…………

小芸豆离开斯里兰卡时带走了那部相机的存储卡，她带着满卡的金钱豹照片满世界游荡，一直到了北欧的挪威，差点儿丢了，又迅速抢回。

小芸豆并不知道，斯里兰卡之行，会是他们最后一次相见，那些照片，是他们最后的共同回忆。

…………

广西都安大兴九墩北洞穴。

水深 120 米，8/70 主气瓶，气体剩余 0。

HALCYON H75 一级头因为强烈碰撞外壳损坏，并卡有大量岩石。

这是一次意外，那个兄长一般善待过她的男人停止了呼吸。

34 岁，正是壮年。

# （六）

上海的午夜静悄悄，路灯昏黄。

我陪小芸豆坐在车里，一包面巾纸用完，又是一包。我劝小芸豆：小芸豆，我理解你的心情，我也曾经历过类似的情形，雪山上、峡谷里，要好的玩伴殒命……

她摇头，泪水甩在车窗上，清晰的点点水印。

他不是玩伴！她哭着说，他怎么可能仅仅是个玩伴……

她泪眼婆娑地看着窗外，猛吸一口气：

如果他只是个玩伴，那我早就已经死掉了。

# （七）

小芸豆本应死在红海，那是一次深海潜拍之旅。

他们三五个人在北非的苏丹上船，情绪高昂，满怀期待，毕竟这条潜水线路第一次有中国人来。上了船后才发现潜水船条件较差，气瓶密封圈有些老化。船已出港，开弓没有回头箭，况且，瑰丽的红海海底，可以拍出那么多惊艳的照片。大家都是热爱冒险的人，认真开完了安全会议后，决定不推翻原计划。

第一天没事，第二天也没事。是啊，哪有那么高的危险概率！只要下水前检查好装备，怎么会那么容易出事故？小芸豆那时候注意力全在拍照上，每次出水后，她都恼怒地喊：你过来看看，你老是离我那么近，老是破坏我的构图画面！
他在一旁呵呵傻笑，不辩解，任她发脾气，他让着她。

事故发生在第三天。
第三天，小芸豆扑通一声跳下水，轻车熟路地下潜到 30 米处拍照。正拍得兴起，突然听到一阵异响，紧接着声音越变越大。小芸豆心一揪，马上抬头，头顶上全是泡泡，越来越多、越来越密，沸水一样。
坏了，背后的气瓶出问题了，该死！下水前忘记检查了。

水深 30 米处爆瓶是件恐怖的事情，按照这个速度，很快就会没气！
她下意识地去看气压表，心里更慌了——完了！不出意料的话，不到半分钟气瓶就会空。
原本瑰丽的红海骤然变得恐怖，安静得像一座巨大的坟墓，等待着将她吞噬、消化，永远的幽闭。

小芸豆心一横，豁出去了！吸完这最后一口气，做紧急上升！

不紧急上升一定会死，紧急上升一定会得减压病，严重的减压病一定会死，但起码不会这么快……两害相权取其轻，她用力吐出肺里的气，准备上升。

她一边吐一边慌，如果我坚持不到水面怎么办？还是会死！

但不吐气又不行，上升过程中由于深度变化，水压会变小，不吐气的话肺会膨胀爆炸……依然是个死！

就在这时，小芸豆用右眼余光看到一个身影，还没等她从慌张中反应过来，胳膊被人拽住了，一只呼吸器恶狠狠地塞进她嘴里。

小芸豆一下子就不慌了，他来了！

他顶流而来，奋力挟着小芸豆踢水，两人共用一个呼吸器共生了十来米。

经过这么一通折腾，再呼吸时都有些急促。小芸豆看了下他的气压表，立马又开始紧张了。怎么搞的？只够一个人升到水面！

小芸豆猛地想起《夺命深渊》那部电影里的场景。

简直是一模一样，也是两个人共用一个呼吸器共生上去，也是气体不够两个人用！电影里的女人产生惊恐，抢夺呼吸器，无奈之下男人一脚踹开女人……那个男人没做错什么——潜水救援第一课：人有权选择不去救援，首先要保证自身的安全。

小芸豆紧张地痉挛起来，她飞速地思索：他虽然和我要好，但也不过是有共同爱好的玩伴而已。这里是深海，不是陆地，深海有深海的生存规则，他实在是犯不着为了我搭上一条命……要不，我别拖累人家了，我自己松手吧。

一想到自己将永沉海底，她整个脊背都僵了，漆黑的，没有一丝阳光可以照进去的海底哦……

就在这时，手松开了！

小芸豆还没来得及松手，他先松开手了。小芸豆心里咯噔一下，好的，他决定扔下我了……

扔就扔吧，不要踹我。

小芸豆盯着他面镜里的眼睛，盯着他的动作。

他松开手后，把呼吸器塞进自己嘴里，贪婪地深吸一口气……又把呼吸器再次恶狠狠地塞回小芸豆嘴里。

小芸豆愣住了，你不是要自己逃生吗，干吗又把呼吸器给我？

隔着清澈的海水，小芸豆看见他一手举高，吐气上升！

他把气留给了小芸豆，自己选择紧急上升。

傻瓜！小芸豆一边上升一边骂，一边骂一边流泪，泪水融进海水，都是咸的。

傻瓜，干吗找死？！对你来说我有那么重要吗？

傻瓜，这里是苏丹，全球最穷的国家之一，没有减压舱，治不了减压病，就算能治，哪里能找到直升机送你去医院？就算能找到直升机，你难道不知道潜水后 18 个小时内无论如何不能坐飞机吗？

小芸豆安全上船时，已经哭得睁不开眼睛。

她看到他横躺在甲板上，以为他快死了，跑过去捶他，边捶边骂。

万幸，他没死，只是轻微的减压病症状而已，他体格好，红海留了他一条命。

他喃喃地说困，说想睡会儿，说小芸豆你别哭了，也别吵了。

他费力地伸出手，敲敲小芸豆的脑袋，说：记住哦，安全第一，别让人担心。

他说：小芸豆，哭什么哭，你是我的朋友哦……

他渐渐睡着了，沉沉地打着呼噜。小芸豆抱着膝盖，坐在一旁抽抽搭搭。

船在红海的碧波中轻轻摇荡，头顶是耀眼的北非阳光。

不是爱人，不是家人，只是两个死里逃生的朋友。

# （八）

我问小芸豆：想他吗？

她沉默了好一会儿，点点头。

我问小芸豆：那你以后还会继续拍照旅行继续探险吗？

她挂着眼泪点点头，说：嗯。

她说：以前的小芸豆是什么样的，以后就还会是什么样的，该用什么样的方式去完成生命体验，我自己清楚……但接下来不论我怎么折腾，都一定会安全第一，不再让他担心……也不再让身旁所有的人担心。

小芸豆顿了顿，伸手抹干眼泪。

她说：你知道吗？走遍了大半个地球，才明白这两个字多么弥足珍贵。

我问是哪两个字。

她轻轻地说：担心。

她一边慢慢地发动汽车，一边说：大家总说相识容易，交心难。但如果不关心，怎么可能交心……人和人之间的关系应该是相互的，不管彼此身份差异有多大、性格差异有多不同，既然走到一起做了朋友，那朋友担心你，你也应该担心朋友，不然还叫什么朋友呢？

我拥抱了她一下，小芸豆，我懂你的意思了，很高兴能和你当朋友。

小芸豆，我以后也会经常去担心你的，其实你挪威抓强盗那次我就挺担心你的，万一你一个小姑娘叫人给揍了怎么办……

她一把推开我。

她指着我的鼻子，用温州话凶巴巴地说：

Feì wù xú gū leī，dē ēn yū dà jì qi！

翻译成普通话就是：少废话，给老娘把安全带系上！

# （九）

写完这篇文章时是 2014 年的某个凌晨，我在滇西北，小芸豆在北太平洋。

她加入了一个摄制组，计划把一只体长 80 米、体重 50 吨的大王乌贼从深海吸引到水面拍摄。

我很怕小芸豆被那只深海巨无霸给吃喽。

因为我们都是热爱吃烤串的好青年，一起吃过许多次烤鱿鱼……

我摸出手机，想问个吉凶，电话刚一接通，小芸豆在那头劈头盖脸地冲我凶：

这都几点了还不睡觉？天天熬夜是慢性自杀懂不懂？你想猝死吗？！

我咽了一口唾沫。

隔着一整个地球，我轻声对她说：好了好了，别担心……

【文中人的声音】
▷ 小芸豆的声音

《明白》武汉小屋·谣牙子 ◁

我有故事，你有酒吗？

◇　某种意义上讲，没有任何一种生活方式是天然带有原罪的。
但不情不愿地僵化于一种长期单一模式的生活，属实是在对自己犯罪。
明知有多项选择的权利却怯于去主张，更是错上加错。
谁说你我没权利过上那样的生活：既可以朝九晚五，又能够浪迹天涯。

某种意义上讲，没有任何一种生活方式是天然带有原罪的。

但不情不愿地僵化于一种长期单一模式的生活，属实是在对自己犯罪。

明知有多项选择的权利却怯于去主张，更是错上加错。

一门心思地朝九晚五去上班，买了车买了房又如何？

一门心思地辞职退学去流浪，南极到了北极又如何？

生活岂是非黑即白那么简单，人的幸福确实不能仅从物质福利中获得满足，但良好的物质条件无疑为精神生活提供了良好条件，为什么要不屑于平衡好二者的关系呢？

如果真牛 × 的话，别只用一只眼睛看世界，也别动不动就说放弃，敢不敢去理智地平衡好你的生活？多元平衡的生活才是真正值得追求的。


平行世界，多元生活；既可以朝九晚五，又能够浪迹天涯——这是我一直推崇的生活方式。

前半句的关键词是多元和平衡。

后半句的重心不是朝九晚五或浪迹天涯，而是：既可以，又能够。


但需知，这种生活方式的获得，前提是个体能力值的建筑和提升。

出身无法决定，能力却是可以自我培养的，有能力了才有选择权，能力越大，选择越多，故事也就越多。同理，没能力也就没选项，即便有，也是看得见、摸不着，再向往，也不过是摊在沙发上发白日梦。

世上的事，哪是你光想了就能有了的？

你谁啊？啥家庭啊？都得惯着你才行？


有句话叫：听过了许多道理，但依然过不好这一生。

我对这话的解读是：对哦，因为你光听，而没有去做。

为什么不去做呢？是懒、是畏、是怯？然后再把一切都归为外因，继而秀焦虑演落寞？

啥都不会啥都不行，啥啥都没干，还摆出那副时运不济怀才不遇的样子给谁看？

啥能力都没有，装啥怀才不遇呢？如今的这个世界只有不孕不育，哪有什么怀才不遇，你真若是才，焚书坑儒也埋没不了你。


就活这么一次，就活那么几十年的时间，你和你同圈层人的资源和资源配置权相差无几，该耕耘的时候不耕耘，没收成的时候就愤世嫉俗就玩颓废、就吆喝平淡是真、就说本来就不稀罕从来就无所谓，反过头来对别人地里的庄稼就批评就不屑就讥讽……

越是啥都不是，越爱去打倒和否定。

越是啥料没有，越爱站上审判高峰。

你没经历的都是假的，你不知道的都是错的。

反正都不如你就对了，比你强的都可疑，非奸即盗臭狗屎。

这场人生委屈了你，你是火山是卧龙，你游戏人生不是尿。

……若说你没能力，却也真有，你的能力，是你那过人的姿态、心态和语境，啊，多敢挑战，多么地英勇。

好吧，自洽的方式万千种，每个人填充这一生的方式各有不同，愿你能依此充饥，不论物质，或精神。


但，请允许我把你那么讨厌的那句话再重复一遍：

请相信，这个世界上真的有人在过着你想要的生活。

但也请明白，那些人大都经历过你尚未经历的挫折。


大部分获得，是由付出换来的。

你都那么英勇了，啥都不入你法眼，却为何会那么怯于付出，懒于耕耘，畏于求索？

············

接下来的故事，与上文无关。

接下来的这个普通人的故事，只探讨六个字：

既可以，又能够。

# （一）

2014 年某月某日的午后 1 点，小屋门口。

隔着门，我们对视半天。

气氛非常尴尬。

我被他看毛了，开口问：看什么看，你要干吗？

他扶一把背上的吉他，一脸真诚地说：我是个浪迹天涯的孩子……我有故事，你有酒吗？

有你妹！我整个人都不好了。又有 QQ 空间文艺青年来白吃白喝白蹭酒了，赶紧关门！

门关晚了，一只脚已经塞进来了……他半张脸卡在门缝里，半个身体卡在门缝里，艰难地摇晃着一只手，艰难地喊：我是来报到的，我是来投奔你的歌手，我是你网上招聘来的……

我抵住门，我说：我反悔了，就冲你开口说的第一句话。

……"我有故事，你有酒吗"这句曾在遥远的 90 年代末，短暂流行于 BBS 网络论坛中第一代网民间的书面语，咋就这么自然地被他用到了 2014 年的日常口语中？那蜗人的感觉，真好似猛咽了一口陈年老酱油。

他说他说的是实话，他真的是个有故事的人，不信就听他讲讲……

打出去!

二十啷当岁的小屁孩装什么沧桑？走走走。


他说：要不然听完故事再决定让不让我走，要不然把路费给报销了我立马走，毕竟是你招聘的我。

他说：听故事还是报销路费，你选吧!

他的手插进口袋里掏呀掏，掏出一张登机牌，又掏出一张联程机票单。

出发地：新西兰奥克兰国际机场……


我是个很有原则的人。

我说：那你还是先讲故事吧……


## （二）


小S，成都人，草堂小学毕业，树德中学毕业。

金牛区营门口内化成营福巷长大，青沟子娃娃。

从某个音乐角度来讲，成都是中国的新奥尔良，府南河里音符流淌。小S从小在河畔练琴，从小到大，所有的零花钱全买了CD和卡带。

他自幼想当音乐人，奈何家人不乐意，大学时非要他去学土木工程，说"建筑是凝固的音乐"。小S孝顺，所以他后来遂了父母的心愿，成了一名年轻的建筑工程师，扣着安全帽，夹着施工图，盖楼盖房子。认识他的人都说，他是盖房子的人里最会唱歌的，连在工地上走路时都是带着节奏的。


工程师的工作他干得很认真，工资很稳定，"钱"途很光明，娶妻生子买大房子，温饱体面的生活一眼可以看到头……然后，他跑了。

他的理由很简单：凭什么我只能有这一种活法？

2012 年时，新西兰刚向中国大陆开放工作旅行签证，名额一千个，他是其中一个。

家里当然反对，一个人去到异国他乡从零开始……脑壳里有乒乓吗（四川方言，大脑腔体里有乒乓球）？

他对父母解释说，他不是出国去当流浪汉，他想尝试一下边旅行边工作，有多大本事走多远的天涯。他说：我不是在盲目放弃，这两年我认真地上班挣钱，你们帮我规划的人生我认真体验过了，现在我想去体验一下其他的生活。我还年轻，需要抓紧时间去体验这个世界，我不会浪费生命，我会对自己负责任的。体验完毕后，我会负责任地做出选择的。

他的意图倒也简单，在具备了基本能力的前提下，去探寻更多的可能性。


父母终究还是放行了，机场送行时，老汉抹泪叹息：瓜娃子，你以后外头有得火锅吃喽……


小 S 在新西兰的第一顿饭是猕猴桃。

其实头五顿饭，吃的都是猕猴桃，蘸的老干妈。

他给家里打电话：你们莫操心我，亲妈不在身边，还有老干妈陪着我……

他告诉家人，猕猴桃产自中国，却是被新西兰发扬光大的。新西兰的猕猴桃又叫奇异果，又大又甜又便宜，新西兰人称之为 kiwi，也称自己为 Kiwi。所以，他说：中国人是龙的传人，新西兰人是猕猴桃人……


小 S 啃着 kiwi，在新西兰的奥克兰找到了第一份工作。

奥克兰是海港城市，千帆之都，港口帆船星星点点缀在海上。此地最繁华的街道上有很多街头艺人演出，水平秒杀超女快男乃至部分中国好声音。小 S 啃着 kiwi 看 Kiwi 们演出，指尖耳畔，恋恋不舍。

再不舍也要去找工作。新西兰生活成本很高，几乎是成都的五倍。国内带来的积蓄小 S 不想动，他在奥克兰商业街上的一家餐厅找到一份工作，第一天就工作了十个小时。小 S 的故乡盛产美食和吃货，他对食物有着天然的敏感，加之学土木工程出身的人学霸基因强大，他一白天学会了做寿司，一晚上学会了烧烤。

大厨很惊讶，夸他聪明，说：You will instead of me in the future（你用不了多久就会抢了我的饭碗）。

可惜，这份大有前途的工作他只做了一天。

店主是马来西亚华人，欺负他是新来的，只给他每小时 6 纽币（新西兰元）的工资，而新西兰法定工资是每小时 14.25 纽币，哪怕是试工。换作其他华人或许就忍了，但小 S 不忍。都说四川人儒雅，其实倔起来是根海椒，不辣得你满头大汗不罢休。他雅思考了 7 分，口语流利，撵着店主从厨房到大堂，面带微笑摆事实讲道理，李伯清假打一样。

一同打工的华人当和事佬，说：算了算了，又没多少钱，别当着老外吵吵，多丢人啊……

他笑：丢人吗？没觉得嘛。老子付出了劳动，为啥子不能有等价的报酬？凭啥子要为了怕丢人而丢了尊严？

店主认屄，一边不情愿地掏纽币，一边说：S，没见过你这样较真儿的中国人。

小 S 问：为什么中国人就不能较真儿？

他说：你欺负老子是中国人就不懂啥子叫公平吗？

后来听说那家餐厅的中国员工都拿到了法律规定的合理工资。

为表缅怀，他们把小 S 的名字写在了厨房的墙上。

用酱油写的。

# （三）

小 S 的第二份工作在新西兰首都，风城惠灵顿，世界上最南端的首都。

惠灵顿是《魔戒》（电影《指环王》）的主要拍摄场地，有甘道夫守护的城市电影院，巨型的《霍比特人》电影海报比比皆是，连机场都是巨大的咕噜雕像。傍晚 6 点，市区就不见人影了，整个城市只剩鸟在叫，好像半兽人大军即将杀到。

旁人眼中，惠灵顿是神秘奇幻的，但小 S 眼中，惠灵顿是绿色的，一眼望不到尽头的橄榄绿。

建筑工程师小 S 在新西兰的第二份工作，是当农场民工。

他在惠灵顿郊区的葡萄园找了份工作，负责 grape plunking（拔树叶）。葡萄需要冲出厚重树叶的屏障，方能见到阳光雨露和风霜，这是份重要的工作。

南半球夏日阳光毒辣，小 S 有生以来第一次涂抹防晒霜。他的家乡是盆地，盛满了湿气和雾霾，从未见过紫外线如此丰沛的阳光。葡萄架一行行，长，铁轨一样望不到尽头，惠灵顿风大，藤叶哗哗响，人像是迷失在森林里……

工作在毛利人监工的指挥下开始，监工不停地对雇工发出警告：你们的工作不错，但我们现在需要你们加快速度，现在的速度才值每小时 7.5 纽币，我们得给你们补齐 14.25 纽币，你们一天工作 9 小时，这样我们得赔 60 多纽币……

加速加速加速，满耳朵都是加速。按监工的标准，拔好一棵树的树叶有 0.21 纽币，若想达到 14.25 纽币最低时薪的标准，一小时需要拔好 68 棵树，平均一棵树不到一分钟……

三天后，一半的人被辞退了，太慢。几周后，人员大换血，第一批雇工里只剩下小 S 一人。

他后来说了一下缘由——既然觉得打工旅行是一种有尊严的旅行，那就要认真工作，任何情况下，认真工作都是对自己最好的尊重，同时，一个认真工作的人自然会受到旁人的尊重。

监工们并不知小 S 在中国的建筑工地上待过很久，从事的工作几乎和他们一样。他们对农民工小 S 的干劲儿很吃惊，时常拿他当模板，动不动就夸他：S，你的动作真敏捷，猴子一样，你练过中国功夫吗？能不能给我们传授一下？小 S 二话不说，葡萄架下教了他们一套……第六套广播体操。

后来，在他离开很久之后，惠灵顿的葡萄园里还流传着一套"中国校园拳法"。据说，此套拳法的绝招是第三招，扩胸运动。
…………

小 S 离开惠灵顿后飞跃库克海峡，一路旅行一路流浪，从北岛漂到南岛。
旅费是在葡萄园里当农民工时挣的，国内带来的积蓄分文未动，不知为什么，打工挣来的旅费，花起来无比舒心。钱到南岛时用完了，他轻车熟路地又当了一回农民工。

这次不是葡萄，是樱桃。他在樱桃园里摘大樱桃，又叫车厘子。
樱桃园坐落在水果小镇克伦威尔，这里是水果天堂，坐落在雪山脚下。农民工小 S 乐疯了，新西兰进口的车厘子在国内要卖一两百一斤，而在这里，雇工可以随便吃。吃的哪里是车厘子，分明就是吃人民币！吃到上火拉肚子也要吃，吃到流鼻血也要吃，一边吃一边眺望不远处的雪山，这哪里是在工作，分明是在度假。吃完车厘子就去摘车厘子，他吃得多认真，摘得就多认真，收工时旁人告诉他可以休息了，他不休息，非要把自己吃掉的车厘子用加班劳动填还回去。
晚上回到住处，胳膊酸得像泡过醋。他仔细地算算账，按照国内车厘子的昂贵市价，到头来自己还是赚了。

第二天早晨是被惊醒的。

螺旋桨轰隆隆地转，直升机轰隆隆地响，睡袍被吹得不停上翻，怎么捂也遮不住底裤。农场主一家人说：S，不要怕，没有地震，不需要撤离，我们这是在用螺旋桨的气流蒸发果树叶子上的露水。

农民工小S被感动了，抱出随身的吉他，给他们唱歌：新西兰的农场智能化很高，新西兰的农民都是土豪……

小S很快也成了个土豪。

最起码他自己是这么认为的，因为他买车了。

他人生中第一辆属于自己的车，是摘车厘子摘来的。


新西兰的二手车很便宜，樱桃园里四个星期的工资就能买一辆，和在国内买一部苹果手机的概念差不多。

这个国家的马路上跑的基本都是二手车，人们只把车当作一个代步的工具。

除了中国富二代、官二代留学生，没人在乎谁开迈巴赫，谁开法拉利。土豪小S的车是一辆老式敞篷二手TOYOTA（丰田）老爷车，1990年出产，几乎和他同岁。

他给它起名"车厘子"。


"车厘子号"穿行在南半球的碧海蓝天之间，沿着新西兰狭长的海岸线一路向南。就这样，土豪小S开着他的小破车，每去一个地方就会找一份工作，每赚够一份旅费，就继续下一段旅程。

…………


在新西兰的头一年，他共体验了九份工作：餐厅后厨、葡萄园工人、樱桃园农民工、洗衣厂工人、搬家公司员工、酒店服务生、地陪导游、社区大学编外文员、旅游公司reception（前台接待）……

他也走过了许多地方：奥克兰、惠灵顿、库克海峡、皮克顿、布伦海姆、凯库拉、基督城、特卡波、达尼丁、因弗卡吉尔、布拉夫……

而一年之前，他只是一个建筑工程师，最远只从成都天府广场到过成都双流机场。

曾经的建筑工程师小 S 开着他的"车厘子号"，沿着 1 号高速公路开往南岛偏南。当视野中出现 Queenstown（皇后镇）的硕大路牌时，小 S 并不知道他的人生将在这个神奇的地方发生转折。

在他 25 岁这一年，第十份工作在皇后镇等着他。

## （四）

皇后镇，离南极最近的小镇。

长云漫天，南阿尔卑斯山和瓦卡蒂普湖环绕。

有人说这是全世界最完美的小镇，上帝把所有的眷顾都倾洒于斯，恩赐给人间一个天堂。湖边有觅食的海鸥，水里有嬉戏的灰鸭，街头有来自世界各地的街头艺人。巴适惨了！小 S 第一眼就深爱上了这个地方。

南半球的 6 月是寒冬。他横穿完小镇，停了车，背上吉他，一个人沿着瓦卡蒂普湖安静地走，湖水若翠，又像一大坨蓝莓果冻一样。隐约中听到空灵的钢琴声袅袅，一个长发男人飞舞着十指，坐在湖边的钢琴前。二手的老钢琴，洗旧的衣裳，温柔的眼神，棕黄的胡须，他简直就像个沧桑版的精灵王子一样。多好听的曲子，一弦一柱敲打在心尖上，从没听过这么空灵的钢琴乐……应该是他自己的原创。

小 S 站在钢琴旁，听得忘了时间，站麻了脚。

长发男人停下来揉搓冰冷的手指，微笑着与小 S 聊天。

小 S 问他冷吗，他说：冷啊，但当你站到我身旁听琴时，我的心是暖的。

长发男人是皇后镇的一个小传奇，一个湖上钢琴师。

每到黄昏时，他推着自己的二手钢琴，从镇上走到湖滨，步履轻缓，仿如散步。

他习惯面朝着湖水弹奏，面前是巨人般的雪山、乱云飞渡间的夕阳。钢琴上摆着一瓶 Wild Buck 啤酒，钢琴旁摆着原创音乐 CD。不招揽生意，不刻意，闻琴动容者若想购买，自己拿自己取，自己找零。

他只管弹琴。

或许是小 S 背上的吉他给长发男人带来了好感，他把自己的啤酒递了过去，并淡淡地向小 S 讲述了自己的过去。

40 岁之前，他只爱两样东西，一样叫音乐，一样叫 Malia（玛丽亚）。

3 岁弹琴，学过很多种乐器，23 岁时遇到 Malia，一起去过世界各地。

他们一起走过星河，踏过瀑布，踩过无数个海滨，他和她的爱情生长在山河湖海边，开在旅途中。

一次，他们攀登一座山峰，Malia 失足跌入深渊。

他傻在岩壁上，眼睁睁地看着爱人离去，自此忘记了什么是笑，不关心世界也不关心自己，浑浑噩噩，一抑郁就是十年。

十年后，他流浪到南岛北部的 Motukaraka（新西兰某群岛），在一家旧货店门外看见一架二手旧钢琴。

钢琴桀骜地踞在雨中，仿佛在倔强地等着谁。他心里一动，莫名其妙地买下了它。

对 Malia 的思念变成音符，在黑白琴键之间倾泻流淌，抑郁的心绪淌完后，指尖开始轻灵。他留在了皇后镇，自此日日湖畔弹琴，弹给爱人，弹给自己。

他指着钢琴，对小 S 说：Malia 又回来了，她变成了这架钢琴。

他说他明白 Malia 为什么回来——为了让他重新爱上这个世界。

他对小S说，皇后镇之后，他要带着他的Malia继续环球旅行，一路弹琴一路走，一路走到老去，一直走到死去。

"人生是一场不断校正方向的旅行，有人找到的方向是事业，有人找到的是信仰，有人找到的是爱……我们可以旅行，但不能没有方向。"
"Hey，guys（嘿，小伙子），"他问，"What are you looking for（你的方向是什么）？"

## （五）

几天后，皇后镇的街头艺人中多了一张东方面孔。
或许是受了湖上钢琴师的影响，或许是回想起了自己年少时的音乐人梦想。
小S成了新西兰皇后镇第一个中国流浪歌手，这是他给自己选择的第十份工作。

职业不分贵贱，更何况艺术。
在西方国家，街头艺术家不受歧视，人们认为每一个艺人凭借才华和本领为大家表演，就是他们的工作，哪怕他们在街头，也应该得到报酬与尊重。街头艺人们习惯了礼遇，很难相信他们在中国的某些同行是缺胳膊断腿的。另外，他们问过小S：What's the Cheng guan（什么是城管）？

为何有此一问呢？
因为小S初次在街头唱歌时，特别放不开，嗓门儿压得很低，眼角垂得很低，做贼一样。
路过的其他街头艺人奇怪地问他，为什么害怕成这样子？
他脱口而出，怕琴被人没收……

唱了半天，没有城管，只来了个巡警。

小S唱歌的声音都哆嗦了，我的天，我这算不算是非法演出？算不算在公共场合扰乱社会秩序？……被抓到派出所怎么办？

巡警的佩枪瓦蓝，警棍漆黑，手铐闪亮，他抱着肩停到小S面前，听小S哆嗦着嗓子学羊叫。

然后，他伸手掏……

他掏出来的不是枪，是个卡片相机。

熊一样的巡警凑到小S面前，龇着大白牙笑，一脸晴朗地问：我能和你合影吗？

……巡警帮小S办理了街头艺人执照，街头办公，街头填表，然后一脸期待地站在一旁听他唱中国歌，还PIAPIA地拍巴掌。小S快哭了，这太不符合逻辑了……更不符合逻辑的是，这里的路人对他的歌声总是报以微笑和大拇指，路过他身旁时，几乎没人是视而不见或一脸漠然。而那些驻足的人，哪怕只停下来听了半分钟，也会掏腰包给钱。

最不符合逻辑的是收入。

他本做好了艰苦奋斗的准备，但第一天的收入就让他傻了眼。

一个月后，这个学过微积分立体几何高等数学的人认真地加减乘除核算后，发觉每日平均收入是200纽币。按2012年的汇率，200纽币相当于人民币1000元，而挣这1000元，只需要每晚唱2个小时。

新西兰法定的最低工资是每小时14.25纽币，平均收入是20纽币，而他的收入是一般新西兰人时薪的5倍，是国内当建筑师时的6倍。

锤子！他心说，每天1000元人民币，搁在成都的话，天天打"血战到底"麻将也赚不来啊！

靠劳动吃饭不丢人，所谓有尊严的旅行，不过是有多大本事，走多远的天涯。

接下来的旅行半径可以更大了，一想到这点，嘴就合不上。小S接下来的街头卖唱，开始满面春风信心满满，他本就长得不太丑，如今几乎可以算好看了。

# （六）

一个东方街头艺人在白人世界的街头着实惹眼。

人们稀罕他的东方笑容，一些很优雅的女士走过来，微笑着对他说：Your smiling face so lovely（你的笑容很可爱），然后伸手，自自然然地摸一下他的脸。摸就摸吧，反正摸一下又不会怀孕……话虽这么说，他却常常被摸得羞红了脸，越发惹人想摸。

让他脸红的，还有毛利人。

一个满脸图腾的毛利人听歌听 high（高兴）了，一把揽住小S的后颈，用力往脸上撞……毛利人的礼节是碰鼻礼。那个毛利人的鼻毛好长，很扎人……皇后镇就是一个这么可爱的地方，不排斥外来的异乡人，这里有世界各地的移民，每个人都把自己当成主人。好客的主人温暖地对待新来的主人。

人与人之间的快乐是相互的。小S受到了启发，跟朋友一起，在圆形便利贴上一个个画笑脸，七彩的笑脸，贴在琴包上面，弯成美妙的弧线，拼出一道彩虹的笑脸。路人经过，看见彩虹笑脸，嘴角也跟着不自觉地上翘，自然心情大好。有一些路人讨来笑脸，贴在自己肩膀上，他们觉得这些笑脸会带来幸运。

有段时间，皇后镇的街道上晃满了笑脸便利贴，全是小S画的。

街头艺术首重创意，只要你有创意，人们就乐意为创意埋单。

小S的生意越来越好。有时开工前，他抱着吉他在街上刚摆个造型，立马就有人过来给钱，还和他握手，说他是自己的幸运星。那些人胳膊上都贴着彩虹笑脸便利贴。

…………

其实皇后镇最有创意的街头艺人，是个隐形人。他在街头摆了个木箱子，上面放了一双人字拖，箱子前面写了一句具有魔力的咒语：I'm an invisible man, thank you everybody（我是一个隐形人，谢谢大家）。然后就见不停地有人往盒子里扔钱。

小S也给了，他笑着喊：我靠，这也可以！接着情不自禁地掏钱。

一回头，那个街头艺人端着一杯咖啡，坐在一旁的咖啡馆前，手里还捧着一本莎士比亚的《麦克白》。

听众们也都很有创意。

小S遇到过一个很有创意的老人，那是一个老绅士，西装革履的，听完歌后，给小S 90度鞠躬。

他说，他很欣赏小S的生活态度。

小S说：是啊是啊，一个人漂洋过海过来卖唱也不容易……

老绅士报之以笑容，临别前，主动握手说再见。

但当他握紧小S的手时，两个大男人就在街上触电了。

当然不是因为爱情，而是因为一个小纸团，老绅士手心有现金，在握手的一瞬间顺势塞给了小S。

尊重也是可以有创意的。

…………

# （七）

街头卖艺时，常会发生各种有趣的事。

有人会给小S送来苹果，递来糖果，有的人听歌听开心了，手里拿着的汉堡也非让小S咬一口。

万圣节的夜晚最有趣，街上各种鬼。小S也应景地扮了中式古风僵尸，有小孩儿来他摊前讨糖果，叫嚣着来，哇哇地被吓跑。

小孩儿跑了，来了一群海盗打扮的人，拿着张地图问小S，让他坦白从宽哪里有宝藏。小S很配合地给他们指了个地方，他们开心地寻宝去了，提着斧子扛着刀。

小S指的是警察局。


最最有趣的是，他见证了一个家庭的诞生。

有一晚，一男一女来到小S卖艺的摊前，让他当神父。

他们说他们刚刚决定了，结婚结婚马上结婚，但天已经黑了，教堂已关门，于是决定让遇到的第一个人帮他们主持婚礼。于是小S一分钟变神父。

…………

男生说："Yes, I do."

女生说："Yes, I do."

神父小S说："Now, you can kiss each other."

翻译成中文的话，大意就是：来吧，你们使劲儿亲吧。

…………

仪式结束后，这对小夫妻的婚礼舞曲是由神父小S弹奏的，两个人在吉他前翩翩起舞。

神父小S给他们唱歌，唱的是陶喆的《今天你要嫁给我》。一曲唱完，小夫妻停下舞步深情舌吻，神父小S在一旁热泪盈眶。


婚宴很盛大，在路旁最近的那家小酒吧举办，连小夫妻加神父，共有三个人参加。

新郎很能喝，17杯德国黑啤，每杯8纽币……

神父小S含泪埋单。

# （八）

做街头艺人，最迷人的地方是，你根本不会知道下一秒会遇上什么样的故事。

小S在街头唱原创中文歌曲，也唱英文歌，有时唱到老外们喜欢的英文歌曲，他们会很开心。一次，有个20岁左右的新西兰人很激动地跳起来说：我一定要支持你，但是我没有现金，你能告诉我哪里有ATM吗？

小S说：算了算了……

他就算了，跑了。

没想到过了几分钟，他又回来了，弯下腰，在琴包里放了20纽币。最近的取款机在两个街区外，难为他往返一公里跑得这么快。

还有一次，他遇到一个拿着吉他的小男孩。

是个冬日傍晚，小男孩牵着小妹妹，小妹妹手里拿着一个小钱袋，叮叮当当硬币响，一看就是街头小艺人收工要回家了呀。小男孩停下来问小S：先生，今天收入怎么样？

小S逗他，摇头说：今天不好，街上都没什么人。

小男孩很怜悯地看了小S一会儿，牵着妹妹的手蹲到路旁，两个人一枚一枚地数硬币，数出5纽币。

硬币被小心地搁在琴包里，小男孩说：先生，早点儿下班吧，外面很冷。

小男孩只有八九岁光景，小妹妹五六岁光景，冬夜里的两只白翼小天使。

为什么他们这么小，就在街头卖艺呢？

国外的有些家长重视独立教育，鼓励孩子依靠自己的双手去收获。当街头小艺人，是在从小锻炼他们的独立能力。小S把5纽币还给他们，买来冰激凌请他们吃，三个人坐在路旁，呵着白气，聊着天。小男孩比画着说，街头卖艺已经攒了那么一大堆钱了，过几天，他们还会把家里母鸡下的蛋拿到集市上去卖，这样还会有那么一大堆钱……

小 S 问：那么一大堆钱打算用来干吗？

小男孩搂着妹妹的脖子，亲妹妹的脸，说妹妹喜欢脚踏车呀，他也喜欢脚踏车，一人一辆脚踏车，太酷了！

两个孩子骄傲地仰着脸，啃一口冰激凌，咝咝地呵一口白气。


转天，一个父亲停在小 S 面前，递过来一份包装精美的鸡蛋三明治。

他居然会讲中文，他说：谢谢你请我的孩子吃冰激凌，谢谢你让我的孩子们那么开心。

他说：这是孩子们养的鸡下的蛋，请你吃一吃。

…………


小 S 有一个很迷人的邻居，两个人隔街相望，各做各的生意。

那人做的是赔本生意。

他来自澳洲，面前摆了一块很大的纸板，上面写着：Give me a story & I will pay you one dollar。中文的意思是：你给我一个故事，我给你一块钱。真是个奇怪的赔本买卖，但好多路人都很配合。

很多人跑去写了故事赚了一块钱，横过马路，转手就丢进小 S 的琴包里。


小 S 问这个奇怪的澳洲少年，为什么要收集故事？是要积累写作素材吗？

他说不是，他只是在用自己的方式记录这个世界。他说，这些来来往往的人，虽然是普通人，但一定都有属于他们自己的故事，值得被人记录下来。

他给小 S 看他之前收集的故事，巨大的本子，厚得像百科全书。

随便一翻，居然看到了中文。

大意如下：我后悔了，我浑蛋，我不该跑路，不该当贪官……


本子里还有一艘船。

澳洲少年自己手工折纸粘贴的，书本中页一打开，大船便昂然矗立在三维空间，好似一艘载满命运的挪亚方舟。

# （九）

街头卖艺，1 万件事里，9999 件都是暖的，当然也会有例外。

有时会碰上酒鬼来捣乱，拖着琴包到处跑，这时候，对面酒吧的工作人员就会大声呵斥这些喝醉的人，如果他们不听话，还会上来挽袖子相助。

最过分的就是遇到偏执的酒鬼，不停咆哮着"滚回亚洲"等种族歧视的话语。没等小 S 冲上去理论，旁边的人就会立马过来道歉。很多来安慰、道歉的，都是无关的路人。好在这种事情发生的概率也就万分之一，大部分酒鬼很可爱，悄悄从琴包里抓一把硬币就开心地逃跑，孩子一样，边跑边笑。

…………

2012 年、2013 年时中国游客已经遍布了全世界，皇后镇的街头游客里当然有中国人。

异国他乡看见中国男生在唱歌，自然特别亲切。许多妈妈级别的阿姨，一见到小 S 立马念起万里之外的儿子，立马母爱泛滥，冲过来又亲又抱，千叮咛万嘱咐，让他在异国他乡照顾好自己，按时吃饭按时洗澡别忘了穿秋裤……

还遇到过四川老乡，甚为亲切，非要拉着他去吃火锅，拉了半天才知道，皇后镇没火锅。

老乡很可怜他，唉，这个地方经济有点儿落后嗫，火锅都没有。

奇葩也遇到过。

有一次遇到一个同胞，跑过来敬烟，低声问小 S：帅哥，你知道皇后镇哪里可以找小姐啊？胸大点儿的，漂亮一点儿的……

虽然新西兰性产业合法，但你跑出国门来旅行，就为了这个？

海峡对面的同胞也遇到过，是个无比老的老军人，一辈子住在眷村。
他拄着拐杖问小S的出处产地，念叨着：哦，街头艺人，流浪歌手，流浪……
他反复咀嚼着"流浪"二字，骤然间老泪纵横。
年轻人……
他搋着鼻涕说：我晓得你们年轻人的这种浪漫……但是不论流浪多远，别忘了回家。

小S后来和我说，他揣测，两岸"三通"，但老人之所以没回去过，或许是因为故土已无家人。

# （十）

南半球的圣诞节满是夏天的味道，阳光沙滩比基尼，皇后镇例外，较冷，但也没有风雪。
但大家会用灯光点缀出冰天雪地的感觉。

小S唱歌地点的背后是个冰天雪地的百货商店，圣诞节前，他们专门送来一个圣诞大礼包，祝小S在新西兰的每一天都开心。一并转来的，还有几张字条，上面写着：请帮我把祝福转交给那个中国街头艺人，谢谢他的歌声给我们带来的好心情，祝他圣诞快乐。
都是卖唱时的熟客，他们记着他呢。
那时，镇上好多常住居民都熟识了小S，人们爱他，很多年轻人喊他 Queenstown Asia Justin Bieber（皇后镇的亚洲版贾斯汀·比伯）。他们告诉小S，Justin Bieber 也做过街头艺人。

那个圣诞节，小S是唯一一个街头卖唱的艺人。那天他没收任何人的钱，他的想法很简单，希望给那些圣诞夜归人再多一点儿陪伴。路过的人说谢谢，他递给人家一个小小的中国结，自己编的。

他说：要感谢的是你们……

他忽然想起初来皇后镇时，湖上钢琴师说的那句话：当你站到我身旁听琴时，我的心是暖的。

圣诞餐是在鲍勃山上吃的，世界最佳观景餐厅。

服务生上菜时惊讶地发现小S在哭，他的脸贴在玻璃窗上，低声地呜咽。

他指着脚下灯光璀璨的皇后镇说：你看，你看……

琴头琴身琴弦，惟妙惟肖。

皇后镇的夜景，居然是一把吉他。

言有尽而意无穷，圣诞夜的皇后镇，展示给他的，是他终于在心中打磨成形的方向。

皇后镇，皇后镇，我穿越山河湖海，从一万公里外迤逦而来，本以为你是异乡，没想到你会成为另一个故乡。这辈子，我自己给自己选择的故乡。谢谢你给我的真诚和美好，谢谢你教会我的真诚和美好。你让我明白了只要拥有生活的勇气和对生活的热爱，就必将得到生活的褒奖。

皇后镇不仅仅是个地名，更是一种方向，这个世界上应该存在许多个皇后镇。所以再见，我的皇后镇，世界这么大，我必会在别处与你重逢。

我还年轻，有生之年，每一个皇后镇，我都要努力去体验、去营造、去探访。
…………

次日，小S告别了皇后镇，开着他的"车厘子号"，继续他的江湖浪荡。

走之前，他去咖啡店买了一百杯最贵的咖啡，每遇到一个人，就分享一杯。

人们问他：S，何时再回来？

人们惊讶地喊：S，你抬头看！

在他平日里唱歌的地方，他抬头。

也许是巧合，也许是灵异，南纬45度的天空中，舒展着一片心形的云朵……

也许是万事万物由心生由心造，当一个人的内心充满了什么，感受到了什么，他所看到的就会是什么。

# （十一）

2012年，小S从成都出发时，带着所有的积蓄——2万元人民币。

两年后，他从新西兰返程时，带去的积蓄分文未动，带回来21万元人民币。

小S说，打工旅行的生活，让他发觉原来人生还可以这样活，一个人既可以做自己喜欢的事，又能够赚到钱，这简直是世上最幸福的事了。

他坐在小屋的门槛上抱着吉他，说他很清楚自己接下来的方向。

我看着这个前建筑设计师出了一会儿神儿，嗯，既可以弹琴唱歌又能够盖房子，既可以朝九晚五又能够浪迹天涯，既可以赚新西兰元又能够赚人民币，既可以卖艺街头又能够打入我的酒吧……

小S只是个例，他的故事或可被借鉴，不应被拷贝，但无论如何，不要去误读。

我虽亦旅行了许多年，但不写旅行故事，亦是个笃定反对盲目流浪的人，并不认为旅行是包治百病的万能金丹，也从未鼓动过任何人去搞"说走就走"式的盲目旅行。

之所以洋洒万言来记录这个故事，是因其决定和行动并不盲目，并未远离生活，且有尊严和平衡，多多少少算是有点儿本事的吧。

一个人具备多大本事，才能走多远的天涯，以及回家，以及在"既可以"和"又能够"之间游刃有余——不论"既可以"和"又能够"后面跟着的名词或短语是什么。

世界很大，有故事的人很多，大部分有故事的人都有一个共性，他们有生活，他们的生活是用他们的能力换来的。

至于小 S……

我个人觉得，他这么有本事这么有钱，还让我报销机票路费，实在是很不要脸。为了不给他报销路费，我把他留在大冰的小屋当了歌手，几年后还当了其中一个小屋的店长。

当然，当初之所以留下他还有一个原因：

他确实有故事，并且故事正在继续着。

话说，他的能力应该也会继续着，毕竟他用他的方式，掌握了一些方法。

我后来慢慢习惯了他常挂在嘴上的那句陈年老话，甚至有点点喜欢：

我有故事，你有酒吗？

后来这句 90 年代的老网络用语二度翻红，许多人接梗，有意思极了。

其中我最中意的一个是：

我有酒，你有本事喝吗？

《皇后镇》MV ◁

《皇后镇》成都小屋·宋钘 ◁

《远镇》江南小屋·叶子 ◁

重返皇后镇

没有任何一个道理代表着绝对的真理，
也没有任何一个理念适用于任何时代任何人或任何情况下，
不论它听起来有多正确，以及是由谁说的。

有一个年轻人，旅行者，和我探讨过一句话——马克·吐温说：旅行是消除无知和仇恨的最好方法。

他说他笃信这个道理这句话。

我知道这句话，但更知道的是没有任何一个道理代表着绝对的真理，也没有任何一个理念适用于任何时代任何人或任何情况下，不论它听起来有多正确，以及是由谁说的。

所谓正确，大都是一时一地的，有其前提条件和环境因素，放之于稍长的时空中去看的话，皆是浮动变化着的有弹性的。所以总觉得吧，不是说是谁说的所以就是正确的，也不是说正确的就是恒定的，更不是说笃信了就不去审视它，教条于某一个信条或某一句话，只秉行不审视，再好的经也会唱歪了……

从古至今至当下，从庙堂到江湖，这样的例子举目皆是，又岂止限于旅行呢？

他说，不把话题扯那么远了吧，还是只说旅行吧。

关于旅行，他说他笃信过这句话，且一直奉行着，但此刻动摇得厉害，不太信了……是消除吗？还是放大？

我不觉得这种不信有什么问题，抛开对错只论真假，或许不信后的重信，会更加接近真实吧。

他却说他畏于去接近什么真实了，有些东西和他一直以来的认知差距太大，他有点想结束这场旅行，不想再继续走下去了，因为忽然有些东西碎了一地，让人想不明白抵达目的地的意义。

我问他：那你的这场行走是为了什么？只是为了印证吗？一失望就放弃吗？

他说：你不懂……我也说不清……那样的恐怖发生在那么近的地方，哪里仅仅是失望那么简单……

我和他认识很久了，对他的了解不可谓不多，头一次见他如此混乱和难过，但长久的沉默后并不想给他什么宽慰，只给出了一个建议：买束花，去祭奠一下亡灵吧。


还有个年轻人，也是旅行者，小镇青年来着。

早前是健身教练，曾在投资山寨币获益后，展开过一段漫长的环球旅程。他从澳洲出发，穿越了亚洲环游了欧洲，广阔的世界阅遍，不同的国度不同的文化不同的人群……在他的旅行中也发生过一些事情，和上一个旅行者类似的，同样的旁观，或许也有过同样的失落和震撼吧。

他在那场旅行之初有过怎样的发心，是否有过动摇，没人知晓，只知他后来还是完成了所有的行程，去完了计划中的国家。


类似的环球旅行，在这个世界上有无数人曾经历经或正在进行，亦被无数人梦想或幻想着，引为毕生的终极追求，或许也包括此刻正读着这段文字的你吧，渴望着有朝一日因缘具足迈步前行，到新奇的世界里去遭遇别样的故事，体验别样的人文或风景。简单点儿来说，是件好玩的事情。

好玩的好好去玩就行，边玩边完成一场自我教育自我提升，话说，只要你具备那个资质和能力，怎么玩都是你的自由，又岂止旅行。

可我想在好玩之外，和你聊点儿不太好玩的事情。


最不好玩的是刻意抬高和放大旅行的意义，把它奉为解决一切现实问题的最佳出口，乃至将其等同于自由。

其次，"世界那么大，我想去看看"这句话被滥用了这么久也不好玩，挺没劲儿的，虽然它一度流行，貌似也会一直流行，也定不缺人去秉行……不论心智是否成熟。若你看过我的多本书，或许你会知道，我虽有过旅行经历，但非旅行文学写手，为数不多的涉及旅行的文字里，向来很排斥这句话被滥用——并不认同这句话具备广普适用性，并不认同这句话被狭义地实践为盲目的流浪或穷游，以及被当作消极逃避现实人生的积极借口。

……连自己的世界都不敢直面，外面的世界再大，你看了又有什么用？须知，为了逃避种种压力而去"说走就走"，不意味着洒脱或随性，所有逃避了的问题总会卷土再来，逼你重新面对，甚至更加凶猛。

诚然，你的人生你高兴就行，逃避或不逃避你都有去看世界的自由，但或许我们可以展开几句设问，探讨几个绕不开的问题：

世界那么大，你想去看看——

OK，打算靠什么去看？

打算看什么？

打算怎么看？

看完了打算怎么回来？

以及回来后你打算如何去消化你所看到的那些东西，如何将其去芜存菁在原生世界进行实践？

上述五个问题，并非在用实用主义去框住你，谁不希望随遇而安，我只是想说，为了真正的随遇而安，有些问题，不应放弃思辨，不论出发之后还是之前。

已经有太多人和你描述过旅行的美好，就由我来说一点儿不好的吧，也可以当成是危言耸听：

你要去看的那个世界其实不大，但足以大过你的固有经验，即将冲击你、震撼你、渗透你乃至替换你的不仅有光，更有无处不在的黑暗，能一眼就看懂的往往都是假象，很多黑暗不仅不黑，甚至很红很白，更有些黑暗看上去甚至比光明更光明，更动人更耀眼。你看它一眼，你以为只是看看，它却会顺着那目光潜入你心里面悄悄地安营扎寨。永远不要低估了它的感染力，就像永远不要高估了自己的免疫力，当你以为你是在与它而战时，很可能已是在为它而战……

善恶参半即是世界的真相，步步莲花或步步惊心，往往由不得你去选。

别无他法，唯有"思辨"二字可为自己预设一点儿原则、守护一点儿底线，或许它不堪一击，但却会是你仅有的防线。

……话说，此番道理，又岂止适用于旅行呢。

我不是个善讲道理的人，唠叨多了自己也烦，上述这段话曾说给过第一个旅行者听，今朝录述，再说与一小部分即将出发的人们看看吧——出发之前多想想为何出发，回来之前多想想如何回来，希望你能平安回来，我是说，身心平安。

继续说故事，下列故事，或与上述文字无关。

28岁那年，第二个旅行者已环游完世界，回到了祖国新西兰。

被那场旅行重塑过的他经历了一些触动，笃信了一些理念，继而付诸了行动——

参与制造了新西兰历史上最黑暗的一天。

2019年3月15日13点40分左右，距离中国成都万里之外的新西兰基督城，发生了惨绝人寰的恐怖袭击。

两组枪手同时作案，共计五十余人遇害身亡，重伤者里有老人，有儿童。

恐怖分子塔兰特边行凶边网络直播，长达十七分钟。

在后来的庭审中，他亮出过白人至上的手势，并笃信自己代表的是正义，据说，他对于这种正义的认知来源于曾经的旅行中。

那场原本可以开阔眼界和心胸的环球旅行何以导致如此的重塑？何以赋予了他如此恐怖的仇恨？无法在那十七分钟的直播中看出丝毫的人性，扣动扳机的，是那只曾在旅行中摁动过快门的手，对生命权的剥夺没有任何犹豫和恻隐，只有天经地义的轻松和从容。如有魔鬼，应是此番模样了。

像很多新西兰的城市一样，基督城是个美丽安宁的所在，2019 年 3 月 15 日恐怖袭击发生时，那里应该不乏旅行者。事发后，我和其中一个通了电话。就是这篇文章开头的第一个旅行者。

在他滞留基督城的那些天里，我们有过数次长谈，这篇文章开头的 500 字，即是我们当时的一部分对话。

那是他曾经生活过的国度，寄存过深情，较之于我，他不仅仅是震惊，也不仅仅是难过，他问我为什么这样的惨案会发生在这样美好的地方，并且造孽者居然还是土生土长在这里的人……而且也曾是个和他一样的旅行者，走得比他远，见得比他多。他说他越想越混乱，难道眼界和心胸不是应该比我更开阔吗？他问，那这样的结果到底是因为什么？旅行不是消除无知和仇恨的最好方法吗？他说他想不出那是一种怎样的仇恨，这个世界上居然会有这样的仇恨正在进行时着……

那天的电话里，他告诉了我他的窒息感，那些子弹好像也打在了他自己身上，忽然有些东西碎了一地，让人组织不起原先的思维，想不明白继续走下去是为了什么，这种感觉压得人喘不动气，黑压压的挣不脱，说又说不清。

他问：一直以来，我接触这个世界的方式是不是都太轻松了？我对这个世界的解读方式是不是太宝气了？

他说他有种说不清的负疚感，有人死了，很多人，在离他那么近的地方……他无法假装什么都没发生，无法假装出惬意和轻松去继续接下来的行程。枪声一响，心中的桃花源土崩瓦解，他说他难过极了，不知所措极了，只知道无法再重返那个心心念念的皇后镇。

我说，不慌马上做决定，想想再说吧。

他说不知道该怎么想，现在这会儿他在窗边站着，刚刚日落，街上不见行人，灯火由远及近地悄悄亮起，一切都安宁得像是什么也没发生过。于是越发恍惚，心里太混乱了。

这个旅行者叫小 S，前建筑工程师，曾经的新西兰打工旅行者。
他于 2013 年应聘加入小屋，后升任店长，主理小屋成都分舱。
2019 年时他离开小屋，去继续当年未完成的环球旅行，首站即为新西兰，
于是原计划的"百城百校免费音乐会·新西兰基督城站"演出由他完成。

基督城 3·15 恐怖袭击发生时，他在赶赴彩排的途中，距离案发现场近在咫尺。
他是最早看到那十七分钟恐怖直播的人们中的一个。

# （一）

首先，据我所知小 S 不是个脆弱的人，也不是个沉不住气的人。
某种意义上讲，他若不当人的话很适合去驮碑——不论耐受力和承压力，均
出众超群，而且对自己有种迷之自信，并基于这份自信，无比热爱生活，不
然当年不可能去国离家打工旅行，也不可能扛过后来小屋成都分舱漫长到变
态的选址期。

再没有这么磨人的选址过程了，开一家几十平方米的小酒吧而已，万选千挑
左等右等，花了整整两年的时间。
过程中我几度暴跳：S，差不多就行了……
他的回答永远是：唔，不得行。
成都人的"唔"，大都带俩拐弯儿的尾音，听得人很想还他一铲铲或锤子却
找不到落点处，没得办法噻，人家态度坚硬语气却温和、表情自负却笑意盈
盈，那副胸有成竹、不急不慢的尊荣，仿如一个刚刚和牌的血战到底选手坐
在一碗热气腾腾的老妈蹄花前伸出调羹，又悠然，又淡定。

"唔"完了，惯例是继续给我汇报他的工作进展，他工程师出身，PPT做得很具建筑美，像盖了一座哥特风格的尖顶楼，从尖顶开始每一层都让人充满了期待，各种图片各种介绍各种亮点……直到最后一层时，他画风一转，淡淡地告诉你，算了，地基不行。

要么是转让费用太高，要么是店铺格局差点儿，要么是地段位置差强人意，要么是隔壁邻居不够亲切，要么是房东不咋喜欢音乐以及不喜欢小猫小狗……我完全没有把酒吧开成撸猫馆的想法，他却有他的打算，说是要么不开，要开的话会准备好小盘小碗每天喂喂流浪猫流浪狗。在他的打算里，人也要喂，找到的铺面里不能做饭不行，全体成员每天是必须要一起吃晚饭的，这样才有生活气息，淘米洗菜烫毛肚涮黄辣丁……

他说：我以前在皇后镇的时候，就遇见很多这样的店呢，既能生活又能挣钱做生意，里面所有人都是朋友，特别温馨特别交心特别有人情味……
你很难给一个热爱生活的人泼太多冷水，他都和你聊人情了，你总不能太不近人情，于是忍。

话说也不是头一回这么忍他了，他当年刚去丽江分舵上班那会儿就开始作妖，迷恋营造人情味，每逢轮到他负责午夜场，打烊时间都会拖得很晚，也不唱歌也不聊天，光聆听。他那时候热衷于抱着吉他一脸认真地听最后的几个客人讲述生平，大半夜还赖在酒吧里不离去的大多心里有事儿，都有着饱满的倾诉欲，于是或怒斥或痛陈，直至凌晨。于是每次天亮关门时，总会东倒西歪地走出来几个涕泪横流的中年人。
我大不以为然，人家来酒吧玩儿为的是放松和开心，老把人给整哭了算怎么回事？
他的回答是他啥都没干，就是听，他的解释是，大家都缺乏被人倾听的机会，只要被认真倾听了，说着说着都会哭，不过哭一哭也挺好的，哭比笑更放松。
……事实情况是，很多时候他会陪着哭的人一起抹眼泪，甚至出现过相拥而泣，嗷嗷的，听说场面很骇人。

属实是纳闷，他又没破过产他又没离过婚他又没失过业他又没被绿过盔，哪儿那么多感同身受共情心？

这就很难搞了，不制止的话总感觉哪儿有点儿不对，制止的话又好似太不近人情，最后我选择假装不知道，忍。

从丽江忍到成都，选址期他的作妖力迭代升级，忍到第三十几个PPT后，终于找到合适的铺面了，起码看起来是这样的，在那个PPT的末尾他首次没有大喘气，没有一巴掌扇倒了那座楼。就在我火速打开网银准备打款给他交定金之前的最后几秒钟，他发来微信，说不得慌嘛……不如再等一等。

于是我刚贴的钢化膜就碎了，然后他给出了理由，于是我刚刚捡起来的手机的屏幕也摔碎了。

他给出的理由是：还差点儿，那个铺面没有落地玻璃窗，没办法晒太阳，以及听雨声。

对于这样一个熟知成都天气德性却打算晒到成都的太阳的人，我个人认为他更适合回新西兰看星星，用冰冻过的雪花啤酒击打其后脑就行，又沉，又称手。

我后来认真想了想，又能晒太阳又能炒菜做饭又能养猫养狗地段又好房租又低邻居又亲切房东又热爱音乐……的酒吧铺面，安排一个正宗成都人去找，找了太古里春熙路宽窄巷子锦里锐钯街东区音乐公园兰桂坊九眼桥……找了整整两年，貌似也不算久。

你很难在一个纯血成都人身上看到急三火四，大部分时候他们都很佛系、很随性，随遇而安那种……不遇也安，咋安都行，不安也行。这就说明这个地方的人有大智慧，并会用实际行动去度你，边度你边告诉你：唔，不得慌嘛……还有那么漫长的人生。

度来度去，那两年我的血压被他度得屡创新高，常心慌慌地感知到自己貌似已无法拥有漫长的人生。

话说，若是一直不急不慢也能忍忍，忍不了的是忽然间换挡提速放飞自我，闪得人腰子疼。

先是关于招兵买马的事情，那时中意的店铺尚且遥遥无期，他忽然抽风，擅作主张招募好了员工。

我得到消息时，工资已经白发了一个月了，从预支给他的选址活动金里出的，一招就是俩歌手，一个大招风耳，一个络腮大胡子，都属于乍一看心里一咯噔仔细一看咯噔噔噔的那种。

稍微仔细一了解，腰子就有点儿吱吱地疼。

一个叫小田，田自鸿，绵阳人，热爱音乐，大学毕业后在学校附近开了酒吧，因经营不善，刚刚倒闭。

一个叫老杨，杨旭凯，宜宾人，热爱音乐，大学毕业后在学校附近开了琴行，因经营不善，即将倒闭。

……小S给出的招募理由有两条，一都热爱音乐，二都很有从业经验。

他所谓的从业经验，让我有种不祥的预感，但按照他的说法，他自己是流浪歌手出身，并未独立开过店，难得这么优秀且有过经验的人才遇到了，怎么舍得轻易错过？所以，他替我做主了，报销了车票让他们来了成都，并租好了房子买好了被子褥子锅还有碗……

他和我说：真的，按照我在皇后镇街头积累的经验，一个人是不是真的喜欢音乐，我能瞬间感觉得到。


隔着几千公里的距离，我运了一口气，组织着措辞，研究着如何言简意赅却又振聋发聩地和他翻个脸。

却是未果，因为他说：……一想到我当初也是这么进的小屋，心里就挺温暖，我会继续好好和你学习的，老板。

我一度迷惑我到底算不算是他老板。

如果是的话，那我一个当老板的为什么要屡屡忍受他的诸般先斩后奏，及挪用公款。

那笔公款不算是个小数额，按成都当时的公寓租金价格，三套南城的屋子足够住一年。当时掏钱时着实心抽抽，不掏又不行，不是挤一挤的事了。传来的消息里，两个新歌手的女朋友都追了过来和他们同吃同住，都幸福而羞涩地表示他们的工作稳定决定着他们的关系也会更加稳定，该婚的婚，该孩的孩……

在这种客观情况下，虽然小 S 没开口要，但由不得我不掏钱，我不帮他擦这屁股谁帮他擦？谁知道他自己擦的话会不会越擦面积越大……以我对他的了解，他未必干不出来。

实话实说，钱打过去后我没有任何别的想法，除了热切盼望着老杨和小田的情感都快点儿出现些波折分个手什么的这样就可以挤一挤房子就可以只租一间店还没影儿呢我连面儿都没见过呢我何苦何必为你们的感情稳定做贡献……

就是这么一笔抽抽着心拨过去的钱，后来被挪用了一半，非私下操作，几乎算是明目张胆。

具体来说，那笔公款的去向是宽窄巷子旁的一个小商店，店主还关注了我的微博，隔三岔五就用蓝 V 发表一堆彩虹屁，各种不着调的赞美，逮啥夸啥那种，阅后令人恍惚思索是不是欠过他的钱没还。此人热情洋溢了半个多月后我才品出点儿味儿来，经私信问询后方知，小屋已成为他真心爱戴的大客户，因为小 S 已将每日 6 箱矿泉水的采购量保持了快 2 个月。

事实上，这一采购量后来又持续了近 9 个月。

我记得在那天的隔空对质里，小 S 对其所作所为供认不讳，且颇有一种成就感，除了晒出一沓子小票，他还给我发了几张照片。照片上他和老杨、小田一人一把吉他席地而坐，周围的路人或站或坐围了一圈，居中是一块用易拉宝撑住的招牌：大冰的小屋流动酒吧。

我开小屋十几年，心力交瘁才保住了各店能有墙有顶有瓦遮头，猛然发觉原来它还可以是液体，且都流到了大马路上。行，小S你可真行，你有种……他就在电话那头喜滋滋，谦虚而淡定地邀功：唉，我就知道你会高兴呢，我一直和他们说噻，你和我们一样，都还保留着一颗年轻的心……

我并不高兴，我捂住那颗瞬间苍老且抽搐的心，憋着气听听他能说出个什么四五六。

据他说，这个主意是集体决议全员通过的，符合小屋的章程，出发点主要是为了练兵，店址既然还没影儿，人员老闲着终归不行，他和老杨、小田都是歌手，一个歌手长时间没舞台唱歌会惆怅，干脆街头摆地卖唱给路人们听。他说，如此这般，这也算是重温他自己的皇后镇卖唱岁月，想想就令人感动……

他说，既然街头，当然演出的位置不固定，故称流动，至于为什么挂出小屋的招牌，说是一来对小屋有宣传作用，二来是为了证明他们是有组织有团队的，唱起歌来也光荣。

小S说：真的，离开新西兰后，已经太久没在街头卖艺了，现在的感觉和当年略有不同，以前是单打独斗，如今立起咱的招牌卖唱，觉得代表着一整个团队，心里特别光荣……

我认真捕捉了一会儿，无论如何也搜寻不到半丝光荣，我摇旗立柜十几年，发心动愿庇寒士煞费苦心才把流浪的歌手们安顿在可以挡风遮雨的小屋中，如今一人作妖，多年的积淀骤然破功，他们的确起到了宣传作用……路过的人肯定有叹气摇头的，小屋看来终于没落了，大冰估计也快化了，你看你看，都流动了，歌手们也都栖栖惶惶流落街头。

好，姑且不说这些，账咱慢慢算，每天6箱矿泉水是什么情况？饮驴还是饮牛？你们三个歌手每天在宽巷子表演当街淋浴吗？6箱水144瓶，泡澡估计都OK吧。

答曰，此举是为了契合小屋的气质和属性。

他的原话是，小屋既然是酒吧，听歌的人没东西喝不可行，但既然是街头流动的酒吧，也谈不上什么氛围和环境，也就不好意思大马路上边唱歌边卖酒，于是就决定不卖，光送。

他说，这样的事他太有经验了，当年在皇后镇卖唱时就常干，自己高兴，别人也高兴。

他说，送的话又怕啤酒进价太贵花我的钱太多，于是送矿泉水，驻足听歌的人一人一瓶。


合着还替我省钱了？我是不是还应该好好谢谢你？

不用谢不用谢，他谦虚地表示这都是他应该做的，他做得还不够，他会不骄不躁继续努力奋斗。他下一步的奋斗目标是秉承我一贯的作风，继续招兵买马扩大歌手阵容，要做就做出个声势来，争取让所有路过宽巷子的人都知道大冰的小屋在流动……

他不是在演戏，是真心在谦虚，且谦虚得很得体很有热情。事已至此，除了瞠目结舌我唯有默认现状，不然还能咋的？都是报应。

……起初宣布派小S去开成都分舵时，他慢悠悠地问：唔，为啥子派我去嘛？

我说：因为小屋西南籍的歌手里你文化程度最高，而且又见过世面，关键是你既搞文艺又学过理工，我很期待这两点能带来让人惊喜的交融。

他就说：那确实……不过，万一我搞不好嘛？

我当时，为什么要和他说：大胆去做，我疑人不用。

……都是报应。


作为一个前理工男，小S颇重视书面记录的重要性，他那时候陆陆续续发来了一些所谓的工作日志，摘抄一部分吧，以侧面反映其当时之状态和心境：

……今天有听众领到水后很讶异，跑去给我们仨买来冰爽的星巴克，真是好人。

特别多的好人，我们卖唱的地方对面是一家餐厅，每天都会邀请我们仨去吃饭，说：每天看你们在对面唱歌，多很辛苦，进来请你们吃点东西吧，店里有冷气。我们哪好意思白吃东西，就去坐坐吹吹冷气就挺好的了。

……有读者发现我是小S，来了看到我在唱歌，过来跟我说话，就哇的一声哭了，给我吓的。她说：原来书里写的真的是真人啊，太高兴见到真人了，你知不知道你的经历给了我特别多的刺激，我以前是学渣来着，现在英语专业八级已经考过了，我打算继续下去，将来去当同声传译。

……小田是羌族人，今天我们开工的时候，远远看见一位身穿羌族服装的美少女走过去，他就想起了老家的羌族歌曲《沙朗》，于是唱了起来，没想到这个羌族少女居然过来和小田一起唱了起来。然后忽然跑过来一大拨穿着羌族服装的人。他抬头一看，原来都是他们村的七大姑八大姨。小田脸唰的一下就红了，妈妈都跟村里人讲他在外面酒吧唱歌，突然家里亲戚看见他在路边卖唱，小田心想，这要是回去给街坊邻居说了，那哪里还有脸！当时也管不了那么多了，还是硬着脸皮来吧！唱完后，人群里一个小田的小学同学就问他：你不是在一个挺有特色的酒吧唱歌吗？小田看了看我，我就点了点头，他就回答人家：对啊，这就是我们酒吧的特色啊……不仅在屋子里唱，也敢在街上唱歌（这个回答有点儿风险，毕竟老家那边的人思想还不开放，在他们看来他这种生活状态和乞讨没什么区别）。然后剧情有了转折，小田的同学说：要不我们一起给你来唱跳一个？人多才有吸引力！说着说着十来个人就围着一起，边跳边唱羌族歌曲敬酒歌。人越围越多，唱完的时候整条街都被堵了，好多人一起喊，再来一个。

小田的乡亲们都很高兴，他们大都没进过酒吧，问我这算不算是泡吧了，我说算，他们就更高兴了，最后扛走了四箱矿泉水，很快乐。今天唯一不快乐的人是小田的女朋友，因为小田和那个美少女唱歌，而且美少女临走的时候还跟小田约好了，回头回村了，她会杀一只鸡请小田吃。

小田今天和女朋友发了誓，他这辈子也不会吃鸡的，而且那个少女比他辈分大，某种意义上算他姑姑，但他女朋友依旧不快乐。

……在街头路演的时候，有很多乐器加入过我们，大提琴、中提琴、小提琴、Hang Drum 和 Didgeridoo，音乐在合作配合的时候，最为迷人。今天晚上，我们仨正在深情款款地唱着鲍勃·迪伦的 Knockin' On Heaven's Door，突然出现了一个国际友人和我们一起唱，没有事先排练，我们就一起合唱，他唱着和声，我们唱主旋律，第二段我们又为他唱着和声，一下子把整个宽巷子的人都吸引了过来，这短短几分钟的合作很迷人，真是音乐无国界。后来有几个外国游客好像认出了他，就很激动，找他合影，他就把墨镜一戴迅速跑了，那几个游客就在后面追，我和老杨、小田想了半天也没想起来他是谁。

……巷子的负责人老是拉着我问："你们怎么老是聚了这么多人？"他每次都害怕我们这里人太多，觉得容易出事儿，于是特地安排了人去疏散巷子里的交通，他人也很好，特意把小屋流动酒吧写入了宽窄巷子特色游览推荐手册。我们带着我们的琴，还有酒、矿泉水，从宽巷子唱到井巷子，再到东广场，这一整个夏天都在自由流动，过几天青羊区打算搞户外音乐节，我们仨被邀请参加，据说会去很多人，我打算把招牌扛上台……

我严肃制止了小S把招牌扛上台的打算，同样一件事情，站的位置不同，获得的视角就不同，反正他搞的这些事情，他很快乐，但并没有让我很快乐，我比小田的女朋友还不高兴。

很长一个时期里，每天打开微博都有不明真相的路人晒图@我，有的是好心，特来提醒我在宽巷子发现了冒充小屋的"李鬼"，唱歌的几个人一看长相就不像正经人，建议我报警。

有的应该是蹲下听过歌的，跑来感谢我在酒吧倒闭了的情况下还在街头唱歌免费送水答谢听众。我解释了一些，告诉他们胡说八道根本没倒闭，但根本没人听，很多人鼓励我要继续坚持不放弃，并安慰我说相信我会东山再起……

我有一个老大哥，前旅游卫视台长姓韩名国辉，人很能喝、很讲义气，老韩有天下午喝大了，哽咽着给我打电话，张嘴就是：不易啊……兄弟，不知道的还以为你这几年多风光呢，唉！

他动情地说：你有财务困难你和我说啊，别死撑，哥虽然也下岗了，但还有点儿积蓄……

他那天路过成都，去宽巷喝茶时路遇了小S他们在摆地，那招牌他认得是我的，于是坐在路对面喝着冰啤酒听了一下午的歌，以及隔壁桌的各种感慨和私语……然后醉醺醺地黯然离去。

讲义气的人大多轴，老韩那天在电话里一个劲儿问我要银行卡号，隔天酒醒后还是要，咋解释都认为我是在掩饰，坚信我是捉襟见肘到小屋的房租都付不起，无奈之下我联系了小S，让他抓紧对接赶紧解铃去，于是老韩又听了一下午歌，和歌手们一起围坐在人圈里，端着一瓶矿泉水。

据小S说，关于流动酒吧的意义，该说的都抽空说清楚了，但老韩走之前依旧硬往琴包里塞了老厚一沓子人民币让全拿去进酒给听众分，并发表了深情的演说，给予了歌手们各种鼓励，以及代表我感谢了他们在困境中对我的不离不弃……

老韩并不知道，我得到这一消息后的第一反应是无比希望小S他们能将我火速遗弃，大家和和气气一拍两散相忘于江湖再无干系。

小屋成都分舵的选址工作，后来在我的强硬决断下迅速落停，于2017年在成都魁星楼街开业大吉。地段不是最好的地段，店铺格局也差强人意，小S

一直不明白我为何忽然强硬，也不明白我不肯参加开业典礼的原因，也一直
没搞明白为何我每次路过成都都懒得去他们店转转。

如果你喜欢小屋，想去捧场，那谢谢您，厦门济南西安大理……哪个分舵都
行，至于成都分舵，并不建议。
……啥都别说了，就是懒得去。
老韩你如果看到了这篇文字，你也别去。

# （二）

这个人吧，你越懒得搭理他，他越热爱搭理你。
小屋成都分舵开业后我终于得到了解脱，不用再忍受小 S 的 PPT 和各种神操
作，但他并没饶了我，依旧热衷于给我发工作日志：

冰哥，今天又有人在小屋门口跟我们说：小 S，我之前在宽窄巷子的人群里
有喝过你们送的水噢！你们现在有铺面了，那酒还白送吗？水也行。
冰哥，我在咱店设了个茶水点，可以让负责这条街的环卫工人们喝点水休息
一下的那种。
冰哥，新来的女歌手四月，给店里的微波炉写了一首歌……
冰哥，原来那个流动酒吧的招牌，我一直挂在歌手的休息室里，时刻提醒着
我们要一直保持街头唱歌时的热情和谦卑……
冰哥，我给大梦在店门口设了个绘画摊，然后安排好了人手，他想进屋上厕
所的时候，大家就一起抬轮椅……
冰哥，新来的女歌手四月，给店里的电冰箱写了一首歌……
冰哥，今天大家周末聚餐，我刚才和大家说，忽然想起了当年在丽江分舵上
班时的一些事情，有个大冬天没客人了，你忽然拖着行李推门进来，说是转
机路过，那天你炖了一大锅萝卜牛腩汤在小屋的坑里，就我俩一起吃，慢慢

地从脚到手就感觉很暖和，我和大家说，如果要问我小屋给我是什么感觉，我觉得就是那一锅萝卜牛腩汤……

冰哥，咱店的女歌手四月，给店里的电饭煲写了一首歌……

我懒得搭理他，类似的信息都没回复过，貌似他汇报了很多，但鬼知道他没汇报的事情都有什么……

四月的歌倒是去找来听了，她有首《三月三》很好听，很老俄罗斯的感觉，据说最初知道小屋是因为在宽巷子逛街时听过小S他们唱歌，四月之前是公司文员，和音乐半毛钱关系都没有。小田以前的职业比她反差还要大，在开酒吧之前曾是绵阳人民法院的陪审员。小撒曲风很摇滚，我听歌时以为他是个愤怒的大胖子，后来发现是个温柔的小胖子。

小屋慢慢从当初的三家店变成九家店，人数接近九十。成都分舵的人和我是最不熟悉的，那边的业务和人事情况很独立，我基本找不到什么指导具体工作的机遇，偶有那么两次路过成都请全员吃个夜宵，他们聊他们的，都和小S很有的聊，都基本不怎么搭理我。

结账时我是有点儿恍惚的，什么人啊这都是？吃了我这么多盘肥牛也不知道对我热情点儿？哪怕是假装热情点儿也行啊，搞得我这存在感也太低了吧，咋都对S舵主当年的异国打工岁月那么感兴趣？咋都爱和他聊皇后镇？明明你们大掌柜的纵横四海去过南极还去过北极……

后来成都分舵的女歌手四月借调大理分舵，在我家吃过几次虾仁馅儿饺子后终于和我熟络了一些，她告诉我说：不是不搭理你，是觉得S更可亲，他不一样哦，人又文质彬彬又有主见，很阳光但又不光线刺眼，总之每次听他聊皇后镇，就觉得他多热爱生活哦，就被带得也很热爱生活，然后就觉得他这样的人挺可亲。

而且，她说：你不觉得他做过的所有的事情都挺浪漫的吗？少年感多强哦。
我反问她：难道我就一点儿少年感都没有吗？

她端详了我一下，欲言又止……从她的眼神里看得出来，如果不是这层雇佣关系，估计我连个大叔都算不上，顶多喊声师傅。

四月说，小S一直梦想着重返皇后镇，每个月的收入他都存下一大部分，计划着像当年那样歌唱着出发，更加快乐地生活在皇后镇。

我说，他随时可以走啊，按他的收入应该早就存够了啊，天大地大干吗非要被一个小店约束住啊。

四月就说：S哥说了，冰哥的知遇之恩还没报答完，他不忍心那么快告别，那会给他带来一种不完美的感觉。

我就苦笑：四月，你能不能给捎个话，他很可能完全想反了……

话很快就传到了，也不知道四月是怎么说的，总之小S动情而淡定地向我表示了感谢，深情而收敛地表示，既然我这么不舍得他走，那他就接着好好干下去，重返皇后镇的事他打算过几年再说，为了小屋，他值得做出这样的牺牲。
…………

我牺你妈卖麻花儿个牲！

我完全不是这个意思！

我完全不知道该怎么去解释！

到后来也没办法解释了。

所谓拿人的手短，酒吧行业有淡旺季，小屋各店有赔有赚，成都分舵却不知怎么搞的在他的管理下一直有盈利，于是西安的房租尾数、济南店的装修尾款、厦门店的转让费……好几次缺钱时都找小S打款周转，周转的钱往往不会周转回来，自然对他们店的年终奖收入影响剧烈，却并未有过什么抵触或异见，他每次打款时都很积极很光荣的样子，听四月说，他给他的兵们开过会，主题是：论"分享"二字所带来的幸福感。

据说，他在那个内部会议上所举出的例子，大部分都来自于早前的旅行，关于皇后镇的占一半。

OK，又是关于皇后镇，他的桃花源。

他也不嫌烦……

我认真琢磨了半天，两年的异国生涯不长啊，一场普普通通的旅行而已，咋就会对一个人的影响那么深。

在那场旅行之后，他所有的想法所有做过的事情，自觉不自觉地，几乎全都打上了或深或浅的烙印。

我把写小S的那篇旧文翻出来，一并翻出来的还有当年的原始采访笔记，认真重温后，确定他并未在那两年中经历过什么惊天动地或振聋发聩，有的全是各式各样的小琐碎。同样的琐碎，在这个地球上任何一个国度任何一个城市都有土壤发生，不论是否远行，都不难遭遇，咋就会对他的影响那么深，乃至于把他塑成了这样的人？

小S是个什么样的人呢，四月的界定我部分认同——阳光，以及有那么一点点惹人烦的少年感，或者说，令人羡慕的少年感。不得不承认，这大部分归功于他曾经历过的那些或温暖或向阳的小琐碎，这让他在离开皇后镇的多年后仍然停留在皇后镇，依旧重复扮演着那个湖旁歌唱的少年人。

能在过往的经历中获得心力去营建起一份少年感，是件幸运的事情，但若能终其一生一直保持住这份少年感，却是件几乎不可能的事情……这个世界哪有那么包容，从来就容不下几个少年生存。

他能一直保持住这种少年感吗？

重复，是不是最好的保持方式？仅只重复过去的话，养分可以汲取多久？

不知怎的，我总觉得，小S确实应该在地理意义上重返一下皇后镇。

或许只有现实中的重逢重温，才能促使他在心理上的走出，或者，更加长久地停驻吧。

## （三）

琢磨这些，重要吗？咋活不是活，咋活不行？

重要，还有什么比"怎么活"这三个字更重要。

活着活着不就知道怎么活了吗？

有可能，但不一定，活着但不琢磨，活着活着也就没什么劲。

琢磨了就有劲了吗？

实话是琢磨到最后，也没劲，甚至半途有可能走偏了，不仅没劲而且不对。

那还琢磨个什么劲？

因为不去琢磨该怎么活的人，很可能从一开始就走偏了，这种不对可真没劲。

活着可真麻烦哦，累。

嗯，你说得对，你看，这不就是在琢磨。

这也算？

当然算，能琢磨清楚了"活着可真累"的人，咋活不行，咋活不是活？

你这是诡辩术！我不信！

不信也是一种琢磨，越不信的越要琢磨，经过琢磨的不信，好过不经琢磨的笃信。

那又说琢磨到最后，也没劲？

哦，因为能把"怎么活"琢磨到最后的，没几个人。

琢磨，是指思索吗？

可能是指思＋索吧，就像知与行的逻辑关系一样，思考思辨＋体验实践和求索。

原来不是光想想就行的事儿？

光想光说的话，那和光走光看，又有什么区别呢？

那你思索得怎么样了？或者说琢磨得怎么样了？开始没劲了吗？

没呢，这才哪儿到哪儿，还糊涂着呢，所以才写书讲故事边写边琢磨，但离琢磨明白该怎么活，且远着呢。

那你有什么资格和我说这些大道理？装什么故弄玄虚！你滚吧！

嗯呢，好嘞。


上述是真实的对话，很遗憾那个朋友最终拉黑删除了我，很遗憾没能给出直接的方案助其摆脱压抑、帮她解答困惑，而瞎扯了那么多有的没的，抱歉抱歉，让人失望了。

人们总是会对你寄望很多，因为你是写书的……可是并不知道你写书，也是为了琢磨。

我写过很多的人，在笔下在纸上和他们一起琢磨，琢磨不见得是一定为了正确，也不一定是为了有个结论而琢磨，而是在扁平里找多维，找到林林总总的人，一起琢磨。


好了，私货夹带一点即可，接着讲小S。


截至2019年，小屋的百城百校免费音乐会举办了5年2000场，行程覆盖了从海南到新疆的一整个中国。

每个分舵的歌手都有参与，成都分舵的小分队里最受欢迎的是小田和四月，当然，还有小S。

2019年春天，我送了小S一个小礼包——

一笔现金、一个任务、一个假期。

钱不算多，但足够他买完环绕地球一整圈的机票了。

任务是演出，也不多，几场而已，百城百校免费音乐会走出国门，除了俄罗斯法国泰国外，开设的新西兰场次有奥克兰大学站、基督城坎特伯雷大学站、皇后镇站。至于假期时长是少是多，小S自行决定，反正演出的最后一站是皇后镇，是留下个仨月俩月还是三年五载，皆可，反正按照小屋规矩，休假期间的店长工资两年内会照发的。

预想中的感激感动并未发生，谢倒是谢了，也不可谓不真诚，但就是不够浓烈，反正宣布这一决定后没和我聊几句他就把通话结束了，令人满怀期待却吧唧失落，眼巴巴地等了半宿也没再等回个屁来。

早知如此，休假期间的工资应该打个对折。

后来想想，应该是一得到消息，他的魂就飞了，心和脑子都已经去了地球那一边，其余的都顾不上了。等回过神儿来的时候，人已经在飞机上目极云海了，这才想起来应该礼貌性地和我表达情感，也好给自己留个后路什么的。所以说，他航班落地后才给我发来了出发短信，充分证明了此人应该还是有那么一点儿良知的。尤其是他在措辞里使用了"想念""留恋"这些词语，用得很得体，我认为走后的年终奖也是可以发的。

说是长假，实际是放飞了，这点他应该心知肚明，这种方式避开了辞行的不舍或尴尬，他也没包袱，我也好受点儿……起码看起来是这样的。

原以为自此江湖再见，黄鹤一去不复返，没承想当天晚上邮件就发过来了，关于重返故地后发生的各种趣事，此后每过一两天都能收到小S发来的邮件，起初我还挺感动，唉，这是和我分享生活呢，有良心。后来越看越觉得不对劲儿，怎么抬头和落款一个都没有，也完全没有和我的隔空对话感，这不就是在写日记似的吗？合着我的邮箱是他的日记本？

摘抄了部分他的邮件并加以我当时的批注，合并为下述文字，对其精神面貌可见一斑：

……奥克兰是我当年第一次出国来到的城市，现在重新踏上了这片土地，我脑海里全是刚来到这里时，那个眼睛里满是惊喜又畏首畏尾，拖着行李箱到处乱撞的青涩少年的样子，又一次看到蓝得透彻的天。（批：当年你已24岁，完全称不上少年，另外，你后来在云南小屋上班时应该不缺蓝天看。）当年在皇后镇的哥们儿 Victor 来机场接我，啊！他发福了不少，当然，我也比当年胖了那么一丢丢。（批：不要骗自己，你从我家拿走过34码的裤子，谢谢。）他给了我一个熊抱，以前他在皇后镇做旅游接待工作，现在他来奥克兰继续学习，他说他要全程做我的司机，好好地陪陪我。

我带他去了我当年打工的那家餐厅，不过好像已经倒闭了，也不知道当年墙上，我用酱油写的字还在不在。送我到酒店时，他跟我说要请我吃饭，而且要带上一个神秘的人。神秘的人？难道也是以前的老朋友？

吃饭那天他准点来接我，我一上车，车里一个女人的声音就在激动地叫："啊啊啊！S 我可是听你的歌长大的。"我一脸蒙圈，哈哈，尴尬。后来听她说，她是在书上看了我的故事，听了《皇后镇》，一毕业就来了新西兰，也是拿的 working holiday Visa（打工度假签证）直奔皇后镇来了。她说她太喜欢这个小镇了，后来她在小镇上生活了一年，遇到了我当年的兄弟，然后他俩谈了恋爱。（批：……造孽啊。）

所以这就是神秘的人？ Victor 说：对，就是她，我女朋友！（批：到底谁女朋友？）

他说：你知道吗？这几年，我女朋友老是在我耳边说你怎么怎么样，想见你什么的，我说你当年还是跟我住在一起的呢！（批：……造孽啊。）

哈哈哈，我这才反应过来。哇！原来这么浪漫的吗？所以我是你俩的媒人咯？想起当年我还在皇后镇给别人当过神父呢。她说："你不信的话，下车看看我们的车牌号。"我去看了，LOVEQT，就是我爱 Queenstown！还真是，还可以这样撒狗粮吗？你们，过分！我待会儿要点最贵的吃，多吃点儿，我可是媒人！（批：你从成都来的你什么好东西没吃过？到底谁过分？而且书里的故事是我写的，到底谁才算媒人？）

到了 21 Days Bar & Brasserie 餐厅，在北岸，环境很好，我们面朝着大海闲聊，一个女孩子猛地坐在我对面，我惊讶道："啊！！这不是 Max 吗？昨天微信上聊天你不是说在皇后镇吗？怎么今天就出现在奥克兰了。"

"怎么样？不行吗？给你惊喜啊！来奥克兰，当然是来看你们的音乐会啊！不要太感动噢！"

这个真的有感动到，Max 是我当年在皇后镇最好最好的一个异性朋友，武汉姑娘，耿直、热情、大大咧咧，长得也漂亮。她经常用武汉话骂我，个斑马，马了个侉子，总之有她，一切都很欢乐。（批：……）

那个时候，她每天都陪着我在街头唱歌，彩虹笑脸就是她跟我一起做的，还在我卖唱的摊前卖过自己折的卡通气球，能力很强，在皇后镇极限运动跳伞公司 NZONE 公司做市场营销，曾经野到想去做跳伞教练，后来做到皇后镇最大旅游公司的亚洲区市场经理。我当年离开的时候，她哭得最最厉害，边哭边给我说能不能不要走，最后都不敢到机场送我，我甚至一度怀疑她是不是暗恋我，哈哈哈。（批：真的，你想多了，一个正宗武汉姑娘如果喜欢你，当初你死也走不成。）不过我俩感情是真的好，也是真的不来电，但就是在那个时候，也真的彼此陪伴。她特别照顾我，经常给我带好吃的，从我出摊陪到收工。这几年我们一直保持着联系，她回国出差探亲的时候，也会来成都看我，现在她也遇到了她的爱情，和一个比利时人结婚了，在皇后镇买了房，也生了宝宝。我打趣地问道："所以你这次是抛夫弃子来奥克兰看我演出吗？哈哈哈哈。"（批：你敢和一个武汉女孩开这种玩笑？不信。）

嬉笑间，厨师上菜了。嗯？这个厨师怎么这么眼熟，这不是 Bob 吗？当年在皇后镇的网红西餐厅当厨师！

所以你们是商量好的吗？Victor 说这餐厅是 Bob 开的，现在他是这里的老板，厨房里全是老外，都喊他大师傅，听他一个人的，今天的菜全是 Bob 准备的。

哇哦，那一刻，我知道我们现在聚在这里都是因为三个字：皇后镇。（批：一、你们才是老外；二、那你们要不要 AA 制？）

老友们一直在跟我说皇后镇现在变得更热闹了，甚至有些吵闹，名气越来越大，来这里旅游的人更多，皇后镇常住居民只有 3.5 万人，但是每年接待的游客达到了 300 万，皇后镇哪里负担得了这么多的游客，所以政府在不断地扩大镇子，新建了好多好多酒店，房价也是噌噌地上涨，酒店住宿生活成本更高了，街头艺人更是多到不行，我心里在想，我最爱的小镇发展更好了，我很快就可以重返她的怀抱了。

周末在奥克兰大学演出，现场来了好多留学生，（批：？吃饭的事儿这就说完了？到底最后是不是 AA？）当然也有好些我当年认识的朋友，都来给我捧场，我给大家唱了很多的歌，唱了《皇后镇》，跟大家分享了七年前一个学土木工程的、在工地搬砖的工科男，抛开一切闯荡到新西兰的故事，看着下面坐着的他们，里面不乏很多刚来新西兰不久的人，对一切都好奇的样子，像极了七年前刚来这里的我一样。

结束了奥克兰大学的演出，我大概沿着当年的轨迹一路往南，到了首都惠灵顿，时间来不及了，没有去探访当年拔葡萄叶子的葡萄园，当然也因为季节不对，没吃到车厘子，车厘子采摘期是每年的 1 月份，现在是 3 月，当年的那辆"车厘子号"也不知现在何方，真想念它哦。

另一个当年在皇后镇认识的老友 Jerry 陪着我安静地看了两天的海。

Jerry 是我当年在皇后镇街头卖唱的时候认识的，他那时在皇后镇希尔顿酒店做经理，我在街头唱歌时他常会约上很多朋友带着吃的带着酒听我唱歌，每次来都像是开派对。Jerry 那时 30 岁，玩心却很重，最爱张罗组织些活动，比如瓦卡蒂普湖边烧烤什么的。有时人群里有新加入的小伙伴，大家会组织湖边迎新，商量着把新加入的伙伴扔进瓦卡蒂普湖里什么的。他曾经拎起一口锅，我们开着"车厘子号"直到南岛最南端的 Bluff 海边去挖鲍鱼，涨潮前海边的鲍鱼又大又肥，就贴在岩壁上，切下来直接就可以丢在锅里煮，我那次还带了老干妈，所以我当年不只是拿猕猴桃蘸过老干妈，还拿鲍鱼蘸过。

还有一次我俩开着"车厘子号"到了四百公里外的城市达尼丁，去干吗呢，去唱通宵 KTV，我们当时边唱边乐，唉，好不容易街头卖唱挣的钱，又因为唱歌花出去了。

这一次我们在惠灵顿重逢，他工作调动到这里，干的还是酒店管理老本行。但我从奥克兰飞惠灵顿时出了点小状况，其他行李托运了，吉他不舍得，于是在登机口被地勤人员拦下来，说是随身行李超重了要补交 70 纽币，而且必须用现金。在国内支付宝用惯了，身上没有那么多现金，又刷不了卡，于是僵持不下，咋说都不行。

这时一位中年女性凑过来，用浓重的新西兰口音问我是中国人吗？我说是，她就说她可以帮我付，因为她刚从中国旅行回来，因为没有微信和支付宝，结账时好几次被人帮助过。我感动坏了，连声谢谢，但是地勤居然说不能帮付，只能自己付，我和那位女士都搞不懂是为什么。

那位女士和地勤交涉了半天，最后的结果是我人先上飞机，我的吉他坐下一班飞机，然后在那边机场赎它。

我有些担心我的吉他被弄丢了，忧心忡忡的，那位女士就调换了座位和我小声聊天，安慰我，一路上我们聊得很开心。她告诉我她最喜欢中国杭州，杭州她最喜欢的餐厅是"祖母的家"，最喜欢的地方是：西西西地。西西西地这个地名是她反复和我重复的，说确定是中文发音，杭州我不太熟，但听起来总感觉不像中国的地名。（批：62！是西溪湿地啊！）

我邀请了她下次再来中国时来成都玩耍，她说好，同时让我不要因为地勤的事情生气，影响了这次旅行的心情，然后又和我聊了很久的西西西地。

Jerry 带上现金在惠灵顿机场接了我，也赎了我的吉他，他很生气，觉得地勤这次很过分，当前中新关系确实紧张了一点儿，但这样有意的刁难可太不体面了，虽然是个人行为，但折射的心理太不好了。

惠灵顿的变化不大，还是那个宁静的最南首都，不过之前《魔戒》电影巨型甘道夫广告牌不见了，我在 Te Papa 国家博物馆门前看到巨型兵马俑宣传海报，有点穿越的感觉，那几天刚好是"中新文化旅游交流年"，博物馆内真的展示着秦始皇兵马俑。市区海边那座雕像还在，我跑过去又跟它合照了一张，六年前我在这里拍过一张的。

明天就要去下一场演出的地方了：基督城的坎特伯雷大学。
六年前我第一次到基督城的时候，在那里生活过一个月，那时刚从惠灵顿葡萄园里出来，准备去基督城休整休整然后找份工作，结果因为那个城市安逸惨了，花园一样，巴适得板，最后光休整没工作。

明天去完了基督城，就是皇后镇了，终于终于，太想念太想念太想念了，我想大哭一场啊我。

# （四）

小 S 在基督城期间的日记，是在恐怖袭击发生后的第三天发过来的。
该说的该聊的，都和他电话过了，在这篇文章的开头，我有写过与恐怖近在咫尺的他是怎么难过和费解，以及如何自我否定和迷茫，此不赘述，不再重彩浓墨。
以他那时候的状态，还能坐下来安静打字？我没想到他会继续给我发邮件，只记得电话里他一直在诉说他的混乱，他想放弃这次重返了。

下文是 2019 年 3 月 17 日小 S 于基督城发来的文字：

……即便发生了这样的事情，也没人能否认基督城是个美丽的花园城市，当年我在这儿生活过一小段时间，一直以来对它的印象都是平静到永远的，我做梦也想不到会发生这样的惨剧。

前天我跟朋友还有坎特伯雷大学百城百校音乐会的负责人，一起开车准备去第二天的演出场地踩场，我们的车开到一半路的时候，看见有很多警车呼啸疾驰而过，街上的人群也充满了惊慌，有人在拼命地尖叫。很快，车上的朋友喊：不好，是发生恐怖袭击了！你们快点看脸书！

脸书上第一时间出现了很多枪击案的视频，那些画面我可能一辈子都不会忘记。

那个枪手拿着枪，打CS那样的第一视角。他冲进一个教堂对着人群扫射，并在脸书上直播，杀完人以后退出教堂，慢悠悠开着车出来，对着街上人群也疯狂扫射。

视频里那个教堂离我们很近很近，车窗外有人说那个枪手正在街上逃窜，警方刚刚开始全城大搜捕。

很多人死了，枪手杀了五十多个人，还有数十个人受伤，重伤的有小孩子。

晚间有消息通过社交媒体不断地传出来，枪手是一名土生白人，通过自己的极端恐怖主义，来宣扬白人至上的原则，歧视一切外来移民……我大概明白了些什么，消息很快传回了国内，大家都知道了我在的城市发生了恐怖枪袭案，我的微信都炸了，看到好多朋友、同事发来的消息，问我是否安好，冰哥你也给我发来信息，问我是否安好，确认我安全后，就说演出取消吧，我那时候人是乱的，只说了好，忘了告诉你演出的承办方基督城坎特伯雷大学留学生会当时已经联系了我，通知演出暂时取消。

昨天枪手被抓住了，但是人们恐慌的情绪并没有散去，新西兰建国几百年以来第一次发生这样大的恐怖事件，在这里的每个人都被震撼得厉害。枪手在脸书上发布的宣言让人不寒而栗，说他选择新西兰实施这次枪击案，就是想告诉全世界，没有一个地方是安全的，包括新西兰。有消息说他也曾是个旅行者，因为几年前在旅行途中目击过针对白人的恐怖袭击，所以会有想法用这种方式报复。

就像我和你探讨过的马克·吐温的那句话，旅行，不是最好的消除无知和仇恨的方法吗？我怎么也想不明白，他去过那么多国家，开过那么多眼界，为什么他走遍世界后得出来的会是这样一个结果？你让我好好想想，我一直在想，也会一直想下去的。

你给我的建议，昨天我去照做了，我让朋友带着我去买了花去了惨案的发生地，我没想到会有那么多人去，很多人，不同国家、不同肤色的人。我和他们一起，在遇难地点前献了花，那里很安静，人们都很沉默，也很平静。献完花以后，我不知道接下来该再做点什么，我去车上取了琴，离开到一个稍远一点的地方，在不打扰别人的情况下，为这些不幸逝去的人弹唱了一首歌。

我唱歌的时候，有人路过我，有的泪汪汪的，有的就冲我笑一下。有个老人，慢慢地停在我面前，一直看着我。我唱完了以后她和我轻声地说话，她说：男孩，大点声唱吧，越是在这样的时候，我们越应该唱歌啊，告诉他们，我们不怕。

和她一起的人就指着不远处，说：对，如果他们想给我们仇恨，我们是不会接受的。

…………

我回到车里后，不知不觉就回到了住处，昨晚怎么吃饭睡觉，我都不记得了，一直到刚才开始写这个邮件为止，我都不懂时间为啥子忽然过得这么快。我不觉得我想明白了，但我从来没有像此刻这么强烈地想回到皇后镇，我迫不及待地想去看看，不论会重逢什么我都要去看看，塌了就塌了。

之前和你说的话我收回，反正现在我知道我不论能不能想明白我都需要重返皇后镇，今天就到这里不写了。冰哥，我以后可能不给你发邮件了，莫操心我，你也多保重，好了我收拾行李去了。

2019年3月17日，读完小S的邮件后，我有过那么一小会儿的低落。

我坐在书桌旁，隔着一万一千多公里的距离，认真地把自己代入他，站在他的角度去思索。

让他进入这场思索，是否真的好呢？一直以来我只推崇思索的重要性，却在鼓励他人思索时怯于亮明我所认可的清晰坐标……说是不想误导，但这种不误导，是否反而会是种误导呢？

促成他的这次重返，是否真的是对的呢？他如果一直心里装着皇后镇但人却开开心心地待在成都不离开，难道不好？我是不是太自以为是了？仗着自己年长，就轻易地想给他引导，却又并不确定最终的方向是什么……我这么做的意义何在呢？动机又是什么呢？或许那个把我拉黑的朋友说得对，我自己都还没想明白该怎么活呢。

邮件里他说：我以后可能不给你发邮件了，莫操心我，你也多保重。

他应该也感觉到了吧，可能我带给他的这些影响，未必会对他好。


案头有个小小的地球仪，转动了几下找到了新西兰南岛，小S即将重返的地方。

接下来会怎样？

既已至此，祝好。

# （五）

整个2019年春季，我闭关写作期，原本应八风不动安驻大理，因心下的那点低落，关了手机带了笔记本去了泰北乡下，换换环境散散心。一段时间后回到云南，手机里除了垃圾短信，找我有事的朋友寥寥无几，随手翻看一下小S的朋友圈，惠灵顿之后他就再没有过更新。

好吧，没有消息，或许就是最好的消息。


接着就有点儿想念他之前乱七八糟发给我的那些微信，以后应该也不会有人给我再发这样的东西了，小屋各分舵的管理已越来越规范化，各店主理人都很能干，越来越轮不到我操心，也不需要我再去忍谁。

忽然就发现一件事情，之前老觉得是在忍他，觉得自己够包容，其实认真想一想，他的所有的神操作确实像他说的那样是在学我，只不过不是后来的我而已。

谁又不曾有过少年感呢？风马少年呢还是！但被风吹来吹去这么多年，我的早不见了影，他的呢，如今当下的皇后镇，是否还能让他重新拾起？

……算了不琢磨了，人家都说了，莫操心。


于是就不再琢磨。

紧接着由不得你不琢磨，想不琢磨都不行！

这个小王八羔子明明说了不再给他"亲生"老板发邮件，但三封邮件大大咧咧地躺在邮箱里！


● ……原本想搭车沿着新西兰一号高速公路一直往南，回到皇后镇，但实在心里等不及了，我就买了机票直接飞皇后镇。（批：请记住机票钱是来自于谁的支付宝转账。）到了机场后发现要开始安检了，之前新西兰国内航班都是不用检查行李的，现在随身行李也要检查，而我携带的吉他，本来是要额外加收费用的，但负责安检的工作人员跟我说：因为发生了这样的事情，我们对旅行者们很抱歉，所以特殊行李免费 Free。

那一刻我觉得这个国度还是会继续美好下去，因为这里的人们没有抱着仇恨的心态去生活，还是对来自不同肤色、不同国家的人们一样地包容、友好。

（批：你确定你主要不是因为省掉了托运费？）果然，紧接着新西兰政府开始发布法令，严格控制个人持枪，以及枪支在市场流动。

我终于回到了我的皇后镇，再次踏上皇后镇土地的时候，看着眼前的卓越山脉，我不由自主地湿了眼眶。（批：没水准，孬好不济也是个会写歌词的，咋一写感动就写湿润了眼睛？俗。）太熟悉了，这个小镇，回忆扑面地涌来，我又回来了，我甚至都有点不敢相信，距离上一次的离开，已经有五年了。我迫不及待地去走我曾经走过的每一个街角，在街上看到了好多以前的同行，好多新面孔的街头艺人，又看到了日夜陪伴着这个小镇的、有着果冻蓝的瓦卡蒂普湖，我的眼神也在一直搜寻着，当年的湖上钢琴师 AJ 还在吗？……很快，还留在皇后镇的朋友们知道我回来了，都邀请我去他们的家里做客、喝酒、叙旧……我原以为这次回来不会有那么多老友可以探访……（批：你空着手去的吧，啥礼物也没带吧，临走时我不是让四月建议过你带点儿成都的火锅底料吗？）

第二天我就在瓦卡蒂普湖边开始摆摊唱歌了，就像我六年前一样，一切都轻车熟路，这也是我这次回来想做的一件事，这次我带着我的专辑《满世界找你》在瓦卡蒂普湖边轻声唱着那首五年前为这个小镇为我那段特别难忘的青春岁月作的歌《皇后镇》。（批：这句有语病。）看着来往的路人，一样温暖欣赏的眼神，我有种错觉，好像这几年我从来没有离开过，仿佛中间那五年被冻结了一样。（批：呵，在小屋的这五年你是在冰箱里？你是条冻鲅鱼吗？）

街头演出快结束了，我听见不远处有钢琴声传来，我转头一看，那不是 AJ 吗？一样的装束，一样的发型，是他！我有点兴奋和激动，忙走上去跟他说话，谈话间我觉得他跟六年前不一样了，六年前的他孤独、忧郁。他告诉我说，他已经娶了妻子做父亲了，还高兴地用手机给我看了他 baby 的照片，果然全天下的父亲都一样。每个人都要走出来吧，开始一段新的生活，去拥抱新的生活。AJ 也走出来了，六年后看到了他幸福的样子，看到了他一直守在皇后镇，也遇到了属于他的爱情。我特意跟他说了声谢谢，六年前遇到他，让我有勇气去做街头艺人，后来回国我遇到了冰哥，遇到了小屋，现在成了独立音乐人。我当年卖唱的时候特别羡慕 AJ，可以卖自己的唱片。我当时就在想，如果有一天，我也能发自己的专辑，那该多好啊！现在我实现了当初的想法，我送了他一张我的唱片，他很开心，我告诉他，在中国有好多人知道他的故事了。他还每天在湖边弹钢琴，我知道，其实就是种坚持，这么些年来，我们都在一直坚持。这次我邀请他出镜了《皇后镇》的MV，他开心地答应了，拍摄那天我的吉他线出了一点问题，他说他能帮我解决，于是带着我推着他的二手钢琴，一直朝湖边的公园深处走去，他的天蓝色房车停在那里，他说他每天都会把钢琴推上房车，然后开车回家。原来，他就是这样远距离移动他的钢琴的。拍摄完后他跟我说他要回家了，因为家里的人，还在等着他。（批：然后，你自始至终一个字也没和他聊关于他的故事是谁写的？）

我还到以前唱歌的商店门前唱歌，商店没有换，但是里面早已没有了当年熟悉的面孔。我唱着唱着，从里面出来一位亚裔小姑娘，她跟我说："你是S吗？"我说："你怎么知道。"她说："天啊，真的是你，我才来皇后镇两年，他们都在说从前有一位中国男孩，一直在这里唱歌，唱了很久，没想到我今天真的能见到你！"我心里想，没想到皇后镇里还流传着我的故事，心里一阵暖意，大家都还记得我呢！（批：嗯，虽然你不在了，但你永远活在他们心中。）

我还遇到了一个不太熟的故人，也是一个街头艺人，本地人，大概有五六十岁了，我六年前在皇后镇做街头艺人的时候，他就已经在这儿唱歌了，没人知道他唱了多久，直到今天他都还在唱。六年前我们经常见，但也没有正式认识过，每次见面都是微笑问好，那天我唱完准备收工了，他牵着他的狗在一旁等着我结束，然后他开工，在我收拾设备的时候，他突然从对面咖啡店，拿着一杯咖啡朝我走来，微笑着说，快喝吧，天气冷！不知道是热腾腾的咖啡，还是他的那句话，我只知道，我确实有被温暖到，并连忙向他致谢。我不确定他是不是认出我来了，还是只是照顾新人，我收拾好后，就站在旁边看他演出，他画了个圈，他和他的狗都坐在圈里。他一开始弹琴唱歌，他的狗就跟着叫，好像在附和着他唱歌一样，就这样一直陪着他，人与自然很和谐，围观的听众看着狗狗也在唱歌，都纷纷地去给钱支持，眼前的画面简直太有爱了，远处的海鸥也扑腾着翅膀飞翔，野鸭还在湖里嬉戏……我爱的皇后镇一直都没有变。

我就忽然想明白了，我他妈也没变不是？！无论如何我也不应该变！（批：说什么粗口，跟谁两个呢？）

● 这些老友我都一一见到了，关于他们的现状，冰哥我和你分享一下。（批：好，你娃儿说。）

后来 Victor 去了奥克兰念书，刚还通了电话，他又毕业了，已经工作半年了，他跟女朋友准备结婚了。

Max 在皇后镇结了婚生了孩子，是个混血帅哥，我见到了，我还抱了他，新生命，以后长大了应该去学吉他，像他 S 叔一样，以后也在湖边唱歌，（批：人家孩子为什么不能好好学习将来当个医生当个律师当个对社会有用的人去呢？）一家人每天都住在瓦卡蒂普湖边，看日升日落。

Alex 陈轩去了斐济，做起了旅游公司，还跑去美国生了孩子，已经当父亲了。六年前，我们先后到了皇后镇，他工作谋生，我后来在湖边唱起了歌，那个时候镇里的中国人不多，大家也互相帮助，后来他去了斐济，我回国了，这一次我俩不约而同地回到了皇后镇，也是巧了，还坐在一起煮了顿火锅，缘分有点奇妙。（批：火锅底料他带了？）他跟五年前一样，一点也没变，40 岁的中老年人了，还是个小孩子的心态。（批：40 岁啥？你敢再说一遍吗？！）

蚂蚁在基督城开始做起了独立摄影师。Tony 熬出了头，拿到了身份在基督城做了爸爸。Jerry 在惠灵顿陪伴匆匆，变得成熟，也继续愤青，也在继续生活。Bob 在奥克兰开了一家很棒的西餐厅，依然是我见过的最棒的大厨。李良在心中依然对文艺有种偏执，每天咖啡还有热恋女友，还在努力工作。少商依然每天接待着从国内来的游客，一团又一团。湖边的 Grace 姐依然像妈妈一样照顾我。Lisa 也变成 26 岁的大姑娘了。金龙米娅要在皇后镇办自己的婚礼了。leon&sky 也都回国了。Tracy 这个小代购每天代购得很开心……而我，终于回来了。好了，我说完了。

（批：说得好！你说的这些人我一个都不认识，请问你和我分享得这么带劲儿干吗呢？）

● 我又要走了，皇后镇，再见了。（批：等会儿，上封邮件刚感慨终于回来了，这封就要走了？玩呢？）

应该还会再见的吧，一定会再见的。

就算不会再见了，你也会在我心里永存。（批：累不累，上句刚说了一定会再见。）

在录音棚重新录《皇后镇》这首歌的时候，我是微笑着录的，脑海里想起好多当年在镇上各个角落发生的事情，永远记住这美好的感觉，永远对这个世界保持好奇心吧，皇后镇的少年。

本来不想这么快离开的，但收到了坎特伯雷大学留学生会的重新邀约，他们说：来吧S，回到基督城吧，我们决定了，百城百校音乐会重新搞起来，我们继续唱歌！（批：这个大学好样的。）

再见了皇后镇，会一直再见的。（批：……到底搞哪样？）

我买好了机票，我已经充满电了，不论这个世界有多大有多复杂，我会带着我的皇后镇，一起去给人们唱歌。

# （六）

小S的电，确实充得挺满的。

基督城之后他没有回成都上班，一脑袋扎去了冰天雪地的贝加尔湖畔，那时候百城百校音乐环球纵队正在展开俄罗斯站的演出，他跟随着那支小分队一路演到了莫斯科。

四月当时也在那支小分队里，据她的线报，小S不知为何好像忽然活抽抽了，比之前在成都时幼稚了很多，显性特点是笑点变得很低，打起雪仗来蹦蹦跶跶的，像个还没长大的孩子，我俩隔空算了算他的年纪，唉，也是30岁的人了……

莫斯科之后，他并没回成都上班，溜溜达达去了布拉格。

布拉格之后，他还没有回成都上班，跑去了匈牙利的布达佩斯。

布达佩斯之后，他依旧没有回成都上班的意思，一路卖唱去了奥地利的维也纳，那里是音乐之都，他那两把刷子，是咋想的？

他从布达佩斯去德国的多特蒙德时我啥也没说，后来他又跑去了西班牙的巴塞罗那，我还是啥也没说，毕竟他是为了去看德甲联赛和欧冠比赛，因为他是阿森纳死忠粉，最迷恋温格。我不看球，但我知道人家温格早就离开了，这就说明他给我的解释不真诚。

再后来，他仍然没回成都，租了个小摩托骑去了法国波尔多……我就忍了。

咋也没摔死他？

他终于到了巴黎时，我是真的忍不了了，给他的那点儿银子咋还没花完呢？

到底还打不打算回来了？


电话里他一迭声地说回回回，还问我是不是想念他了，没等我回答，就说他也想我了。

我表示对于这种肉麻的措辞是果断不喜欢的，他就说：那就和你分享点不肉麻的吧。他给我讲个了故事，在维也纳时发生的。


在维也纳时他订了当地的一家民宿，开始跟房东说的是晚上 8 点到达，但是临时有朋友来接他去吃饭，迟到了两个小时，他给房东发了信息，应该是没被看到，10 点钟他抵达时，发现有人一直在门口等着。

那人自我介绍叫 Simon，是长租客，听从房东的吩咐在这儿等着他，怕他进不来，没有钥匙。

小 S 很惊讶：这人居然等了我两个小时？于是满怀歉意地连声说 Sorry 对不起，并邀请这个长租客明天中午一起吃饭。第二天中午去吃饭前，他在整理行李，Simon 来到他房间，问了他好多问题，例如：你是做什么的，是出来玩的吗？中国是什么样的？可以说是十万个为什么了。

他当然很耐心地回答 Simon，毕竟人家昨晚等了他两个小时，他说：我是个音乐人，我来欧洲有演出，顺便采风找灵感的……也找点别的。

Simon 很羡慕，那种真挚的眼神就像小朋友看见糖果一样，他问小 S：我能看看你的护照吗？

他拿着小 S 的护照反复地看，半晌，说：真羡慕你有护照，而我，没有……

小 S 和我说：追问后才知道，他是叙利亚人，是个来自战乱国家的难民，偷渡到欧洲，远离国土，永远跟家人分离……想过上和平安定的生活。我一下就读懂了他眼神里的渴望，他说他逃到奥地利，现在在努力学习德语，然后看看能不能在这里找份工作，稳定下来，活着。还好房租还交得起，好像一切都有了新的盼头，但又好像永远不会好起来了，再也见不到他的亲人朋友们了……

据小 S 说，那个叙利亚朋友 Simon 在吃饭的时候忽然要和他握手，很用力地，他说：咱们是朋友了吧，对，你不歧视我，你请我吃饭，咱们是朋友了……朋友，你从那么远的地方来，你走过了那么多的地方，谢谢你愿意听我的故事，还这么平等自然地和我吃饭，一点都不害怕我。

他抹眼泪，很高兴的样子，说他很久没有这样吃过饭了。

小 S 后来和我说，那时候他和 Simon 握着手，想了很多很多……

他想起另外一个旅行者，那人当年的环球旅行也是从新西兰出发，线路和他几乎是一样的。

我说：应该说，是你的线路几乎和他一样吧。

他就笑，说：嗯，被你发现了……

过了一会儿，他问：那你懂吗？

当然懂，所以，不必再多说。

小S，可以了，回来吧。

# （七）

小S全名宋钊，现在主理小屋成都分舵。

小屋成都分舵将来在哪儿不好说，目前位于魁星楼街，如果有朝一日你路过了，可以进去听听他唱歌。

关于他的故事，至此画上句号，以后也不会再写了。


至于这篇文章对那些打算走世界、看世界的孩子会带来点儿什么影响，我说不太好，各花入各眼，如若误读，那便误读了吧，只唠叨最后几句：

世界那么大，你想去看看——

OK，打算靠什么去看？

打算看什么？

打算怎么看？

看完了打算怎么回来？

…………

希望你能找到属于你自己的答案。

无论如何，出发之前多想想为何出发，回来之前多想想如何回来吧，希望你能平安回来，我是说，身心平安。

（当然，你要知道的是，没有任何一个道理代表着绝对的真理，也没有任何一个理念适用于任何时代任何人或任何情况下，不论它听起来有多正确，以及是谁说的。所谓正确，都是一时一地的，必有其前提条件和环境因素，放之于稍长的时空中去看的话，皆是浮动变化着的，有弹性的。所以我总觉得吧，不是说是谁说的所以就是正确的，也不是说正确的就是恒定的，更不是说笃信了就不去审视它，教条于某一个信条或某一句话，只秉行不审视，再好的经也会唱歪了……从古至今至当下，从庙堂到江湖，这样的例子举目皆是，又岂限于旅行呢？）


那小 S 平安否？

目前来看，小 S 短期之内重返皇后镇是不可能的事。

此人回成都后按揭买了房子，开始还月供了，我很欣慰他能回来上班。

但"皇后镇"这三个字他还是见天儿挂在嘴上，这一点就挺烦的。

《行李箱》成都小屋·宋钊 ◁

《微波炉》成都小屋·四月会开花 ◁

小善缘

◇ 若干天前，大黑天莅临小屋，这段小善缘，已然发芽生叶。
小屋在五一街文治巷 80 号，木门，泥巴墙。
小屋若是个道场，大黑天就是护法，
若你来到小屋，请遵守大黑天的安保条例，和它结个善缘。

有个叫大冰的家伙活到 30 岁那年，总结出一句人生箴言：

无量天尊哈利路亚阿弥陀佛么么哒。

如今他 40 岁了，越活越像个玩笑，越活越懒得开玩笑，越自嘲越发现是真的，越来越生疏了如何去戏谑地表达。黄金时代行将终结，这场青春也渐已步入尾声，于是祭出这个昔年旧句子，与诸君续个小善缘吧。

顺便向一个朋友表达一下缅怀……虽说那朋友不是人，也不知是否还活着。

（一）

物以类聚，人以群分，我的朋友大都是高龄过期儿童，都有颗外焦里嫩的心。平日里都是平常人，特定的季节才黑化，呼啦啦集体变身。

初冬，旅游淡季，却是古城一年中最有意思的季节。

伴着游客大军的撤潮，过期儿童们冬笋一般从地底钻出来，舒展筋骨，一年一度，光复失地。没有了熙攘的人流，古城的石板路净洁清幽，潜伏了大半年的奇葩们踱步其上，笑眯眯地背着手溜达，一个个意气风发扬眉吐气……那阵仗那架势，那胡汉三式的豪横劲儿。

那时候的古城和如今不同（注：本文写于 2015 年），交流感情的方式并非只有饭局、酒局，还有要局，特别孩子气，却颇能结善缘。街面上时不常可以看到一字纵队，三五个人排着队，认认真真齐步走，旁边还有领队的。

领队的喊号子：一二一，一二一，一二三四！

排队的人一脸灿烂地回应：A！B！C！D！

路人龇着牙看傻瓜，他们乐呵呵地当傻瓜。都是几十岁的人了，招摇过市图个乐呵而已，并没有什么实际意义。

谁说有意思就一定要有意义？谁说成年人不能像小孩子一样做游戏？有时候喊着号子走完一条街，队列不停增长，三五个人能变成三五十个人：背着登山包的，拄着老人拐的，踩着高跟鞋的，龇着大门牙的，顺拐走的……下至 20 岁上至 60 岁，一半常住民，一半游客。

都是些懂得何时何地解放天性的人，彼此并不知晓身份、籍贯、职业属性，却默契得好像在初中校园里一起挤过三年的课间厕所，彼此并不矜持。那个时候，真正会玩儿的人不会在旺季来古城，这个季节来的都是好玩儿的人。好玩儿的人懂得这里最好玩儿的事儿并非艳遇，而是自由自在的孩子气。

这些孩子气的人，每每会聚在小屋门前玩儿游戏。

那时候古城不大，文明村尚未开发，流官府衙算是边境。300 米长的五一街，起始于小石桥，终止于大冰的小屋，队伍喊着号子走到这里不舍得散，于是有时候扎堆儿丢手绢，有时候组团玩儿老鹰捉小鸡。叽叽喳喳热热闹闹，好像小学生的课间操，红扑扑的脸蛋，气喘吁吁。

我隔着玻璃看得眼馋，有时候忍不住了，就会扛着大黑天跑出去找他们结个善缘。

我一出去他们就跑，稀里哗啦跑出去十几米，再纷纷转过身来嗷嗷叫，狗一样地。

我说：别跑啊，咱们一起来玩儿老鹰捉小鸡……真真正正的那种。

他们当中认识我的狂喊：大冰，泥揍凯（你走开）！不然拿砖头扔你！

干吗不带我玩儿？我想和你们一起玩儿老鹰捉小鸡……

我厚着脸皮，讪讪地冲他们小跑过去。他们当真捡了块砖头丢了过来，然后转身狂奔，狗一样地叫着，四散在古城错综复杂的小巷子里。

我扛着大黑天跑不快，好不容易撵上一个穿高跟鞋的，擒住她的手腕。

结果她一低头，上来就是一口……她啃我的手你知道吗？她啃我的手。

啃完了以后她叫得比我还凶，然后就跑了。一边嗷嗷叫着一边跑，高跟鞋咯噔咯噔……这架势这情景，不知情的人定会以为是非礼，唉，她对自己的颜值也太过自信。

我很委屈，我落寞，我搂着大黑天蹲在路边，捻捻它身上的毛儿，给它看我手上的那圈牙印。

大黑天扑棱一下翅膀，瞪了我一眼，目光犀利如刀，沉默不语。

大黑天是只鹰，活的。

# （二）

关于和这只鹰之间错综复杂的关系，我一直无法界定。

时至今日，一直说不清谁是谁的宠物……

关于这只鹰的来历说来话长，还是要从那群过期儿童说起。

事情源于一头白菜。

别的白菜论棵，那个白菜论头，要不然怎会叫人拴上绳子当宠物遛。

遛白菜的人不知是何心态，拖着白菜走秀，别的地方不去，专门在小屋门前转来转去。五一街的地面是青石板，摩擦力强，他溜达了半个多小时，菜叶子碎了一地，白菜卒。

彼时我在电影院看新上映的《变形金刚》，微信嘀嘀嗒嗒响个不停，各种线报纷至沓来。等我闻讯赶回去时，遛白菜的人拖着个白菜帮子早已飘然遁去，深藏功与名。据说是个眼镜男，走的时候笑眯眯地向众人招手示意，他走后小屋门前围了一堆人瞻仰菜叶子，啧啧称奇。我一边扫地一边骂街，别人遛狗你遛白菜，有本事你遛变形金刚啊你！你来啊你来啊你来啊……

结果第二天真的遛变形金刚来了。

这次是俩姑娘，长裙飘飘，戴着墨镜，一个遛霸天虎，一个遛大黄蜂。

当然是玩具，但气人的是，俩姑娘不仅遛，还在小屋门前弯腰挺胸伸大腿各种摆造型，招摇得要命。

我闻讯端着水枪跑去滋她们，晚了一步，人跑了。

当天我发了一条朋友圈：

够狠！还真遛变形金刚来了……有本事你们明天从南美洲牵只羊驼来大冰的小屋啊！

转天我午睡未醒，义工小鲁的电话打过来了，刚一接通就听见他在那头用云南普通话喊：×你妈！×你妈！

我腾的一下坐起来：土贼！你活够了是吧！别看你当过狙击手，分分钟打哭你信不信！

前狙击手小鲁慌忙解释：啊呀！冰哥，不是那个×你妈……是真的×你妈。

我说：你有种，你给我等着。

我淡然地摁断电话，穿着睡衣跑去揍他，跑到一半，收到他发来的微信图片。

图片上几个人扬扬得意地立在小屋门前，还牵着一只肥硕无比的羊驼。

憨萌憨萌的羊驼啊，他们从哪儿搞来的？小鲁没撒谎，是真的 cao ni ma（草泥马），等我赶到的时候，小屋门上还有草泥马吐的口水，门前还有它刚拉的屉屉。

我说：小鲁你立功的机会到了……扫了去吧。

他人虽笨，干活却勤快，一边捏着鼻子铲屉屉，一边夸我：冰哥你有召唤术，你真厉害……

召唤术？念动真言诀，天罡速现形，破军闻吾令，神鬼摄电形……既然命尔搬运，既速便行，那就召唤个更狠点儿的吧。我掏出手机来码字：南美洲的草泥马都能搞来，想必非洲狮子也不在话下吧？够胆就明天来小屋门前遛狮子吧。

…………

难道我当真有召唤术？

翌日我去大理办事，车过喜洲时接到小鲁电话，他拖着哭腔喊：救命……

他说：我们现在找了根棍子把门顶起来了，冰哥快回来救我们啊……

我急问：怎么了，城管来了？

他喊：不是城管……是一群彪形大汉，他们遛狮子来了，狮子啊！……那么大的脑袋，那么大的爪子，吓死人了。

我打死不信，让他出去拍照片发给我看，他打死都不敢，还特种兵出身呢，连对门卖杂货的欧琳丽都不如。

欧琳丽是自贡土著，盐帮后代胆子大，她冒着生命危险隔着门缝拍了狮子，我 2014 年 7 月 5 日的微博里有照片。（不知道为什么，总感觉那只狮子哪里有些不太对劲儿……）

大冰的小屋门前是异次元的入口吗？这是要玩儿死我的节奏吗？

如果我的召唤术真的管用，明天来遛猴子好吗？猴子猴子猴子！

咱们死磕到底。

我当真有召唤术……

第二天小屋门前来了个白面书生，牵了只恒河猕猴，活蹦乱跳的。围观的人很多，它掀了好多姑娘的裙子，纯白的、黑丝的、小熊图案的、草莓图案的……

不多说了，关于猴子，自己看微博照片去吧。

我认栽，我服气了行不行？我好好一个火塘酒吧还要开门做生意养家糊口，咱别玩儿了好吗好的。

树欲静而风不止。

晚了晚了，短短几天时间，火势熊熊已不可控，古城朋友圈开始疯传我有召唤术。小鲁说好多人摩拳擦掌等着来小屋门前遛东西，他们准备了各种稀奇古怪的玩意儿，只待我来召唤了。

据说只有我想不到，没有人家做不到。

小鲁掏口袋，说：冰哥，我想了个一劳永逸的办法帮你。

你笨成那样还帮我？

他从裤兜里掏出张叠得皱皱巴巴的纸，摊开一看，是张《男人帮》的封面，D罩杯的比基尼女郎。

退伍兵小鲁眼睛里闪烁着希望的星星，问：召唤这个怎么样……

我把他打了出去。

小鲁刚被打出去，老兵探头进来，手里捏着根绳子，我顺着绳子往外看，那头儿拴着他的亲儿子小扎西。

绳子拴在脖子上，还打了个蝴蝶结。老兵觍着脸笑：我遛孩子来了……

他一脸期待地看着我。

…………

我把他打了出去。

刚把老兵打跑，抬头看见茶者成子抱着好大一饼普洱茶站在巷子口，茶太大，他一个人抱不动，他老婆豆儿帮他一起抱着。大茶饼上还垂下来一根绳……

我眼尖，看得一清二楚。

成子远远地喊：大冰，你是个有文化的人……要遛出文化……

我呸啊！我再有文化也不允许你们两口子跑我门前来遛普洱茶！你再往前走一步试试，我分分钟带瓶六神花露水跑你们家茶叶店往茶叶上洒去……

能力越大责任越大，既然上天恩赐我召唤术，那怎能轻易滥用？接下来的几天，我扛着一把大扫帚反恐，兵来将挡，水来土掩，门神一样立在小屋门前，遏止了无数起突发事件。有人把我挥舞扫帚的照片发到朋友圈，配文说我是史上脾气最臭的酒吧老板，底下被人点了一百多个赞。

我也去点了个赞。

点赞后的第二天，那只鹰出现了。

# （三）

那只鹰长得很霸气。

熟牛排什么颜色，它就什么成色。

高约莫有半米，敛目息羽……不息也不行，它被严严实实地裹在一块蓝布里，牢牢夹在腋下。

布不够宽，露出铁喙钢爪，硬得发光。

和鹰一起出现的是个老人。

老人面生，肤色黝黑，头发花白，仆仆风尘。

一人一鹰在小屋台阶上坐了半天，我端着扫帚立在一旁警惕了半天，只等着他拆开布头开始遛鹰，反正他敢遛我就敢抡起扫帚把他们拍出这条街去。

十几分钟过去了，他们就那么干坐着，完全没有要展开行动的意思。

我等累了，打哈欠。

老人扭头打量打量我：嫩（你）是环卫工？

一口浓郁的河南烩面普通话。

我摇头，说自己是这个酒吧的老板。

他点点头：不错，当老板的亲自打扫卫生，看来我没找错人。

他招手示意我过来坐下，又冷不丁把那只鹰搁在我腿上：

嫩叫大冰是吧？俺等嘞就是嫩（我等的就是你）！听说嫩是全古城最待见小动物的人。

待见小动物？谁造的谣？怎么个情况？

你赶紧把这家伙拿走，赶紧赶紧，它万一要是啄俺小丁丁怎么办，赶紧拿走……

老人说自己从河南来，是个旅行者，途经香格里拉从偷猎者手中讨下的这只鹰。本打算放生，扔上天又栽了下来，原来翅根有伤，飞不起来。行程还很漫长，不可能带着它前行，听人说起纳西族世代驯鹰，于是老人掉转车头来了古城。

结果遇到的架鹰人皆不肯收，白送也不要。理由无外乎两个：一、有伤；二、这个品种的鹰性子太古怪，驯不出来。那留下养好伤然后放生呢？当然可以，1000元钱拿来。

老人说：赖孙！俺从哪儿弄恁些钱儿啊……

他只拿得出100元钱给鹰上个皮脚绊。

本想做放生攒功德，反倒添了个羽毛包袱，老人心善，不忍弃之不管，坐在小石桥的桥头瞅着哗哗的流水左右为难。怀里的鹰太劲爆，引起了围观，不知怎的，有人和他聊起了小屋门前的狮子、猴子、草泥马……

于是他来到我们门前，把鹰搁到了我两腿中间。

老人双目炯炯，盯着我说：听说嫩也信佛，怪好怪好，敢不敢和这小家伙结个善缘，让它在嫩这儿做做客，养好了伤再放个生……这辈子嫩帮它一回，说不定下辈子它救嫩一遭。

他说话抑扬顿挫，一套一套的，像豫剧念白。

下辈子它也救你一命这句话，听了倒是让人心里一动，我说：敢倒是敢，但是……

老人打断我的话头：敢就中！敢都敢了，哪来恁多屌事儿。

他起身辞行，说是行程耽搁得太久，着急继续赶路。

我拦他：咱俩总共认识不到十五分钟……你撂下个大鸟就这么走了？

他说：咋？难不成，嫩想请我吃顿饭再走？

我说我完全没这个意思。

他呵呵一笑：你帮了这么大一个忙，回头如果有缘再见，我请嫩吃饭！

我抱着鹰，送老人去老地区医院的那个荒地停车场。

那个停车场草比小腿高，那辆破摩托车像是从草里长出来的一样，灰头土脸无比破，驮袋打着补丁，车把缠着胶布，挡泥板上糊满滇西北的红泥巴，车尾插着面小旗：骑行中国。

钦佩钦佩，原来还是个骑行侠。

我绕着车子转圈，说：大爷你都这么老了还这么有追求……注意安全，早点儿回家。

老人说这就是要回去了，回河南。

他说：年轻的时候总想出来走走，没有钱儿也没有胆儿，去哪儿都得开介绍信，也太麻烦。终于退休了，闺女女婿又拦着不叫出来……球（河南方言，语气助词）！再不出来瞅瞅就进棺材了……反正又不花他们的钱儿。

他的口音极好玩儿，钱字后面加了儿化音，听起来颇有对物质不屑一顾的味道。

他说，哎呀不出来不知道哇，原来从河南骑到云南也不是那么难，头一个星期最难熬，屁股蛋儿疼，后来越骑越得劲儿。

他说，哎呀云南可好，庙多，山多，哪儿哪儿都好玩——就有一个地方不中：处处都吃米线，米线有啥好吃的？塑料一样，完全比不上烩面！

他还说，还有那些盗猎的也可气人，信尿货！

他还说，不过还是出来走走好，每天都认识很多新朋友，随时能找到人说说话，比待在家里好多了……


……人越老越唠叨，他叽叽歪歪了半天，话匣子一掀开就合不上，老小孩儿一个。

我左腿站累了换右腿，终于等到他舌头刹住车。

他重重地拍我肩膀：挺好，这趟也不白来，嫩这个小伙子俺看中，回头俺请嫩吃烩面。

我说拜拜拜拜……嫩快别客气了嫩赶紧走吧慢走不送。


摩托车突突突突发动了半天，开走了。

少顷，车又倒了回来。

我说：你是我亲大爷行不行？咱能不能不聊了？！


老人摘下头盔，手伸了过来：……把俺秋裤还给俺。


我什么时候拿你秋裤了？！

他说：就是包着鹰的那块布。

# （四）

第二天我就后悔了。

老人留下的这扁毛畜生脾气比我还臭!

第一次喂食是场博斗，它掀翻了饭盆，踹翻了水盆，五花肉片撒了一地。我拿饭盆去扣它脑袋，它缩脖子，又猛地一蹿头，饶我缩手快，衣袖还是被撕开了个三角口子。它好像很生气的样子，扯着脚绊满屋子并着脚跳，扑腾腾扑腾腾，扑腾腾腾扑腾腾，一只翅膀大闹天宫。我满屋子撵它，撞翻了啤酒塔，碰翻了烟灰盏，满地狼藉。

义工们害怕被啄，都不敢进屋，抻着脖子在门外挤成一团。他们惜命，都装备上了护具，小S围着大围巾护住唱歌的喉咙，老谢捂着棉手套护住弹琴的手……小鲁戴着头盔，摩托车头盔，奥特曼一样。他手里还提着灭火器罐……恨死我了，我骂：小鲁你发什么癫? 它是只鸟不是吐火龙!

小鲁说：冰哥，我想到一个办法帮你……

走走走走走! 你笨成那样了还帮我?

我不睬他，走江湖跑码头许多年，奇人异士结交得多，我埋头翻电话簿。联络了某驯鹰大神后方知晓，此鹰叫鸢，别名土豹。

鸢耶! 威风! 上狂下鸟，怪不得如此嚣张。

大神说了，鹰、隼、鹫、鸢、雕、鹞、鸢，其中鸢最傲娇，指望打猎是不可能的，撒手就飞，一去不回，此禽绝情第一。我说我没指望它给我逮兔子，但求收容期间能和睦相处，基本遵循一个文明礼貌的主客之道就行……起码别绝食哦。

大神哂笑：别指望建立浓郁的兄弟感情，鸢是典型的认肉不认人，你搞点儿生牛肉喂饱了它就行。别用饭盆喂，要用皮手套直接递到嘴前。喂的时候姿态别那么高，人家不是鸡，不受嗟来之食。

还要吃牛肉？还要递到嘴前喂？

它傲娇，难道我就不傲娇吗？我是养了只鹰还是供了个祖宗？


大神看了照片，说伤得不算重，不用看兽医，也没兽医敢看，让它自己慢慢养伤就好。张嘴吐舌即为生气，养伤期间要尽量保障它有个好心情。

……那谁来保障我的好心情？


我懒得去喂它，安排小鲁去喂。

小鲁专门跑去北门坡买来电工手套，喂的时候戴着摩托车头盔。

大神的建议还真管用，绝食抗议结束了，牛肉它吃得欢……新问题来了，这家伙一天要吃40元钱的牛肉才饱啊！隔壁小菜馆的老板高兴坏了，小屋的工作餐是他们家最便宜的炸酱面，顿顿要饶上好几头大蒜，他烦坏了。现在屌丝变身大客户，一天40元钱，一个月就是1200元钱。


我和小S、老谢捧着面碗叹气、心痛，小S的筷子挑起一粒小肉丁，说：它的伙食标准比我们三个人加在一起还高……

我一摔筷子，不过了！……老板，加菜！


老板夹着菜单，一个障碍跨栏翻过桌子，刘翔一般冲过来。

你们家三文鱼新鲜吗？

新鲜新鲜。

你们家松茸新鲜吗？

老板激动得快哭了：新鲜新鲜新鲜。

我说：那炒盘菠菜来吃吃……

他的笑容僵在脸上，摇晃了一下，一下子捂住心口。

我咳嗽一声，指着面碗说：……一人再加一个煎鸡蛋。


小鲁喂了几个星期后打死不肯喂了。

小屋的义工和我一样，都是很大方的人，从来不会怠慢客人。他主要是觉得牛肉胆固醇太高，担心血糖血脂太高而影响健康，故而试着减少牛肉分量。

唉，人心不古，鸟心亦然，好心没好报……鹫瞅瞅牛肉的体积分量，先是不动声色地吃完，然后立马翻脸发飙，小鲁被撵着啄，头盔花了好几块漆。

逃命时被门槛绊倒，头盔磕得变了形，费了好大的劲儿才把头拔出来。


我把它拴在门前的板凳上。

我说：咱俩唠唠。

我说：让街坊邻居评评理，看看你讲不讲道理。

我说：你一个月吃的牛肉比我三十年吃的都多，你吃了我们一头小牛好不好！吃了我们一头牛还跟我蹬鼻子上脸，好心收留你，你踩着锅台上炕，你你你讲不讲江湖道义。

它头一别，给我个后脑壳。

我说：你这是什么态度！

好吧，客人不想当，那就当宠物吧，藏獒我都驯过，还怕治不了你这个鸟东西。


于是开始熬鹰。


# （五）


熬鹰失败。

不是我熬它，是它熬我……不细说了，太丢人，此处删去 1000 个字。

总之，此次熬鹰是斯大林格勒战役的翻版，攻坚不成反被略地，书架的最高一层被它霸占。

小屋是火塘，是酒吧，也算是个书吧，我多年来四处购来的书籍蓄满了整整一面墙。此鸢颇有点儿鉴赏力，传记文学它不站，旅行文学它不蹲，专门往哲学思辨类图书上站，左脚踩着维特根斯坦，右脚踏着萨特，翅膀夺拉着康德。它站得高，头颅昂得高，神情倨傲，长翅膀的尼采。

小鲁很感慨，说看起来它才像老板。


好处也是有的。

自打它霸占了书架，老鼠和猫都不过来毁书了。

古城的猫很奇怪，不仅不抓老鼠还常沆瀣一气。老鼠偶尔跑来啃书磨牙，它们天天跑来书上睡觉。

睡也不老老实实睡，精装本硬皮书上印横七竖八的爪子印，还专在新书上拉屁屁。不怕人的，空啤酒罐子丢过去，只换来懒洋洋一个白眼，然后慢吞吞地伸懒腰，迈着方步在书架上踩来踩去。小屋是陋室，屋顶的窟窿和碎瓦是它们的贵宾通道，堵上一回它们捅开一回，我在屋里贴上大狼狗照片也没有用，转过天来就挠成纸片片了。闹得最凶的时候，一群野猫霸占了我小屋的二楼，每天深夜1点组团回来住快捷酒店。有时候我们打烊晚，营业时间拖到两三点，它们蹲在屋顶上啊呜啊呜，高一声低一声地骂街。一边骂一边踢砖踹瓦，捧捧打打。

理直气壮的，搞得好像它们付过房钱一样！


现在不一样了，鸢一来猫全撤，一只不剩。

也有些不甘心的，躲在破瓦窟窿里伸脑袋偷瞄。谁露头，鸢拿眼睛瞪谁，锥子一样，扎得野猫胡子直哆嗦。

它一拍翅膀，屋顶上立马没了动静，过路的野猫屏息罚站，良久才小心翼翼地踩出一脚，紧接着玩儿命狂奔。过江龙慑住了地头蛇，小屋自此是它的地盘了，如此甚好，小屋多了一个护法。

我给它起了个名字：大黑天。

密宗说法，大黑天是大日如来降魔时示现的忿怒相，示现二臂、四臂、六臂玛哈嘎拉，具有息、增、怀、诛四种事业法，是佛教中殊胜的智慧护法。

而且还是尊财神……

有了这么个威风的名字，感觉忽然就不一样了，我们自己做木工，打了个木头盘子钉在书架上，请它住在里面。木盘子类似佛龛莲花座，大黑天蛰在其中颇有威仪，每天再喂肉时感觉像在上供，多了三分庄严隆重。小鲁是大理白族人，骨子里自来本主信仰，他没敢再克扣大黑天的口粮分量，每次上完供还给它鞠躬，戴着头盔鞠躬。

小屋默认了大黑天存在的合理性，它罩着我们，它是老大。

# （六）

处得久了，大黑天诡异的一面慢慢浮现出来。

简直太奇怪了，它居然懂音乐？

丽江小屋是民谣歌手根据地流浪歌手大本营，每天人来人往，歌手如曲水般往复流动。

第一个发现大黑天不对劲儿的是王继阳。他弹唱《小猫》时忽然跑了调，合着走调的琴音大叫：大黑天在给我打拍子！客人们问：什么大黑天？谁是大黑天？

我说：没事没事，哈哈哈……他在试验一种独特的人声 solo（独唱），哈哈哈，接着唱，别停别停，哈哈哈。

客人们用钦佩的眼光看着王继阳，继续托着腮听歌。

一般来说，大黑天吃饱了就不会折腾，无声无息地窝在木头盘子里闭目养神。

为了不吓跑客人，一般晚上营业时，有客人问及书架上的那团黑影，我都说是标本。

它会打拍子？王继阳你眼花了吧？

我发现我的眼睛好像也有点儿花……

怎么大黑天在有节奏地晃脑袋？

我把手鼓搬过来，和着王继阳的节奏敲起来。大黑天的脑袋晃得更厉害了，一边晃一边还劈着叉站了起来，幅度越来越大，猫王一样……没错了，是在打拍子，且严丝合缝卡着律动！我哈的一声乐了，指着大黑天喊：没想到你还是个文艺青年！

王继阳扔了吉他，也指着它喊：我就说吧，它会打拍子！

客人们集体吓了一跳，集体顺着手指的方向望了过去。

大黑天受了惊，轰的一声振开双翅，扑腾腾扑腾腾，一米多宽的大黑影。

活的！

客人们集体起身，嗷嗷叫着往门外挤……当日损失惨重，无良客人踩翻了门口收账的小鲁，集体逃单。

王继阳颇为得意——唱歌鹰都给打拍子，太激奋人心了。他后来带着这份自信登上了太湖迷笛音乐节的舞台。回来后，王继阳跟小鲁说，他那场演出时，台下每个人都在打拍子。

……好像台下总共来了五十多个人。

剩下的几万人都跑去另外一个舞台给马頔打拍子去了。

奇怪的是，马頔游荡到小屋来唱《南山南》时，大黑天反而没给他打拍子。

靳松的浪子诉说，大黑天不打拍子；大军的尘世颂歌，大黑天也不给打拍子；阿明的沧桑往事、老谢的江湖游吟、路平的声嘶力竭……它闭目养神。

小S一张嘴，它立马就精神起来了，拍子打得特别积极。

小S轻快地唱：皇后镇、皇后镇，你像个美丽的女人……

大黑天翘起一只爪，一边摇晃一边金鸡独立。

还有一个人的拍子它打得积极，叫秦昊，隶属于一支叫好妹妹的乐队。

我的天，小秦一张嘴，大黑天摇头晃脑从头到尾。

秦昊罕见地孝顺，旅行不忘带着奶奶姚女士，祖孙俩走到哪儿都手牵着手。

我怕把老人家吓出高血压，提早挡了块板子遮住大黑天，遮得住翅膀遮不住头，它脑袋一探一探的，弯喙一明一暗的。老奶奶姚女士眯着眼睛，陶醉在大孙子的歌声里，并不知道脑袋顶上还蹦跶着一只活老鹰。

…………

渐渐摸到一个规律，大黑天的音乐审美取向是很鲜明的。它这只不怒自威的飞天猛禽，热爱抒情钟爱清新。

# （七）

文艺青年大黑天的民谣情结越来越明显。

它开始点歌！

它摸到了演唱曲目规律，每逢钟爱歌曲的前奏音符即将响起，立马站起来热身。

你必须依着它的性子来，随便换曲目顺序万万不行，它记性太好了，哪首歌后面接哪首歌一清二楚，一旦白激动了就发脾气。歌手毕竟不是上班族，没那么多条条框框，大都很随意，唱得开心了即兴调换曲目是常事。这可犯了大黑天的大忌，它分分钟展开双翅吓唬客人，各种做俯冲状，直到你换回它想听的歌方息。

小S说心很累，王继阳安慰他：你就当是在写字楼里上班，遇到个更年期的女领导。

还有更恨人的。

那时候我偶尔下午躲在小屋写写文章，放放西北民谣光盘当背景音乐，它不爱听，各种折腾。

依着它的性子，换张新光盘，它还是折腾。

我快进一首，问：是这首吗？

它依旧折腾。我再快进一首：是这首吗？

…………

大爷，是这首吗？

你是我亲大爷，是这首吗？

…………

它是老板，我是点歌小弟，一首接一首非要换到它满意为止，还必须打到单曲循环，不然还是折腾。

具体歌名不说了，自己猜去吧。

那首歌，我一个铁骨铮铮的野生作家陪着它听了一万遍，不仅写出来的文章敏感缥缈，还差点儿自己把自己掰弯。

…………

有一个时期，大黑天开始变本加厉。

除了点歌之外，它开始涉足另外一个比较敏感的领域。

小屋自来有小屋的规矩，比如拍照不许开闪光灯，听歌时不许说话。无他，小屋是湖，歌手是鱼，给歌手一个水温适宜的游弋环境而已。这里不是常规意义上的酒吧，没有骰子和艳遇，只有啤酒和音乐，喝酒听歌之外，不提供其他任何服务。弹唱是种诉说，歌手倾诉，客官倾听，方寸江湖，萍水相逢，彼此平等。安静听歌的人，一瓶啤酒坐一天都可以，喝不完还可以存起来。

反之，听歌时制造杂音的人，果断撵出去。

小屋的规矩在严格秉行了许多年后，慢慢松动。

不是执行不严，而是法不责众。

这是个自媒体时代，智能手机和各种手机 app 是最好的挚友和闺密，一两年了，我没在小屋遇到一个坐一晚上不翻看手机的人（本文写于 2015 年）。

最初陌陌、微信提示音叮叮响的人是要撵出去的……后来让步了，都响，多与少而已。奇了怪了，现在的人听歌时手机都不爱调静音……

是有多孤独？到底是怕错过什么？


再后来，让步于那些听语音、回复语音的人。不让步不行，大部分人已经退化到懒得动拇指打字了，能用语音就不打字，用吧用吧，累着你怎么办……只是，小屋秉承老丽江火塘的规矩，不用音箱和麦克风，屋子小，歌手吉他清唱，不停冒出来的刺耳语音，像空酒瓶子扑通丢进溪水里。这是古城最后一家民谣火塘，最后一个只清唱原创的小国度，给它点儿空间，让它多残喘几天又如何？

时至今日，底线后退不断，只求别在歌手唱歌时明目张胆地接打电话，堂而皇之地旁若无人就行。

其实连这一点也极难保障，这几年来客人的上帝意识越来越强。说轻了不管用，说重了甩脸子走人，转脸变黑粉说对你很失望，转天微博上骂你装 ×、耍清高、装艺术家，然后宣布取消关注。


消就消，宣什么宣？

关注或取消关注是你的权利，就像换台一样。

很好奇，你在家看电视换台时，每换一个频道，还专门登报发声明去通知一下电视台？

……也只能在这里发发牢骚喽，微博上永远是掰扯不清楚任何话题的，只要你有观点，就一定有人跳出来当敌人。不能回应的，一句话说不好立马被居高临下，说你不包容没度量，以及，对你很失望。

……综上所述，我一度对小屋唱歌时不说话的规矩失去了信心。

万万没想到，挺身而出的是大黑天。

它一泡屉屉喷出来，换回一方天下太平。

大黑天的屉屉是稀的，纯白色的，乳胶漆一样的。喷射力极强，射程近两米。

白色屉屉啪的一声糊在那个人的肩头，他正在打电话。

众人侧目，老谢停了吉他，那人惨叫一声：我招谁惹谁了！

我说：你五讲四美谁都没惹，赶紧擦擦。

我问要不要帮他把外套干洗一下，他气哼哼地脱下来丢过来。

小意外而已，继续唱歌。

十分钟不到，电话铃声又响了，老谢皱着眉头弹琴唱歌，他憨厚，没说什么。

那人接电话，一个"喂"字尾音未断，他又惨叫一声。这次大黑天的屉屉喷

在他胸口正当前，像是开了一朵美丽的玉兰花。

不能再脱了，再脱就要打赤膊了，那人郁闷地走了。

他坐在离大黑天不算近的地方，奇了怪了，怎么别人不喷专喷他？

老谢说，大黑天是故意的，他说他看见大黑天撅着屁股瞄准了半天。

不对哦，它不是不太喜欢你的沧桑情歌吗？怎么会出手帮你？

老谢坚信自己的发现，他很感激大黑天仗义出手，打烊后专门给它开专场，

抱着吉他唱了好几首他自己认为的小清新。"老司机，带带我，我是大学生。

老司机，带带我，今年十八岁……"

第二天，历史重演，这次是王继阳正在唱歌，被喷的人也是正在旁若无人地

接电话。

半个脑袋都白了，他以为鹰屎有毒，吓疯了，蹲在门口用啤酒洗头。

这个被喷的人坐在角落里，从大黑天那厢看过来，几乎是个死角。王继阳说一屋子人都看见了，弹道诡异，大黑天别着爪子找平衡，货真价实地瞄准了半天。

王继阳天津人，嘴特别严……

一天工夫，半条街都传开了：谁扰了大黑天听歌，谁白了少年头。

架不住三人成虎，仅一周，传言增肥成谣言，传回到我们耳朵里：谁不让大黑天听歌，它不让谁长头发。

一堆人喊着"一二一"，排成一字纵队，由我带路，去瞻仰大黑天之风采。

他们都戴着帽子，围着书架啧啧感叹，有好事的人央求我弹起吉他，然后一堆人集体掏出手机打电话，南腔北调七嘴八舌。

大黑天冷眼旁观，岿然不动。

忽然，它一个振翅腾空，在皮脚绊能扯开的最大长度里漂亮地转身。

噗……帽子白了一片。

还会扫射？！

好厉害！

小屋自此安宁了好久。

我的感激之情无以言表，斥巨资，从隔壁小饭店买来100元钱的牛肉给大黑天上供。

它慢条斯理地吃，吃了约40元钱的肉就停了嘴。我说：您别客气，再多来点儿……

它不理我，严肃地仰起头，微微展了展翅。

明白明白……

我颠颠儿地跑去开 CD 机，一首一首地快进歌曲……我最喜欢帮你点歌了，特有一种人格升华的感觉。

单曲循环！必须单曲循环！

# （八）

小屋的产业结构，也是因为大黑天才调整变化的。

明天来得太快，容不下昨天的慢生活。古城在飞跑，越来越热，越来越火，店铺和游客越来越多。好玩儿的人越来越少，同道中人大都渐渐撤离这个玉龙第三国。他们问我：大冰，什么时候撤？
一个人吃饱了全家不饿，我扁舟散发无牵无挂，说撤就撤。
只是，我撤了，小屋怎么办？（注：这是 2015 年的认知，非后来的，这个世界离了谁都转。）

火塘时代渐渐凋零萎缩。不用麦克风不用音箱，只唱原创的火塘全倒闭了，大冰的小屋是最后一家。有人说：是哦，小屋是丽江的一面旗，不能倒。当然不能倒，于我而言，它哪里仅是间小火塘，它是一个修行的道场，是我族人的国度，哪怕有一天我穷困潦倒捉襟见肘了，捐精卖血我也要保住这间泥巴小屋。
可撑起这面旗，又谈何容易？
房租跑得太快，整条街的房租从四位数涨到五位数，再到六位数，快得让人跟不上脚步。

是哦，当主持人的收入颇丰，写书后版税收入也不少，可既然秉行的是平行世界多元生活的理念，怎么可能拿别的世界挣来的钱养活小屋？每个人都有权同时拥有多个不同的世界、不同的人生，但它们彼此之间理应是平行关系。笔是笔，话筒是话筒，小屋是小屋。北京是北京，济南是济南，丽江是丽江，每一个世界都理应认真对待，也理应经济独立，唯此方能彼此平衡。

小屋是独立的，不能寄生。

可惜，于小屋而言，我不是个靠谱的掌柜，快交房租了，还差一万元。

一年又白干了，还差一万元。

厚厚的一沓人民币摆在面前，红票子。

扎着爱马仕腰带的人说：你想清楚了没？到底卖不卖？

我说：虽然是纳西族聚集区，允许养鹰，但再怎么讲它也是国家二级保护动物，私下买卖犯法……

他说：第一，这鹰不是你买来的；第二，我们后天就开车走了，没人知道你卖。

他们是开着房车车队来自驾游的土豪，他替他老板来买大黑天。他老板在小屋听歌时惊讶于大黑天的特异，执意要买。老派的生意人大都迷信，说正好是本命年，养鹰能化煞，能转运保平安，且大黑天罕见地有灵气，名字也吉利，利财。

我说：我答应过一个老人，养好了大黑天的伤就放生，就这么把人家卖了，觉得挺不好的……

他说：我们也没打算养它一辈子，买回去养两天也会放生的，谁放不是放？

他手指点点那沓钞票，笑着说：对你来说，这基本就算是白捡的钱……你其实也不是不想卖对不对？不然也不会和我谈这么久。

一寸厚的红票子，只要一伸手，房租就够了。

他见半天没啥反应，取过皮夹，又拈出一沓钱来摆在上面。

"做生意不能太贪心，总共一万五千元，不能再加了，我们的钱也不是天上掉下来的，谁让我老板喜欢……爽快点儿，行还是不行，你一句话。"

我看一眼大黑天，书架上正闭目养神。

…………

我说：让我考虑一下，明天答复你……钱可以先留下，不行的话明天还给你。

他约好了次日见面的时间，然后走了。

他没把钱留下，把钱带走了。


屋子里的气氛怪怪的，众人做着营业前的准备，各忙各的，都不说话。老谢抱着吉他偷偷看我，欲言又止。最先开腔的是小S，他说：冰哥，别卖大黑天好吗？大黑天脾气那么臭，那帮人如果虐待它怎么办？我在小屋卖明信片挣了一些钱……

他一张嘴我就知道他要说什么，我说：打住，你那些钱是存来环球旅行找下一个皇后镇的，不要动。

老谢插嘴说：我在小屋卖碟攒了一些钱，一时也用不上，先拿去交房租吧。

那是你用来出诗集的钱，不能动。

老谢说：就当是先借给你的好不好？

不好，不好意思，我傲娇，从未向人借过钱。


王继阳说：之前有人想买我的马丁吉他，咱别卖大黑天，我先卖吉他好吗？

滚蛋！我骂他，你见过战士卖枪吗？一个歌手居然要卖吉他？任何情况下都别他妈说这种话！

他冲我嚷嚷：大黑天和咱们是一家人，吉他不能卖，家人就能卖吗？这样仁义吗？！

他声音太大，惊醒了大黑天，犀利的目光掠过，它在书架上抖擞一下羽毛。

我说：王继阳你闭嘴行不行，我没本事养活小屋我明天就回去取钱去我破例……

一想到要用别处挣来的钱贴补小屋，劈头盖脸的失败感。

小鲁说：冰哥，我想了一个办法帮你。

你笨成那样了还帮我？

……你说说看。


小鲁说他的办法绝对管用，保证凑够房租钱……不过要我先承诺不卖大黑天。
他是个笨得不按常理出牌的奇葩，我猜不出他用的什么办法。

小鲁掰着指头给我算账：小屋之所以总亏，一是因为掌柜不会做人脾气又臭，
又整天板着脸而且见了美女老是免单。二是因为火塘这种模式本来就难挣钱，
没有音箱没有话筒，没有骰子没有艳遇，唱的歌又太清淡，自然没有办法招
揽来高消费的大客户。

三是客人太不把自己当外人，总是逃单。小屋的历史上曾经很多年不收酒钱，
那时客人少，房租便宜，赔得起。最近两年房租贵了开始收酒钱，也是出门
后给钱，喝多喝少凭良心交费，但可惜"我本将心向明月，奈何明月照沟渠"，
大量客人乐得捡便宜，明明喝了酒，出门说没喝，明明喝了快一打酒，出门
说只喝了一瓶——不赔才怪！

他说：丽江酒吧的运营成本太高，其他店的啤酒都是五六十元钱一瓶在卖，
而且大都是起码半打起。咱们家每个人40元钱门票含一瓶啤酒，已经是低
于市场价格了，而且一瓶啤酒可以坐一天。冰哥你别有心理压力，客人们会
理解的。

理解个屁！

按照小鲁的主意运营了半个月，骂声一片，不少人吐槽：大冰的小屋也变得
商业化了，喝酒必须花钱了。

他们说：你看你看，大冰最近都胖了一点儿，越看越不文艺了。


不过房租凑齐了，一个月的门票收入几乎抵得上过去半年的流水。

我卡在合同约定的最后一天跑去见房东，更开心的是，房东不知我们改变了
运营模式挣到了钱，他担心我卖血交房租搞出人命，给打了折。好开心，打

了九五折，省下好几千元钱。（和房东的关系后来一直很好，2020年新冠肺炎疫情期间，丽江小屋和周边其他酒吧一样，数月未能开门营业，很多房东不给减免房租，但我们的房东执意减免房租，我们执意不让减免，最终全额转款。）

2014年时，小鲁动用毕生智慧想出来的办法拯救了小屋，大黑天也终究没有被卖走。

但终究到了它该离开的时间。
伤养好了，该和它说再见了。

# （九）

定在大年初六放生，吉日，宜远行。
初六送年，一并给大黑天送行。

众人皆无异议，虽不舍，但皆知这是个必须履行的承诺。那段时间，小屋会拖到很晚才打烊，客人都走光了，小S、王继阳还是抱着吉他唱歌，唱的都是小清新，听众只有书架上那一个。小鲁不在隔壁饭店买肉了，他去跑忠义市场，每天骑着小电动车绕过整个古城，鲜肉挂在车把上，一路滴滴答答。
…………
没人喜欢离别，尤其是自此相忘于江湖的离别。
我也不喜欢离别，但我更抵触离别前的矫情，既然自此相忘，何必十里长亭。
但这次破例，大黑天走的时候，我会送行。

初五日，天晴。龙丹妮来丽江找我谈购买影视版权的事，我不太想谈，领她们一干人等回小屋听歌。

一进门儿她就叫唤开了：啊……耶！你还玩儿这个？你还养了只鹰当宠物！

湖南人不说"哎哟"，说"啊耶"，我学她的口音：啊……耶！不是我玩儿它，是它玩儿我，我是它的宠物才对。我说你别伸手摸它，它的脾气比我们山东人还冲，比你们湖南人还猛。

为了不谈公务，我借着酒劲儿，把话题转到关于放生大黑天的事上。我说：申酉皆吉时，我们打算爬到房顶，解开脚绊，迎着晚霞余晖，把它冲着天上扔。炊烟袅袅，青瓦鳞次栉比，它飘摇长空，渐行渐远……然后我们爬下房顶吃饺子去。

得到的回馈是：啊……耶！不好不好。

哦？愿闻其详。

曰：你这个画面构图有问题……

我说：我要去的是大冰的小屋的屋顶，不是湖南卫视的演播厅。她叼着雪茄，鼻孔里喷出两条烟：嗯……那你这个故事情节处理得也有问题，既然放生，就好事做到底，放得彻底一点儿啰。你看，丽江城区面积太大，饭店也多，傍晚时分每条街都是炒菜香，万一人家老鹰同学飞出去之后不乐意飘摇长空，偏乐意一个猛子扎到某个饭店的厨房里找肉肉吃怎么办？万一叫人拿个盆儿给扣住了怎么办？

是啊，有道理，扎到川菜馆里了还好说，万一扎到广东菜馆里了呢……

所以啊，她说，这个放生不如放得彻底一点儿啰，三十里外不是玉龙雪山嘛，蒙上脑袋塞进麻袋，车先绕着丽江兜圈子，然后拉到雪山脚下，撤掉蒙眼布喂饱生牛肉，一拍两散。

最重要的是，她指着大黑天说，黄昏雪山下的离别……多有画面感。

就这么定了！喝酒喝酒，明日赴雪山。

她问：它怎么老是瞪我？

我说：没事儿没事儿，它向来这个德行，没事儿没事儿，咱们接着喝酒，只要一会儿唱歌时你别说话就不会有事儿……

后来就接着喝酒，没事……或者说，没什么大事——大黑天喷了她一脊梁白色屁屁！而且量还特别大！

奇了怪了，这是大黑天第一次无缘无故欺负客人，明明没任何人制造杂音。

龙是电视界前辈教母，当时手底下快男超女的粉丝军团加在一起有一个亿，鬼才想和她打冤家，那就赶紧找话圆呗，我说：啊……耶！好彩头！恭喜恭喜啊！

她攥着一掌的白色，将信将疑地看着我，脸上的表情介乎发笑和发怒之间。

我大喊：这可是从天而降的鹰屎运啊！可比狗屎运厉害多了！……你现在做什么生意呢？看来今年要上市了！

于是她就很高兴，后来背着一脊梁的好运，回客栈洗衣裳去了。

再后来……几个月后吧，听闻湖南广电计划整体上市的消息。

那天人走后，我指着大黑天骂：不懂礼貌！没有家教！能往没惹事儿的客人头上拉屁屁吗？！

我拿个棍儿戳它。它装睡，闭着眼睛不睬我。门嘎吱响了，对门杂货铺的自贡小妹欧琳丽过来串门，手里还提着一小块儿牛里脊。她依依不舍地说：听说大黑天明天走，我过来送送它……

话音未落，唧的一声，欧琳丽的脑袋白了。

大黑天喷了她一脑袋屁屁。

它明显是故意的！

大黑天今天是发的什么癫？怎么连自己人都喷！连女孩子都喷！

欧琳丽白着头黑着脸拎着牛肉跑了，一边跑一边用自贡话喊：恐怕不是逮哟

（自贡方言中之经典感叹句）……我实在看不过去了，仗义执言道：人家专门买了牛肉送你呢！临走了还这么不懂事，将来出去了怎么在社会上立足！

唧的一声……我没能躲得开。

脸上。原来鹰屎是烫的……

我发现问题出在哪儿了！我把众人都拽到门外，挨个儿交代。

小鲁第一个进去做实验，半分钟不到，顶着一身白屄屄出来了。

我说：你是按我交代的说的吗？"送行"这个词你确定你说了吗？他说：嗯呢！

老谢第二个进去，出来后很委屈地说：我的诗刚念了头一句，刚说了声"送你走"，它就直接拉了我一身，大过年的，新衣服啊。

…………

我担心大黑天把自己拉死，没敢再试。

它的惊人之举向来多，算了，反正明天就走了，发脾气就发吧，万事由它。

# （十）

王继阳开着他的众泰 5008 小破车，我抱着大黑天坐在副驾驶座上，小屋的一家人罐头一样塞在后座，颠颠簸簸，玉龙雪山脚下的小山坡。

地方到了，他们却都不肯下车。他们互相戳了一会儿后，被戳得最狠的小鲁开口说：冰哥，我和大家商量了一下……我们心里都有点儿难受，能不能你自己上去放生。

你笨成那样了还知道搞串联！

你们不放生，那你们跟着来凑什么热闹！

你们都难受，就我好受是吧？我在你们眼里是有多铁石心肠？

我摔车门走了，走出去十几米，他们在背后喊：咱们还没和大黑天合影……

能不能一起合个影再送它走……

合你妹啊合！一帮大老爷们儿，脆弱到连送行都不敢，那还要什么合影？留着以后触景生情吗？别矫情了……

我头也不回地往小山坡上爬。

一人一鹰攀到坡顶，迎着北风，顶着万里长空。

夕阳正好，豪情填膺，此情此景，岂能无酒！

……还真没酒，忘了带了。无酒当有诗！遂即兴口占一绝，为君送行：

锦衣难缚浪子心，
斗室岂能囚鹰隼。
万里碧霄终一去，
今朝我做解绦人！

一边念诗，一边解开它的脚绊，尾字念完，手用力一扬，扑啦啦一阵响，大黑天振翅高飞升了天。

飞得真高……

飞起来三四米高，之后一个漂亮的抛物线，落向不远处的地面。

怎么个意思？翅膀的伤不是好利索了吗？我揉揉眼睛，眼睁睁地看着它双脚一点地，一个低空转向滑翔又落回我面前。不是放你走吗？怎么又回来了？

我飞出一脚去卷它，它一闪身，马步回旋，咄的一声在我鞋头上啄出一条口子。

打哭你信不信！才第一天上脚的新牛皮鞋，叫你个败家玩意儿给我毁了……

大过年的不兴生气，我纳着闷蹲下，咔吧咔吧半天才搞定打火机点上一根烟。

它也挨着我蹲了下来，拢着翅膀，酷似母鸡。

这赖着不走的架势，果断是打算要赖皮了。

我说：咱俩唠唠……你这是怎么个情况？你也老大不小了，总要学会独立，没人能养你一辈子知道不？啃老什么的最没出息了……

它又要啄我的鞋。

我闪开，接着说道：须知不论友人、爱人、亲人、家人，天下没有不散的筵席……

它明显没打算听，一副疲赖相，居然闭目养神开始装标本。

好好好，既然无法晓之以鸡汤，那就动之以真情。

我说：临走了，最后再一起听首歌吧，说好了哈，听完了咱就分道扬镳。

我手机里没有小清新，随便凑合着听首老清新吧，于是从手机里调出《送别》，调到最大音量。

长亭外，古道边，芳草碧连天

晚风拂柳笛声残，夕阳山外山

天之涯，地之角，知交半零落

一壶浊酒尽余欢，今宵别梦寒

…………

夕阳金了枯草，金了雪山，正月的滇西北晚霞漫天，被风聚拢，被风驱散。

山风凛冽如刀，耳朵被削得生痛，轻飘飘的软乎乎的一颗心。

我说：这歌真好听，百听不厌……但这歌太虐心，听一段就行了。

我说：好了好了，上路吧，就此别过。

我没动，大黑天也没动。

手机还在刺刺啦啦地响着，间奏过后是第二段：

…………

情千缕，酒一杯，声声离笛催

问君此去几时还，来时莫徘徊

…………

我说：走吧，不送。

时间一分钟一分钟流走，日光一点儿一点儿敛到山后。半包烟抽完了，天也黑了。

…………

我说：我摸摸你行吗？你别啄我。

我把手塞进它翅膀下面，暖暖的，像塞进一只暖手炉里。该怎么去形容这种感觉，好似一双手被一个老友轻轻握住。我说，我以前写过这样一段文字：

所谓朋友，不过是我在路上走着，遇到了你，大家点头微笑，结伴一程。

缘深缘浅，缘聚缘散，该分手时分手，该重逢时重逢。

惜缘即可，不必攀缘。

同路人而已。

能不远不近地彼此陪伴着，不是已经很好了吗？

我说：自己说过的话，自己反倒忘了。

我说：总惦记着随缘随缘不攀缘，反倒忘记了惜缘……缘深缘浅天注定，但若不惜缘，如何随缘？

我站起身来，转身走开，一边走，一边伸出左臂。

走吧，咱们回家，该干吗干吗去吧。

胳膊一沉，扑啦啦啦的振翅声。

# （十一）

这篇文章写于小屋，我正在写。

此刻午后的阳光慵懒，摸过窗棂躺在我腿上，王继阳在练琴，老谢在看书，小S在裁明信片。大黑天也在，我在码字，它蹲在书架上吃肉。小鲁戴着头盔，在喂它吃牛肉。

OK，40元钱又没了。

门外很嘈杂，应该是过期儿童们又在玩儿老鹰捉小鸡。

我今天穿的是跑鞋，我决定架起大黑天找他们玩儿去，现在就去。

…………

好吧我又回来了，他们还是不带我玩儿。和上次一样，他们还是扔了一块砖头过来。

算了，还是接着写文章吧。

…………

为什么写这篇文章呢？

因为去年今日（2014年），大黑天来到小屋门前，这段小善缘，正好一周年。

小屋在五一街文治巷80号，木门，泥巴墙。

小屋若是个道场，大黑天就是护法，若你来到小屋，请遵守大黑天的安保条例，和它结个善缘：比如，拍照时别开闪光灯；比如，歌手唱歌时别喧哗；比如，别当着它的面儿提离别……

不信你就试试，它分分钟黑化，分分钟让你变白。

大黑天和小屋的缘分，我不确定会终结于哪一天。

就像我和这个孩子气的丽江，亦不知会缘止于哪一天。

未来未知岁月里的某一天，我终将告别我的族人们，终将告别我的小屋，告别大黑天。终将松开双手，和我的江湖说声再见。这个世界上没有永远，我知道的。但那些无常世事，能想通一点儿就会少难过一点儿，不是吗？缘深缘浅，缘聚缘散。不攀缘，随缘就好。随缘即当惜缘，惜缘即当随缘。阿弥陀佛么么哒。心心念念，当作如是观。

# （十二）

2015 年春，我新书见面会郑州站，很虐心，多事多舛，几欲夭折。
先是原定场地临门掉链，临时取消，后是新场地方没通过审批，不接纳外来人员参与，活动再度取消。

出版社的编辑周逸姑娘愁得一个头两个大，建议我取消郑州站。
怎么能取消呢？我微博上答应过读者一定会去河南，自当言出必诺，不能不讲义气。
我自己掏钱租场地，郑州 7 Live House 江湖救急，这是个大酒吧，能盛下六七百人。
周逸快哭了：哪儿有去酒吧开见面会的？太不严肃了。
我拍她的头：乖，酒吧里见面多好玩儿啊，喝着酒唱着歌聊聊天，大家可以一边聊天一边玩儿击鼓传花……或者，老鹰捉小鸡。
她说：你玩儿心也太重了，注意点儿形象好不好？没有作家会这么搞。
拜托，我算什么作家，只是讲故事也只会讲故事，一个野生作家而已，说书人罢了。

2015 年 4 月 22 日，郑州站活动如约举办。7 Live House 门前阻塞了一整条街，从河南各地赶来了四千多人……多谢河南的读者爱我，嫩咋都怎好！

可我麻烦大了。

活动开始前几个警察叔叔找到我：嫩这是要起义吗?

他们紧张坏了，人手不够，维持不了这么多人的秩序。

按照惯例，活动规模这么大，一旦秩序有问题，中途会被勒令停止，我会被喊去喝茶。

我不渴，不想喝茶，我说我相信我的读者的素质，也相信警察叔叔的能力……他们瞅瞅我脑袋后面的小辫儿，集体叹口气，噔噔噔跑去维持秩序了。

活动从傍晚进行到午夜，出奇地顺利，虽未能玩儿成老鹰捉小鸡，但四千多人每个人都见了面、签了名、握了手，彼此笑嘻嘻的。握手握到最后，我感动坏了。最久有排队六个多小时的，但自始至终没出现任何拥挤踩踏事故，秩序好极了。

除酒吧的工作人员之外，听说还有不少读者自发站出来帮忙维持秩序，这些志愿者有老有少，有男有女。关于郑州我知道的不多……让我再次拥抱你，郑州。

午夜的郑州，人群渐渐散去，我站在路边，等着和最后一个人握手。

听说也是个志愿者。

听说专程从开封赶来，帮了一个晚上的忙，喊哑了嗓子，水都没喝一口。

…………

突突突突，一辆饱经沧桑的摩托车停到我面前。

那个志愿者摘下头盔，花白的头发，肤色黝黑。

上车上车……他拍着后车座吆喝，

说好了的，俺请嫩吃烩面。

《山里》成都小屋·鬼甬 ◁

《昨天》西安小屋·西凉幡子 ◁

活着吧

❦　我偶尔会想一想大黑天，活着吗，活着吧，也不知这家伙正在哪个
国度哪座城池上空盘旋。
真是令人艳羡哦，振羽处皆天涯，栖羽处即为家。
愿君自在，随心所欲，好好活着，无有挂碍。

《小善缘》说的是什么呢？

这里的小不是少，是不深不浅不急不缓，刚刚好，就是小。

这里的善也非常规意义上的好，去道德化看，不过天性使然。性处善恶制衡间，所谓行善近善，也是仰仗天性去御抗天性的另一半，所以，在这个词组里，"善"字也是动词，作用于缘。

缘就是聚合离散，世间一切缘无长亦无常，无有不散，故说莫攀缘，故说惜缘。惜也是善，惜聚惜散，也可理解成善聚善散。

三个字连起后的统解，就不多废话了，都在故事里面。


……其实读故事非要明确地读出个道理什么的，也挺没劲儿的，毕竟我的书的功效不过是帮你打发打发时间，并非诱你上课上学，一个我这样的说书人又能教化得了谁呢？古往今来的说书人说唐说岳说呼延，再拍案惊奇，也不过是自以为是的话语权。

总之，觉得故事好玩就行，大黑天的故事还挺好玩的，谢谢你肯看。


至于"无量天尊哈利路亚阿弥陀佛么么哒"这句话，有人觉得好玩，有人觉得真讨厌。非要析解的话——把风马牛不相及的四个词组融合在一起，可能为的是抵御一点儿分别心、聊一聊殊途同归，乃至期望在某些层面上消解一点儿对立、弥合一些撕裂吧，或可对抗一点儿戾霾，善一点儿缘——

这也是原书名"阿弥陀佛么么哒"一词的由来。


曾想用这个书名加持这些故事，让故事更善巧方便一点儿，如今看看，也无甚作用，只是一个玩笑，也只能是一句戏谑，那就当是这个说书人托大，在徒劳胡言乱语吧，在这个只要表达就必被误解的纷纭年代。

以前觉得每个年代都这样，现在比较着看看，发展速度之快鬼神莫判，若干戾气已然迭代出锋利锐角，将无争的扔给有怨的，将知白守黑的逼上梁山，复炼化成你死我活非黑即白。

于是对那些误解更懒得去辩解了，不辩，因知必是无用功。

讲什么道理，讲道理就是以肉搏铁，那铁上带锯带尖带倒钩，等着你卡进来。

该当如何面对呢，忍辱波罗蜜？止语讷言？

我不只是在说我，我说的是许许多多个我！

可我不知道，真的不知道，唯一知道的是，过去理解"善者不辩，辩者不善"时以为"善"字是形容词，如今明白了，也是动词。就哈哈哈哈，就很悲哀。

上面写的这些，估计你看得挺费劲儿，你也不乐意看。

不说这些了不说了，咱们聊点儿好玩的吧。我说书，你听书，予取予求，我明白。

…………

我后来去过许多次郑州，对那个地方、那里的人有说不出的好感，摩托老人未再见过，但每次去了都会吃碗烩面。我没再使用我的召唤术，却一直期待着更新奇的玩儿法出现在小屋门前，但是没有。这些年那条街越来越熙攘，大都步履匆匆，再没人迈着悠闲的步伐去遛猴遛羊驼，以及遛白菜。

或许也是有过的吧，我已离开太久了，没看见。

许多人后来专程赴滇，想见见大黑天，大都未遂，只有很小一部分人瞻仰到了它最后的风采。

大黑天是当年书出版后不久离开的，放飞后有过长久的盘旋，继而没入青天，自此未再相见。

我亦于它走那年告别了丽江，和曾经告别拉萨或济南不同，不是被迫是主动，忽然觉得无感了，就走了，走到了大理住了下来，背靠着点苍山。此后的这些年间除了偶尔两三次转机路过，甚少再去丽江，去了也不怎么进小屋，就学着其他游客的样子，趴在门缝上看那么两眼。

我早已不去丽江，丽江小屋却至今尚在，大黑天的规矩尚且残存，但屋里早已不是当时的成员。

小鲁自立门户有了自己的酒吧，听说生意不错，应该是变得聪明了一点儿，他当年且笨且凶的待客之道可真没少给我惹来投诉，希望他自己的酒吧投诉能少一点儿。王继阳在福建开了厦门小屋，陪在妈妈身边；小 S 在四川开了成都小屋，重返过新西兰；开大理小屋的是老谢，在人民路的中段。都是他们的店，本就是他们的小屋，虽然这三家目前挂的都是我的招牌。

也不止这三家，这些年大部分小屋都开启了自理模式，开始为将来的独立运营做做预演。2019 年时，我在《小孩》那本书里有提到净身出户的打算——所有的小屋，招牌慢慢地都会更换。

我只是跑第一棒的人，既然是场接力赛，总要交接，小屋只有去大冰化了，才能久一点儿活下来。

被不被懂皆无所谓，我用我的方式，和小屋惜缘。

昔年写：坐等大锯拦腰斩，因缘具足下孤峰。
又写：万里碧霄终一去，今朝我做解绦人。
也不只是小屋，需要解绦的还有这个说书人的身份。好吧，静待因缘俱足的那天。

丽江小屋的书架上至今还立着一个小木牌：大黑天故居。
老木板墙上的白色尼尼痕迹一直没擦，还在。
希望能一直在吧，不管将来挂的是什么招牌。

我偶尔会想一想大黑天，活着吗，活着吧，也不知这家伙正在哪个国度哪座城池上空盘旋。

真是令人艳羡哦，振羽处皆天涯，栖羽处即为家。

愿君自在，随心所欲，好好活着，无有挂碍。

《孤鸟》靳松 ◁

一个孩子的心愿

♫

◇　光阴如潮，大浪淘沙，未来未知的年月里，这本破书定会湮灭。
但我祈愿这些歌能被传唱。
若那时候末法来临，人性扭变，风急雨骤天昏地暗。
愿这颗普普通通的种子，能被按图索骥的人们发现。

愿那时的人们知晓，这个世界，曾经来过一个简简单单的好孩子。

光阴如潮，大浪淘沙，未来未知的年月里，这本破书定会湮灭。

但我祈愿这些歌能被传唱，歌背后的故事，能在伏藏后被掘阅。

若那时候末法来临，人性扭变，风急雨骤天昏地暗。

愿这颗普普通通的种子，能被按图索骥的人们发现。

愿那时的人们知晓，这方崎岖莫测人间道，曾来过一个简简单单的好孩子。

## （一）

他们并排坐在小屋的角落里，神情紧张。

很局促，手都不知道该往哪儿放。

过时的提包，素色的衣裳，廉价的皮鞋……简朴却整洁，隐隐带着几分普通人的隆重。一看便知他们并不常出门旅行，衬衫扣得严严实实，头发梳得一丝不乱，坐姿僵硬得很，面试一样。应该没怎么进过酒吧，两个人只点了一瓶啤酒，拉环没有启开，规规矩矩摆在桌上。

一进门我就看出来了，他们应该来自某个小城，安分守己了一辈子的工薪阶层。

但纳闷儿的是，他们的反应为何那么奇怪？我刚一进门他们就死盯着我看，眼神里满是期待和慌张。孩子的眼睛会发亮，我知道，却是头一次在中年人眼中见到同样的光亮。

2015年正月里的古城喧嚣，街上游人熙攘，大冰的小屋里热气腾腾。人很多，连台阶上都坐满了，听歌喝酒聊天，恣意地享受这假日时光。那天来的大都是眉飞色舞的年轻旅人，学生、职员、背包客，一个比一个年轻。中年人只有他们这一对儿。他们应该是夫妻。

我在他俩对面坐下，点点头，冲他们笑笑。

紧接着我吓了一跳，我的笑容有什么问题吗？为何他们仿佛受惊一样，紧紧攥住了对方的手。

两只手紧攥在一起，攥得发白，四只眼睛越发闪亮，依旧死盯着我，好似钩子一样。

出什么事了这是，为什么这副神情？

我们之前见过吗？有过什么恩怨吗？

未等我开口问询，中年女人猛地吸了一口气，猛地吐出来一句话：终于找到你了，大冰。

她颤抖着声音探问：听说你是个一诺千金的人……

什么一诺千金？谁造的谣？！

我慌忙摆手，手刚摆了两下就僵在半空中。她双手合十面向着我，仿如佛前祈愿一样。

她闭上眼睛对我说：求求你……求求你帮我们一个忙。

## （二）

在他们开口讲述的头半个小时里，我并不知道自己会遭遇一个如此虐心的故事。

多年后我回想起当时那一幕依旧会恍惚……原计划第二天要启程去往下一站，开始长达数月的闭关写作人间蒸发，原本那一天我是在家收拾行李，没打算去小屋。原本是无缘的，我和这个故事……阴差阳错地有了，再难脱开干系那种，一切都像是被安排过的一样，好似命中注定。

是两个中学教师。

他们箪食瓢饮在浙江省青田县海口镇，教书育人，安贫乐道。

云南之行是专程为我而来。他们说，希望我帮他们一个忙，帮他们的儿子一个忙。

儿子叫越阳，1998 年 10 月 13 日出生，90 后。
他的母亲看着我的眼睛，着重强调说：越阳是个好孩子。
每个父母眼中的孩子都是好孩子，但她执拗地说，他们家的好孩子和别人家的不一样……
她说她的儿子出奇地懂事。

他们都是农村中学教师，陪学生的时间多，陪儿子的时间少，但儿子从小不哭也不闹，早早地学会了一个人吃饭，一个人睡觉。早上睡醒，自己乖乖地穿好衣服，轻手轻脚地去上学。
问他，他会说，爸爸妈妈上班累，多休息一会儿吧……

她说：我是老师，没时间过 3 月 8 日的节日……下课铃一响，就看见儿子站在教室外，一边挥动着节日卡一边喊：妈咪，节日快乐！
节日卡是他自己裁的，自己画的，还有一只小蛋糕，他零花钱少，只买得起拳头大的蛋糕。女学生们围着他，逗他，他一本正经地抍着腰，挨个儿教育她们：你们这些妇女啊……都要听话，不许惹我妈妈生气！
他说：我妈妈很辛苦的……

这个母亲讲着讲着，声音弱了下来，双眼失神地看着我，不知在想些什么。
我咳嗽了一下，她好像被惊醒了一样，歉意地点了下头，继续开口讲。

她说：别人家是妈妈哄孩子，我们家是孩子哄妈妈，从小就是这样。曾经有一个周末的晚上，我带着越阳去火车站广场玩，那时候他还很小……我太粗心了，边散步边在心中备课，不知不觉就和他走散了。我满广场找他，找遍了整个广场也不见踪影……

我不知所措了好久，等到终于稳下心神想报警时，电话来了。越阳在电话里大声喊：妈妈，我找不到你，我自己先跑回家了，我在咱们家楼下的小店里，很安全的！

越阳气喘吁吁地喊：妈妈你别担心我，你不许哭啊。

那个母亲说到这里，声音明显地沙哑起来。看得出来，她在努力地平抑着情绪，我递给她一杯水，她接过来捧在手里，却不喝。她认真地看着我说：真的，他从小就知道心疼人。

我说：哦，我知道你儿子是个好孩子了，但是……

她急急地打断我的话，眼睛看着我，却又好似穿过了我看着无限的远处，她自顾自地重复着说：他真的从小就知道心疼人……

她急切地说：

我们越阳学习永远名列前茅，我们从来没操心过他的成绩，只担心他的喜好是否太多。学校里，他什么活动都乐意参与：广播站、学生会、演讲比赛、朗诵比赛、数学竞赛……光是象棋比赛的证书就有厚厚一摞。

象棋教练说越阳是棵好苗，让我们送他去省城好好培养。但越阳拼命对我说：不要不要，妈妈，我下象棋只是兴趣爱好。他怕让家里花钱，他怕累着我们，他心疼我们……

越阳还喜欢音乐，学过小提琴，萨克斯考取了十级证书，葫芦丝在浙江省民乐比赛中拿过三等奖。

拿完奖之后他就不肯再学了，老师怎么劝他也不听。他跟我说，其实乐器里，他最喜欢的是吉他。他不说我也知道……学吉他最省钱，不像小提琴、萨克斯的课时费那么贵。

我当然不肯让步，哪个父母愿意委屈了自己的孩子？砸锅卖铁也不能耽误！

又不是借不到钱……

他搂着我的脖子说悄悄话：妈妈你知道吗？我觉得音乐这东西很神奇，不论用哪种乐器去演奏，里面的道理都是一样的。你就让我学吉他吧，至于其他的乐器，我将来一上大学就自己挣钱……我有大把的时间去学。

我搂紧他：好孩子，爸妈没本事挣钱，委屈你了……

他撇嘴：妈妈你说的这是什么话？谁有咱们家这么厉害——我爸爸妈妈都当老师！

越阳学吉他上手很快，他本就有音乐天赋和功底。吉他是借的，他总是说自己技术低，用不着专门买好琴。

别人还在爬格子、练和弦时，他已经开始自己琢磨着写歌了。他看书多，歌词一写就是半个笔记本，只等着将来学全了乐理就自己谱曲。

他志向大得很，当作家，当棋手，当歌手……那么多兴趣爱好，却未曾耽误学习。他后来从青田小镇考到省城中学时，成绩是最优秀的！

…………

每个母亲都爱夸自己的儿子，一夸起来就刹不住车，这个母亲也不例外。

这个朴素的母亲告诉我，他的儿子越阳考上的是赫赫有名的杭州市文晖中学。

很奇怪，讲这段话时，她的表情是骄傲的，声音却开始哽咽，沙哑的哽咽。

…………

据说去学校报到时，越阳手里的行李是最简朴的，肩上的行李也是最特殊的。

是一把吉他——为了庆祝考到省城，父母送他的礼物。

他弹着那把吉他，从初一弹到初二。

从 2012 年弹到 2013 年。

## （三）

…………

2013 年发生了许多事。

厦门 BRT 快线（厦门市快速公交系统）起火，47 人殒命。上海和安徽两地率先发现 H7N9 型禽流感，后续是江浙皖鲁闽，以及台湾省。大范围的雾霾笼罩中国中东部，从北京到上海，人们忧虑地抬头看天……这些公众领域的大事件被人关注、关心、铭记或遗忘。

2013 年的杭州也发生了一件事：
一个孩子毫无征兆地病倒，一对父母一夜间忽然苍老。

没有几个人会去特别关注这件小事。
如无特殊原因，没有几个人会关心一个陌生的、普通的孩子的病症。
大部分人懒得去追问熟人社会以外毫不关己的事情。大部分身体尚健康的人，并不关心这种病的致病原因到底是什么，也并不关心，为何在城市儿童中，这种病的发病率已上升了 13%。

2013 年，越阳 15 岁，白血病。

## （四）

好似耗尽了全身的力气，那个母亲虚脱地靠在了丈夫的肩头。
她流着泪告诉我，在来之前他们俩专门翻看了我的书，说记得我在书里写过……命运善嫉，总吝啬赋予世人恒久的平静，总猝不及防地把人一下子塞进过山车，任你怎么恐惧挣扎也不肯轻易停下来，非要把圆满的颠簸成支离破碎的，再命你耗尽半生去拼补……

她靠在丈夫的肩头流泪，反复念叨着"命运善嫉"这四个字。

她说：到底嫉妒我们什么？我们到底做错了什么，非要惩罚这么好的一个孩子……

最触目惊心的，莫过于中年人的伤心。

一对中年夫妻摊开手掌，彼此给对方拭泪，边叹气边拭，越拭越多。

这一幕看得我有些难受，但更多的，是一种难言的尴尬。犹豫再三，我开口说：大姐，你们的遭遇我很同情，我知道治白血病要花很多钱，也大略知道你们的收入水平，但是实话实说……不是我见死不救，这个忙，我或许很难去帮。

我说：对不起，越阳是个好孩子，但我并不是个有钱人。

他们俩连声说"不不不"，用力地在我面前摆手。

那个父亲苦笑着说：大冰你误会了，我们不是来找你要钱的，我们当了一辈子教书匠，穷归穷，骨气还是有的……

况且，他轻声说，我们越阳，现在不需要钱。

大过年的，你们不在医院陪孩子，反而千里迢迢跑来找我？

不需要钱，那需要什么？

## （五）

那位父亲揽住妻子的肩膀，再次帮她擦了擦眼睛。

他抬头看我一眼，又低下头，慢慢地说：……儿子很乐观，他妈妈都要崩溃了，他还反过来安慰她，变着法子逗她开心。他从小就这么懂事，生病了还这么懂事，他越这样，越让人心疼……

这是个遭罪的病，生病的这两年，越阳尝尽了各种化疗的苦，每天吃药打针抽血……但化疗间隙病情较轻时，他总不忘学习，我们给他请了家教，文化课与吉他两不耽误。

医院里的人都喜欢他，护士喊他小鲜肉、小粉团，他给大家弹吉他，大家都给他打气，他也坚信自己能好起来，经常对我们说：等我病好了怎样怎样……

2014 年五六月份，越阳的病情确实好转了，还重返了教室，上午上半天课，下午在家休息，期末考试竟然还考出了非常好的成绩！我儿子是最棒的，从小就是这样，不管生不生病都是这么棒！

听到那个父亲说到这里，我松了口气，一句"恭喜"还没来得及出口，又生生咽了回去。

那个父亲低着头，越发佝偻，鼻尖上清清楚楚悬着一滴泪。

……我们以为他几乎痊愈了的时候，7 月份的骨穿报告也出来了。

骨髓里的坏细胞有点儿反跳，医生建议要连续加打四到六次化疗才行。于是我儿子又开始了连续化疗的历程，很痛苦，不是人遭的罪，那么小的孩子……

前四次化疗进展很顺利，每次都完全缓解。第五次化疗后，他妈妈拿到骨穿报告，哭得肝肠寸断！我也被这个晴天霹雳轰得差点儿晕倒。天大的玩笑！这次骨髓里的坏细胞比 7 月份那次要高得多，是真正意义上的复发！

瞒不住了。

我把这个复发的坏消息告诉儿子，他竟然出奇地平静。

他对我说：爸爸，没关系的，咱们再接着化疗。

我憋着眼泪躲到门外去哭。孩子，你和我说话的口气像个成年人一样，你为什么这么懂事？你难过你失望你哭你叫你喊出来啊，爸爸不怪你啊，为什么反倒要你一个孩子来安慰爸爸……

化疗越多，对人体的伤害越大，恢复起来也越难。其实他已经对化疗很恐惧了，每一次都是上刑啊……我不明白，他一个小孩子到底是靠什么才忍下来的。

儿子再次住进浙江省第一医院。

而我则跑北京、跑河北，联系骨髓移植事宜，必须骨髓移植了，没有别的办法了。医院联系好后，我把我们一家人的衣服和被子都托运到了河北那边……一切准备就绪，只等儿子这次打完化疗，细胞涨上来，就去医院做移植了……我们一家三口也都抽血进行了骨髓配型，结果都是五个点半相合，还是有希望的。

结果希望没了。

医生下达了病危通知书，说我们的儿子很快就要没了，让我们准备后事。

我们不懂呀，什么叫快没了？

准备什么后事？不是还好好的吗？刚刚还说晚饭要吃大馄饨呢！我不信！

他养病期间不是还在好好地继续写歌唱歌弹吉他吗？他将来还要继续上初中、上高中、上最好的大学……

他还要继续玩吉他、在大学里组乐队、谈恋爱、结婚……

…………

是我们当爸爸妈妈的无能啊！

你走了，我们也不想活了。

儿子的身体越来越难受，可他一直说：妈妈，我不难受，过两天细胞涨上来就好了，你不许哭。

他想给妈妈擦眼泪，手都抬不起来了……

儿子在他妈妈怀里睡着了。

我们等着他醒过来。这么懂事的好孩子，我们等着他醒过来……

我看着那个父亲，等着他继续往下说，但他久久没有开口。

喧嚣热闹的古城正月，春意盎然的 2015 年，街上的嬉闹声声声入耳，小屋里却一片寂静，每个人都是沉默着的。

# （六）

2015 年 2 月 11 日，奇迹没有发生。

越阳没有醒过来。

15 天后，越阳的父母来到云南，带着他的遗愿，坐在我身旁。

越阳的遗愿，和我有关。这是一个任性的遗愿。

他的母亲对我说儿子弥留之际，曾留下几句话。

他说：好遗憾哦，这么快就离开这个世界了，还没来得及留下点儿什么，就要走了。

真的好遗憾，还有那么多没来得及实现的心愿……

他说他写了好多歌词，但看来没有机会谱上曲子了，如果有人能把这些音乐给做出来，该多好啊……

他说：妈妈，能让我任性一次吗？

他说：妈妈，有一个人，他既是作家也是歌手，我读过他的书也听过他的歌。这个人神出鬼没，很难找到，但是妈妈，你去帮我找到他吧，一年不行就找两年……把我的歌词交给他，他会懂的。

他说：我看过他的书，我猜他会答应的。

他说：妈妈，我的好妈妈，我从没求过你什么，我一辈子就任性这一次，你们一定要帮我去完成这个心愿，好吗？

…………

# （七）

正月里的古城，人群早已散去的小屋。

越阳的父母忐忑地看着我，沉默地看着我，双手合十，泪眼婆娑。可怜拳拳父母心，算算日子，他们应是一料理完后事，就赶来云南找我，捧着两颗碎了的心，带着一个任性的遗愿。

他们下定决心要完成这个任务，云南找不到我就去山东，山东找不到就去北京，北京找不到就去西藏……

上天安排他们在我启程回北方闭关前的最后一天找到我。

越阳一定没有想到，他唯一的一次任性，留给他伤痛中的父母多少折腾。

我可以拒绝一个 16 岁的孩子最后的任性，哪怕他真的是个罕有的好孩子。

但哀莫大于中年丧子，我没有任何理由去拒绝这样一对父母的请求。

我接过了一个 U 盘。

我说：好的。

# （八）

我以为 U 盘里只是歌词。

不承想，歌词文件夹里还夹带着几段话，是 16 岁的越阳在得知病情复发时悄悄写下的，大意如下：

如果我真的运气不太好，挂了，我愿意无偿捐献我的眼角膜和器官给需要的人。

我生病后，很多人给我捐款，把剩下的钱给其他白血病孩子用吧。

……………

爸爸妈妈去领养一个妹妹吧，我从小就想有个妹妹，你们知道的。

还有，我从小还想养只猫猫或狗狗，请妈妈帮我养一只吧。

……………

这个也是我的遗愿，我有好多歌词，其实我是可以用吉他弹唱出来的，但是貌似目前还不怎么会写谱。希望这些歌能被做成音乐，然后任何人都可以拿去使用（算是版权授权吧）。

我只是想留下些什么，爸爸妈妈一定要帮我实现啊，这毕竟是我最后的心愿了。

孩子，不管你最后的心愿有多么任性，他们都会帮你去实现的。

谁让他们是你的爸爸妈妈。

# （九）

一开始，我以为这就是越阳"最后的心愿"。

直到几个月后的一天，我才发现自己错了。

U盘歌词文件里还有一个隐藏文件，里面藏着另外一段话。

越阳的父母，我想，或许到了应该让你们看一下这段话的时间了——

冰叔，如果你发现了这些话，请在我走后半年，再给我爸爸妈妈看。

……………

爸爸妈妈，你们好一点了吗？

真希望你们能早点好起来，一定不要陪我去了。

因为妈妈说过的，如果我死了，她也不活了……

原谅我的任性。原谅我留下的那些心愿。

我只是想，如果用"让你们帮忙完成我的遗愿"为理由的话，或许可以拖住你们一段时间吧。

就算是我自私吧，让我一个人走吧，让爸爸妈妈留下。

把歌词变成音乐，应该能够拖住你们一段时间吧，一定要帮我实现啊。

我走了，就让我的歌陪着你们吧。

还有一个拖住你们时间的办法，我从小就想有个妹妹，爸爸妈妈领养一个妹妹吧，把我剩下的一切都给她，这样你们就都能有个完整的家了。

我从小还想养只猫猫或狗狗，请妈妈养一只吧，也许我会投胎成一只小猫或者小狗，再多陪伴你们几年。

爸爸妈妈，来生咱们还是一家人，好吗？

不管有多难我都会找到你们，继续当你们的好孩子。

…………

**请允许我解读一下这段文字。**

他确实很任性，他处心积虑，其实心愿只有一句：希望爸爸妈妈好好活着。

## （十）

我不是一个什么好人，悲观抑郁狷狂桀骜颠倒荒唐，如若还算做过一点儿所谓的好事，也全都是为了压制本性里的恶罢了。我太明白了，我并不善，我谁也帮不了只是在帮自己，偶尔利他，实际自救，不过是抓住一点儿意义抵抗一些厌离，接着凑合着活下去。

但即便是一个我这样的人，也知道这样一句话：

善良是一种天性，善意是一种选择，善意是人性中永恒的向阳面。

这话我信，却并未真正靠近……我从未想到过，这句话会在一个临终少年的身上得到印证。

他如流星般划过，却用善意短暂点亮了夜空。

是的，人性复杂且不可论证，在每个人身上的星辉闪光都只是刹那。

但正因为有了那一刹那，有些人才变得永恒或伟大。

命运善嫉，这个 16 岁的少年一定来不及伟大。

但他所选择的善意是永恒的。

## （十一）

越阳的音乐做好了。

遵从越阳的遗愿，歌词版权开放，谁都可以谱曲，谁都可以演唱。

我履行承诺，找到了越阳所钟爱的民谣歌者们，把他的部分歌词编曲谱曲，并演唱录音，都是无偿义务帮忙，无人谈钱。

名单如下：

成方圆《当我唱起这首歌》
卢庚戌《你是我的孤独》

马颐《最后一次看着你》
王继阳《唱给自己的歌》
赵雷《让我偷偷看你》
好妹妹乐队《我也可以是流浪诗人》
…………

越阳的生日是10月，秋天，届时半年之期已到，这本书也应该已经上市了吧。
这篇文章的末尾，我会附上他的音乐的二维码，以供大家免费扫码收听，就
当是送给他的生日礼物吧。
这也是他留给这个娑婆人世间的礼物，送给每一个人的。

去听听看，或可助你涉川。

光阴如潮，大浪淘沙，未来未知的年月里，这本破书一定会被湮灭，这个故
事亦会被忘却。
但我祈愿这些歌能被人传唱。
若有一天末法来临，人性扭变，风急雨骤天昏地暗。
愿这颗普普通通的种子，能被按图索骥的人们发现。

愿那时的人们知晓，这方莫测的人间道，曾经来过一个普普通通的好孩子。

▷ 《当我唱起这首歌》
成方圆

▷ 《唱给自己的歌》
王继阳

▷ 《让我偷偷看你》
赵雷

▷ 《你是我的孤独》
卢庚戌

▷ 《最后一次看着你》
马頔

▷ 《我也可以是流浪诗人》
好妹妹乐队

一份授权书

……兹面向一切机构和个人，开放以下权利：

1.《一个孩子的心愿》一文的影视改编权。

2.《一个孩子的心愿》一文的有声版权。

3.《一个孩子的心愿》一文的文本转载权。

## （一）

现在是 2020 年 2 月 11 日深夜。

效率越来越低，难度越来越高，截至今天，这周只搞定了两批医疗物资，支援黄冈市黄州总医院和武汉市儿童医院的，给儿童医院的是 500 件隔离衣，用处可能不大，至于防护服这几天是真的一件都搞不到了。

不是钱的事，账户里还有余额，希望明天兔妞那边和泰国那边能传来好消息吧，兔妞那边应该还可以搞定几百件二级防护服，能帮我定向送往武汉市中心医院，昌宝前天说联系上了春武里府的一个厂子，有杜邦，在等库存量和报价，到现在还没信，且等着吧。

今天唯一的好消息是武汉一线志愿者明妙夏天发来的，她说一桐捐的那 100 多台制氧机，已经陆续送抵湖北各地的基层医院，夏天把十几份盖了章的接收函传给了我，好让我对从一桐那儿募来的那 10 万块钱有个交代。我转发后告诉夏天其实是不必的，那妞子是我看着长大的，和我是多少年的把子肉交情，她信任我，就像我信任你一样。

果不其然，晚上 10 点的时候妞子回了信息，说没想过要什么接收函，医护人员那么忙，太给人家添乱添麻烦了。她说她想接着再捐，钱她又准备了一些，我让她等消息先，现在打通购置物资的新渠道有点儿难。

我和妞子描述了一下一直在和我对接的那些留学生小孩，像英国利物浦大学的孩子们没办法搞定通关，于是用小包裹的方式，衣服里裹物资，一个一个往湖北邮寄，用最笨的方法躲避拦截。

希望不会被拦截太多吧，未必所有留学的都是家里特富有的，里面有很多孩子的生活费。

挂了电话之后，又过了一会儿，妮子拨了回来。

说睡不着，看了一会儿书，掉了一点儿眼泪，然后发现今天是个特殊的日子，越阳走了整 5 年。

于是我到门外站了一会儿吹了吹风，然后坐在 2020 年 2 月 11 日的最后一个小时里写下这些文字，为念。


我都忘了今天是忌日，抱歉。5 年，不知不觉，时间过得真快。

如果一切都是好好的，那个叫越阳的孩子应该 21 岁，大学。

学习那么好，说不定能考上浙大或武大那么好的大学，会学什么专业呢，一定很招老师喜欢吧。

说不定也会去境外留学深造吧，那么好的孩子，应该也会想方设法往国内寄小包裹吧，用衣服裹住口罩，裹住赤诚和惦念。说不定也会找我牵线对接吧，也会像利物浦的那个瑄姑娘一样，礼礼貌貌唠唠叨叨的，哽咽着，不停向夏天那些一线志愿者表示感谢……多好的小孩。


太多好小孩，比我年轻那么多岁的读者们，年轻的医生年轻的护士。

从年前开始到现在，他们陆陆续续留言告诉我，请战了，要出发了，已出发了，已抵达了，开始上阵救人了……

1 月 23 日，看到其中一条留言说，作为一个急诊医生虽然已经辞职，但同济医院缺人，他无论如何都要赶回武汉参战，已和家人交代好了，不论报酬，不论生死。

1 月 24 日除夕夜时，收到武汉市第四医院年轻护士的回复：刚接到通知，一线倒下了，我现在要顶上去了，不能回复你的消息了，大冰哥哥，我走了。

1 月 29 日往武汉送抵了第一批防护服 2000 件。协和医院的那个小倩护士说先给他们科室 300 件就行，其他的，冰叔想办法抓紧分给武汉其他医院的战友们吧……

他们都是我的读者，越阳的故事应该都读过，应该都比越阳大不了几岁，都是 90 后。

网上这段时间流传着的那句话说得多好：不过是一群刚刚长大的孩子，学着前辈的样子，穿上一身衣服，去从死神手里夺人。

边打上面这句话边落了泪，保卫这个世界的人里，有那么多勇敢无畏的孩子。

缺什么少什么咱们想办法！很多人都在想办法，会有办法的，很快就能什么物资都不缺了，都要平安，都要好好的，都还年轻，都还有那么长的人生等着去走。

过去的这半个月我有多么脆弱和混乱，貌似做了一些事，越做越发现自己能力有限，做是为了心安，却是越来越不安……恍惚感觉是随着涌动的人海站到一个大时代的边缘，身前身后不同的肤色不同的语言……若干莫测即将开始，许多跌宕即将到来。

未来的交给未来，只是先快点儿快点儿过去吧，当下的这一切。

……如果有如果，不要让所有的孩子遭遇这一切，没有疫霾没有惶恐没有灾难，世界再复杂再多舛都与他们无关，大人们挡住、挡好，非要冲击就能晚一点儿是一点儿，不要让成长用泪水去换，也不要用感动去换。就自自然然的简简单单的，就好好地上学好好地谈恋爱，打手游喝奶茶逛 B 站，想饭谁就饭谁该修仙就修仙，夹个娃娃就兴高采烈，一次挂科就天昏地暗……就普普通通的就好，平平凡凡。

就像越阳歌词里描述的那样：

天空不再阴霾，柳枝随风摇摆，我站在树下发呆，粉红色的云彩
头轻轻地一抬，望见你的风采，扶流苏的裙摆，脸上挂着粉黛

微微的笑像小孩，站在你家门外，轻轻地把门敲开，害羞地低下脑袋
让我偷偷看你，在你回眸的微风里
让我偷偷看你，在你离去的背影里……

此刻我在听这首歌，循环，在这个平平常常的孩子离开这个世界后的第
5 年。

（二）

太多的故事在教人该怎么活。
而越阳那个故事，说的只是告别——告别前该做些什么，该留下些什么。

5 年前我找到一些朋友，将那些歌词转交，请他们谱曲演唱。他们虽都算朋友，
但我性格偏凉，过从交际并不密切，相求时也就说不出什么求肯的话，只是
发去了关于越阳的那篇文章。
但没有一个拒绝，也没有一个人和我谈过一个字的钱。
都当作了分内事去做，都不觉得是帮。

从 2015 年至今，这些歌以免费播放收听的方式在网络上流传，粗略估计，
收听人次应已逾数百万。
其间齐静联系过我两次，都是关于其中那首《让我偷偷看你》的演出使用，
一次是慈善演出一次是公益短片，我告诉她其实这些演唱都与谋利无关，用
就好不必这么麻烦，她却每次都一定要我帮忙取得越阳妈妈的同意，口头的
就行，说这样是基本的尊重。
齐静是个好姑娘，去年生了宝宝，现在也是当了妈妈的人。

我替齐静和雷子转达了尊重，每一次得到的回馈都是感谢，说是用就好用就

好，不懂关于版权的那些复杂的事情，只知道孩子的歌能被那么多的人听到，她对每一个无偿帮忙过的歌者都只有感谢。

所以，借此机会，向雷子老卢秦昊马顿圆子姐再次转达一下孩子妈妈的感谢吧。

越阳的妈妈名叫兰丹。

春节之前，收到了兰丹邮寄来的年糕，微信上推辞不过，非让我尝尝青田的特产。出乎意料地好吃，一直到元宵节为止都是我的早饭。

今天是越阳的忌日，不能扰她，翻了翻微信记录，上次说话是 1 月 24 日除夕夜 23 点 41 分，按照这几年的惯例，给她打去了孩子们的压岁钱。

是的是孩子们，两个小孩，一个是漂漂亮亮的小姑娘，依照越阳的遗愿收养的小妹妹。

一个是脑门特别大的小男孩，越阳的弟弟，3 岁了，起名字的时候兰丹问我，用越阳当年给自己起过的那个笔名可好？我找人查了三才五格，告诉她甚好哦——洛轩。

洛轩出生后，兰丹给我发来了一堆新生儿的照片和一张越阳当年的照片，她说两人长得真的一模一样，说儿子重新回来了。

我没去否定这句话，不想，也不能。

未来长大后的洛轩一定会有自己的人生，并不是越阳的替身替代。

只是，就像长大成人需要时间一样，一个母亲的痊愈，也需要时间。

没有任何人有任何权利去苛责她的任何，她已经出乎意料地坚强了，某种意义上讲，在所有认识的人里我数不出几个比她更坚强的人，5 年来我目睹着她竭尽所能去完成儿子越阳的遗愿：希望爸爸妈妈好好活着。

时光回溯至 5 年前，云南托付完我后，失魂落魄的夫妻俩各拟了归途，她走走停停，独自去了最南边的海边，并把那里当作了自己这场生命的终点。某种意义上讲，越阳的担忧确实发生了，儿子没了她也不想活了，她在那海边等着，只要一知晓歌做出来了，便即赴海。

那时候她并不知道孩子真正的心愿。

我那时已读了信，知道了越阳的心愿，写好了文章拿去求好了歌手们，开始了谱曲录歌，但完全不知一个母亲决心赴死，等在海边。

这个世界上的很多事说不清，今时今日我回想起来依旧在后怕，只差那么一点点，就差那么一点点。

依照越阳的嘱托，将实情告知父母应在他走后半年，也就是说，8月。

……幸亏没真的等到8月。

2015年7月的时候，我有过一场远行，从厦门直到敦煌。

一个炎热的午后，小憩在某个客栈长椅上的我梦魇住了，什么都清楚什么都明白就是怎么也动不了，嗡嗡的青蝇在我胳膊上降落又起飞，每一道汗水的流淌轨迹我都清晰，有人在喊我，是确定不认识的人，看不见人影，喊的是什么不知道，但就是在喊我不是喊别人，我却怎么也醒不过来。

醒来后的第一件事是发呆，醒了和没醒似的，接着顶着烈日走去最近的小卖部买饮料解暑。

刚睡醒手软，冰冰凉的脉动抓不住握不紧，于是喝一口缓一缓，放在油渍麻花的玻璃柜台上。

风扇在侧旁嗡嗡地响，电视在面前刺刺啦啦地响，迷迷瞪瞪间忽然有个和眼前的一切都毫不相干的念头冒了出来，吓了我一跳：把那篇文章发了吧，尽快让它被人看到。

一直到今天我也无法解释，为何当时会忽然冒出那个念头，且清晰得像是有声似的，大半天里一直回旋在我的大脑。

当时随身笔记本里没有合用的软件，我把那个 Word 文件传给了"ONE 一个"编辑部，请他们尽快发表，并将生成的长图传回到我手机上。"ONE"那时的编辑们都对我很好，他们火速安排插稿，安排在了 2015 年 7 月 18 日。是夜，我在我的微博上也发了那张长图，即为《一个孩子的心愿》那篇文章。

我给兰丹发了信息，希望她能看看，一直等到凌晨 2 点，回复并未等到。
当夜无话，当时也并未多想，应该是睡了吧，揣测着她明晨阅完全文后的反应，我坐在敦煌的子夜里叹息了良久，也不知孩子的苦心，他们是否能明了。

一直等到翌日结束，一直没有回复，接下来的一天也没有，试着把电话拨过去，忙音，无人接听。
些微起了点儿疑心，出了什么事了吗，两个人的电话都没人接。打开微博看看，留言 5000 条，转发 1 万多条，这样的传播度，也不知是否有认识他们的人把消息带到，不知道他们是否已经看到。
当时想，应该是看到了吧，沉浸在孩子的遗愿所带来的触动中，也就无暇去理手机……嗯应该是这样，不然为何好端端的不接我电话呢？

然后就崩溃了。
刷到了一条新闻，发生在浙江杭州的，标题大意是 7 月 19 日有一对失独夫妇相继自杀，孩子是白血病去世的，刚一百天左右。我当时扔了手机就撞到墙上去了，该怎么形容我当时的慌乱？是他们吗？白血病、一百天、失独夫妇，这些信息也太像了！
好半天我才去把手机捡回来，再也没有勇气去打开那个页面。
是我晚了吗？是不是他们没看见？是不是就差了这么一天？那时候呼吸几乎

都停了，我想，不是！应该不是，绝对不是！我要联系上他们！

于是打电话，每一个未被接通的等待都让人哆嗦，打到第10个电话时我心说完了完了完了我该死！我拖了，我晚了……

然后第11个电话打通了。

忘了一开始说了什么了，我只记得我反复在说三句话：

你还好吗？你看了吗？你去看一看你去看一看……

很久之后，和兰丹微信聊天时她告诉我，她那时离群索居不和人联系，在海边。

她说，其实那时候决心已经下了，若不是恰好在那时看到了孩子的真实的心愿，她可能也会在那几天选择告别，已经撑不下去了。

现在不是撑过来了嘛，我说，再给我看看洛轩的照片。

于是大脑门的小朋友出现在我的手机屏幕上，搂着他的是比他略高那么一点点的小姐姐。

多好看的小姑娘小小子儿，有几张照片看着看着就扑哧一声笑了出来，真的是，咋都长得这么卡通这么好玩。

上次联系是1月24日除夕夜，再上一次是2020年1月12日，给我寄了青田年糕。

再再上一次是2019年12月18日，聊天里告诉我小姑娘有点儿发烧，但没事，今天好多了，说这段时间学校里小孩感冒挺多的，在家休息几天就好了。

我和她说：我妈小时候只要我一感冒就给我吃大蒜。

她就说：嗯嗯，大蒜杀菌，增强免疫力。

再再再上一次，是12月16日时，给我发来了两张孩子的照片，一张是小姑娘穿着红马甲蓝衬衫的校服，乖乖巧巧捧着一盒马卡龙，一张是大脑门的洛轩在玩积木，貌似已经搭好了一个挖掘机一个塔台，也是厉害……

一年两年三年……隔着大半个中国，我在一张张照片上看着他们长大。
这些年好多次路过浙江，总说等孩子再大一点儿再去看看，其实心下想的是，等她再好一些再去看看。时间或会冲淡一点儿触景生情吧，我不想带着回忆杀再度给她送去悲哀。

其实已经好多了好多了……原本约好了的，这个阳春三月时会去江南看看孩子们。
此时此刻我并不知何日方能成行，已然是爽约。
现在春天已经到了，到的不止是春天。

（三）

有点儿忙，停了几天，现在继续写。
这些天对迈柯唯和索林这两个牌子简直不要太了解，夏天和我捣鼓了半天，计划搞定一台 ECMO（体外膜肺氧合）并找到了货源，但今天宣告失败。她和我账上的活钱都不多了，想了些办法，最终没凑够 80 万元。
其实我在贵金属理财里还套着不少钱，犹豫了没舍得割肉一些，我想我以前也不是这么看重钱啊，我也不知道该咋说，但你看，就算现在这会儿想想，还是不太舍得。

夏天比我强太多，大家是同龄人，她之前开过公司，倒闭后靠积蓄活了这几年，但就没我那么心疼钱。她的志愿者工作开展的项目多，边筹款边自掏，应该已经掏干了，完全不见她心疼，也不知道等事情过去后她家靠什么活，事情总会过去的。
封城后的这 20 多天菜开始难买，这几天看她的朋友圈，吃得乱七八糟的差极了。前些天防护服还没超过 80 块钱的时候，有次转账后我又单独打给她一点儿钱，让她再多进两箱，给车队的志愿者们都配置上，但她没听我的，说大家舍不得，都说先紧着一线科室的医护人员吧……

最早的那批医疗物资，他们赶在初五之前，帮我送抵了武汉十几家医院，都是直抵终端送到了一线医护人员手上，那时候他们这些志愿者大部分人唯一的防护就是一个口罩，很多还不是 N95 的……说是生死置之度外也不为过。

除夕那天认识的夏天，武汉封城后的第二天。问她来着：那你怎么最后还是选择留下来？

她的回答是：因为我自私呗，我得让自己舒服撒。

她说：这是我家乡啊，造业哦，都这种时候了，总得留下来做点什么，不然心里不舒服撒。

…………

我没见过夏天，虽然光微信聊天就已经快上千条，她设置了一张向日葵照片当头像。年纪应该相仿，生平履历不详，我不知道她的真实姓名不知道她的长相模样，只知她已婚，有孩子，自己好像是初中学历，出社会早，言谈泼辣直接江湖气很足。这点倒也不奇怪，那个城市的标志性符号除了樱花，还有大湖大江。

武汉人江湖气足，夏天和我每次交流话都说得直愣愣的，喊我大深井冰，比如：你这个大深井冰别再问我防护服了，搞不到了！但提到妮子时她蛮温柔，她把妮子喊作大姑娘。我在朋友圈里翻到过几张照片，应该是她女儿的，她喊她女儿也是大姑娘。

等以后事情过去了肯定会见的，到时候应该给他们家大姑娘带点儿礼物什么的。

兰丹寄来的浙江年糕多么地好吃，我去淘宝上买 100 斤给夏天的大姑娘吃一吃吧。

这两天的好消息是：

昌宝在普吉岛那边帮忙采购了一批口罩，至于防护服还在等消息。

兔姐那边倒是帮忙又搞到了些防护服，并找人送抵了武汉中心医院一线，接收人是李医生的同事，但只有 280 件。这几天的单价涨到了 155 元，且几乎搞不到，但兔姐说情况很快就能扭转了，产能马上就能恢复了，匮乏的局面会很快改变。

她还和以前一样，打气说咱们做就是了，这种时候先尽力，不抱怨。

聊完工作后我犹豫了一下，问她：你咋样了？

她说只有一次阳性，现在咽核阴性，CT 有白斑，肺有损伤，但目前没什么大碍，已从方舱出来了，还有许多事情要去对接。

兔姐是 1 月 31 日左右疑似感染的，在那之前一直忙忙碌碌在武汉做各种物资采购和对接，感染概率比一般人大一些。疑似感染之前的那一周，她协助各种机构和个人对接了大量资源，给我这边也对称了大量关于医疗物资标准方面的信息，以及如何搞定海外物资的物流和通关，并两次悬崖勒马叫停了我的一些采购行为，免于因质量问题上当受骗。

那时候她在深夜的武汉高速入口处等着接物资车，隔着口罩她的声音嗡嗡的，呼呼的风声里她反复提醒我别瞎打，留好子弹。

疑似感染那天没有通话，只有文字，她微信上给我发了笑脸，打字说：有了孩子真的是怕死。

又说：希望能好好活着。

兔姐夫妇都在上班，两人都尽着职责工作在疫情一线，孩子放在外地外公外婆家，快 5 岁了，小男孩。得知她疑似感染那天我很难过，好比一个站在后方安全区端着望远镜的人，看到了前方硝烟阵地上冲锋的战友被击倒了，开始流血。

我就问她，如果万一有万一，介不介意让孩子多一个人照看？

她不是客套的人，和我道了谢谢，说会提前和父母交代的，又说：如果我和孩子爸爸万一都有事……我父母年纪也大了，您帮我把把关就行，别让孩子走偏了。

过了一会儿，她说：我是家里的独生女，我努力不让这个万一发生！

我明白她在说什么，她是个妈妈，但她也有妈妈，她有自己的孩子，可她也是个孩子。

兔妞是个妈妈，夏天也是个妈妈，都是和兰丹一样的妈妈。

人性复杂且不可论证，母性却没那么复杂。不提真心热血，不论家国情怀，母性的光辉无二，无次第高下。不论是兔妞、夏天还是兰丹，都在各自的命运里做着各自的选择，都活得像个妈妈。

原本计划这个春天去浙江，探望一下这个叫兰丹的妈妈。

带着两个孩子一定很辛苦吧，这是无须多言的事情，尤其是对于一个人过中年的单身妈妈。

是的，他们已经离婚，这几年兰丹独自抚养着两个孩子。关于离婚的原因……若你能对失独家庭稍作了解，你应能明白，那样的心碎很难让两个人再去相濡相对。

当然，除此之外或有其他原因，此不赘述，只需知道他们都好好的就行。

爸爸妈妈都好好活着——越阳的这个心愿，他们各自都在完成中，应会终其一生。

这些年的联系中，我会尽量少去提及越阳的名字，若她提了，就在岔开前顺势聊一两句。

其实，关于越阳的故事所带来的故事，很多很多都没有和她提，担心会把她引入回忆。

可是5年了，太多的读者留过言，落泪的，恸哭后的，感动触动的，病着的，快走的，如今已经走了的……大都是比当时的越阳要年长的成年人。

印象最深的是一个和越阳同样的白血病人，中年人，说读了越阳的故事后，释然了许多，知道怎么死了。我问何解，他说：走就走了，也快走了，那就不要在走之前，在精神上再虐待家人……

他说：我应该对他们好一点哦，时间也不多了，不然可就来不及了。

他是我的同龄人，我们聊了很长一会儿，关于《恐龙特急克塞号》和《霹雳贝贝》，以及对越阳故事的解读，他说他不认为那只是一种孝顺，我说对。

他说：我哦，我和你说，其实我啥都懂，就是不愿去面对……

我说我也是，然后我们就一起笑了一会儿，又沉默了一会儿。

他说：不一样，你看你还有机会面对，我就没有了不是。

他说：等我走那天，我让我家人想办法通知你，你看到后就发条微博呗，就用刚才那句话，再配上个哭笑不得的表情。

我后来完成了他的这个小愿望，2017年1月9日，早晨6点59分。

活到40岁，我旁观过许多人的离去，朋友或陌生人，或说不上是朋友或陌生人的人。

我在我的书里写过其中不少人，比如越阳、兜兜、小蓝……我总是在想哦，走了啊，死了啊，没了啊，我应该用我的键盘我的笔去帮他们在这个世界上多留点儿痕迹。

有人说我把他们写得太过传奇，不论活着的还是死去的，可是我知道的啊，不传奇啊很普通啊，不过是殊途同归之前，一个普通人在记述着另一个普通人而已，留些痕迹。这个烂透了的人间道啊，只想来这一遭，那些无常和那些无常中的有情，遇见了，记下来——我一度觉得，这可能就是我这个说书人的使命。

……可我不是一个称职的记述者啊！

稀薄的悲悯，匮乏的勇气。勇气的匮乏，就像是那台 ECMO 一样，明知它能那么有用地救人性命，就是不舍得割肉平仓去换回，到这会儿让我说实话也还是舍不得那份虚妄的财务保障怕面对财务危机。就像是一直以来对安全区的贪恋，舍不得羽毛，骗不了自己。

不多说了，我说得乱，一夹带私货我就乱，你若读了也乱无须复读琢磨，请自动整段越过或屏蔽。

…………

5 年前读完那篇文章后，越阳的父母给我发来过很长的话。

孩子的心愿带给他们的自然是触动，不多说了……那些触动看起来那么像更汹涌的悲痛，那么悲痛的感谢声我听不得，也不敢记在心中。

感谢之外，他们告诉我，会去完成孩子真正的愿望的，会好好活着。除此之外，他们还会去保障孩子身后的干净——越阳治病期间社会各界捐赠的治疗费之余额，他们后来全部捐出了，具体数字记不清，现在这个点太晚了也不好发信息去求证，印象里好像是 30 万人民币。

印象里，此后这几年他们的经济状况一直欠佳，尤其是兰丹独自抚养两个孩子后。

这几年在固定工作之外，她做过微商、卖过护目保健品，微薄的收入。想过给她一些经济帮助，但又怕伤了她的自尊，于是除了每年春节的那 5 位数的压岁钱，其余时间基本不敢造次。养两个孩子的开支不是小数，应该很难撑吧，撑了这么久，还要撑那么久，难为她了。

有过动摇吧，应该有过撑不住的时候……曾经有一个深夜，她没头没脑地发来信息，说：等小越阳长大了，让他来找你可以吗？你能带着他混吗？

我知道她说的小越阳，是指洛轩，那时他刚出生没多久。

我也能明白她为什么会这样去称呼，在这样的深夜。

时间走得再快一点儿吧，快一点儿洗礼快一点儿冲刷。好是好不了的都明白，那就尽量淡一点儿再淡一点儿吧。总要接着活啊，让不让人活了。

于是我认了那个遥远的小男孩当了义子，并按照习惯，在遗嘱里留了该留的银子，我每个干儿子干女儿都有的。说好了的，长大了来找我混，我罩他。

兰丹后来和我确认过两次，我的回答都是，是的会管他的，不仅是他，两个小朋友都会管的。

但前提是要什么也不缺地先好好长大。

要撑住！可以动摇但要撑住，他们的长大过程一天也不能缺了妈妈。

## （四）

忙，又停了好些天，已是 3 月了，春樱花开满我的窗，天地在回暖，山风也不再料峭，很多地区的疫情就快清零。医疗物资紧张的局面已然缓解，能做的事情告一段落了，现在也出不了什么别的力。

今天终于出门放了一次风，骑摩托去附近村里买了菜。兔妞的轻症已痊愈，依旧在工作，目前下沉到社区里做物资发放。和夏天聊微信时听说她吃了顿肉，她蛮高兴，我也很高兴。

回来后翻看了一下过去这一个月的文字，现在继续。

有时候，我会恍惚一下，继而感慨一个 16 岁孩子的心智。

作为一个儿子，越阳了解他的母亲，预判到了新的小生命的降临，会重新填满她的心灵，赋予她新的责任、义务和勇气，乃至不去放弃自己……所以他才会说，希望能有个小妹妹。而今不仅有了妹妹，还有弟弟。

作为一个读者，他信任他的作者，认为那人会去惜缘，去帮他守护住一些东西。


难为他了，一定有过认真的思索吧，时光在证明着那些伏脉千里——在最后的生命里，一个未成年的孩子想出的方法竟是最管用的，纯纯净净的孩子气。


该如何去爱这个世界呢，在生死之际，一个还没长大的孩子给出了一个多好的答案，赤诚无比。

那份赤诚历经一千八百多个日夜闪烁至今，并将一直荧荧不熄地存在下去。

不能琢磨的，隔离在这样的春夜里枯坐，稍一琢磨稍一定睛，便不禁唏嘘。


但时至今日，我依旧不愿单纯地从一个"孝"字上去解读他。

他示现的是自性里的一种本善，可推己及人的，每个人都有的。那种善是最自然、最正常不过的一种东西，微光一般，时时常示人，不过是世人常不识。

基于对那点儿微光的认知，我感慨感动，但并不因此而无限捧高了那个已经远去的孩子。

实话说，我也接受不了任何人对他的捧高，尤其是单纯只从一个"孝"字上去高捧他。


读者也就罢了，各花入各眼，文中所传递的东西诸君自采撷，无副作用便是底线了，且话都说得写得很明白，对文本本身我不担心。担心的是当越阳的这个故事广为人知后，那些随之而来的改编和再创作，比如，以电影或电视剧之名。

5年来几十家影视公司联系过我，希望获得版权投拍这个故事。来者最密集的那个时期，正是影视热和IP热的高峰期，不用多想也知那些出发点，有流量，仅网络浏览量便超过了5000万算是个大IP。我还没有迂腐到盲目排斥商业，但对时下影视行业的认知颇受宋方金先生的影响，并不想被什么IP概念所捆绑，不助纣为虐造肥皂泡。

当时的想法是，若得遇真正合适的拍摄制作方，拿去拍就是了，版权费用所得和片子的收益，一半交付给越阳的父母，一半真正捐助给白血病患儿们即可，我个人不会拿走半毛钱的影视分账。

起初直接找来的那几家，稍一接触便发现个很奇怪的现象，都打算从"孝"字入手，很多都说要树立楷模弘扬正能量什么的，还有的说打算从传统价值观层面去解构，新时代的新孝道。

试着沟通，告知了他们我对这个故事的理解不是孝，或者说不只是孝，但我得到的答复是：

电影是网状结构，而故事本身没什么起伏太单薄，故而不仅要提炼出一个最易被人接受的价值核心，并且情节上还要加料，比如增添一些校园青涩爱情成分或演绎出越阳无比热爱音乐组过乐队什么的情节，又或者他在生病之前就见过我，发生过故事建立过信任，说这样逻辑上更讲得通，不然他干吗让父母去找你而不找别人呢，光说他是你读者对你很信任的话，这在镜头语言上很难表现……

这就很扯了，他们说得很专业很有逻辑很有道理，但我就是觉得扯，于是懒得再说什么，拒绝拉倒。

最高有人开了上百万的天价购买这个故事的影视版权，当时确实犹豫了一下，但还是否了，让兰丹去接受这笔钱？如果故事被改编成那样？快算了吧，我干不来。于是还是拒绝，于是对方觉得诚意受挫，颇有微词，一并得罪的还有介绍人，是我颇为尊敬的师长。

我抱歉，但就这样吧，也不缺再多几个人了，在得罪人这件事上。后来再有问的，要么干脆不谈不聊，实在要聊就说 1000 万元。对，成心的。

于是 5 年来拒绝了所有人，就让这个故事先留在纸上吧，等待。


却是没能只留在纸上。

有些事这两年一直知道，比如，有人找到了兰丹签署了拍摄授权，然后也想办法找到了我，可能是希望版权更完整吧，势在必得的样子。印象里我当时按惯例回复说，就算支付 1000 万元也不会卖的。拒绝过那么多人，那一次算是口气最硬的，无他，一来上来就谈钱问怎么卖，二来对这种曲线救国很诧异，三来大体搜索了解了一下背景和履历，从哪方面来讲，都不及格。

关于这事，几年前我和兰丹聊过，她说她也不懂什么授权，人家拿来了她就签了，好像是独家授权其可在使用越阳真实姓名的情况下拍摄他的故事。那次她说：你不要担心哦，那人心很诚的，看过你的书后专门跑来看我，还认我当了姐姐，而且承诺会拍好的。

心诚就好，我尊重她的判断，于是不再多说什么。


签署那份授权，兰丹分文未收，她的心也是诚的。

过去的这两年，偶尔会听兰丹提到那位朋友，听说也有孩子，带着孩子去看过她，因为这个，我对其印象不差，肯这样认真地对待，确实心很诚了，希望能带着这份诚心把越阳的故事拍好吧。


但又或许，心诚得有点点过了。

有一次兰丹告诉我，那位朋友建议把越阳生前留下的歌词和文字授权给他整理成册，并出版。

她咨询我：你觉得呢？

她说：大冰，我是信你的，如果越阳的东西真的那么好，有价值出版的话，我授权给你好吗，这方面你更专业。

我拒绝了她，说：我总觉得，不论从哪个方面来讲，越阳都只是也只应该是一个普普通通的好孩子……是的，以 16 岁为前提的话，他的歌词写得确实不错，但真的就好得无以复加了吗？我们不去神话他、天才化他，好吗？另外，不是已经按照他的愿望允许过了吗，所有人只要喜欢，都可以用他的歌词谱曲唱歌，就让他的歌词在那些歌曲中自然流传吧。

兰丹说，她其实也是这样想的，她说等将来有一天她老了，有时间了，她会自己去整理越阳留下的歌词文字，搞成小册子。

我明白她的意思，那是做给她自己和两个孩子的。

那次聊完歌词的事，我们还聊了聊关于影片的事，兰丹夸了夸那位朋友，于是我印象更好了，说是硬汇了大几万块钱给兰丹，不让她拒绝，她不好意思极了，很惶恐于收了这笔钱。有段时间的事了，好像是在影片开机拍摄之前。对，这也是我没太搞明白的一点，不是说要自己拍吗？怎么拿到授权后并未自己拍摄？好像现在转授到了某个大视频平台。个中隐情我没兴趣了解，也懒得去搜来看，只想说，此刻我还是愿意相信兰丹的判断，一个心诚的人，应该不会把事情胡来的，或许还是免不了只用"孝"字去解读越阳的故事吧，但起码不会硬让剧中 16 岁的越阳去组乐队吧，或谈了一场你侬我侬的狗血恋爱。

无论如何，希望明白，他只是一个孩子。

只是一个普普通通的好小孩。

5 年来，兰丹屡屡对我表示感谢，我每每汗颜，能做的事情有限，只是把他的故事写了下来……

有一句话 5 年来兰丹和我说过好多次，上回聊天时，又说了一遍：如果儿子的故事能帮到人，那就让这个故事去帮助更多的人吧。

她是个好人，很朴素的心愿。

关于帮助，当初的故事发表了这么多年，自会帮到该帮的人。

那是故事本身的力量，和我如何去讲述的它，无甚关系。

文字之外，也有去做，但做得不多能力有限，5年来汇了大几十次款，用的是专门留下来的一笔稿费，每次金额也不算多，针对那些得了和越阳一样血液病症的小孩，有的是读者，有的是读者的小孩。偶尔也有一些是读者想去帮的，召唤我一起帮忙，有些后来没了音信也不知好了没有，有些后来却非常之好……上一次回馈来的好消息是关于一个叫吴亚婷的小朋友的，说是3年的治疗结束了，医生宣布以后不用再去检查了，痊愈了。

多好，一个孩子好了，也就痊愈了一个家庭。

那笔稿费花了5年，最后那点儿于前些天花完，当时有人微博上找到我，让帮忙救人。

上海儿童医学中心血液肿瘤科有30多个孩子在靠输血维系生命，对于那些刚做完化疗在骨髓抑制期的孩子来说，血小板跌到个位数的话，全身都会有出血点，甚至还会引起脏器出血和颅内出血，非常凶险。但因疫情的影响，上海血库告急，孩子们好几天也输不上一次血……

这是30条命，或者说100多条吧，每个孩子身后都是一整个家庭。

没有光发微博光呼吁的习惯，要做就亲身参与，只动嘴皮的事情我做不来。

但我人不在上海没办法以身作则去献血，唯一的笨办法是发出网络号召后缀上一个小承诺……给愿意去献血的好心人转一点儿打车钱，这样呼吁既发了，心下也略安。

没想到会有那么多人立马响应了号召，即刻戴上口罩动身去了指定的血站。

发完2月20日那条微博后的3小时内，那个血站接下来数天的预约已然排满。

应该能起到点儿作用吧，最终动员了好几百人在上海各血站献了血，应该能帮助到一些孩子吧，保住一个孩子就是保住一点儿明天。

我并没有能力给所有去的人都转账，已经转账的人里大部分也都不肯爽快地收那点儿钱，于是挨个说服他们这是应得的啊可自由处理，比如可以把钱用于抗疫捐款。好歹收了的人里，后来很多发来了捐款记录，也有的是物资图片。留言区有不少人冷嘲热讽作清流状，指责这血是拿钱换来的，说玷污了义务献血。

我删了一些，怕好心人心寒。

上海的疫情现虽已有缓解，但尚存潜在危险，献血并不会增强免疫力，出门却一定会增高被感染的概率，他们肯去，会是为了钱？就为了那千八百块钱？！无论如何，能在这个时候冲出门去救孩子的人都是好人……只动嘴皮子呼吁好人去涉险去奉献的事我干不来，杯水车薪的那点儿钱当作一点儿敬意当作一点儿误工费不行吗？让我也心安让他们也被多尊重一点儿。

事实上他们很多人拿去捐了武汉。

上海儿童医学中心的患儿家长们后来有和我联络的，自然不会受那声谢，受不起，若要谢，谢那些好心人吧，在这个大部分人尚且闭门隔离的非常时期，是他们站了出来，把自己的生命给孩子们分了一点儿。

他们当中很多人都读过另一个孩子的故事——《一个孩子的心愿》。

我和他们中的一对夫妻简短地私聊过一会儿：怎么两口子都要去呢？

说是看到需要救的是得血液病的小囡，就想起了越阳来，哪能坐得住呢，不去的话心下不安。

没本事去医院救人，还没胆量去血站吗——这是他们的原话，还说，都这么多天没出过门了，正好献完血后去找地方买一点小菜……

他们把小孩儿喊作小囡，也有自己的小囡，普普通通的爸爸妈妈，就像兔妞，就像夏天。

聊天很短，说是到地方了，很快和我道了拜拜，怎么也没说服他们收钱。
我还没来得及告诉那两个好人，这点儿钱是来自于当年越阳那篇故事的稿费呀，就是刚刚你们提到的那篇，也没来得及告诉他们，挽起袖子迎接针管的他们，也是在帮忙实现着一个叫兰丹的妈妈的心愿。

在寒夜中点亮微光，在料峭里抱团取暖，哪怕明知杯水车薪，能做一点儿是一点儿……凡人们在用他们的方式支撑着这个世界。
这样想想，其实也没有那么糟糕吧，这个世界。

# （五）

我只是个传递故事的说书人，不曾妄图自己的所书所述与文学攀上什么干系。
那些普普通通的凡人故事，我写完了说过了，并不意味着就此终结，但自此与我这个讲述者无关。
文字之后，文字之外，那些正在进行时的故事依旧在继续着，结出新的因果，生出新的悲欢。
未来太远，只顾当下，过去结缘了的，自当当下惜缘。

我曾希望靠那些歌曲的流传，去将越阳的故事传续，悄悄地，让这个平凡的故事去护持这方烟火人间。
当下依旧持此番心意，未变。
只是当下的当下，我再度琢磨兰丹的那句话：如果儿子的故事能帮到人，那就让这个故事去帮助更多的人吧。
我在想，该如何尽量去帮一个妈妈将心意更好地实现呢？

……2020 年，《阿弥陀佛么么哒》会再版升级为《啊 2.0》，老书再版后的稿费不多，但依旧会按比例拿出该拿出的那部分，依旧用于白血病孩子的一对一捐助。这件事我会继续替兰丹去做的，于此不再多言。

除此之外，有一些别的想法——

还有哪些方式可以将这个故事更好地传播和承载，乃至于尽量多地帮助到需要的人呢？


一直以来，我总担心这个故事被乱拍乱改，或掉入一个"孝"字标签里被刻板解读了，于是拒绝了所有的影视邀约。可是如果能把那篇文章的影视版权完全开放，如果会有很多人去拍去做，不论电影、电视还是抖音短视频，不论是专业的还是素人，只要拍的人多了，总会有拍得好的啊！

毕竟有心人，这个世界上那么多。

思量后，和兰丹通了电话，我把我的想法和她说了说，意料之中的，她说她完全认可。


于是有了以下这一授权。

有心人有心人，拿去吧：


## 《授权书》


一、兹面向一切机构和个人，开放以下权利：

1.《一个孩子的心愿》一文的影视改编权。

2.《一个孩子的心愿》一文的有声版权。

3.《一个孩子的心愿》一文的文本转载权。

因有他人已取得王越阳父母授权的独家拥有使用王越阳真实姓名进行影视改编之权利，为免权利冲突，诸位在基于《一个孩子的心愿》一文使用我所开放授权的上述权利时，请勿使用越阳或王越阳之姓名，请自行拟定其他名称。

二、上述授权，期限永久。

三、上述授权之使用者，如做非营利性质使用，望忠实于原文，不另做约束。

上述授权之使用者，如做营利性质使用，望忠实于原文，请将收益所得的一部分，定向捐给白血病患儿个人或群体，比例自拟，但凭良心。

# （六）

我一定不是个所谓的好人，我知道我自己，前世今生那么多那么重的习气和业力。

那么多的故事那么多的人与我结缘找我传递，我常惶恐不已，那些惶恐和自惭形秽藏啊藏的藏得很累心。

如果我还算偶尔做过一点儿所谓的好事，那也全都是为了用以压制本性里的恶而已。

如果我曾写出过一些让人落泪的故事，和我无关，都是故事本身的摄受力。

你们并不知道，我在我所写过的那些故事背后自惭形秽着，常因那些爱屋及乌而不知所措。

5 年前，有一份信任交到我手中，来自于一个普普通通的孩子。

他一定把我想象得很高大上吧……可我并不是他所想象的样子，他并不知我搪塞过多少托付躲开过多少期冀，不论今昔。

但是我尽力去跑了，于是我尽力去跑了，时至今日未曾辜负他。

时至今日，这第一棒我也跑得差不多了。接下来的赛道，你可愿去接力？

无须仰视不要抬高不必附加太多太多意义，不必，自始至终他所示现的，只是一点儿凡心微光而已。

请把这份授权书当作一次交接吧。

如若你认可这点儿微光，并愿护持着，去接力传递。

他会在天上看着呢，看着你我。
静静地，闪烁着地，与恒河沙数的凡人们一起。

越阳的弟弟妹妹

【文中人的声音】
▷ 两个孩子的声音

《无字歌》成都小屋·四月会开花 ◁

# 后记 2015

## （一）

沿着独库公路往前再往前，是盼望了那么多年的巴音布鲁克大草原。

却是不能就走，尚需把这篇后记写完，此刻月朗星稀苍云青天，盛夏的北疆午夜哦，凉爽得让人打寒战。酒酣酒醒，多么多么安静的世界，那拉提的最后一晚。

这样的夜晚要么接着喝点儿要么继续拥被而眠，我却要扶着脑袋写总结，舌头也苦眼睛也酸，心里又积极又懒。就要结束了，也说不清是如释重负还是不舍不甘，反正无论如何，这本书今夜终于就要写完了。

上个中午的时候毛毛细雨，走啊走，站到抹茶色的青峦前发了一会儿呆。

就想，居然真的卖文为生吃了三年饭……就有那么一点儿恍如隔世的感觉。

接着走吧，反正都已经走到这儿了，袜子湿了就湿了没伞就没伞，管他接下来能走多远。有路没路都走，劈雷打闪都走，谁吆喝我我也不搭理除非我自己腻歪。

已经对很多东西很腻歪了，不然也不会写写写。

写写写啊写写写，我半路出家我吊儿郎当我自市井江湖卷着裤腿子来，虽也曾走马名利场跨界媒体圈，略得虚名薄利略知洞明练达，然习气难改，行文粗拙粗口常有，且没个正行儿。若因此惹方家皱眉而啐，念在所记所叙皆是真实的故事真实的心境，万望海涵。

放心，我以后也不会改。

记得有人说文化可以用四句话表达：植根于内心的修养，无须提醒的自觉，以约束为前提的自由，为他人着想的善良。我揣摩，文学应该也一样吧，以这四条为桨为舵，所书所述终归要与人性相关：发现人性发掘人性阐述人性解释人性解构人性升华人性……五色灰，黑白。

千人千面，人性复杂且不可论证，光一个"灰"字，五的五十次方也说不完。以我当下 35 岁的阅历修为次第，实无资格揣着"人性"二字开题去立言讲法，但我知我文字的底色是什么，以及发心，虽然我就一讲故事的，无意也无缘去触碰什么文学。

就容我现一个自在相，嬉皮笑脸地讲讲故事好了，那点儿微末的知见，都在那些微光故事里面。

容不了的话也没关系，从唾面到打倒，应该会有一个时间差，足够这个说书人念偈拍案，搞搞事情。


叨叨叨，叨叨叨，何苦何必，何须自证？

都 35 了，还不明白吗，自证是最没有用的事情。

就走你的嘛，趁着还有运气，用笔划穿次元让那些故事不止局限于书上纸上。

抠啊抠啊抠啊抠，去把二维和三维间的壁垒戳通。


# （二）


说正事，说书。

这是我的第三本书，书名取自我曾经的一句口头禅——阿弥陀佛么么哒。

为什么起这么个奇怪的书名？啊啊啊简直一看书名就嗤之以鼻就不想读简直太讨人厌。

因为这本书通篇祭出的就是这七个字也。

因为世有妖气。


戾气即妖气。

光芒越盛暗影越重，在这个一切都在蒸蒸日上的 2015 年里驻足细窥，暗影处妖戾之甚，堪比 PM2.5。懒得举例子不想虑心，莫来驳我，他身己身戾气之日益乖张，你我应亦心知肚明。霾重自有因，因由不好说，未来也说不好，就是觉得有些东西在悄悄蔓延，有点儿不太对。

管屎那么多，有妖就除妖，除一点儿是一点儿，心不扫不净。

该当如何除、怎么扫呢？庙堂有庙堂的令旗，江湖有江湖的道术。抛开令旗不提，窃以为，旮旯处尚需祭一张江湖镇妖符。每个道人的符不同，我的这张叫阿弥陀佛么么哒。


何谓阿弥陀佛？

从佛家角度讲，阿弥陀佛，是为无量光佛。深广誓愿诸缘具足，成就西方极乐净土，是为极乐世界化身佛。据说极乐世界与咱们婆婆世界不同，没有怨憎嗔痴贪，人与人之间平等和乐，人们活得心安理得。

从世俗角度说，自唐代始，就有"家家观世音，户户阿弥陀"之说。世人称诵佛号，求生净土，是一种向善，亦是一种求仁，是自度，亦是自度度人。世间诸般正法教门皆有这种导善的法门，或许这是一种人类精神诉求中的刚需吧。

从我个人角度来说，这句佛号的魅力所指，还涵指着这样四个字：带业往生。不管你是不是好人，不管你曾经是什么人，只要尚有所信，只要不混吃等死破罐子破摔，都可以拥有一个平等的机会或出口。出口和机会多一点儿，仇视、对立和撕裂也就少一点儿，继而戾气也就少一点儿，不是吗？


何谓阿弥陀佛么么哒？

为何把如此严肃的佛号搞得这么不严肃呢？"么么哒"不是亲一口的意思吗？

啊哈我觉得哈，从去除宗教化的角度来讲，阿弥陀佛么么哒是一种姿态，也是一种心态——

向善求仁的姿态，自度度人的心态。

不是大愿大行大慈大悲，只是一份递到你面前的小慈悲。它是一份祈愿或祝愿、一份赞叹或慨叹，也是一声"hello"或一声"你好吗？"又或者是一句：你还好吗？

边说着貌似严肃的话，边吧唧亲你一口……非谤佛，佛法不离世间法，为表法方便，可善巧方便，搞得那么严肃可还行？轻松一点儿不好吗？能抚慰就抚慰能舒缓就舒缓，或许用这种友善点儿的方式讲出来的微光故事，能让戾气消解几分呢……谁知道呢？试试看吧！

善可消戾，虽善意如电，来即明，去则复冥。

但再电光石火也要去选，不然习惯了黑暗接受了黑暗、欣欣然于黑暗了怎么办？

我一侠者老友曾言：在那些礼崩乐坏的时代中，民间自在传承着一些珍贵的江湖道统。当下当然不是那样的时代，只愿以此书中的小江湖与诸君结个小善缘，他年若逢晦日，共同摒除一点儿戾气撕开一角暗夜，也算是接力一丁点儿求善之道统吧，虽杯水车薪。

这本书每一个故事，都是一声阿弥陀佛。

每一种灵明不昧的人性，每一份灵明不昧的善意。都是凡夫俗子，怎敢妄想醍醐灌顶，但愿其中一些故事能善巧方便地佐你修行——若你认可人生是场修行。复愿这些故事如星光、如烛火，去短暂照亮你当下或晦涩或迷茫的路，去助你直面个体人性中所伏藏的那些善意，并依此点燃那些属于你自己的微光故事……其实你能容得了这个书名，且读完了这些故事，我这个传递故事的说书人，就已经挺高兴。

么么哒，祝你好运。

## （三）

按照惯例，这本书的主干部分完稿后，我背起吉他，从北到南，用一个月的时间挨个儿去探望了书中的老友们……他们依旧各自修行在自己的江湖里从容生长着。辞世的、在世的，愿他们安好。

他们都是真实存在的人，只不过或许当下并不在你的生活圈中。

书中他们的故事都是真实的，或许他们的故事也可以是你的故事。

又或许，他们的故事，永远不应翻刻成你的故事。


有时候你需要亲自去撞南墙，别人的经验与你的人生无关。同理，我笔下的故事桥段，与你脚下的人生也无关。

自己去尝试，自己去选择吧，先尝试，再选择。

不要怕，大胆迈出第一步就好，没必要按着别人的脚印走，也没必要跑给别人看，走给自己看就好。

会摔吗？会的，而且不止摔一次。

会走错吗？当然会，一定会，而且不止走错一次。


那为什么还要走呢？

因为生命应该用来体验和发现，到死之前，我们都是需要发育的孩子。

因为"尝试"和"选择"这四个字，这是年轻的你理所应当的权利。

因为疼痛总比苍白好，总比遗憾好，总比无病呻吟的平淡是真要好得多得多。

因为对年轻人而言，没有比认认真真地去"犯错"更酷更有意义的事情了。

别怕痛和错，不去经历这一切，你如何能获得那份内心丰盈而强大的力量？

喂，若你还算年轻，若身旁这个世界不是你想要的，你敢不敢沸腾一下血液，可不可以绑紧鞋带重新上路，敢不敢勇敢一点儿面对自己，去寻觅那些能让自己内心强大的力量？

这个问题留给你自己吧，愿你知行合一，愿你能心安。


最后，谢谢你买我的书，并有耐心读它。

不论你年方几何，我都希望这本书于你而言是一次寻找自我的孤独旅程，亦是一场发现同类的奇妙过程。那些曾温暖过我的故事，希望亦能温暖你……
徒劳也好白搭也罢，既路过这点篝火，就停一停，短暂地抱团取暖，然后接
着走你的吧，茫茫茫茫的路，有过个念想总比没有强，或可御寒。

人常说百年修得同船渡，你我书聚一场，仿如共舟。你看你看，船又靠岸了，
天色不早，前路且长，就此别过吧少侠。临行稽首，摆渡人于此百拜。
譬彼舟流，不知所届。
莫问何日再相见，只要江湖不泯，这艘船自会再来。

2015 年夏・后记初稿
新疆那拉提草原

《面具批发市场》成都小屋・四月会开花 ◁

# 后记 2020

在《阿弥陀佛么么哒》旧书基础上增补了 10 万字。

有老故事之后续，有全新的故事。

是为《啊 2.0》。


此刻已是下午 4 点，气温直线下降，暴雨依旧未停，天昏地暗。我在路边的面馆里避雨，边打字，边等着御寒的汤面出锅。门外是我的摩托和行李，密集的雨点中静静地挨打。

是在书稿完成后的第二天出发的，从云南大理单骑独行，途经香格里拉、梅里雪山、盐井、芒康、左贡、邦达、八宿、然乌、波密、林芝，途经大大小小的落雨落石山洪泥石流……还有最后 10 余公里驶抵拉萨。


15 年前曾走过这条路，漫漫滇藏线，那年是徒步，那时拉萨有我的家，如今只是个游客了，体能所限也只能是摩旅。岁月不饶人，老了老了，曾经归心似箭的风马少年，如今唏嘘的中年胖子。


原计划到拉萨后把书店的事情处理完，然后行程继续，转行新藏线，穿越三十里营房大红柳滩，熬过几百里的无人区翻越界山达坂，直抵新疆，而后自叶城北行，再北行，重走魂牵梦萦的独库公路，重返那拉提，重回到 5 年前的那个午夜，去将《啊 2.0》的后记写完。

…………

而此刻，饥寒交迫的我决定将原计划终止。

无他，忽然觉得很累了，就此画上句号吧。

# （一）

我的书都是我的女儿，这个女儿应是最不受人待见的。

5年来，因"阿弥陀佛么么哒"这个书名惹来的非议与不屑，至今未曾停歇，我实在对她不起。

消解一点儿对立，弥合一些撕裂，对抗一点儿戾霾，善一点儿缘——这是原书名"阿弥陀佛么么哒"一词的由来（《后记2015》中有完整解读，不再多说了），曾想用这个书名加持这些故事，让故事的传播更善巧方便一点儿，看看，也无甚作用，只是一个玩笑，也只能是一句戏谑。

如今若分别用几个短语去总结旧书里的文章：

《一个孩子的心愿》——临终前该做些什么、一个孩子最后的善意。

《一百万个祝福》——如何平视非异性恋群体、如何扭转恐同心理。

《送你一只喵》——离异家庭孩子所遭遇的一点儿温情。

《铃铛》——抱团取暖、单身妈妈等议题。

《我的王八蛋》——如何面对遗憾。

《我有故事，你有酒吗》——以能力为前提的生命体验。

《周三的情书》——当普通人成为主角时。

《凭什么》——底层青年的追梦个案。

《小善缘》——惜缘、论生命价值之平等。

等等。

2015年时，曾祈盼这些故事会聚成一张镇妖符，小小地对抗一下世间的戾气，如今2020年了，回头看看，却是螳臂当车，消戾不成反被反噬，仅因书名，便引得那么多人添造口业，也是罪过。

好的，我的错。懒得去辩，不辩，因知必是无用功。自什么证，自证就是以肉搏铁，那铁上带锯带尖带倒钩，等着你卡进来……

就这样决定了，今朝再版为 2.0，就把原书名的七个字化为一个字吧：啊。

"啊"字发一声时，是殊胜的种子字；"啊"字轻声发四声时，是很契合当下心境的感叹。

细想想，也挺好的，万语千言都在这一个字里面了，对正在读书的你，对自己，对这个世界。

有别于以往的旧版书，增补 10 万字后的《啊 2.0》和《乖，摸摸头 2.0》自成一个新系列，我起名为——一看书名就不想读系列。

如果你一看书名就不想读，感谢。

如果你看了这书名还肯读，感谢。

如果你看了这书名还肯读，读了以后还懂了这些书名，那么，十分感谢。

谢谢你的平视。

随文配上了若干首歌曲，方便大家立体阅读，当个背景音乐。

随文附上了书中各个主人公的声音，可以听一听，找找感觉。

一并附上的还有部分主人公的照片，他们和你我，共存在同一个世界。

（二）

说说书。

《啊 2.0》包含了旧书 12 篇文章之全文，另新增文章 9 篇。

对于阅读顺序的建议，我觉得，未必一定要按照我所排列的目录顺序，跳着读亦可，也可以倒着一篇篇看。

旧书的 11 篇老文章里，我个人较中意的两篇是《铃铛》和《小善缘》。

如今新增的文章里，还算过得去的是《一份授权书》和《济南往事》。

旧书里开篇的《一个孩子的心愿》，我挪到了本书最后面，为了和《一份授权书》连贯，这篇新文章略长，涉及的事情略多，如果可以，望能读完，并接受那个邀约，谢谢。

本书开篇的是《济南往事》，是新文章，但某种意义上讲，却是用了10年才写完，算是对曾经的一段岁月结案陈词吧。类似的陈词，之前有过两篇，分别是关于拉萨和天津的往事。老读者都知道，我不怎么写我，文章名里带"往事"二字的例外。原本没打算这么早写完这篇《济南往事》，但怕稍一拖，没了机会和时间。

雨越下越大了，我不确定在说书人这个身份里，还剩多少时间。

…………

我自32岁时开笔，如今40。

幸蒙诸君不弃，肯读我的书，赠我温饱体面，伴我笔耕砚田，陪我一起疯了这么多年。

这么多年来"亲生"读者皆知，我不过是个走江湖的说书人罢了，野生作家而已。只想讲故事只会讲故事只是讲故事，文学或文艺，精英或红毯，皆与我无关。我的本分是写故事，我所理解的写故事——说人话、析人性、述人间。


**于无常处知有情，于有情处知众生。**

我书中所有的故事，这14个字便可总结完。


20年来我游走在江湖和市井，浪迹在天涯和乡野，切换着不同的身份，平行在不同的世界。

浮生恰似冰底水，日夜东流人不知。人们只道我爱写无常中的有情，可真正读懂那些无常和有情的人，会明白我是多么筋疲力尽的一个悲观主义者。

见得越多越悲观，一天比一天悲观。

因为悲观故求诸野。因为身处庋霾，因为行走暗夜，因为自身的污浊不堪，所以越发希祈烛火、萤光、流星和闪电。于是我不停地写，用普通人听得懂的语言，不写道理只写故事，燃起篝火小小的一堆，不停不停地往里续柴。

我的篝火我的柴，我用我的方式记录这个时代。

记录那些普普通通的人在普普通通的一生中发出那些普普通通的微光。

记录那些曾经路过我生命的、五光十色的小孩。

若你读过我所有的 6 本书，你会发现，我笔下的每一个人，都是小孩。

若你懂我，你会明白这个毁誉参半的说书人，是多么地可笑可恨可怜。

这半生，这家伙曾路过许多人。

许多人不嫌弃他，曾善待过他，在那些落寞的日子，在那些孤勇的岁月，在那些周而复始的雪天雨天。

曾经他学着那些人的样子，对你说过一声：乖，摸摸头。

如今他学着那些人的样子想送你一声祝福，环顾四周后，最终却只发出一个最简单的音节，轻声的慨叹。

新旧 21 篇文章几十万字，全部都在这一个音节里面。

## （三）

有时想想，这半生见证的故事攒下的故事，或许这一生也无法写完。

我记述的每一个故事，都是正在进行时，与你我的时空并轨进行。

我从不认为我是那些故事的总结者，我想我只是也只应该是个记叙人，继而是个说书人——在不同的节点记叙那些正在进行时的故事，再把那些普通人的步履，话与你知，示与你看。

让你知悉这条逆旅单行道上的苦集灭道，那些和你不同而又相同的有情众生，那些落幕又重演的故事桥段。

可这个说书人一定不是个所谓的好人，我知道我自己，前世今生那么多那么重的习气和业力。

那么多的故事那么多的人与我结缘找我传递，我常惶恐不已，那些惶恐和自惭形秽藏啊藏的藏得很累心。

如果我还算偶尔做过一点儿所谓的好事，那也全都是为了用以压制本性里的恶而已。

如果我曾写出过一些让人落泪的故事，和我无关，都是故事本身的摄受力。

你们并不知道，我在我所写的那些故事背后自惭形秽着，常因那些爱屋及乌而不知所措。

心力匮乏时，是笔下的故事支撑着我将难走的路走完，那些正在进行时的故事，大都不停地生长，生长出情理之中却又意料之外的后来。岁月赋予你我的一切，也在赋予着他们，那些鲜活的人和事，并非完结于昔年某一篇文章的结尾句号处，他们自自然然地生长着，抽出新的枝丫，结出崭新的悲欢。

让这个说书人，青眼白眼，自在我知。

让这个说书人，顺流逆流，蜉蝣掘阅。

## （四）

和《乖，摸摸头 2.0》一样，于你而言，这本《啊 2.0》或也是一次重逢吧，重逢曾经的她，重识长大了的她，并从中重遇那个真正的你。接下来的故事属于你和她了，难过的时候去看看她，落寞的时候去翻翻她，愿她能多给你带来一点儿慰藉，给予你些许陪伴。最不济，帮你打发打发时间。

于我而言，这却是一个交代，一次告别。

告别曾经的她，告别当下的她，画下一个句号，不再用笔触去追问未来。

未来不会有什么 3.0、4.0，一本增加了 10 万字的《啊 2.0》足矣，就此完结。

是的，这是她第一次全书升级再版，应也是最后一次。

往后余生，以此为准，只此一版。

⋯⋯⋯⋯⋯

雨未停歇，面已经凉透，尽快吃一点儿吧，还要赶路，天色将晚。

这篇后记就写到这里吧，即将关掉这个页面。

再见了我的女儿。

前路应该依旧难走，你将继续面临的是什么，我想象得出来。

若风雨是你的宿命，原谅我，无力为你撑一把伞。

唯愿遇到的人里有爱你的，能给予你些许善待。

2020 年雨季

拉萨城外

《余下的夜晚》西安小屋·西凉幡子 ◁

图书在版编目（CIP）数据

啊2.0 / 大冰著.—北京：北京联合出版公司，
2020.8（2024.12重印）
ISBN 978-7-5596-4387-2

Ⅰ.①啊… Ⅱ.①大… Ⅲ.①短篇小说—小说集—中
国—当代 Ⅳ.①I247.7

中国版本图书馆CIP数据核字（2020）第119020号

**啊2.0**

作　　者：大　冰
出 品 人：赵红仕
责任编辑：夏应鹏

北京联合出版公司出版
（北京市西城区德外大街83号楼9层　100088）
河北鹏润印刷有限公司印刷　　新华书店经销
字数463千字　880毫米×1230毫米　1/32　印张16.25
2020年8月第1版　2024年12月第9次印刷
ISBN 978-7-5596-4387-2
定价：39.60元